Je saurai te retrouver

DU MÊME AUTEUR CHEZ MIRA

La Manipulatrice
Le secret brisé
La mort pour héritage
Soupçons mortels

JASMINE CRESSWELL

Je saurai te retrouver

Roman

MIRA

Titre original :
THE DAUGHTER
publié par MIRA®

Traduction de l'américain par LOUISE ACHARD

Photo de couverture
Femme : © FREDERIC LUCANO / GETTY IMAGES

83-85 boulevard Vincent-Auriol 75646 PARIS CEDEX 13.
ISBN 978-2-2808-0907-8 — ISSN 1765-7792

Prologue

Colorado Springs
22 mai 1982

Etant donné la situation, Maggie n'avait plus beaucoup de temps devant elle : Cobra était ivre, enragé et il allait la violer. Les coups de poing dont elle lui martela le torse ne réussirent qu'à provoquer son rire. Loin de le décourager, la résistance qu'elle lui opposait semblait plutôt lui plaire, voire le stimuler. Changeant de stratégie, elle se laissa soudain aller et s'appliqua à ne pas réagir quand il força ses lèvres et plongea brutalement la langue dans sa bouche, au risque de l'étouffer.

Elle devait réfléchir. A condition de ne pas céder à la panique, elle pouvait lui échapper.

Cobra l'avait plaquée contre le mur d'un des bâtiments en construction du chantier sur lequel il travaillait ; sûr de sa supériorité physique, et trop occupé à essayer de déboutonner son propre jean, il déployait peu d'efforts pour maintenir Maggie, lui accordant ainsi une certaine liberté de mouvement. Mais comment profiter de cet avantage ? Elle s'en voulait, à présent, d'avoir été assez stupide pour accepter de fumer un joint. Son cerveau était complètement engourdi.

« C'est maintenant ou jamais », décida-t-elle soudain. Et elle ne devait pas manquer son coup parce que cet obsédé ne lui accorderait certainement pas une seconde chance. Saisissant à deux mains la tête hirsute de Cobra, elle projeta en même temps son genou vers le haut et le frappa entre les jambes. Les yeux révulsés, il n'émit aucun son pendant une fraction de seconde. Puis il se plia en deux avec un gémissement de douleur et de rage, qu'il fit suivre d'un chapelet d'obscénités.

Mieux valait ne pas s'attarder. Sans demander son reste, Maggie se faufila prestement dans la pièce adjacente par une percée du mur et traversa la maison au pas de course en direction de la porte par laquelle ils étaient entrés. Les gravats qui jonchaient le sol ralentissaient son allure et, à deux reprises, elle trébucha sur des pots de peinture à peine visibles dans la pénombre. Derrière elle, le pas lourd de Cobra se mit à résonner dans la maison et lui donna des ailes. Heureusement, la porte était restée ouverte et elle la claqua derrière elle en priant pour qu'elle se verrouille automatiquement ; ainsi, Cobra perdrait quelques précieuses secondes.

L'air froid de la nuit lui fouetta le sang tandis qu'elle s'élançait vers la rue déserte, uniquement bordée de maisons en construction. Il faudrait un miracle pour qu'elle réussisse à rentrer saine et sauve chez elle. Si Cobra parvenait à la rattraper, elle allait passer un mauvais quart d'heure. Elle risquait même de se retrouver à l'hôpital, perdant ainsi tout espoir de dissimuler ses frasques à sa mère.

Décidément, l'affaire se présentait mal. Sa mère se mettrait dans tous ses états en apprenant qu'elle avait fait le mur pour retrouver Cobra. Mme Slade n'avait aucune sympathie pour lui et sa bande, les Red Raiders — « des voyous désœuvrés sans une once de cervelle », assurait-elle —, et avait formellement interdit à sa fille de le fréquenter. Maggie serait à coup sûr privée de sortie jusqu'à la fin de l'année si sa mère avait vent de cette histoire, et elle devait à tout prix regagner la maison avant que son absence ne soit remarquée.

Malheureusement, il ne fallait pas compter sur un autobus à une heure pareille ; quant aux voitures, elles ne s'aventuraient pas dans ce quartier encore inhabité.

— J'vais te massacrer, petite garce ! Tu vas d'abord connaître le grand frisson, et ensuite, je t'étranglerai.

Après la voix de Cobra, à peine assourdie par la distance, Maggie entendit une vitre voler en éclats et comprit qu'il avait choisi de sortir par la fenêtre. Terrorisée, elle se précipita instinctivement vers l'endroit où il avait garé sa moto. D'un coup de pied, elle actionna le kick afin de mettre le moteur en marche. Il lui sembla qu'une éternité s'écoulait avant que l'engin ne se décide enfin à démarrer. Heureusement, les effets conjugués de la bière et de la douleur devaient ralentir les mouvements de Cobra. Il se rendit compte que Maggie s'enfuyait avec sa Harley alors qu'il en était toujours à enjamber la croisée, et il poussa alors un rugissement capable de réveiller n'importe qui dans un rayon de trois kilomètres.

Les gaz au maximum, la grosse cylindrée s'élança sur le chemin dans un nuage de poussière. A demi aveuglée par l'affolement, Maggie sentit un filet de sueur glacée couler dans son dos. Soudain, la moto fit une embardée. Elle réussit à la ramener vers le milieu de la rue, mais le coup de guidon fit osciller dangereusement l'engin, qui dévia de nouveau vers le bas-côté. Les dents serrées, Maggie changea de vitesse et poursuivit tant bien que mal sa route, suivant une trajectoire un peu sinueuse en même temps qu'elle conservait une stabilité précaire.

Lorsqu'elle atteignit la route goudronnée, sa frayeur s'était presque dissipée. A cette heure tardive, la circulation n'était pas très dense, et Maggie put parcourir une dizaine de kilomètres avant de croiser dans un virage un camion qui mordait sur la ligne médiane. Elle évita de justesse la collision, mais préféra s'arrêter sur l'accotement. L'exercice devenait décidément trop périlleux à son goût. Encore tremblante d'émotion, elle mit pied à terre et appuya l'engin contre un arbre.

A présent qu'elle était hors d'atteinte de Cobra, elle estimait pouvoir poursuivre sa route à pied. Elle se mit donc à marcher en direction de Pineview, le quartier où elle habitait. En maintenant une bonne allure, il lui faudrait un peu moins de trois quarts d'heure pour arriver chez elle.

Au début de la soirée, quand il lui paraissait encore séduisant et juste assez délirant pour la subjuguer, Cobra l'avait convaincue de fumer un joint avec lui. Pour ne pas avouer qu'elle n'avait encore jamais touché à la drogue, elle s'était efforcée d'inhaler la fumée avec désinvolture, à plusieurs reprises. L'exercice achevé, ses oreilles bourdonnaient légèrement, mais elle avait eu l'impression de rester en possession de tous ses moyens. Avait-elle sous-estimé les effets de la drogue ? se demanda-t-elle soudain, alors que ses jambes la portaient de moins en moins et qu'une brume épaisse lui obscurcissait l'esprit.

A la réflexion, peut-être était-il préférable qu'elle ne soit pas trop lucide. Son intuition lui soufflait qu'une fois chez elle, lorsqu'elle aurait le temps de revenir sur les péripéties qu'elle venait de vivre, l'inconscience de son comportement lui sauterait aux yeux. Comment avait-elle pu se laisser éblouir par un M. Muscle totalement dépourvu de cerveau ? Lui avait-elle vraiment trouvé le moindre charme, à un moment donné ? A présent, elle avait du mal à le croire.

Plus de quarante-cinq minutes semblaient s'être écoulées quand elle atteignit enfin les piliers érigés à l'entrée du lotissement de Pineview. Elle consulta sa montre et constata qu'il était 2 heures du matin. Quel plaisir de se retrouver chez soi ! Aux yeux de Maggie, le quartier abritait l'échantillonnage de population le plus mortellement assommant qu'on puisse imaginer, mais, en cet instant, ses petites rues tranquilles, bordées de marronniers, lui apparurent comme un merveilleux havre de paix et de sécurité. Heureusement, comme tous les soirs, les croulants qui lui tenaient lieu de voisins devaient être au fond de leur lit depuis 23 heures, et il n'y aurait par conséquent personne pour raconter à Mme Slade que sa fille arpentait les rues en pleine nuit.

Maggie s'était réjouie trop vite. Elle s'engageait dans l'allée des Cèdres Bleus quand le bruit d'un véhicule qui approchait la fit grimacer. Tournant vivement la tête, elle aperçut un couple dans une Buick grise. Les Jackson ! Ça n'était vraiment pas de chance qu'ils soient sortis précisément ce soir et qu'ils rentrent en même temps qu'elle ; Mme Jackson, une incorrigible bavarde, était à l'origine de tous les commérages du quartier. Maggie devait donc tout faire pour ne pas être vue.

Comme elle longeait le jardin de son amie Tiffany, elle se dissimula prestement derrière un bouquet de trembles, haut lieu des parties de cache-cache de leur enfance. A son grand soulagement, M. et Mme Jackson semblaient très occupés à s'enguirlander — comme à leur habitude —, et la voiture la dépassa sans qu'ils aient prêté attention à elle. Maggie, du coup, reprit espoir. Dans quelques secondes à peine, elle serait à bon port ; et cette soirée ne serait peut-être pas le fiasco total qu'elle avait craint.

Cette mésaventure lui servirait de leçon, décida-t-elle alors qu'elle quittait furtivement sa cachette. Elle ne sécherait plus les cours pour traîner en ville avec les Red Raiders. En mettant un peu plus d'application à faire ses devoirs de physique, elle obtiendrait sans difficulté de meilleurs résultats, qui lui ouvriraient les portes de l'Ecole d'aviation militaire à laquelle Mme Dowd, la conseillère d'orientation, lui suggérait de s'inscrire.

Son père serait très fier d'elle si elle réussissait le concours — sauf qu'il n'en saurait jamais rien. Sa mère assurait qu'il veillait sur elles depuis le paradis, mais Maggie n'était pas certaine de croire au paradis. Parfois, durant les interminables sermons dominicaux du père Tobias, elle essayait de se figurer son père en train de jouer de la harpe, assis sur un petit nuage, et ne pouvait s'empêcher de sourire — de son vivant, il préférait comme elle la musique moderne aux morceaux classiques. Sa foi en l'au-delà et dans la vie éternelle d'un père qui la verrait d'en haut n'allait pas plus loin.

Les formes familières de sa maison se détachèrent enfin dans l'obscurité. Pour éviter de se faire surprendre au tout dernier moment, elle contourna le bâtiment en rasant les murs, comme à chacune de ses escapades nocturnes. Se laissant glisser dans le puits de jour par la lucarne, elle poussa la fenêtre du sous-sol et sauta dans la salle de jeux.

Un silence paisible et réconfortant l'y accueillit, et elle

savoura un instant, immobile, le plaisir d'être tirée d'affaire. Puis, avec un léger soupir de satisfaction, elle traversa la pièce et gravit les marches sur la pointe des pieds. La porte donnant accès au sous-sol grinçait toujours un peu, mais elle avait pris soin de la laisser ouverte en partant. Sans bruit, donc, elle se faufila prestement dans l'entrée et se dirigea vers sa chambre, le dos collé au mur.

Elle en était à la moitié de l'escalier quand un craquement à peine audible, en provenance de la cuisine, l'arrêta net. Sa mère était-elle descendue ? Non, le bruit était trop léger, presque furtif. Si sa mère était allée boire un verre d'eau, elle aurait allumé la lumière.

Peut-être le hamster s'était-il encore échappé de sa cage. Il fallait espérer que non : Mme Slade était morte d'inquiétude chaque fois que Howard prenait ainsi le large. Maggie écouta plus attentivement tandis que le bruit reprenait, et un frisson lui parcourut la nuque. Quelqu'un — pas le hamster — traversait la cuisine d'un pas rapide en faisant craquer le plancher. Etait-ce un cambrioleur ? Retenant son souffle, elle s'appuya à la rampe et se pencha afin de regarder dans la cuisine.

Son angle de vision lui permettait tout juste d'apercevoir l'espace situé entre le bahut et la fenêtre ; elle s'apprêtait à descendre pour vérifier ce qui se passait quand elle entendit la porte donnant sur l'arrière s'ouvrir et se fermer, et une clé tourner dans la serrure. L'intrus venait de quitter la cuisine.

L'inquiétude de Maggie se mua instantanément en fureur. Une seule personne disposait ainsi d'une clé pour entrer et sortir à sa guise en pleine nuit : l'amant de sa mère. Et, s'il se déplaçait dans la maison comme un voleur, c'était sans aucun doute parce qu'il la croyait endormie dans sa chambre et craignait de la réveiller. Tandis qu'elle rentrait en cachette, il quittait les lieux le plus discrètement possible ! La situation aurait sans doute amusé Maggie dans un film, mais, en l'occurrence, elle n'était pas d'humeur à en rire. Elle enrageait, au contraire !

Cette liaison secrète la révoltait profondément. Comment sa mère pouvait-elle trahir ainsi la mémoire de son mari ? Le père de Maggie avait été un véritable héros, vainqueur d'innombrables combats aériens au cours d'opérations militaires dans le monde entier, avant de devenir instructeur des futurs pilotes de l'Ecole nationale d'aviation. Hélas ! son avion s'était écrasé lors d'un vol d'entraînement, et tous les membres de l'équipage avaient péri dans la catastrophe. Anéantie, Rowena Slade s'était montrée inconsolable… durant deux ans, délai après lequel elle avait commencé de fréquenter un autre homme.

Manifestement, elle entretenait même des relations très intimes avec lui. Maggie les avait vus s'embrasser un soir, alors qu'elle rentrait d'un séjour de ski écourté de manière imprévue. Enlacés sur le canapé du salon, sa mère et son amant se couvraient de baisers et de caresses de façon écœurante. Depuis quelque temps, Maggie s'interrogeait : pourquoi cet individu ne venait-il que la nuit ? Pourquoi tant de mystère ? Etait-il marié ?

Immobile dans l'obscurité, Maggie guetta un bruit de moteur. Comme rien ne se produisait, elle haussa les épaules. Si cet imbécile était venu à pied, c'était qu'il n'habitait pas loin. Conclusion : sa mère couchait avec l'un de leurs voisins.

Dégoûtée, Maggie songea qu'il y avait même de fortes chances pour que l'imbécile en question soit le père de l'un ou l'une de ses camarades de classe. Quelle horreur ! Cette histoire était à la limite du sordide... Elle se dirigea vers sa chambre d'un pas traînant, trop furieuse pour se soucier d'être discrète. Eh bien oui, elle était allée retrouver Cobra en cachette ! Oui, ils avaient fumé du haschich ensemble ! Quelle importance, après tout ? Sa mère ne se conduisait guère mieux... voire bien pire, quand on y pensait. Sa liaison secrète durait depuis plusieurs mois, et Maggie était lasse de cette comédie permanente, des faux-fuyants et des mensonges grossiers.

Du dos de la main, elle essuya une larme sur sa joue et ravala un sanglot ; elle avait passé l'âge de pleurnicher parce que sa mère lui cachait quelque chose. Mais demain soir, en rentrant du lycée, elle l'attendrait de pied ferme et demanderait quelques explications. A 15 ans, elle n'était plus un bébé. Elle avait le droit de savoir si sa mère faisait des bêtises avec un voisin. Elle exigerait de connaître l'identité de l'« homme invisible » — qui, soit dit en passant, méritait de recevoir un bon coup de pied quelque part, comme Cobra.

— Maggie...

L'appel la fit se figer. Sa mère avait dû l'entendre marcher dans le couloir. Devait-elle répondre ? Après une courte hésitation, elle opta pour la sécurité. Filant d'abord jusqu'à sa propre chambre, elle ôta ses chaussures de sport, se débarrassa de son jean et de son chandail puis, en T-shirt et caleçon à fleurs — sa tenue de nuit habituelle —, elle regagna le couloir et se dirigea vers la porte du fond.

— Maman ? demanda-t-elle de son ton le plus innocent.

Passant la tête par l'entrebâillement, elle se frotta les yeux comme si on venait de la tirer d'un profond sommeil. Puis elle avança de quelques pas dans la pièce.

— Maman, tu m'as appelée ? Que veux-tu ?

Sa mère ne répondit pas. Une odeur âcre flottait dans l'air, et Maggie éprouva soudain une bouffée d'appréhension. Que se passait-il ? La chambre n'était pas éclairée ; à tâtons, elle trouva l'interrupteur et alluma les appliques.

Les yeux clos, Rowena Slade était étendue au milieu du lit qu'elle partageait autrefois avec son époux. Elle serrait sur son abdomen un oreiller maculé de sang.

— Maman ! Maman ?

Affolée, Maggie se précipita vers le lit. La frayeur que lui avait causée l'attaque de Cobra n'avait rien de comparable avec l'épouvante qui la submergeait en cet instant. Se penchant sur sa mère, elle souleva l'oreiller taché. Du sang jaillit, qui éclaboussa son T-shirt. Affolée, Maggie poussa un cri et remit l'oreiller en place.

— Mon Dieu ! Maman, que t'arrive-t-il ? Que dois-je faire ?

Mme Slade battit des paupières, et un faible gémissement s'échappa de sa gorge.

Maggie secoua la tête.

— S'il te plaît, maman, dis-moi ce qu'il faut faire. Je… je ne sais pas. Il faut me le dire, maman.

Sa mère ouvrit enfin les yeux. Son regard vacilla un instant avant de se fixer sur Maggie. Un bref instant, celle-ci eut le sentiment qu'elle souriait.

— Je t'aime… Mag, dit Rowena dans un souffle. Tu es… la meilleure des filles…

Ses paroles se perdirent dans un murmure indistinct, et ses yeux se fermèrent de nouveau.

— Non, je t'en prie, ne te rendors pas ! J'ai besoin de toi. Je t'aime, maman !

S'agenouillant près du lit, Maggie essuya machinalement avec le bord du drap les larmes qui ruisselaient sur ses joues. Dans le mouvement, un objet tomba des replis de l'édredon : un revolver. L'adolescente le ramassa et l'examina avec stupéfaction.

— Il a tiré sur toi ! Oh ! maman, je m'en veux tellement ; j'aurais dû être là…

Sa mère ébaucha un geste de la main.

— Pas… ta… faute…

Soudain, Maggie s'avisa qu'elle perdait un temps précieux, qu'il fallait essayer de sauver la blessée. Rageusement, elle jeta l'arme dans un coin.

— Je vais appeler des secours, dit-elle en composant le 911, la main de Rowena dans la sienne. On… on a tiré sur ma mère, reprit-elle d'une voix entrecoupée de sanglots dès que l'opératrice eut décroché. Il faut envoyer des secours d'urgence. Elle saigne beaucoup et je ne sais pas comment arrêter l'hémorragie.

Ses doigts étaient si gluants que le récepteur lui échappa et rebondit sur le lit, heurtant Mme Slade au passage. Rowena émit une plainte sourde et Maggie se retourna, horrifiée par sa maladresse.

— Oh ! maman, je suis désolée. Je ne voulais pas te faire de mal… Oh ! mon Dieu, pardonne-moi, maman.

— Ce n'est rien… tu ne l'as pas fait exprès… La voix de la malheureuse était presque inaudible.

— Mademoiselle, mademoiselle ! Etes-vous là ? Il me faut votre adresse, mademoiselle.

Au comble de l'affolement, Maggie reprit tant bien que mal le combiné.

— Je vous en prie, faites vite, dit-elle. Il y a du sang partout, c'est affreux. Maman va perdre connaissance.

A demi étouffée par les larmes et les sanglots, elle réprima un hoquet.

— Nous sommes à Pineview — au 4141, allée des Pignons. Appelez un médecin, une ambulance… Maman souffre terriblement.

Elle raccrocha et plaça délicatement la tête de sa mère au creux de son bras. Son teint blême, ses lèvres bleuies lui donnaient l'aspect d'un cadavre. « Elle est morte », songea Maggie, qui eut soudain l'impression que son sang se glaçait dans ses veines. Secouée de sanglots, elle prit les mains de Rowena et les porta à ses joues. Une pression presque imperceptible de ses doigts glacés lui indiqua que sa mère vivait encore.

Pour combien de temps ?

La bouche de la blessée se tordit, et elle émit une sorte de grognement. Maggie s'aperçut qu'elle voulait dire quelque chose, mais qu'elle souffrait trop pour cela.

— Chut ! dit-elle en posant un doigt sur ses lèvres. Nous parlerons plus tard.

D'une main tremblante, elle lui caressa tendrement le visage.

— Ce n'est rien ; tout va s'arranger, tu verras. L'ambulance va arriver et les médecins te tireront d'affaire.

Les yeux de Rowena s'ouvrirent de nouveau. Elle fixa Maggie d'un regard intense et articula d'une voix claire et nette :

— Je t'aime, Maggie.

Puis elle referma les yeux.

Toujours assise sur le lit, Maggie tenait sa mère dans ses bras quand les secours arrivèrent. Elle entendit sonner, puis frapper à la porte, mais, n'osant pas bouger de peur que le sang jaillisse de nouveau de la blessure, elle demeura immobile. Peut-être ne saignait-on plus, une fois qu'on était mort… Les membres de l'équipe médicale cognèrent de plus belle à chaque porte. Puis le téléphone sonna, qu'elle ignora également, incapable qu'elle était d'atteindre l'appareil.

En définitive, après beaucoup de bruit et d'agitation, quelques personnes firent irruption dans la chambre. Elle leva les yeux sur eux sans réellement les voir, comme si un voile obscurcissait sa vision. Ils s'adressèrent à elle, mais leurs propos semblaient incompréhensibles ; et elle était trop abattue pour comprendre ce qu'ils disaient.

Un homme en blanc s'agenouilla près du lit et posa un stéthoscope sur la poitrine de sa mère. Puis il se redressa et secoua la tête. Maggie le suivit des yeux parce qu'il fallait bien regarder quelque part ; elle se sentait curieusement incapable de la moindre réaction.

Une femme s'approcha à son tour et lui dit quelques mots. Maggie l'entendit parfaitement, mais, au moment de lui répondre, elle s'aperçut que la question lui avait déjà échappé.

— Elle est en état de choc, dit un homme aux cheveux gris et à la stature imposante.

Maggie tourna la tête et croisa son regard. Après s'être humecté les lèvres, elle articula enfin :

— Ma mère est morte.

La jeune femme noire qui l'avait questionnée posa la main sur son bras, en un geste plein de douceur.

— Si tu m'accompagnais dans une autre pièce, ma chérie ? L'équipe médicale va prendre soin de ta maman.

Quelques pensées cohérentes commencèrent à se frayer un chemin jusqu'au cerveau engourdi de Maggie.

— Ils ne peuvent plus prendre soin d'elle. Elle est morte.

Le cadavre qu'elle tenait contre elle avait perdu toute sa chaleur, et Maggie était restée si longtemps dans la même position qu'elle souffrait de crampes, qui la paralysaient presque. Baissant les yeux sur le visage appuyé contre sa poitrine, un visage étranger, elle éprouva soudain une inexplicable répulsion pour ce corps qui avait été celui de sa mère.

Du coin de l'œil, elle vit l'homme aux cheveux gris échanger un bref regard avec la jeune femme. Ils s'adressèrent mutuellement un petit signe de tête, et l'homme dégagea les bras de Maggie du torse de sa mère tandis que la femme la soulevait à demi pour la tirer du lit.

— Je suis l'inspecteur Washington, de la police criminelle, mais tu peux m'appeler Janette, indiqua-t-elle. Ton nom est Maggie Slade, n'est-ce pas ?

Maggie se contenta de hocher la tête. Elle essaya de se retourner pour voir ce que les infirmiers faisaient du corps de sa mère, mais Janette l'enlaça par la taille et l'entraîna vers la porte sans qu'elle trouve l'énergie de lui résister.

Elles descendirent au rez-de-chaussée et gagnèrent la

cuisine. En s'asseyant devant la table, Maggie vit que ses mains étaient couvertes de sang. Prise d'une brusque nausée, elle eut tout juste le temps de courir jusqu'au cabinet de toilette pour vomir.

Epuisée, elle s'appuya ensuite contre le bord du lavabo. Elle eut un moment l'impression que son estomac allait continuer de se soulever ainsi sans relâche, bien qu'il soit vide. Mais les spasmes cessèrent enfin. Quand elle pivota, elle découvrit Janette, qui l'attendait près de la porte entrebâillée.

— Ça va mieux, mon petit ?

Non, elle n'allait pas mieux. Une poigne d'acier lui déchirait les entrailles.

— J'ai... j'ai besoin de me laver les mains, répondit-elle.

— Je t'attends ici.

Ce que faisait Janette importait peu à Maggie. Elle se savonna le visage et les bras et les rinça abondamment à l'eau chaude ; puis elle se lava les épaules, le cou, et la moindre parcelle de peau dénudée, sans parvenir à se délivrer de l'odeur du sang ni de cette matière poisseuse qui semblait la recouvrir de manière indélébile.

L'insensibilité due au choc s'atténuait peu à peu, cédant la place à une souffrance intolérable. Maggie se sentait fragilisée, prête à s'effondrer à tout instant. Elle avait envie de pleurer, mais ses larmes semblaient bloquées dans une grosse boule qui lui obstruait la gorge, l'empêchant presque de respirer. Levant les yeux, elle se vit osciller dans le miroir.

Soudain, Janette empoigna sa tête et l'obligea à se pencher en avant.

— Eh là, fillette ! J'ai bien cru qu'on allait te perdre. Viens, on retourne dans la cuisine. Tu as besoin de t'asseoir, et une tasse de thé te fera du bien.

Maggie ne voulait pas de thé — elle ne voulait rien du tout —, mais elle suivit Janette et but docilement le breuvage chaud et sucré qu'on lui présenta. Il lui sembla que la boule, au fond de sa gorge, descendait légèrement, sans lui permettre pour autant de proférer le moindre son.

Elle appréciait la compagnie de Janette, qui, assise en face d'elle, lui tenait la main ; elle aurait voulu rester longtemps ainsi, sans bouger ni rien dire, pour éviter de penser à ce qui venait de se passer.

L'homme aux cheveux gris vint les rejoindre dans la cuisine, et derrière lui, dans l'entrée, Maggie vit passer les infirmiers avec une civière. Manifestement, ils emportaient le corps de sa mère — comme ils devaient emporter chaque jour des dizaines de cadavres.

A l'idée que Rowena allait se retrouver à la morgue, de plus en plus raide, étendue sur une table, dans un sac de plastique, un torrent de douleur la submergea. Un hurlement muet monta des profondeurs de son être, il lui sembla que son cœur explosait. Sous la souffrance, elle se balança imperceptiblement d'avant en arrière, les bras croisés sur le ventre.

Pourquoi ? Mais pourquoi ?

Le sort était trop injuste avec elle. Après lui avoir ravi son père, voilà que la mort lui prenait sa mère. Pourquoi s'acharnait-elle ainsi sur eux ?

Si elle n'avait pas commis l'erreur de s'éclipser ce soir, sa mère serait sans doute encore en vie. Si elle était restée à la maison au lieu de rejoindre la bande des Red Raiders, elle aurait pu protéger Rowena — et empêcher l'assassin de commettre son crime. Ecrasée par le poids du remords qui s'abattait soudain sur elle, Maggie, en proie au plus profond désespoir, courba la tête et regarda ses pieds nus. Elle s'était rendue coupable d'une grave faute, et sa mère était morte.

L'homme qui les avait rejointes tira une chaise et s'assit entre Maggie et Janette.

— Je m'appelle Tom Garda, dit-il. Je suis inspecteur de police dans le district de Colorado Springs. J'imagine à quel point tu dois être bouleversée, Maggie, mais il me faudrait quelques renseignements à propos de ce qui s'est passé ici ce soir.

Janette esquissa un geste de protestation.

— Voyons, Tom, ne bouscule pas cette enfant ! Son état ne lui permet pas de te répondre.

Un pli amer déforma la bouche de Garda.

— Bon sang, Janette, Rowena Slade a été abattue à bout portant dans son lit. Il n'y avait aucune trace d'effraction et personne d'autre dans la maison. A mon avis, cela nous autorise à poser deux ou trois questions à la demoiselle avant de retourner nous mettre au lit.

— Il s'agit d'une mineure, ne l'oublie pas.

— Et c'est l'unique raison de ta présence ici ! riposta Garda. Maggie, rien ne t'oblige à me répondre, mais aurais-tu l'obligeance de me raconter ce qui est arrivé cette nuit ?

Ce Tom Garda ne lui plaisait guère, décida Maggie. Il avait l'air hargneux, comme s'il était en colère contre elle. Elle secoua la tête.

— Je n'ai pas envie d'en parler.

— Et pour quelle raison ? demanda Tom.

— Parce que ma mère est morte, dit-elle d'une voix tremblante.

— Sais-tu de quelle manière ? insista le policier. Comment ta mère est-elle morte, Maggie ?

— On a tiré sur elle.

N'allait-il pas en finir, avec ses questions ? Ne se rendait-il pas compte de sa cruauté ? Craignant de se mettre à hurler ou de fondre en larmes, Maggie s'appliquait à parler le plus froidement possible.

— Oui, nous avons bien vu qu'on a tiré sur elle, répondit Tom. Je suppose qu'il s'agit d'un accident. Etait-ce un accident, Maggie ?

— Je ne sais pas. Je n'étais pas là quand il l'a tuée.

Tom Garda eut un mouvement de surprise, et Janette se mordit la lèvre avant de se pencher de nouveau sur la table pour reprendre la main de Maggie.

— Sais-tu qui a tué ta mère, Maggie ? interrogea-t-elle à son tour. Est-ce un homme ? Quelqu'un que tu connais ?

Maggie secoua la tête.

— Pas tout à fait. Il doit s'agir de son amant, c'est tout ce que je sais.

Garda intervint avant que Janette ait pu dire autre chose.

— Qui est l'amant de ta mère, Maggie ?

Maggie ouvrit la bouche, avant de se raviser. A présent que sa mère était morte, elle ne voulait pas insulter sa mémoire en révélant sa liaison avec un inconnu qu'elle soupçonnait en plus d'être marié.

Du bout des orteils, elle dessina de petits cercles sur le parquet.

— Je ne sais pas si maman avait… avait… un amant, déclara-t-elle enfin.

L'inspecteur approcha son visage à quelques centimètres du sien.

— Tu viens pourtant de nous dire que c'est sans doute son amant qui l'a tuée.

— J'ai dû me tromper.

— Donc, ta mère n'avait pas d'amant ? C'est bien ce que tu affirmes ?

— Je n'en sais rien. Nous ne parlions pas tellement de ça. Maman aimait mon père, c'est tout ce dont je suis sûre.

— Donc tu n'es même pas certaine que ta mère avait un amant. Dans ce cas, pourquoi as-tu prétendu qu'il était l'assassin ?

Il était évident qu'il la jugeait stupide, songea Maggie. Peut-être avait-il raison. Ne se comportait-elle pas comme une belle idiote ?

— Je l'ai entendu traverser la cuisine, expliqua-t-elle. Ensuite, je l'ai entendu sortir. Il a ouvert la porte du fond et l'a fermée à clé derrière lui. C'est pour ça que j'ai pensé que ce devait être l'ami de maman, parce que personne d'autre n'a une clé de la maison.

Janette et Garda échangèrent un coup d'œil incrédule. A quoi bon dire la vérité ? songea Maggie avec lassitude.

— Tu l'as entendu dans la cuisine au moment où il partait, répéta le policier en se frottant pensivement le menton. Quelle heure était-il ?

— Environ 2 heures du matin. Peut-être un peu plus.

— A peu près 2 heures.

D'un geste fébrile, Tom Garda prit quelques notes sur un carnet qu'il avait tiré de sa poche.

— L'aurais-tu également entendu arriver, par hasard ?

— Non.

— Comment est-ce possible ?

Maggie hésita.

— Je devais dormir…

Elle détourna les yeux. Si elle avait honte de mentir ainsi, elle n'avait plus du tout envie d'opter de nouveau pour la franchise. Tom Garda était inspecteur de police, et elle avait commis plusieurs délits cette nuit : la loi ne l'autorisait pas à consommer de la bière à son âge, et encore moins à fumer du haschich ; en plus, Cobra l'accuserait à coup sûr d'avoir volé sa Harley si jamais elle évoquait la tentative de viol.

Garda se cala dans son siège, les sourcils froncés.

— Ainsi, tu n'es pas certaine que ta mère ait eu un amant et tu n'as pas la moindre idée de son identité. Mais il aurait pu se trouver dans la maison cette nuit parce que tu crois l'avoir entendu sortir par la porte du fond et fermer à clé derrière lui.

Apparemment, il ne la croyait pas, mais c'était la dernière des préoccupations de Maggie. Les murs de la cuisine se fermaient sur elle, l'air devenait irrespirable. Elle avait envie de sortir, envie d'être seule, envie de pleurer. Elle aurait voulu effacer cette nuit de cauchemar et remonter le temps jusqu'à la veille, retrouver sa mère, bien vivante, et lui promettre que jamais plus elle ne se sauverait la nuit en cachette.

Un jeune homme entra dans la pièce, les cheveux ébouriffés et les genoux poussiéreux, comme s'il venait de ramper sous les meubles. Maggie se souvint de l'avoir croisé dans l'escalier quand elle descendait avec Janette. Il la regarda brièvement, avec intérêt, avant de brandir un sac de plastique contenant un revolver.

— J'ai pensé que cela vous intéresserait, inspecteur.

Bien qu'assise à l'autre extrémité de la table, Maggie aperçut le sang dont l'arme était couverte et elle porta la main à sa bouche, réprimant un nouveau haut-le-cœur.

Garda se tourna vivement vers le nouveau venu et émit un léger sifflement.

— En effet. Où l'avez-vous trouvé ?

— Derrière la table de nuit. Comme il n'y a aucune trace de lutte, j'ai pensé qu'on avait peut-être tenté maladroitement de le cacher.

— Il porte des empreintes ? demanda l'inspecteur.

— A foison, affirma le jeune homme.

— Vous êtes nouveau, n'est-ce pas ? reprit Garda. Comment vous appelez-vous ?

— Sean MacLeod.

— Vous avez fait du bon travail, Sean, mais n'allez pas tout gâcher par une imprudence ; inutile de vous rappeler qu'une pièce à conviction doit être conservée intacte, je présume.

— Oui, monsieur.

Sur ces entrefaites, des éclats de voix irrités leur parvinrent depuis la porte d'entrée. Après une brève altercation, Maggie vit entrer le père de son amie Tiffany. Hirsute, en peignoir et caleçon long, il lui rappela par son allure son père, le dimanche matin. Voir un visage familier lui fit tant de bien qu'elle se précipita vers lui en même temps qu'elle fondait brusquement en larmes.

M. Albers la prit dans ses bras et l'étreignit avec chaleur.

— Maggie, ma chérie, dit-il en lui caressant les cheveux d'un geste gauche. C'est épouvantable. Nous avons appris ce qui s'est passé. Personne ne voulait y croire. Sache que nous sommes avec toi…

En vain, Maggie essaya d'arrêter le flot de larmes trop longtemps contenues, et ses sanglots ne firent que redoubler. M. Albers resserra son étreinte.

— Ne t'inquiète pas, ma chérie. Nous allons prendre soin de toi. J'ai appris la cause de ce remue-ménage et je suis venu te chercher pour t'emmener chez nous. Tiffany et sa mère sont en train de te préparer un lit dans la chambre de ton amie.

Maggie s'accrocha désespérément à lui, chancelante, anéantie par le chagrin.

— Merci, chuchota-t-elle.

— C'est le moins que nous puissions faire. Allez, ma chérie, enfile vite une veste et des chaussures, et partons. Pour le reste, Tiffie pourra te prêter tout ce dont tu auras besoin.

— Pas si vite ! lança l'inspecteur en s'interposant. J'ai encore un certain nombre de questions à lui poser.

— Des questions qui peuvent sans doute attendre demain, répliqua M. Albers sans dissimuler sa colère. Viens, Maggie, montons dans ta chambre chercher tes chaussures. Tiffie et sa mère t'attendent.

— Avant que Mlle Slade ne quitte cette maison, je dois lui demander de me remettre les vêtements qu'elle porte.

M. Albers dévisagea le policier avec stupéfaction.

— Pour quoi faire ?

— Pour les confier aux experts, qui les examineront afin d'y déceler d'éventuelles preuves.

— Quel genre de preuves ?

— Des traces de poudre, répondit l'inspecteur d'un ton sec. Des éléments qui permettraient de déterminer si la personne portant ces vêtements est susceptible ou non d'avoir tiré avec une arme à feu.

Maggie était trop exténuée pour comprendre de quoi parlaient exactement les deux hommes, mais elle vit que le père de Tiffany était scandalisé.

— Vous ne soupçonneriez tout de même pas cette… cette pauvre enfant d'avoir tué sa mère ! C'est une plaisanterie de très mauvais goût, inspecteur !

— Je ne plaisante jamais quand il est question d'un meurtre, monsieur. L'examen de ces vêtements peut aussi servir à disculper cette jeune fille de toute implication dans le crime commis cette nuit.

Maggie cligna des yeux, soudain consciente de la signification des propos de ce policier dont elle avait déjà oublié le nom : il la soupçonnait d'avoir tiré sur sa mère ! L'idée était si absurde qu'elle se borna à le fixer quelques secondes, incrédule. Il lui rendit son regard, la toisant avec sévérité. Une bouffée de colère monta en elle puis s'évanouit aussitôt, la replongeant dans sa torpeur. Pourquoi se soucier de ce que pouvait penser un vieux flic un peu débile ? En définitive, le monde était peuplé de pauvres cloches de son espèce.

Le père de Tiffany, qui avait toujours le bras passé sur ses épaules, reprit la parole.

— Si j'accepte de vous laisser emporter les vêtements de

Maggie, c'est uniquement parce que j'ai l'absolue certitude qu'elle n'est en aucune façon impliquée dans cette tragédie.

— Vous pouvez penser ce que vous…

— Votre coopération nous est précieuse, affirma Janette en interrompant son collègue. Maggie, ma chérie, veux-tu que je t'accompagne à l'étage ?

L'adolescente accepta sans hésiter. Elle n'avait pas la moindre envie de passer de nouveau devant la chambre de sa mère. Baissant les yeux sur son T-shirt, elle vit qu'il était maculé de sang, comme le revolver dans le sac en plastique transparent. Seule la présence de M. Albers et de l'inspecteur l'empêcha d'ôter ses vêtements sanglants au beau milieu de la cuisine.

A l'étage, Janette l'aida à trouver du linge propre ainsi qu'un survêtement confortable. Maggie se fichait de savoir que les policiers voulaient emporter son T-shirt et son caleçon parce qu'on la soupçonnait de meurtre. Elle voulait surtout se débarrasser à tout jamais de ces vêtements.

— Monsieur Albers, je comprends que vous soyez impatient d'éloigner Maggie d'ici, dit Janette au père de Tiffany quand elles redescendirent. Mais il faut nous donner vos coordonnées afin que nous puissions reprendre contact avec vous dans la journée. L'aide de Maggie nous sera indispensable pour découvrir l'identité de l'assassin.

— Inutile de nous appeler, répondit M. Albers. Nous vous appellerons nous-mêmes. Mon épouse a l'intention de mettre Maggie au lit avec un somnifère, et j'espère que la pauvre enfant pourra prendre un peu de repos. Elle semble sur le point de s'effondrer d'un moment à l'autre. Vous avez si souvent affaire à des gangsters et à des escrocs que vous ne semblez pas vous rendre compte de ce qui lui arrive : elle est orpheline, désormais. Elle a perdu ses deux parents en l'espace de deux ans. C'est une véritable tragédie, pour elle, et non un fait divers dont elle serait simplement le témoin.

— Nous souhaitons avant toute chose mettre la main sur le coupable, assura Janette. Voici ma carte professionnelle, monsieur Albers. J'attends votre appel.

La jeune femme se tourna vers Maggie et lui sourit avec gentillesse.

— Courage, Maggie. Essaie de dormir un peu, veux-tu ?

— Oui, murmura machinalement Maggie.

En même temps, elle ne comprenait pas comment on pouvait la croire capable de dormir ; sans doute ne parviendrait-elle plus jamais à trouver le sommeil.

L'inspecteur grisonnant ne sourit pas et ne manifesta aucune sollicitude à son égard.

— Si je n'ai pas de nouvelles de vous à 14 heures, monsieur Albers, je vous téléphonerai pour parler à Mlle Slade.

— Faites comme bon vous semble. Dans l'intervalle, je prendrai contact avec mon avocat.

— C'est votre droit. Bonsoir, monsieur Albers. Mademoiselle...

Saluant Maggie d'un bref hochement de tête, il s'éloigna en direction de l'escalier. Le jeune homme qui avait apporté le revolver avait quant à lui disparu depuis longtemps.

Janette suivit l'inspecteur dans la chambre principale.

— Qu'est-ce qui vous prend, Tom ? Vous pourriez manifester un peu de mansuétude à l'égard de cette enfant, tout de même. Après tout, nous ne savons pas si c'est elle.

— Vraiment ?

Garda se pencha sur le lit pour prendre l'oreiller, qu'il brandit devant lui.

— Une femme a été assassinée ici, cette nuit, pendant son sommeil. Il n'y avait qu'une seule personne dans la maison au moment du crime : la jeune fille que vous me demandez de ménager !

— Mme Slade s'est peut-être suicidée ; ou bien la gamine a réellement entendu l'amant de sa mère…

— Laquelle pourrait aussi avoir été tuée par un extraterrestre, bien sûr !

D'un geste agacé, l'inspecteur laissa retomber l'oreiller sur le lit.

— J'en ai par-dessus la tête de ces adolescents pourris des classes aisées qui se croient tout permis — y compris tuer.

Janette secoua la tête.

— Vous êtes furieux parce que les jurés ont refusé de déclarer Nathan Brooking coupable de viol à cause de sa belle petite gueule et de son aisance en public. Ne vous vengez pas sur Maggie Slade, Tom. Nous ignorons vraiment si elle a tué sa mère.

— Et les propos que vous l'avez entendue tenir au téléphone, quand elle appelait police secours ? Elle s'excusait auprès de sa mère de l'avoir blessée. Quant à cette pathétique tentative d'orienter les recherches vers un mystérieux intrus…

Sans même achever sa phrase, Tom Garda ricana.

— Je parie dix dollars que c'est elle, conclut-il.

Janette pivota sur ses talons.

Elle ne s'aventura pas à relever le pari.

1.

Saint Petersburg,
Floride, mai 1997

Le détective Sean MacLeod était de méchante humeur. Hélas ! il n'y avait là rien de bien nouveau : depuis plus d'un an, il pestait contre la terre entière et commençait à s'y accoutumer. Il acheva sa bière, écrasa la boîte vide et visa la poubelle. Naturellement, le projectile manqua sa cible. Les yeux fixés sur le réfrigérateur, Sean se demanda s'il allait fournir l'effort de se lever pour prendre une autre bière.

Sa mère ramassa le récipient vide avant qu'il ait trouvé l'énergie de quitter sa chaise.

— Chez nous, on recycle les déchets, rappela-t-elle sans la moindre intonation de reproche.

Armée d'une éponge, elle essuya les gouttes de bière qui avaient éclaboussé son carrelage de céramique.

— La poubelle grise est destinée au verre et aux boîtes métalliques, la bleue au papier.

— Très bien, je tâcherai de m'en souvenir. Maman, pour l'amour du ciel, pourrais-tu cesser de faire le ménage ?

Repoussant sa chaise, Sean lui ôta l'éponge des mains et la jeta dans l'évier.

— Tu vas effacer le motif de ce maudit carrelage à force de le récurer.

— J'essaie seulement de le garder impeccable ; il est tellement joli…

Elle avait dit cela sur le ton de l'excuse, comme si c'était elle qui avait tort, et non lui. Sean se reprocha aussitôt d'avoir perdu patience. Ces derniers temps, en vérité, il se sentait incapable d'éprouver autre chose que des remords. Ses parents avaient vécu pendant quarante ans dans le même pavillon de banlieue, à Chicago, et cette villa en Floride représentait le rêve de leur vie, l'aboutissement d'une existence de labeur et de privations. Quel droit avait-il de critiquer sa mère si elle prenait plaisir à garder sa cuisine étincelante et à entretenir son carrelage ? Qui était-il pour se sentir agacé parce que son père passait toutes ses matinées à ranger ses outils sur l'établi installé dans un coin du garage ?

Il décida de faire amende honorable.

— Tout est superbe, maman. Un de ces jours, un journaliste viendra ici faire un reportage pour *Demeures de style.*

— Allons donc !

Sa mère se mit à rire, mais Sean vit qu'elle était flattée.

Au même moment, la voix de son père leur parvint depuis le séjour.

— Shirley, *20 sur 20* va commencer. Viens vite t'asseoir.

— J'arrive tout de suite. Je finis de vider le lave-vaisselle.

— Je m'en occupe, dit Sean en poussant gentiment sa mère vers le salon. Va regarder ta série préférée ; tu risques de manquer le début.

— Ma foi, je ne vais pas me faire prier, mon chéri. Si tu es sûr de savoir où je range les choses…

— Aurais-tu oublié que je suis détective ? Je trouverai la place de chaque objet.

L'évocation de sa profession perturba visiblement Shirley, comme si elle s'attendait à voir Sean s'effondrer sous ses yeux. Elle lui adressa un sourire indécis, puis dénoua son tablier et l'accrocha derrière la porte de la cuisine avant de passer dans l'autre pièce.

— Le saladier se range sur l'étagère la plus haute du placard, à gauche de l'évier, indiqua-t-elle encore.

— Compris, ne t'inquiète pas, répondit Sean. Alors que sa mère rejoignait son père, il entendit :

— Comment le trouves-tu ?

Ron MacLeod, qui devenait un peu dur d'oreille, avait tendance à parler fort alors qu'il croyait s'exprimer à voix basse.

— Chut ! Sois un peu plus discret, Ron ! Il va très bien.

— Bel optimisme ! répliqua le père de Sean d'un ton sarcastique. Depuis qu'il est arrivé, ton fils tourne comme un ours en cage.

Shirley MacLeod essaya de nouveau de lui faire baisser le ton.

— Il ira mieux dans quelques jours, assura-t-elle.

— Certainement pas, s'il reste ainsi dans son coin à boire de la bière et à arpenter cette fichue villa du soir au matin.

La voix tonitruante du vieil homme dominait les premiers dialogues de la série télévisée.

— Il a beau être notre fils, tout cela commence à me taper sur les nerfs !

— Il lui faut juste un peu de temps pour se remettre. Dois-je te rappeler qu'il a perdu deux de ses coéquipiers en moins d'un an, et qu'il s'est retrouvé deux fois à l'hôpital…

— Il aurait dû avoir l'intelligence de démissionner à la première alerte.

— Je pense qu'il l'aurait fait s'il n'avait pas appris l'infidélité de sa femme.

— Tu ne veux pas me faire croire qu'il se soucie d'avoir perdu Lynn ? Lorsqu'ils vivaient ensemble, il passait rarement une nuit chez lui. Pour ce qui me concerne, je ne la blâme pas d'avoir demandé le divorce. C'est un drogué du travail, une vraie bête de somme. Son métier lui boulotte l'existence.

Toujours conciliante, la mère de Sean s'abstint de jeter de l'huile sur le feu et évita de répondre directement. Sean la soupçonnait pourtant de partager l'opinion de son époux.

— Quels que soient ses sentiments à l'égard de Lynn, il a beaucoup souffert d'être séparé de sa fille. Tu sais à quel point il aime Heather. Elle est tellement adorable…

Une fois qu'il eut vidé le lave-vaisselle, Sean décrocha le téléphone pour appeler son frère. Il n'avait pas la moindre intention de tourner en rond toute la nuit à compter les mois qui le séparaient de Thanksgiving, date à laquelle le divorce serait prononcé — en faveur de Lynn — et où il pourrait enfin passer un moment avec Heather.

Si Don était chez lui, il décrocherait dès la première sonnerie. Sous prétexte qu'une bonne affaire pouvait toujours lui passer sous le nez, il avait installé un téléphone dans chacune des quatorze pièces de sa somptueuse villa du bord de mer. Il filtrait très rarement les appels qui lui parvenaient. Si d'aventure il s'agissait de quelqu'un à qui il ne souhaitait pas parler, il se bornait à lui raccrocher au nez. Même chose s'il avait affaire à l'une de ses ex-épouses. Don ne s'embarrassait pas de remords ou d'états d'âme à propos de ses échecs matrimoniaux. Selon lui, ses ex-femmes — toutes les trois, sans exception — étaient de fieffées garces. Pas un instant, il ne doutait qu'il avait été un mari modèle. Si ses mariages avaient échoué, la faute en incombait à ces mégères qui auraient dû s'arranger pour éviter les heurts. Point final.

A la suite d'un week-end à Atlanta avec Lynn et son futur époux chirurgien, Sean commençait à penser que l'attitude de Don envers ses ex-femmes présentait certains avantages.

— Donald MacLeod à l'appareil.

Le cadet de Sean, américain de la troisième génération, s'appliquait à faire croire qu'il débarquait tout juste de Glasgow. Ayant découvert qu'un fort accent écossais lui assurait presque automatiquement la confiance de ses interlocuteurs, il comptait sur ce subterfuge pour s'attirer encore plus de clients.

— Bonsoir, c'est ton frère préféré. Ta proposition de virée nocturne du côté d'Ybor City est-elle encore d'actualité ?

— Plus que jamais ! Tu seras surpris de voir le nombre de jolies filles qu'on rencontre à Ybor City un vendredi soir.

— Dans ce cas, installe-toi au volant de ta plus belle voiture et viens me chercher. Je me sens d'humeur à noyer mon chagrin en ta compagnie. Et arrange-toi pour perdre en route cet accent ridicule, veux-tu ?

— A quel accent fais-tu allusion, je te prie ?

— Don, si tu tiens à atteindre ton quarantième anniversaire…

— D'accord. J'arrive tout de suite.

Si l'on pouvait nourrir de nombreux griefs à l'encontre de

Don, on ne pouvait pas lui reprocher d'exiger des explications fastidieuses ou de manquer d'esprit de décision.

Sean alla faire un brin de toilette afin de se dégriser un peu avant d'entamer la tournée des bars. En compagnie de Don, il était certain de terminer la soirée dans un endroit riche en beautés disponibles, avec un bon disc-jockey et une vaste piste de danse. Et, si son frère était dans sa forme habituelle, il ferait quelques pas sur la piste et dénicherait celle qui allait partager son lit avant même que la serveuse ait apporté leurs consommations.

Naguère, lorsque Sean avait encore la naïveté de croire qu'hommes et femmes pouvaient entretenir des rapports authentiques et enrichissants, il s'était efforcé de convaincre son cadet qu'une aventure éphémère lui procurerait plus de satisfaction s'il parlait à sa conquête d'une nuit avant de passer au lit. Depuis son divorce, il s'était rangé aux arguments de Don : si une femme était consentante et possédait des appas convaincants, il était inutile d'en apprendre davantage à son sujet. Ce soir, il avait la ferme intention de mettre ses pas dans ceux de son frère et d'opérer sa sélection en fonction des critères les plus prosaïques, tels que le galbe d'une jambe ou la rondeur d'un sein.

Sa mère ayant tenu à s'occuper de ses lessives depuis son arrivée d'Atlanta, elle avait repassé et amidonné tout son linge, jusqu'à ses caleçons. Sean trouva un pantalon de grosse toile écrue, presque méconnaissable avec son pli impeccable, et boutonna tant bien que mal sa chemise de lin au col et aux poignets empesés. Alors qu'il grimaçait devant le miroir, dans ses vêtements trop raides, il se demanda si les femmes d'Ybor City seraient sensibles aux efforts qu'avait déployés sa mère pour l'obliger à se tenir droit…

Après s'être passé un peu d'eau de toilette sur la nuque — autre innovation postérieure au divorce —, il sortit attendre son frère dans le patio. La journée avait été torride, mais une petite brise rafraîchissait agréablement l'air de la nuit, à présent. Sean admirait le reflet de la lune dans le minuscule bassin artificiel lorsque Don arriva.

Son costume et sa chemise pastel semblaient directement issus de la garde-robe de *Deux flics à Miami*. Souriant de toutes ses dents, il donna l'accolade à Sean et pénétra en coup de vent dans la maison. Au premier coup d'œil — même sans le connaître —, on devinait sans peine qu'il s'agissait du concessionnaire automobile le plus prospère de la région.

— Bonsoir, p'pa. Maman, tu es magnifique ! Cette nouvelle coiffure te va à ravir.

Il gratifia sa mère d'un baiser sonore.

— Je vous ai apporté une boîte de chocolats, ajouta-t-il. Vous les dégusterez en regardant votre série préférée.

— Il ne faut pas nous gâter ainsi, dit Shirley sans dissimuler son plaisir. Oh, Don ! Des chocolats belges, mes préférés !

— La dame de mon cœur a droit à tous les égards.

Se tournant vers son père, il lui frappa l'épaule avec entrain.

— Et les Cubbies, p'pa ? Le match d'hier était fabuleux, n'est-ce pas ?

— Je parie qu'ils gagneront la coupe, affirma Ron. Tu verras : cette année, les Cubs iront jusqu'au bout.

— Espérons que tu as raison.

Don se pencha par-dessus le dossier du canapé pour choisir un chocolat dans la boîte.

— Viens regarder le match chez moi, la prochaine fois. L'équipe est encore plus impressionnante sur écran géant.

— C'est gentil, et je…

— Alors, c'est entendu. Le rendez-vous est pris. Tout en léchant une trace de chocolat sur ses doigts, Don se dirigea vers la porte d'entrée, son bras sous celui de son frère.

— Bon, soyez sages pendant notre absence, les enfants. Fermez la porte à clé derrière nous.

Shirley leva les yeux sur ses fils.

— A quelle heure rentreras-tu, Sean ? As-tu la clé que je t'ai donnée ?

— La voici, dit-il en brandissant un porte-clés affublé d'un flamant rose en plastique fluorescent.

— Ne l'attendez pas, intervint Don. Il décidera peut-être de terminer la nuit chez moi. Hé ! voici Barbara Walters qui revient sur l'écran. Nous ne vous dérangerons pas plus longtemps. En route, Sean. Bonsoir, les parents.

Moins de trois minutes après être entré, Don avait déjà franchi le seuil en sens inverse. Sean se mit à rire de bon cœur, comme cela ne lui était plus arrivé depuis un certain temps.

— Décidément, tu n'as pas changé depuis le lycée ! Comment diable réussis-tu ce tour de passe-passe ?

— Quel tour de passe-passe ?

Tout en sifflotant un air à la mode, Don déverrouilla les portières de sa T-Bird modèle 56.

— Te débarrasser des parents tout en leur laissant croire que tu es le fils le plus dévoué, le plus attentionné au monde ?

— J'aime sincèrement papa et maman ! affirma Don, à l'évidence vexé. Ce sont des gens épatants.

— D'accord, mais pas des gens avec qui tu as envie de passer un moment.

Sean attacha sa ceinture de sécurité, l'une des rares concessions à la modernité de l'automobile de collection de son frère, tandis que celui-ci manœuvrait adroitement et quittait le parking en faisant crisser les pneus sur l'asphalte.

— Je n'ai rien de particulier contre eux, assura-t-il, si ce n'est qu'ils sont un peu assommants, comme la plupart des personnes âgées… Tu aurais dû t'installer chez moi, que je te montre un peu ce qui bouge vraiment, par ici.

Le cabriolet sport dévala la rue à toute allure et s'engagea bientôt sur la bretelle menant à l'autoroute en direction de Tampa, de l'autre côté de la baie.

— Comment trouves-tu ma nouvelle chérie ? demanda Don. Une vraie petite merveille, n'est-ce pas ?

Sean ne commit pas l'erreur de penser que la question concernait un être humain — les sentiments les plus authentiques de Don MacLeod étaient réservés à ses voitures. Il s'extasia donc sur la T-Bird, et ils parlèrent de moteurs V8, évoquèrent la réussite de Don en affaires et les défauts des automobiles fabriquées au Japon. A hauteur du panneau indiquant Ybor City, ils quittèrent l'autoroute pour rejoindre le seul quartier de Tampa jouissant d'une certaine animation nocturne.

Manifestement, Don n'était pas en terrain étranger. Après avoir effectué un circuit compliqué dans un dédale de rues étroites, il atteignit une zone piétonnière et s'engagea sans hésiter dans un parking couvert, adossé à une maison de jeu.

Le gardien le salua par son nom en s'emparant de ses clés, et Don entraîna son frère vers la sortie sans se préoccuper de prendre un ticket.

Un groupe de jeunes filles remontait la rue quand ils émergèrent du sous-sol. Don siffla légèrement entre ses dents sur leur passage et se retourna pour les suivre des yeux, admirant leurs jambes, qui semblaient encore plus bronzées à la lueur des réverbères.

— Vois-tu, Sean, il n'y a rien de tel que la vie sous un climat tropical, assura-t-il. J'ai du mal à comprendre pourquoi tu persistes à grelotter dans une ville comme Denver. Est-ce vraiment un endroit si agréable ?

— Il y fait généralement très bon, même en hiver.

Sean prit son frère par l'épaule et le fit pivoter pour le remettre dans le droit chemin.

— Cesse de te comporter comme un obsédé, Don ! Ces gamines vont sans doute encore au lycée…

— Et alors ?

— Alors, surveille-toi un peu si tu ne veux pas être accusé de détournement de mineure, un de ces jours. Chaque fois que tu te débarrasses d'une femme, tu cherches à la remplacer par une nouvelle, de dix ans sa cadette.

— Pas cette fois.

Soulignant son propos d'un petit sourire satisfait, Don poussa la porte d'un club.

— J'ai déniché la femme idéale, ajouta-t-il, assez fort pour se faire entendre à travers le vacarme qui régnait dans le bar. Elle est superbe. Et je t'ai amené ici pour te la présenter.

— Est-elle majeure, au moins ?

— Elle a presque 30 ans, maugréa Don, tout en se frayant

un chemin dans la foule. Et si tu veux tout savoir, outre sa plastique irréprochable, elle est sensible et intelligente.

Moins fanfaron qu'à l'accoutumée, il hocha la tête avec une retenue inhabituelle.

— Je suis très épris d'elle, Sean.

Sean le gratifia d'une bourrade amicale.

— Elle ne doit pas être si intelligente que cela si elle accepte de sortir avec toi.

— Son niveau d'études est excellent, affirma Don. Elle est diplômée de l'Ecole supérieure des sciences politiques. Du reste, elle ne sort pas avec moi… enfin, pas exactement.

Pour une fois, il ne semblait pas tout à fait sûr de lui. Sean esquissa une grimace.

— Qu'entends-tu par là, au juste ? Serait-elle mariée ?

— Non, elle est divorcée.

Aussitôt sur ses gardes, Sean fronça les sourcils.

— Laisse-moi deviner : en fait, le divorce est en cours et il lui faut beaucoup d'argent pour régler les frais de justice… ?

— Pas le moins du monde. Tout est terminé depuis deux ans, avant son arrivée en Floride. Elle n'a plus aucun contact avec son mari et ne m'a jamais demandé un dollar.

— Remarquable ! Voilà qui doit te changer.

— L'argent ne semble pas du tout l'intéresser.

« Une fine mouche », songea Sean avec une pointe de cynisme. Il se reprocha aussitôt son attitude : ses déboires avec Lynn allaient-ils faire de lui un personnage aigri et désabusé ? Il n'était pas le seul à se battre contre une ex-épouse pour la garde d'un enfant, et tous les hommes confrontés à la même situation ne se mettaient pas pour autant à dénigrer la gent féminine dans son ensemble. De quel droit jugeait-il ainsi la nouvelle amie de son frère sans l'avoir jamais rencontrée ?

Visiblement entraîné, Don se faufila adroitement entre les groupes de danseurs qui s'agitaient sur la piste.

— Crois-moi, elle te plaira. Elle n'est pas seulement mignonne, tu verras. Il s'agit d'une femme charmante, une vraie dame, tu comprends ?

— Et tu l'as découverte ici ?

— Elle y travaille ; comme serveuse, expliqua Don en cherchant des yeux dans la foule son grand amour du moment.

Sean secoua la tête. Décidément, cette étrange combinaison d'astuce et de naïveté désarmante l'épaterait toujours chez son frère. Celui-ci avait-il seulement pris la peine de se demander pourquoi une jolie femme qui se comportait comme une vraie dame — et diplômée d'une grande école, de surcroît — se contentait d'un emploi de serveuse dans une boîte de nuit ? Il suffisait d'un peu de bon sens pour flairer une anomalie pour le moins suspecte. En affaires, Don n'aurait jamais négocié un contrat sans s'entourer de mille précautions juridiques — ce qui ne l'empêchait pas d'avoir perdu une bonne partie de ses biens à chacun de ses trois divorces et de continuer à croire toutes les sornettes que lui contait une jolie femme.

— Tu la connais depuis longtemps ? demanda Sean en échangeant un sourire avec une rousse pulpeuse assise au bar devant un cocktail décoré d'une petite ombrelle de papier.

— Six semaines exactement. Elle s'appelle Maggie Stevens. Tiens, la voilà, justement ! N'est-ce pas qu'elle est mignonne à croquer ?

L'intonation de la remarque était celle d'une admiration

nuancée de respect, signe indiscutable que Don n'en était encore qu'au stade des préliminaires avec la jeune femme. Après six semaines, son frère n'avait donc toujours pas concrétisé ses désirs ? Voilà qui n'était pas dans ses habitudes. Détachant son regard de la jolie rousse, Sean tourna la tête dans la direction indiquée. La serveuse en question, une grande blonde en short moulant, débardeur et tennis blancs — l'uniforme du personnel —, aurait pu être qualifiée de jolie sans ses cheveux crêpés à outrance, ses faux cils alourdis de Rimmel et son maquillage criard. Néanmoins, elle avait largement dépassé l'âge de la majorité, et, si Don la jugeait à son goût, Sean n'avait vraiment aucune objection à émettre.

— Vas-y, mon garçon, à toi de jouer, dit-il en formant le V de la victoire, la main levée. Pour ma part, j'ai jeté mon dévolu sur cette rousse incendiaire.

Don lança un coup d'œil vers la jeune femme installée au comptoir.

— Pas mal, commenta-t-il. Pas mal du tout. Tes goûts en matière de femmes sont en net progrès, frérot. Si tu as envie de la ramener chez moi, ne te gêne pas. La chambre d'hôte est à ta disposition. Elles se déchaînent toutes en découvrant le Jacuzzi.

La musique s'interrompit, et il pivota vivement du côté où il avait aperçu sa serveuse.

— A tout à l'heure. Je vais essayer de voir Maggie un instant ; son patron semble du genre tyrannique et il est impossible de l'accaparer pendant le service. Fréquenter une femme qui travaille la nuit est un vrai casse-tête.

Pour sa part, Sean se fraya un chemin vers le comptoir. La jolie rousse se prénommait Bree. Originaire du Texas, elle avait dirigé l'équipe de supporters des clubs sportifs de son lycée et son ambition dans la vie consistait à être engagée comme animatrice à Disney World. En attendant la réalisation de son rêve, elle habitait chez sa sœur et son beau-frère, tout en subsistant grâce à un emploi de réceptionniste dans un cabinet de juristes. D'une loquacité impressionnante, elle n'avait rien de bien intéressant à dire, mais ne manquait certes pas de sex-appeal. Et c'était bien là ce qui comptait le plus, en définitive, estima Sean. Le but de la manœuvre n'était pas la conversation.

Elle dansait à merveille, son corps souple et agile ondulant au rythme de la musique avec une précision remarquable. Après huit jours passés à observer Lynn folâtrer avec son nouvel époux, ce contact sensuel procurait un réconfort inestimable à Sean. Il embrassa sa conquête à deux ou trois reprises afin d'endiguer le flux incessant de paroles dont elle l'accablait, et elle lui rendit ses baisers sans la moindre retenue. En l'occurrence, cette disponibilité évidente compensait largement le désagrément d'avoir à écouter pour la énième fois le récit de ses déboires au cours des premiers entretiens d'embauche chez Disney World.

Enfin, essoufflée, elle noua les bras autour du cou de Sean et s'y accrocha langoureusement.

— A ton tour de tout me raconter, minauda-t-elle. D'où viens-tu ?

— De Denver.

— Denver ! s'exclama-t-elle, comme s'il s'agissait d'une contrée lointaine et exotique. Quelle coïncidence ! J'ai une amie qui habite à Aspen, et qui adore cet endroit. Mais, pour ma part, je déteste les climats rigoureux.

— Dans ce cas, Aspen ne te conviendrait pas du tout.

Il omit de préciser qu'Aspen était situé à deux cents kilomètres de Denver et à mille huit cents mètres d'altitude, avec l'enneigement classique d'une station de sports d'hiver. Pourquoi lui expliquer en plus que Denver jouissait de températures très agréables toute l'année, avec une ou deux chutes de neige au cours de l'hiver, pour changer un peu ? N'ayant jamais réussi à convaincre son frère et ses parents que le Colorado n'était pas enfoui douze mois durant sous une couche de givre, à quoi bon tenter d'en dissuader quelqu'un d'autre ?

La musique s'interrompit, l'intensité de la lumière baissa, et Bree se libéra de son étreinte.

— J'ai soif, annonça-t-elle. Pas toi ?

Il la reconduisit au bar, lui offrit un daiquiri à la fraise et commanda une bière. Bree dégusta son cocktail avec des mines de chatte gourmande.

— Délicieux, affirma-t-elle. C'est exactement ce qu'il me fallait. Je raffole du Mexique, et toi ?

Renonçant à élucider le mystère de ses associations d'idées saugrenues, Sean ne s'interrogea pas davantage sur le lien qui pouvait exister entre le Mexique et les daiquiris fraise.

— Je n'y ai jamais mis les pieds, avoua-t-il.

— Oh ! quel dommage ! Cancun est une ville étonnante. Acapulco aussi, mais je préfère les plages de Cancun.

Dans la foulée, Sean eut droit à une description détaillée des hôtels où Bree était descendue et des plats qu'elle avait appréciés au Mexique.

Il cessa bientôt d'écouter et concentra son attention sur

le décolleté de sa compagne, suffisamment pigeonnant pour compenser les désagréments d'un bavardage insipide.

— Mon intuition me dit que tu exerces un métier palpitant, déclara-t-elle soudain d'une voix un peu rauque en se penchant vers lui, offrant ainsi une vue imprenable sur le contenu de son corsage. De quelle manière gagnes-tu ta vie, Sean ?

— Je travaille dans la police, dit-il.

Il regretta instantanément cet aveu.

— Un policier !

Elle se redressa d'un mouvement brusque et le dévisagea d'un œil émoustillé.

— Oh ! là ! là ! fit-elle dans un souffle. C'est extra… Est-ce que tu portes un revolver sur toi, Sean ?

D'un geste décidé, elle promena sa main le long du torse de Sean et descendit sous sa ceinture.

— Hum ! je crois avoir découvert votre arme secrète, détective.

Elle étouffa un petit rire.

— Elle me semble assez impressionnante, du reste.

Sean sentit brusquement une vague de désir impérieux, immédiat, monter en lui. S'ils avaient été seuls, il l'aurait emmenée au lit sur-le-champ ; mais ce n'était pas le cas, et il fallait auparavant s'organiser pour la conduire chez Don, avant d'en arriver au chapitre le plus intéressant de leur relation éphémère.

Dans quelques instants, il se mettrait en quête de son frère. Ils avaient manqué de prévoyance en omettant de s'entendre sur la question du transport avant de se séparer. Mais d'autres priorités s'imposaient. Descendant du tabouret de bar, Sean se plaça devant la jeune femme, la plaqua étroitement contre lui et se mit à pétrir les courbes appétissantes de sa chute de reins.

— Je séjourne actuellement chez mon frère, expliqua-t-il, dans une magnifique villa qui surplombe la mer.

— Oh ! ce doit être formidable !

— Il y a un Jacuzzi et un bar réfrigéré dans ma salle de bains.

Malgré les apparences, Sean n'en rajoutait pas, et se contentait d'énoncer la vérité. Sa voix se réduisit à un murmure suggestif.

— Veux-tu venir admirer la vue avec moi ?

Riant de nouveau, Bree s'agita contre son bas-ventre.

— De quelle vue s'agit-il, au juste ?

Sean lui mordilla délicatement le lobe de l'oreille.

— Celle qu'il te plaira de contempler.

Au même moment, la serveuse préférée de Don s'approcha du bar pour passer une commande.

— Deux bières pression, une Mort subite et trois kirs maison, lança-t-elle au barman.

Elle jeta un bref coup d'œil sur Sean, observa la position de ses mains et détourna rapidement le regard. Sous la frange de ses interminables faux cils, il détecta une indiscutable expression de mépris.

Fronçant les sourcils, il la toisa avec colère et resserra délibérément son étreinte. De quel droit se permettait-elle de juger son comportement ? Ne travaillait-elle pas dans ce club, où il profitait simplement des avantages qui lui étaient offerts ? Vue de près, elle lui parut plus mince et plus élancée qu'il ne l'avait cru, et ses jambes au galbe parfait attiraient irrésistiblement le regard. Mais à quoi pouvait ressembler son visage, une fois débarrassé du fard qui le dissimulait ? Si Don réussissait à passer le reste de la nuit avec elle, il s'exposait à quelque surprise le lendemain matin.

Les boissons commandées étaient prêtes. Penchée sur le bar, la serveuse rassembla rapidement verres et bouteilles sur son plateau, ajouta un bol de cacahuètes et quelques serviettes avant de s'éloigner, et de se faufiler entre les tables, vive comme l'éclair. Sean la regarda servir une table de jeunes gens vêtus de T-shirts à l'emblème de l'université locale. Souriante, elle dit quelque chose qui provoqua l'hilarité des garçons, puis passa sans attendre à la table suivante, où deux quinquagénaires étaient installés. En moins de dix secondes, ils riaient aussi de bon cœur, manifestement sous le charme.

Sean s'aperçut soudain — un peu tard — que Bree s'adressait à lui. Il se retourna à regret, peu disposé à quitter la serveuse des yeux. Quelle étrange fascination pouvait-elle exercer sur lui ?

— Excuse-moi… Que disais-tu ? Je n'entends pas très bien, avec tout ce bruit.

— Pour la troisième fois : je dois aller avertir ma copine que je pars avec toi, répéta Bree.

Diable, en étaient-ils déjà arrivés à ce stade ? Oui, c'était bien possible, en effet. Sean observa sa compagne avec attention et, au lieu de voir l'ensemble d'attributs appétissants qui l'avait séduit un instant plus tôt, il découvrit une jeune femme solitaire à la poursuite d'une chimère qui ne lui apporterait sans doute que désillusion et amertume. Son désir s'évanouit, cédant la place à cette immense lassitude qui l'accablait depuis la mort d'Arturo.

Il recula d'un pas et rompit leur étreinte, sans toutefois lui lâcher la main. Pour la première fois depuis leur rencontre, il s'intéressa réellement à son sort, éprouva un semblant d'affection pour elle. Cette jeune personne allait s'attirer de graves ennuis si personne ne s'avisait de la mettre en garde. Même si la démarche se révélait inutile — son expérience de policier l'avait rendu lucide à cet égard —, il se devait néanmoins d'essayer.

— Bree, as-tu jamais songé aux risques que tu prends en suivant un inconnu rencontré dans un bar ? Il peut s'agir d'un assassin, ou d'un détraqué dangereux. Je pourrais être une brute qui adore battre les femmes…

— Mais tu appartiens à la police ! protesta-t-elle.

Dégageant sa main d'une secousse, elle dévisagea soudain Sean avec méfiance.

— Je ne suivrais pas n'importe qui, tout de même !

— Je t'ai dit que j'étais policier. Mais comment peux-tu savoir si c'est vrai ? Réfléchis un peu, Bree. Crois-tu qu'un assassin t'aborderait en claironnant : « Viens chez moi, ma mignonne, j'adore découper les femmes en petits morceaux » ?

La jeune femme haussa le menton avec humeur.

— Dois-je comprendre que tu m'as menti ? Que tu n'es pas vraiment détective ? Oh ! je déteste les hommes qui me racontent des histoires !

— Non, ce n'est pas cela… Bon, tant pis. Je suis désolé, Bree. Tu es une fille ravissante et tu danses merveilleusement bien, mais je crois…

Elle le quitta sans lui laisser le temps d'achever sa phrase. « Bravo, songea Sean. Ton message a été reçu cinq sur cinq. »

Tout en regardant les femmes qui évoluaient sur la piste, il s'efforça de trouver une bonne raison pour coucher avec l'une d'elles. Hélas ! il n'en découvrit pas la moindre, fût-elle mauvaise — attitude qui aurait probablement fait le bonheur du psychiatre attaché aux services de la police judiciaire de Denver.

« Vous refusez le rapport sexuel parce que c'est l'affirmation de la vie par excellence et que vous vous estimez responsable de la mort d'un homme. »

Il lui semblait presque entendre les élucubrations du psy sur le sujet…

Incapable de trouver son frère, il se mit à observer de nouveau sa serveuse préférée, qui semblait s'occuper d'un plus grand nombre de tables que le reste du personnel. Au bout de quelques minutes, il repéra enfin Don, qui sortait des toilettes et se dirigeait droit vers elle. Ils échangèrent quelques mots et il se mit à rire, lui aussi, mais Sean ne remarqua aucun signe d'intimité particulière entre eux. N'était-ce pas étrange ? Tout en se montrant aimable et enjouée avec les clients, la jeune femme conservait une certaine distance — comme si elle se tenait sur ses gardes — qui intriguait Sean. Comment s'appelait-elle, déjà ? Don avait mentionné son prénom… Toutefois, en dépit de ses efforts, Sean dut admettre qu'il avait un trou de mémoire.

Il s'adossa au comptoir du bar, les épaules affaissées, sa chope de bière entre les mains. Comment s'étonner qu'on l'envoie chez le psychiatre chaque fois qu'il essayait de reprendre du service ? Sa sexualité — ou plutôt son absence de sexualité, en l'occurrence — ne concernait que lui. Mais, s'il ne parvenait pas à se rappeler un prénom qu'il avait entendu citer une heure plus tôt, sa carrière de détective touchait manifestement à sa fin. Sa mémoire exceptionnelle des détails lui avait pourtant rendu pendant longtemps d'inestimables services.

Refoulant la crainte sourde, permanente, d'avoir subi une lésion quelconque due à la balle qu'on lui avait extraite du crâne, Sean commanda une autre bière. Les médecins affirmaient que la balle avait simplement éraflé l'os sans toucher le cerveau. Selon eux, ses pertes de mémoire et ses fréquentes sautes d'humeur étaient d'ordre psychologique — le fameux syndrome de culpabilité du survivant — et imputables au fait qu'il vivait encore alors que le sergent Arturo Rodriguez était mort, abattu par un gangster que Sean aurait pu reconnaître s'il s'était approché davantage.

Sean pensait avoir surmonté le traumatisme provoqué par cette tragédie, mais, à son retour de l'hôpital, la découverte de sa femme dans les bras du chirurgien qui venait de l'opérer avait menacé de le déstabiliser de nouveau. Cette fois encore, il avait néanmoins réussi à se raisonner… jusqu'à ce que son nouveau coéquipier se fasse descendre à son tour dans une embuscade. Alors, enfin, les coups répétés du sort avaient eu raison de lui.

Il repoussa sa bière sans y toucher, soudain pris de nausée. Pour récompenser la conduite de Lynn, les tribunaux lui avaient accordé la garde de Heather. C'était la vie, comme disait Don. Chienne de vie, oui ! Bon gré, mal gré, il fallait s'en accommoder. Redressant la tête, Sean fixa son attention sur son frère. La serveuse anonyme riait et plaisantait encore avec Don, mais elle se déroba de manière évidente quand il fit mine de vouloir l'enlacer par la taille.

Sean ne prit vraiment conscience qu'il s'était déplacé que

lorsqu'il se retrouva à la table de son frère, où il s'assit à son tour.

— Tiens, te voilà ! lança Don avec une jovialité exagérée, sans doute contrarié qu'il était par la stérilité de ses avances auprès de la serveuse. Je voudrais te présenter une charmante demoiselle, Maggie Stevens. Maggie, voici mon frère aîné, Sean. Il est venu de Denver me rendre visite.

Pendant une fraction de seconde, Sean eut l'impression que la jeune femme se figeait. Puis elle lui sourit avec une décontraction et une chaleur qui le firent douter de lui-même. Le psychiatre avait-il raison de le croire hypersensible ?

Maggie rejeta ses cheveux en arrière.

— Bonsoir, Sean. Heureuse de faire votre connaissance. Vous êtes ici en vacances ?

— Comment l'avez-vous deviné ?

Les yeux de la jeune femme pétillèrent.

— Le froid de ces régions inhospitalières vous colle encore à la peau. Quelques jours de plus sous les tropiques, et vous allez fondre comme neige au soleil…

Rien dans son attitude n'indiquait qu'elle se souvenait de l'avoir vu au bar quelques instants plus tôt. Pourquoi s'en serait-elle souvenue, du reste ? Cette moue méprisante n'était sans doute que le fruit de son imagination, décida Sean. Ces derniers temps, outre ses fréquentes erreurs d'appréciation, il croyait souvent déceler de l'hostilité là où il n'y en avait aucune.

— Bravo pour votre perspicacité, dit-il. Je suis venu voir ma famille et essayer de me détendre un peu. L'hiver n'a pas été facile. Et vous, Maggie ? Vous n'avez pas le moindre accent du Sud, il me semble.

— Non, en effet. Je viens de Sacramento, en Californie.

Elle fit passer son plateau d'une hanche à l'autre, attirant l'attention sur la finesse de sa taille et la courbe gracieuse de sa chute de reins. La manœuvre ne manquait pas d'astuce, surtout si elle tendait à empêcher Sean et son frère de s'intéresser de trop près à ce qu'elle disait.

— Quel vent vous a donc amenée en Floride ? demanda Sean, qui refusait de se laisser duper aussi aisément.

Elle eut un rire léger, teinté d'amertume.

— Eh bien, j'ai commis l'erreur de me marier sitôt mon diplôme en poche, et mon mari et moi nous sommes allés nous installer dans le Michigan, au nord du pays. Pour une native de Californie, comme moi, pareils hivers défient l'imagination. Je n'avais jamais vu de congères ni de neige aussi persistante.

Elle fit mine de frissonner.

— Lorsque nous nous sommes séparés, Pete et moi, je n'avais plus qu'une envie : m'installer dans une région chaude. Et j'ai choisi la Floride.

— Depuis combien de temps êtes-vous ici ? demanda encore Sean en agitant sa bière jusqu'à ce qu'une mousse épaisse se forme à la surface.

Au coup d'œil surpris que lui jeta Don, il prit conscience du ton inquisiteur de ses questions. Aussi tempéra-t-il la suivante d'un sourire aimable.

— Vous y sentez-vous déjà un peu chez vous ?

— Je commence à m'habituer. Cela fait presque un an que je suis arrivée, et la région me plaît beaucoup.

Tout en parlant, elle essuya la table avec la rapidité, l'efficacité que Sean avait remarquées un instant plus tôt dans ses moindres gestes.

— Désirez-vous boire autre chose, messieurs ? Ou grignoter quelques *nachos*, peut-être ?

— Certainement. Apportez-moi un Coca Light, s'il vous plaît, Maggie, dit Don, en se flattant le ventre d'un air penaud. Rien à manger : je dois surveiller ma ligne.

— Pour ma part, je prendrai volontiers des *nachos*, dit Sean.

Maggie le gratifia d'un sourire.

— Vous avez raison. Ils sont délicieux, ici. Désirez-vous une autre bière ?

— Un Perrier fera l'affaire.

Soudain, il avait envie d'être sobre.

— Un Coca Light, un Perrier, une corbeille de *nachos*. Je reviens tout de suite.

Elle les quitta tandis que Don la suivait des yeux d'un air rêveur.

— N'est-elle pas merveilleuse ? s'extasia-t-il.

— Sans aucun doute : jolie poitrine, des jambes à faire se damner un saint… Peut-être même a-t-elle un visage intéressant sous les tonnes de maquillage dont elle s'enduit.

Don pivota sur sa chaise et le dévisagea sans complaisance.

— Tu ne la trouves pas à ton goût, n'est-ce pas ? Mais quel est ton problème avec les femmes, mon vieux ? Tu tiens absolument à retomber sur une enquiquineuse comme Lynn ? Si c'est le cas, je vais t'apprendre une chose, frérot : il existe des milliers de femmes qui ne t'obligeront pas à ramper pour obtenir leurs faveurs.

— Peut-être, mais Maggie Stevens n'est pas du nombre. N'insiste pas, Don. Tu ne vois donc pas qu'elle n'acceptera jamais une invitation de ta part ?

— Qu'est-ce que tu en sais ?

Sean grimaça un sourire désabusé.

— Disons que, après six ans de vie commune avec Lynn, je sais reconnaître une empoisonneuse quand j'en vois une. Dans le cas de Maggie, cela saute aux yeux — comme si elle portait au front l'inscription : « Bas les pattes ou je mords. »

— Pour ce qui me concerne, elle peut me mordre quand bon lui semble, affirma Don. Dis-moi, que s'est-il passé avec ta jolie rousse ?

— Elle me rappellera un de ces jours.

— En réalité, tu l'as envoyée promener. Tout à l'heure, sur la piste de danse, elle semblait prête à te dévorer tout cru… Tu devrais cesser de réagir ainsi, Sean. Crois-moi, on peut coucher avec quelqu'un sans être systématiquement obligé d'aller plus loin. Parfois, cela aide à se sentir bien, tu sais.

— Oui, je sais.

Etait-ce tout à fait vrai ? Il lui arrivait de se demander s'il n'avait pas oublié le caractère naturel de l'amour physique, la satisfaction réciproque qu'il engendrait.

Maggie revint, toujours aussi vive malgré l'heure avancée et la fatigue qui devait commencer à la gagner. Elle posa devant eux une petite corbeille débordant de *nachos*, décapsula les deux bouteilles d'une main experte et versa leur contenu dans des verres, le sourire aux lèvres.

— Voilà, messieurs. Bon appétit.

Don lui tendit un billet de 50 dollars.

— Je vous rapporte la monnaie tout de suite, dit-elle.

— Gardez tout, ma jolie, répliqua-t-il en fermant la main sur la sienne.

— Mais l'addition ne se monte qu'à 13 dollars...

— A la bonne heure ! C'est bien la moindre des choses : vous avez couru toute la soirée et vous méritez bien un petit dédommagement pour votre peine.

— Eh bien, je vous remercie.

Don lui flatta légèrement le dos de la main.

— Il n'y a pas de quoi.

Il s'éclaircit la gorge, évitant le regard de son frère.

— Ecoutez, Maggie, je connais un excellent restaurant dans le centre-ville, face à la mer. On y sert le meilleur brunch de la région. Me permettriez-vous de passer vous prendre chez vous demain, vers midi ?

— Oh ! c'est très gentil, mais j'ai mille choses à faire...

Déjà, elle pivotait, prête à les quitter.

Don la retint par le poignet.

— Il faut prendre le temps de vous nourrir, insista-t-il. Cela ne durera pas plus d'une heure.

— Bon, je pourrai peut-être me libérer un moment. Merci, Don. C'est vraiment gentil de votre part. J'aurai grand plaisir à déjeuner avec vous.

Inexplicablement, Sean eut l'impression qu'elle n'acceptait l'invitation qu'en raison de sa présence. Les yeux de la jeune femme croisèrent les siens, et il décela un soupçon de méfiance dans son regard. Pliant le billet que Don venait de lui remettre, elle le glissa ostensiblement au creux de son corsage, comme pour faire comprendre à Sean qu'elle agissait ainsi de façon intéressée.

— Ne prenez pas la peine de passer me chercher, dit-elle à

Don. Je dois faire quelques courses en ville demain matin ; autant que nous nous retrouvions au restaurant, disons… à midi et demi. Cela vous convient ?

— Votre heure sera la mienne, ma jolie.

Elle écouta attentivement les indications qu'il lui donnait pour se rendre au restaurant, sans toutefois prendre la peine de les noter. Sans doute connaissait-elle déjà le quartier, jugea Sean.

— Je me réjouis par avance, dit-elle enfin. Eh bien, bonsoir, messieurs.

Elle s'éloigna prestement vers une table où on lui faisait signe, laissant Don dans un état de béatitude indescriptible.

Sean fit claquer ses doigts sous le nez de son frère.

— Hé, Don ! Redescends un peu sur terre, veux-tu ?

— Pardon ? fit Don en sursautant. Décidément, je n'ai jamais connu de femme d'une compagnie aussi agréable, ajouta-t-il sans quitter Maggie des yeux. Elle a toujours un petit mot à dire à chacun, et avec quelle classe !

— Bien sûr.

Fallait-il essayer d'introduire un peu de réalisme dans les divagations de son cadet ? se demanda Sean. Il y renonça, sachant que certaines batailles étaient perdues d'avance.

— Je suis convaincu qu'elle est faite pour moi, affirma Don. J'ai enfin rencontré la femme de ma vie.

Ses propos devenaient vraiment inquiétants.

— Allons, sois sérieux ! lui dit Sean. As-tu déjà vu cette demoiselle à la lumière du jour ? L'as-tu seulement rencontrée à l'extérieur de ce bar ? Tu ne sais absolument rien à son sujet et mon intuition me dit qu'elle peut t'attirer des ennuis. De graves ennuis. Quelque chose ne tourne pas tout à fait rond, dans son comportement.

Don repoussa sa chaise pour se lever.

— Sais-tu ce qui t'arrive, en fait ? Tu as nagé si longtemps en eau trouble, à la poursuite de gangsters et autres canailles, que tu sentirais une odeur d'égouts au milieu des rosiers.

— Possible, admit Sean. Mais tout bon jardinier te dira que les plus belles fleurs poussent sur le fumier.

— Qu'entends-tu par là, au juste ?

— A force de lever le nez pour admirer les fleurs, tu risques de tomber dans la fosse à purin.

Don se mit à rire.

— Quelle poésie ! Sean, mon petit bonhomme, qu'allons-nous faire de toi ? Maggie est une femme merveilleuse, et moi un adulte averti. Alors, cesse de t'inquiéter pour moi.

A quoi bon discuter avec Don quand il prenait ce ridicule accent écossais ? Mieux valait se résoudre à l'inévitable et changer de sujet. Néanmoins, si son frère avait l'intention de revoir Maggie après le déjeuner du lendemain, Sean s'arrangerait pour en savoir plus sur la jeune femme. Peut-être n'était-il pas au mieux de sa forme, ces temps-ci, mais il pouvait au moins essayer d'épargner à son frère un quatrième échec sentimental.

2.

Sean MacLeod. Il était de nouveau là, assis au bar, sa chope de bière entre les mains. Maggie sentit son regard posé sur elle avec une telle acuité qu'elle eut l'impression qu'il la touchait. Les nerfs à vif, elle frissonna. Pourquoi était-il revenu ? Elle se trompait rarement dans ses jugements — c'était indispensable à sa survie —, et elle avait la quasi-certitude que MacLeod n'était pas le genre d'homme à fréquenter volontiers les night-clubs. Mais, s'il n'était pas venu pour l'alcool ou pour les femmes, que faisait-il donc au Perroquet Rose ?

Les réponses possibles ne présageaient rien de bon pour elle. Ayant beaucoup changé en quinze ans, elle avait cru, après un très bref instant de panique, pouvoir raisonnablement estimer qu'il ne l'avait pas reconnue, le soir précédent. A présent, elle en était moins sûre.

La peur lui noua brusquement le ventre et elle se mit à trembler, les jambes lourdes comme du plomb. Elle aurait dû s'enfuir la veille, lorsqu'il était encore temps. Bien sûr, c'était facile à dire après coup. Rétrospectivement, les erreurs semblent toujours presque évidentes, mais la veille, alors qu'elle s'interrogeait sur le parti à prendre, la situation ne lui paraissait pas aussi simple. Au cours des semaines qui avaient suivi son évasion, elle avait appris à subsister dans le dénuement le plus complet, cherchant ses repas dans les poubelles des restaurants ; elle s'était alors fait la promesse de ne jamais se croire définitivement à l'abri du besoin. Le souvenir de ces jours difficiles, encore trop vif dans sa mémoire, l'avait décidée à retarder son départ de vingt-quatre heures, le temps de vider son compte en banque et de réclamer son salaire.

Pour tout dire, elle était lasse de cette fuite perpétuelle, lasse de mentir, lasse de se cacher, d'évaluer sans cesse le risque d'être découverte par rapport au désagrément d'un départ ; mais sa lassitude de cette vie errante n'excusait en aucune manière sa stupidité. La sanction de son inconséquence se trouvait maintenant en face d'elle, en la personne du détective MacLeod. Pour deux mille malheureux dollars, elle avait mis sa liberté en péril.

Elle le vit quitter le comptoir et se diriger vers elle. Maggie ne pouvait s'autoriser une nouvelle conversation avec lui ; dès lors, la fuite constituait son unique chance de salut. Encore et toujours la fuite. S'armant de courage, elle s'esquiva derrière un groupe de touristes et fila vers le vestiaire pour y prendre son sac et ses clés. Les doigts crispés sur son plateau bien garni, elle s'employa de son mieux à traverser la salle sans rien renverser. Dans l'immédiat, l'essentiel consistait pour elle à demeurer imperturbable. Les criminels se faisaient prendre lorsqu'ils se comportaient en criminels. Elle devait donc évoluer avec l'aisance tranquille de quelqu'un qui est en règle avec la justice tant qu'elle n'aurait pas franchi le seuil du vestiaire.

Maudit soit ce MacLeod ! Voilà des années qu'elle n'avait pas éprouvé pareille angoisse.

Moins de dix mètres la séparaient de son but quand il l'intercepta.

— Bonsoir, Maggie.

« Souris ! se dit-elle. Réponds comme si tu étais charmée de le voir. »

Elle en était capable. Elle avait affronté des situations autrement plus effrayantes qu'une rencontre avec un flic qui ne l'avait probablement pas reconnue.

— Tiens, bonsoir ! lança-t-elle en feignant la surprise. D'où sortez-vous donc ?

Sa respiration saccadée, laborieuse, risquait de la trahir. Elle espéra qu'un ton désinvolte accompagné d'un sourire suffirait à donner le change.

— Où est votre frère ? Don ne m'a pas avertie qu'il comptait venir ce soir.

Sean ne se donna même pas la peine de lui sourire en retour.

— Don n'est pas avec moi. L'une de ses ex-épouses souhaitait le voir pour régler un problème. J'ai préféré ne pas l'attendre. Ce genre de discussion peut se prolonger durant une bonne partie de la nuit.

Les yeux bleus qu'il dardait sur elle — aussi pénétrants que dans son souvenir — exprimaient un cynisme désabusé qui les vieillissait de cent ans.

Ignorant son allusion pleine de sous-entendus aux ex-femmes de Don, Maggie s'efforça de rire et ne réussit qu'à produire un son étranglé, du plus pitoyable effet.

— Vous ne semblez pas vous amuser beaucoup, tout seul, observa-t-elle. La musique ne vous convient pas ? On dit pourtant que nous avons le meilleur D.-J. de Tampa.

— Je ne suis pas venu pour écouter la musique.

Son regard l'enveloppa tout entière, exerçant sur elle un pouvoir magnétique.

— Dansons ensemble, ajouta-t-il.

Une sensation étrange, indéfinissable, se mêla soudain à la peur de Maggie et la fit frissonner. Pétrifiée, elle chercha à décliner poliment l'offre de MacLeod, mais ses cordes vocales étaient aussi paralysées que le reste de son organisme. Heureusement, une serveuse vint la tirer d'affaire fort à propos en lui cognant le coude au passage.

— Hé, Maggie ! lui dit-elle après s'être excusée. Qu'est-ce qui t'arrive ? Réveille-toi ! Bert regarde de ce côté, et la table 6 commence à s'impatienter.

Ce rappel prosaïque aida Maggie à recouvrer sa voix et ses esprits. Après avoir rassuré Charlène, elle adressa un nouveau sourire de commande à MacLeod — espérant que ce serait le dernier.

— Merci infiniment, mais nous ne sommes pas autorisées à danser avec les clients. Le règlement est strict, vous savez. A présent, il faut que je vous quitte si je tiens à garder ma place. Bert, le gérant du club, n'est pas vraiment disposé à payer ses serveuses pour bavarder dans un coin.

— Partons ensemble quand vous aurez terminé votre service et je vous emmènerai danser ailleurs. J'aimerais vraiment passer un moment avec vous. Si vous n'avez pas envie de danser, nous pourrons parler un peu.

Pourquoi insistait-il ainsi ? Elle était prête à parier que le séduisant frère de Don n'éprouvait aucune attirance particulière pour elle. Au cours du périple en auto-stop qui l'avait menée jusqu'en Floride, elle avait voyagé à bord de camions et semi-remorques de toute sorte. Depuis, elle reconnaissait aisément l'expression du désir masculin — voire féminin — sous toutes ses formes. Sean possédait une bonne dose de magnétisme animal, mais il ne l'exerçait pas le moins du monde sur elle. Dans ce cas, s'il ne la draguait pas, pour quelle raison s'intéressait-il donc à elle ? De toute évidence, il soupçonnait quelque chose. Mais quoi ? Avait-elle de sérieux motifs de s'inquiéter, ou s'affolait-elle pour rien ?

Sa vie à Tampa lui convenait si bien que Maggie fut brièvement tentée d'accepter son invitation, comptant sur ses qualités de comédienne pour déjouer d'éventuels soupçons. Même si elle avait affaire au policier qui avait découvert naguère le revolver utilisé par l'assassin de sa mère, sans doute était-il incapable de mettre un nom sur son visage — sans quoi, il l'aurait déjà fait savoir.

Ce projet, aussi tentant fût-il, n'en demeurait pas moins irréaliste. Elle n'était pas arrivée jusque-là en commettant des imprudences. Une stratégie de repli sans concession avait assuré sa sécurité pendant plus de six ans, et en changer maintenant eût été un véritable suicide. En s'attardant près d'un an à Tampa, elle avait gravement dérogé à son propre code de survie. L'apparition de MacLeod constituait un signal d'alarme qui lui rappelait à point nommé le danger de s'enraciner où que ce fût.

Sa décision prise, Maggie évita de s'éterniser en regrets superflus. Tampa et son petit appartement en ville appartenaient au passé. S'armant de courage, elle réussit à afficher une expression enjouée, sereine et résolue.

— Je vous remercie, Sean, mais j'ai vraiment besoin de sommeil, ces jours-ci.

Gagnant le comptoir, elle posa quelques serviettes et un bol d'amuse-gueules sur son plateau, feignant d'être venue là dans cette intention.

— Saluez Don de ma part quand vous le verrez, voulez-vous ? dit-elle. Nous avons passé un bon moment ensemble, à midi. C'est un garçon adorable, avec un cœur d'or.

Sean ne pouvait manquer de saisir l'allusion délibérée au fait qu'elle avait connu son frère avant lui. Avec un peu de chance, il en déduirait qu'elle s'intéressait à Don et n'insisterait pas davantage.

Sa tactique, toutefois, n'eut pas l'effet escompté.

— Vous n'êtes pas faits l'un pour l'autre, riposta Sean.

Il s'interrompit brusquement comme s'il craignait d'en avoir trop dit, et Maggie profita de cette pause pour lui adresser un petit signe d'adieu avant de se faufiler entre deux clients obèses vêtus de chemises hawaïennes. Jetant un coup d'œil derrière elle à la dérobée, elle constata qu'il était resté près du bar et laissa échapper un profond soupir de soulagement. Elle aurait préféré le voir partir, mais le club allait fermer dans une vingtaine de minutes ; dans ces conditions, pourquoi se préoccuper davantage de sa présence ? Il ne lui restait plus qu'à raser les murs pour éviter au maximum de se faire remarquer, ce soir-là, et à endurer pendant dix-huit minutes le poids du regard de MacLeod posé sur sa nuque. Ce n'était pas au-dessus de ses forces.

Elle tremblait encore quand elle arriva aux tables que lui avait désignées sa collègue et prit les commandes pour une dernière tournée. Tandis que Carlos préparait ses margaritas, elle risqua un coup d'œil furtif vers l'autre extrémité du bar. MacLeod ne semblait pas le moins du monde disposé à partir.

Surprenant son regard, il agita même la main dans sa direction d'un petit geste narquois. Elle se détourna avec brusquerie, et se rendit compte un peu tard qu'il aurait mieux valu se borner à lui retourner son salut avec un sourire.

Mais pourquoi n'allait-il pas se coucher ?

Loin de partir, Sean semblait soudain entreprendre de ranimer les dernières braises d'une soirée sur le point de s'éteindre. Excellent danseur, d'une prestance remarquable, il dégageait un charisme incontestable. En compagnie d'une jolie fille aux cheveux courts, il se lança dans un rock endiablé sous les faisceaux colorés des projecteurs, drainant l'attention et l'admiration de tous ceux qui se trouvaient là. Puis, lorsque le D.-J. annonça l'ultime série de morceaux, Maggie le vit danser avec une beauté brune vêtue d'un élégant fourreau noir, beaucoup trop moulant pour autoriser le moindre sous-vêtement.

Maggie apporta leurs consommations à des clients et se plia sans rechigner à leur demande d'une assiette de *nachos* supplémentaire. Tout en naviguant entre les tables pour regagner le bar, elle se surprit à glisser malgré elle quelques coups d'œil vers la piste de danse. Sean et sa partenaire, étroitement enlacés, se balançaient langoureusement au rythme d'un slow sans même feindre de danser réellement. Les yeux mi-clos, la superbe brune semblait flotter sur un petit nuage. Sean arborait l'expression triomphante du conquérant sûr de son fait.

Curieusement ébranlée, la gorge sèche, Maggie ne sut à quoi attribuer cette étrange émotion. Ce genre de scène se produisait plusieurs fois chaque soir sans jamais provoquer chez elle la moindre réaction. Elle n'aurait su décrire au juste ce qu'elle éprouvait ; peut-être la peur se confondait-elle parfois avec l'excitation sexuelle, songea-t-elle avec une pointe d'autodérision.

— Hé, Maggie, quel est le problème avec les *nachos* ? Ce n'est pas le moment de t'endormir, ma grande. Tes clients ont à peine dix minutes pour les manger.

— Pardon ?

Betty Lou agita la corbeille de *nachos* sous le nez de Maggie.

— Tu n'as pas apporté la commande de la table 7. Y a-t-il une raison particulière ?

— Non, aucune, dit Maggie, les traits soudain crispés. Je suis désolée, Betty Lou. Pourrais-tu les réchauffer une seconde au micro-ondes ? Je me suis tellement démenée ce soir que j'ai dû avoir un moment d'inattention.

— D'accord. Mais ne t'en prends pas à moi si tes clients se plaignent qu'ils ne sont plus croquants.

— Promis. Merci, Betty Lou.

Le gérant, un personnage sournois à la main baladeuse, la héla au moment où elle regagnait la salle.

— Eh bien, Maggie, que vous arrive-t-il ? Deux tables vous ont attendue pour passer leur commande, et j'ai dû leur envoyer Charlène à votre place.

— Excusez-moi, Bert. J'ai été débordée, ce soir.

— Vous en prenez à votre aise, tout à coup. Cet emploi ne vous intéresse plus ?

Qu'insinuait-il donc ? Il était impossible qu'il puisse se douter qu'elle projetait de s'enfuir !

— Mais si, voyons…

— J'ai vu comment MacLeod vous tournait autour. N'allez

pas vous figurer que vous pourriez devenir la quatrième Mme MacLeod.

Sean aurait-il été déjà marié trois fois ? Maggie dut se faire violence pour ne pas se tourner de nouveau vers la piste de danse.

— Je sors tout juste moi-même d'un divorce très pénible, affirma-t-elle, tellement accoutumée à ce mensonge qu'il en devenait presque vrai à ses yeux. Je ne cherche pas à épouser qui que ce soit, et certainement pas Sean MacLeod. Je le connais à peine !

— Sean ? répéta Bert. Je croyais qu'il s'appelait Don. C'est écrit en lettres géantes à la devanture de ses succursales :

OCCASIONS DON MACLEOD
LES MEILLEURES AFFAIRES DE LA RÉGION

Bert lui parlait de Don, évidemment ! Don qui venait au Perroquet Rose quatre fois par semaine depuis deux mois, et qui la courtisait sans se cacher. Embarrassée, Maggie s'empressa de rattraper sa méprise.

— En effet, vous avez raison. Il s'appelle Donald, pas Sean. Vous voyez à quel point je m'intéresse à lui, n'est-ce pas ?

Visiblement, le gérant demeurait soupçonneux.

Comme la plupart des gens promus à un poste trop élevé pour leur degré d'intelligence, il redoutait en permanence que le personnel se moque de lui. Et, ces derniers temps, il manifestait un peu trop d'intérêt à son égard, jugea Maggie. Sans doute devinait-il d'instinct qu'elle cachait quelque chose. Il fallait à tout prix écarter de son esprit une idée aussi dangereuse pour elle.

Malgré le dégoût que lui inspirait ce manège, elle bâilla et s'étira légèrement de manière à mettre son buste en valeur. Comme prévu, l'œil de Bert s'alluma aussitôt.

— Bon, il est temps que je retourne surveiller mes tables, dit-elle, consciente que son plan fonctionnait beaucoup trop bien, Bert étant le genre d'homme à se précipiter sur la première venue au moindre encouragement. Il est presque l'heure de fermer.

Il s'humecta les lèvres.

— Pas si vite. Il faut que je vous parle un moment, après la fermeture. Vous laisserez les autres nettoyer les locaux, ce soir.

— Certainement. Comptez sur moi.

Il était d'autant plus facile à Maggie d'accepter qu'elle n'avait pas la moindre intention de s'exécuter. Dès les premières lueurs de l'aube, elle serait sur la route, bien loin des avances de ce répugnant personnage.

— Rendez-vous tout à l'heure dans mon bureau, dès que vos tables seront débarrassées. N'oubliez pas.

— C'est entendu.

« Tu peux toujours courir, gros porc ! » songea Maggie.

— Je l'espère pour vous, si vous souhaitez conserver votre emploi.

Lui tournant le dos, il regagna son poste d'observation, à côté du D.-J., d'où il pouvait embrasser toute la salle du regard.

« Quel personnage immonde ! » se dit encore Maggie.

Elle patienta jusqu'à ce qu'un client accapare l'attention de Bert et fila prestement vers les vestiaires du personnel sans se faire remarquer. Ses collègues de travail étaient trop occupées pour la voir tandis que Sean, pour sa part, évoluait toujours sur la piste de danse. Une explosion nucléaire réussirait-elle à le déranger ? Maggie n'en aurait pas mis sa main au feu. La réapparition de Sean MacLeod dans son existence aurait été de courte durée.

Après avoir pris son sac à main et enfilé un chandail, elle s'apprêtait à s'éclipser par la sortie de secours quand elle s'aperçut que Bert venait de la rejoindre.

Au travail depuis 17 h 30, elle était complètement exténuée et tenaillée par la nécessité urgente de quitter la ville. Mais, habituée à la fatigue et aux soucis, elle n'avait jusqu'à ce jour jamais commis la moindre étourderie ; comment avait-elle pu se laisser piéger par le gérant de manière aussi stupide, après les propos éloquents qu'il venait de lui tenir ?

Ses craintes se précisèrent quand il croisa les bras et s'adossa au battant de la porte qui donnait sur le parking, pour lui barrer le chemin. Elle jeta un rapide coup d'œil derrière elle en direction de l'autre sortie, celle qui reliait les vestiaires du personnel à la grande salle du night-club. En se précipitant de ce côté, avait-elle une chance d'échapper à Bert ?

— A votre place, je n'essaierais pas de m'enfuir, Maggie Stevens. Ce serait une grave erreur.

La manière dont il prononçait son nom la mit mal à l'aise.

— On avait prévu de bavarder un moment après le travail, je crois ?

— Excusez-moi, dit Maggie d'un ton pondéré. J'ai dû oublier.

L'expérience lui avait enseigné qu'il était parfois possible de déjouer une agression d'ordre sexuel en réagissant de manière raisonnable, comme si l'on avait affaire à un être civilisé sensible à des arguments rationnels. Tout en parlant, elle se rapprocha imperceptiblement de la porte qui communiquait avec le night-club.

— Il est horriblement tard, Bert. Pourrions-nous remettre cette entrevue à demain ? Je peux arriver une demi-heure plus tôt, si vous souhaitez encore me parler.

Comme prévu, son comportement naturel, sans équivoque, désarma le gérant, qui hésita assez pour permettre à Maggie d'arriver tout près du but. Mais au dernier moment, comme elle glissait une main derrière elle pour saisir la poignée de la porte, il l'attrapa par le bras et la ramena dans la pièce.

— Vous ne devez pas être si épuisée que cela, la nuit n'est pas encore très avancée. Si nous prenions un dernier verre ensemble ?

— Merci, mais je préfère remettre cela à une autre fois, si vous n'y voyez pas d'inconvénient.

Réprimant une nausée, elle s'efforça de masquer la répulsion qu'il lui inspirait.

— La journée a été longue, et j'ai vraiment besoin de repos.

— Je n'ai pas l'intention de vous retenir très longtemps, dit-il en resserrant son étreinte. A vrai dire, ma femme se plaint toujours que je conclus beaucoup trop rapidement. Venez donc dans mon bureau, nous y serons plus tranquilles.

— Si vous m'obligez à vous suivre, je vais me mettre à hurler.

— Certainement pas, dit-il sans élever la voix. Vous n'oserez pas appeler, Maggie Stevens. Vous avez trop de choses à cacher.

Qu'entendait-il exactement par là ? Pourquoi persistait-il à prononcer son nom sur ce ton plein de sous-entendus ?

— Bert, ces propos n'ont aucun sens. Je n'ai rien à cacher. Maintenant, laissez-moi partir, s'il vous plaît.

— Je voudrais voir la somme que vous avez gagnée ce soir en exhibant ce décolleté avantageux sous le nez des clients.

Il s'empara de son sac, l'ouvrit et en fouilla le contenu, à la recherche du portefeuille de Maggie.

— Mince ! s'exclama-t-il avec stupéfaction. Il y a près de deux cents dollars, là-dedans !

Résignée, Maggie attendit qu'il prenne l'argent, mais il remit les billets à leur place avant de l'entraîner jusqu'à son bureau, dont il ferma la porte derrière eux.

— Voilà, dit-il en la plaquant contre le mur, les mains posées de chaque côté de sa tête. Nous serons beaucoup mieux ici, rien que toi et moi. Personne ne viendra nous déranger.

— Arrêtez, Bert ! Laissez-moi sortir.

Il ne fit pas un geste, ne prit même pas la peine de verrouiller la porte.

— Ecoute, ma jolie, cessons de tourner autour du pot et jouons cartes sur table. Tu as trouvé un travail peinard, chez nous. Tu dois empocher près de mille dollars par semaine en cumulant salaire et pourboires, ce qui te permet de mener la belle vie.

— Et vous en déduisez ? questionna Maggie d'un ton las.

— J'en déduis que tu as intérêt à être très gentille avec moi, poupée, si tu tiens à conserver ce boulot qui finance la petite vie agréable que tu mènes ici.

Il était inutile de protester et de s'indigner, Maggie le savait bien. Pourtant, elle ne put s'en empêcher. Pour une raison inexplicable, le sang-froid dont elle ne s'était jamais départie pendant six ans lui faisait défaut, ce soir.

— Je suis bien assez gentille avec vous, Bert ! répliqua-t-elle. Je m'éreinte chaque soir à servir vos clients, et c'est pour cela que vous me payez. Pour cela, et rien d'autre.

— Ma foi, c'est affaire d'opinion, ma belle. En ma qualité d'employeur, j'aimerais obtenir un minimum de reconnaissance pour le généreux salaire que je t'accorde. Tu me dois bien cela.

Maggie écarta une main qui s'aventurait vers son décolleté.

— J'ai deux fois plus de clients à servir que n'importe quelle autre employée ; je gagne chaque dollar de mon salaire à la sueur de mon front et je n'ai pas à vous remercier en vous laissant exercer une forme de « droit de cuissage ».

— Un droit que je remettrais volontiers à l'honneur, pour ma part, remarqua Bert.

Cessant de sourire, il repoussa Maggie contre le mur et la maintint solidement, une main appuyée sur sa gorge tandis que l'autre se glissait sous son chandail.

« Oh, non ! » se dit Maggie. Cela n'allait pas recommencer ! Combien de fois cette stupide comédie se reproduirait-elle ainsi ?

D'un geste brutal, Bert lui souleva le menton pour la contraindre à le regarder.

— Autant te préciser ce que tu me dois, ma jolie. Tu me dois tout.

— Qu'est-ce qui vous fait dire cela ?

— Le fait que je garde le silence à ton sujet. Depuis plus d'un mois.

Maggie sentit son estomac se nouer.

— Et à quel propos gardez-vous le silence ? demanda-t-elle par pure bravade. Ma vie n'a de secrets pour personne, Bert.

Il se contenta d'en rire.

— Vraiment, ma jolie ? Dis-moi, alors, ce qui se passerait s'il me prenait la fantaisie de confier au sympathique commissaire de notre district comment j'ai découvert que la demoiselle embauchée par mes soins il y a plus de dix mois n'est pas une citoyenne parfaitement en règle avec la justice…

La gorge sèche, Maggie secoua la tête.

— Il vous rirait au nez, j'imagine.

— Crois-tu ? Ta carte d'identité est un faux, Maggie Stevens… ou mademoiselle X. Maintenant, je serais curieux d'apprendre ce qui pourrait inciter une jeune femme à utiliser des papiers falsifiés. Selon moi, ce n'est pas là l'attitude d'une personne qui n'a rien à se reprocher.

Il ne lui restait plus qu'à jouer la carte de l'effronterie, résolut Maggie. Dès qu'elle aurait réussi à se tirer de ce mauvais pas, Maggie Stevens disparaîtrait à jamais de la surface de la terre.

— Vous vous trompez, déclara-t-elle d'un ton déterminé. Mes papiers ne sont pas des faux. Otez vos mains de là, à présent. Je m'en vais.

— Nous savons tous les deux que tu mens… Maggie Stevens. Et tu n'iras nulle part tant que je n'aurai pas décidé de te laisser partir.

Cette fois, il avait prononcé son nom d'un ton ouvertement moqueur.

— Si tu te montres assez conciliante, je déciderai peut-être de garder cette information pour moi. Tu as sans doute de bonnes raisons de te faire passer pour quelqu'un d'autre, et je suis toujours disposé à accorder le bénéfice du doute à un joli brin de fille — à condition qu'elle m'en sache gré, bien entendu.

Maggie cessa de le repousser.

— Que me voulez-vous ? demanda-t-elle.

Evidemment, elle connaissait déjà la réponse.

— A la bonne heure, chérie ! Te voilà enfin raisonnable. Voici mes conditions : tu m'accordes les quelques faveurs dont je rêve depuis dix mois, et je ne verrai plus aucune raison de parler à mon ami, le commissaire Morelli. Que penses-tu de cette généreuse proposition ?

Coucher avec Bert ne serait pas la pire des mésaventures qui lui étaient arrivées, mais elle se placerait presque en tête du classement, songea Maggie avec tristesse. Comme elle ne répondait pas, il prit son mutisme pour un consentement tacite. Un rictus triomphant déforma ses traits, et une vilaine lueur embrasa son regard.

Quand il la prit dans ses bras, Maggie ferma les yeux et demeura inerte, sans opposer de résistance, et sans coopérer non plus. Chaque fois qu'elle croyait être tombée au plus bas, elle découvrait par la suite un niveau de dégradation plus infamant encore. Elle détourna la tête pour éviter les baisers de Bert, mais jugea inutile de crier, de le frapper ou de chercher à s'enfuir.

C'était une première dans l'existence chaotique qu'elle

menait, se dit-elle alors que Bert lui ôtait son chandail et le jetait sur une chaise. Elle échangeait son corps contre une chance de pouvoir continuer à fuir et se cacher pour le restant de ses jours. Quelle excellente affaire !

A présent, il lui avait dégrafé son bustier et décrivait du bout de la langue des cercles humides sur ses seins, autour des aréoles. Le souvenir d'une autre nuit, d'une autre tentative de viol, surgit dans la mémoire de Maggie. Soudain prise de nausée, elle se mit à frissonner de tout son corps, comme sous l'empire d'une violente fièvre.

Bert se méprit sur sa réaction.

— Oui, poupée, cela te met dans tous tes états, n'est-ce pas ? Et tu n'as pas encore tout vu, tu peux me croire.

Ses mains semblaient traîner partout à la fois, souillant chaque parcelle de la peau de Maggie. Crispée, elle endura ce calvaire jusqu'au moment où il fit descendre la fermeture à glissière de son short et insinua à l'intérieur une main maladroite. Un spasme de révulsion la secoua.

— Je vous en prie ! dit-elle, les paumes à plat contre le mur et le regard perdu dans la pénombre. Ne faites pas cela, Bert, je vous en prie.

Pour toute réponse, il fit glisser le short le long de ses hanches et chercha fébrilement à écarter son slip. Maggie ravala ses sanglots sans oser appeler au secours. En accusant Bert de harcèlement sexuel, elle s'exposait à une riposte immédiate, sous forme de dénonciation.

Quand il dégrafa son propre pantalon et sortit son sexe, Maggie eut un mouvement de recul instinctif, et son crâne heurta le mur.

— Non, Bert ! fit-elle d'une voix étranglée. Ne m'obligez pas à subir cela, s'il vous plaît.

Miraculeusement, la bouche humide cessa aussitôt de parcourir sa gorge et son agresseur se figea. Stupéfaite, Maggie leva les yeux au moment où Sean MacLeod attrapait Bert par les épaules pour l'écarter d'elle.

— Vous avez entendu ce qu'a dit cette dame, Bert ? Elle vous a demandé d'arrêter.

— Mais bon sang…

Le gérant pivota brusquement en fermant son pantalon, puis serra les poings. Le direct qu'il voulut décocher à MacLeod n'atteignit pas son but, et Sean lui saisit le poignet, avant de lui tordre le bras derrière le dos, pour l'immobiliser fermement.

— Elle a même ajouté « s'il vous plaît », poursuivit-il, comme s'il n'avait pas été interrompu. Il est grand temps de la laisser sortir.

— Foutez le camp ! gronda Bert. Et occupez-vous de vos affaires.

— Ce sont mes affaires, assura Sean. Cette dame a dit « non ». J'en conclus donc que vous vous apprêtiez à la violer, ce qui constitue un crime.

— La violer ? Vous êtes cinglé ?

L'indignation du gérant paraissait sincère.

— Elle se régalait, espèce d'imbécile ! Vous ne savez donc pas que les femmes disent toujours non jusqu'à ce qu'on les persuade de commencer à dire oui ?

Maggie n'avait pas la moindre intention d'écouter les théories de son patron sur le comportement sexuel des femmes.

Reprenant son chandail, elle l'enfila rapidement, sans prendre la peine de reboutonner son bustier, et ramassa son sac sur le plancher.

— Merci d'être intervenu, dit-elle à Sean. Je vous suis vraiment reconnaissante. Je vous dois beaucoup.

— A votre service.

Bert tenta de se dégager, et Sean lui tordit un peu plus le bras pour lui rappeler qui avait le dessus.

— Que voulez-vous que je fasse de lui ? Je peux le ligoter jusqu'à l'arrivée de la police.

— Il est inutile d'alerter la police, répondit vivement Maggie. Je ne veux pas porter plainte.

Du coin de l'œil, elle jeta à Bert un regard suppliant. Allait-il comprendre qu'elle lui proposait un marché — le silence concernant son identité en échange de son propre renoncement à toute poursuite pour tentative de viol ?

Elle crut discerner un imperceptible hochement de tête du gérant, et décida de s'en contenter.

— Bonsoir, Sean, lança-t-elle en se précipitant vers la porte. Je ne sais comment vous exprimer toute ma gratitude, ajouta-t-elle avant de disparaître.

Elle traversa le parking en courant et s'installa, essoufflée, au volant de sa voiture. Elle s'apprêtait à démarrer quand la porte du night-club s'ouvrit en coup de vent, livrant passage à MacLeod.

Maggie le regarda un instant, le cœur battant à se rompre. Pendant une fraction de seconde, sa main hésita sur la clé de contact. Puis elle recouvra ses esprits. Après avoir mis le moteur en marche, elle manœuvra rapidement et quitta le parking à toute allure. Bien sûr, elle venait de lui donner d'excellentes raisons de la soupçonner ; mais quelle importance ? Dans une heure ou deux, trois tout au plus, elle roulerait sur l'autoroute du Nord en direction de la Géorgie.

Elle fit un détour pour rentrer chez elle — précaution presque machinale bien qu'elle fût sortie du parking avant que Sean ait eu le temps de prendre sa voiture pour la suivre. Afin de ne pas attirer l'attention d'un véhicule de police, elle respecta scrupuleusement la limitation de vitesse et atteignit son immeuble sans encombre, un peu étourdie par ses mésaventures de la soirée.

Une fois dans son appartement, elle employa toute son énergie à faire ses malles pour ne pas ressasser ses regrets de quitter le seul logis auquel elle s'était attachée depuis son enfance. Simple deux pièces meublé sans recherche, l'appartement jouissait cependant d'une vue agréable sur la baie depuis le balcon. En outre, la salle de bains, sans être luxueuse, lui donnait une telle impression de fraîcheur et de propreté avec ses faïences bleu myosotis qu'elle se prélassait chaque soir avec délice dans la baignoire. Plongée dans un bain moussant et parfumé, elle avait même parfois l'impression de réussir à chasser cette horrible odeur de prison qui collait à sa peau. Il lui était encore plus pénible de quitter cette agréable salle de bains que sa cuisine flambant neuve.

Néanmoins, elle ne s'y attarda guère. Experte en désertions nocturnes, Maggie savait, après une bonne douzaine de récidives, exactement quoi jeter et quoi emporter. Seule sa perruque la fit hésiter. Elle retira l'inesthétique accessoire, prête à le jeter dans le grand sac-poubelle à moitié rempli de produits dont elle souhaitait se débarrasser, puis se ravisa. Un voisin pouvait la voir quitter l'immeuble, et il était important qu'elle conserve l'apparence habituelle de Maggie Stevens, la locataire du cinquième étage.

Avec méthode, elle vida le réfrigérateur et fit tomber boîtes de conserve et bouteilles des étagères dans le sac plastique. Ainsi, les derniers vestiges de l'existence de Maggie Stevens disparaîtraient dans le premier conteneur qui se trouverait sur sa route. Elle avait rassemblé quelques pots d'herbes aromatiques sur son balcon et accroché au-dessus de son lit une reproduction des *Nymphéas* de Monet achetée quelques semaines plus tôt. Les jeter avec le reste lui causa un douloureux pincement au cœur. Mais, lorsque le propriétaire viendrait reprendre possession de l'appartement dont elle n'aurait pas réglé le loyer, il devait découvrir un endroit assez impersonnel pour ne rien révéler des goûts et des aversions de la personne qui l'avait occupé.

Les règles du jeu qu'elle avait choisi de jouer étaient strictes. Lorsqu'on voyageait avec deux valises, comme pour un départ en vacances, on n'allait pas s'encombrer de tableaux et de plantes en pot. C'était pour cela qu'elle était obligée de trouver rapidement des emplois rémunérateurs, comme sa place de serveuse au Perroquet Rose. Les éternels fugitifs mènent une vie onéreuse, eux qui ne sont pas en mesure de réclamer le remboursement de leurs cautions ou le paiement de salaires qui leur restent dus.

Du moins Maggie avait-elle paré à toute éventualité en se munissant par avance d'une identité de rechange en cas de nécessité. Après son départ, Maggie Stevens prendrait une chambre dans quelque motel. Puis, personne ne la reverrait ni n'entendrait jamais parler d'elle.

Un jour ou l'autre — très bientôt —, une certaine Christine Williamson arriverait à Colombus, dans l'Etat de l'Ohio.

3.

Au volant d'une Pontiac vert bouteille qui ne figurait pas parmi les modèles favoris de son frère, Sean estima que ce véhicule était d'une discrétion parfaite pour une filature. Il mit quelques minutes à rattraper Maggie, mais, une fois qu'il eut repéré sa voiture, il put la suivre sans risque de la perdre de vue. Après avoir passé six mois à surveiller les gangs de Los Angeles, alors que ceux-ci essayaient d'imposer leur système de distribution de stupéfiants sur le marché « amateur » de Denver, se maintenir dans le sillage de Maggie Stevens n'était pour lui qu'un jeu d'enfant.

Il n'avait guère de mérite. Le Perroquet Rose étant situé sur une large artère à sens unique, en bordure d'Ybor City, il n'y avait aucune hésitation possible quant à la direction à emprunter lorsqu'on quittait le parking. Maggie conduisait en outre une vieille Chevy bleue, passablement cabossée, donc aisément repérable, et assez bruyante pour qu'on l'entende de loin. Enfin, à trois cents mètres du night-club, la circulation de deux rues adjacentes venait se fondre dans celle de l'avenue, permettant d'avancer sans se faire remarquer dans le flot continu de véhicules.

Peu familiarisé avec la baie de Tampa et ignorant où se rendait la jeune femme, Sean devait néanmoins s'appliquer à ne pas la perdre de vue. Ce ne fut qu'une fois garé dans un coin discret du parking de sa résidence — et seulement alors — qu'il put enfin prendre le temps de s'interroger sur sa hâte irraisonnée à s'élancer sur les traces d'une inconnue.

Que faisait-il donc là ? La scène dont il venait d'être témoin le scandalisait. Il brûlait de monter jusqu'à l'appartement de Maggie, de l'entraîner au commissariat le plus proche et de la convaincre de porter plainte contre son employeur — même s'il n'espérait pas une seconde lui faire entendre raison. Maggie Stevens s'ingéniait tellement à passer inaperçue qu'elle avait renoncé à crier ou à se défendre quand cet homme l'avait agressée ; elle s'était bornée à le laisser faire, les traits empreints d'une détresse qui avait bouleversé Sean. Manifestement, ce n'était pas là le comportement d'une femme disposée à porter plainte. Quel but poursuivait-il donc en surveillant ainsi, le nez levé, la fenêtre du cinquième étage où la silhouette de Maggie allait et venait derrière les rideaux ?

Incapable de trouver une réponse immédiate, il continua d'attendre et d'observer. Son frère envisageait d'épouser cette femme dont la biographie présentait quelques lacunes surprenantes. Quoique indigné par la conduite du gérant à son égard, Sean ne considérait pas pour autant Maggie comme une sainte. A coup sûr, elle manigançait quelque chose, et Don était le « pigeon » idéal. Sean se sentait tenu de découvrir ce qu'elle cachait, afin de protéger son frère, bien trop candide avec les femmes.

Sitôt rentrée, Maggie avait ouvert une fenêtre, et la brise nocturne agitait les bandes verticales du store, laissant entrevoir son va-et-vient incessant. Manifestement, elle ne s'était pas installée pour se détendre devant quelque série télévisée tardive et ne semblait pas non plus sur le point de se mettre au lit. S'occupait-elle de son ménage ?

Sean se redressa soudain sur son siège. Bon sang ! Elle était en train de déménager ! L'agression de son employeur l'avait sans doute dissuadée de mettre son mystérieux plan à exécution, et elle préférait quitter la ville sur-le-champ.

Prêt à bondir de sa voiture et à monter s'expliquer avec elle, il se reprit juste à temps. Quelle mouche l'avait donc piqué, cette nuit ? Où était passé son bon sens coutumier ? Même si Maggie projetait de partir s'installer ailleurs, il n'avait aucune raison de s'interposer ni aucun droit — moral ou légal — de l'épier, au bas de son immeuble. Rien ne prouvait qu'elle avait commis un délit, ni même qu'elle nourrissait des intentions douteuses à l'égard de son frère — rien, sinon une conviction intime qui, selon l'avis des experts, ne valait plus grand-chose.

Mécontent de lui, Sean s'étira, bâilla et fit jouer ses muscles engourdis. Il était temps de rebrousser chemin et de laisser Don débrouiller seul l'écheveau de ses innombrables mésaventures sentimentales. Le comportement absurde du détective MacLeod ferait les délices de son psychiatre, songea Sean avec une grimace. Sans doute finirait-il par en déduire que la balle extraite du crâne de son client avait bel et bien endommagé ses facultés mentales.

Alors qu'il s'apprêtait à redémarrer, Maggie apparut dans l'entrée de son immeuble, une valise à chaque main. Apparemment pressée, elle ne remarqua pas le véhicule en stationnement sous les arbres, au fond du parking. De crainte de se ridiculiser, Sean préféra ne pas attirer son attention et se tassa sur son siège, espérant ainsi demeurer invisible.

Maggie posa ses valises sur le trottoir et rentra dans l'immeuble, pour réapparaître peu après, chargée de deux sacs-poubelle qu'elle traînait derrière elle, incapable de les soulever. Au lieu d'aller les déposer dans le conteneur installé un peu plus loin, elle les emporta jusqu'à sa voiture.

Sean tressaillit, puis se reprocha sa stupidité. Les sacs en plastique contenaient sans doute des effets qui n'entraient plus dans ses bagages. Si la vue d'un sac-poubelle évoquait automatiquement pour lui pièces à conviction et indices de crime, il devait songer à changer bientôt de métier.

Maggie se pencha pour ouvrir le coffre de son véhicule. Comme la poignée résistait, elle lui imprima une brève secousse, visiblement habituée à procéder ainsi. A la seconde tentative, le coffre s'ouvrit si brusquement qu'elle fit un bond en arrière, et le loquet s'accrocha dans ses cheveux, emportant une masse de boucles crêpées.

Sean quitta aussitôt sa voiture et la rejoignit en quelques secondes. Il s'en doutait ! Cette invraisemblable crinière dénonçait évidemment les artifices d'une perruque.

— Où allez-vous ? demanda-t-il en s'approchant. Pourquoi vous enfuyez-vous ainsi ?

Occupée à dégager sa perruque du loquet, la jeune femme tressaillit au son de sa voix et fit volte-face. Quand elle reconnut Sean, ses traits se figèrent.

— Ça ne vous concerne pas, dit-elle en arrachant finalement la perruque et en la jetant dans le coffre. Ce serait plutôt à vous de m'expliquer pour quelle raison vous m'avez suivie.

— Parce que je voudrais savoir ce qui vous effraie ainsi, répondit Sean.

Au même moment, il prit conscience que c'était bien là sa

véritable motivation, l'intérêt de Don n'étant qu'une excuse à ses agissements.

— Est-ce seulement le gérant, demanda-t-il, ou bien avez-vous peur d'autre chose ?

— Votre imagination vous perdra. Je n'ai pas peur, j'en ai simplement assez de travailler au Perroquet Rose. J'ai décidé de déménager et d'essayer de m'installer quelque temps à Orlando, voilà tout.

Elle mentait, Sean en était certain, mais il ne pouvait pas la contraindre à se confier si elle préférait s'en abstenir. Alors qu'il la regardait sans rien dire, il dut soudain s'avouer l'attrait qu'elle exerçait sur lui. Débarrassée de cette perruque vulgaire, elle était tout simplement ravissante. Elle avait enlevé ses faux cils, ôté les couches de fard qui la vieillissaient de plusieurs années. Ses vrais cheveux, d'une jolie nuance châtain clair, brillaient à la lueur d'un réverbère, souples et soyeux comme ceux des femmes asiatiques. La brise fit voler quelques mèches qui se plaquèrent contre sa joue, et elle les ramena vivement derrière l'oreille.

Sean éprouva un étrange pincement au cœur. Ce simple geste lui semblait terriblement familier, comme s'il l'avait déjà vue le répéter à plusieurs reprises par le passé. Mais aurait-il pu oublier Maggie Stevens s'il l'avait rencontrée un jour ? Elle n'était pas de ces femmes qu'on oublie aisément. Son visage d'une beauté obsédante, ses formes sculpturales et la sensualité naturelle qui émanait de sa personne formaient une combinaison explosive.

Quoi qu'il en soit, elle avait fait preuve de discernement en évitant de se montrer sans perruque et sans maquillage au Perroquet Rose. Dépouillée de ces artifices, elle possédait une distinction, une allure si exceptionnelles que sa présence aurait paru déplacée dans un endroit de ce genre.

Elle soutint son regard un bref instant, puis s'employa soudain à hisser les sacs-poubelle dans son coffre sans accepter l'aide qu'il lui proposait.

— Pourquoi vous enfuyez-vous, Maggie ? insista-t-il, peu satisfait par sa réponse précédente. Est-ce à cause de ce qui s'est passé tout à l'heure ?

— Je ne m'enfuis pas…

— Bien sûr. Ce départ précipité à 4 heures du matin était programmé depuis longtemps dans votre plan de carrière.

Elle refusa de mordre à l'hameçon.

— Quelque chose de ce genre, en effet.

Sean n'abandonna pas la partie.

— Ecoutez, si vous avez peur de M. Schaff, il faut porter plainte contre lui pour harcèlement sexuel au lieu de déguerpir ainsi. Je me ferai un plaisir d'étayer votre déposition par un témoignage vigoureux. Vous ne seriez pas la première femme à vous plaindre de lui, ni la dernière — à moins de lui prouver que sa conduite n'est pas seulement odieuse, mais aussi criminelle.

— Il le sait déjà.

— Non. Il n'a encore jamais eu à rendre compte de ses agissements. Et, si vous fuyez, il demeurera convaincu qu'il peut persister à imposer sa volonté à des employées non consentantes, mais vulnérables, en toute impunité.

Tout en faisant rouler ses valises sur le trottoir, Maggie lui jeta un regard chargé de commisération.

— Je vais être un peu trop occupée cette semaine pour trouver le temps de sauver l'humanité. Merci tout de même pour votre proposition de témoignage. A présent, si vous le permettez, je dois m'en aller.

— Je ne vous demande pas de sauver l'humanité, Maggie. Seulement de vous protéger, vous et vos collègues de travail.

En dépit d'une hésitation perceptible, elle secoua vivement la tête.

— Je regrette, inspecteur, mais il y a erreur sur la personne. Ce discours rebattu à propos d'une prétendue solidarité féminine me laisse de marbre. Le monde est une jungle impitoyable, je l'ai appris à mes dépens.

Les sacs de plastique occupant tout l'espace du coffre, elle chargea ses valises sur le siège arrière.

— Au revoir, Sean.

— Comment savez-vous que je travaille dans la police ?

La question avait fusé avec la rapidité d'une balle. Maggie le dévisagea sans sourciller.

— Votre frère me l'a dit, naturellement.

Naturellement. A quoi s'attendait-il, au juste ? Sur le point de saisir son poignet pour la retenir, il se ravisa juste à temps. Bonté divine, avait-il perdu la raison ?

— Au revoir, répondit-il enfin. A mon avis, vous avez tort de ne pas porter plainte. Mais bonne chance tout de même à Orlando.

Il crut voir passer comme un voile sur le regard qu'elle posa sur lui, et elle lui parut soudain plus vulnérable.

— Merci, murmura-t-elle. Je vous suis très reconnaissante de m'avoir secourue ce soir, Sean. Sans votre intervention, Bert m'aurait sans doute violée.

— Et vous l'auriez laissé faire.

Elle se détourna et s'installa au volant, son silence tenant lieu d'acquiescement. Ils n'avaient rien de plus à se dire, et l'attrait évident qu'ils éprouvaient l'un pour l'autre ne pouvait mener nulle part. Plein de mélancolie à l'idée qu'il ne reverrait plus jamais cette femme, Sean rebroussa chemin en direction de sa voiture. La défense des intérêts de son frère était le motif initial de sa curiosité à l'égard de Mlle Stevens, et rien ne le retenait plus auprès d'elle à présent qu'elle ne représentait plus une menace pour Don. Si elle avait projeté de lui soutirer de l'argent, ou si son casier judiciaire n'était pas vierge, quelle importance, une fois qu'elle aurait disparu ? En toute logique, il aurait dû se réjouir de son départ. Hélas ! toute notion de logique semblait avoir déserté sa vie depuis quelque temps — notamment en matière de sentiments personnels. Sans qu'il puisse s'expliquer comment, il avait succombé au charme de Maggie Stevens.

Tout en attachant sa ceinture de sécurité, Sean entendit la Chevy démarrer, mais il évita de se retourner en remarquant qu'elle calait presque aussitôt. Après une brève pause, le moteur se remit à tourner, puis s'arrêta de nouveau. La jeune femme était en difficulté, ce qui n'avait rien d'étonnant quand on voyait l'état lamentable de son véhicule. Avec un haussement d'épaules, Sean quitta néanmoins le parking, décidé à la laisser se tirer d'affaire toute seule, cette fois. Ne lui avait-elle pas exprimé de façon claire son refus de toute assistance ? Dans ces conditions, il était inutile de s'obstiner à lui offrir une aide dont elle ne voulait pas.

Il alluma la radio et baissa la vitre. La fraîcheur du petit matin permettait de conduire sans climatisation, et l'air marin au goût de sel qui lui balayait le visage le réconforta.

Dans le lointain, il entendit encore les ratés de la Chevrolet, mais il les ignora.

Quand il arriva au bout de la rue, Maggie et sa voiture n'étaient toujours pas en vue. Il se rangea sur la droite pour regagner la voie rapide qui le mènerait à la villa de son frère. Et puis, à cent mètres de la bretelle de raccordement, il enfonça brusquement la pédale du frein et, jurant entre ses dents, exécuta une manœuvre interdite pour rebrousser chemin.

Le véhicule de Maggie n'avait pas bougé, et la jeune femme, penchée sous le capot relevé, examinait le moteur. En entendant la Pontiac approcher, elle se redressa, se tourna brièvement dans sa direction, puis inclina de nouveau la tête en essuyant ses doigts couverts d'huile avec un chiffon.

Sean descendit de voiture.

— Vous avez besoin d'un coup de main ?

— Je crois que oui, en effet.

La gratitude et le soulagement que contenait sa voix semblaient sincères.

— J'ai passé en revue tous les éléments auxquels on pense en premier lieu, expliqua-t-elle. Vous croyez que ça pourrait être l'alternateur ?

— C'est possible. Laissez-moi jeter un coup d'œil.

Sean n'était pas aussi bon mécanicien que son frère, mais il ne tarda pas à découvrir d'où provenait la panne.

— Les fils des bougies ont grillé. Et l'alternateur semble effectivement mal en point.

Alors qu'il énonçait son verdict, Sean vit une lueur de panique passer dans le regard de la jeune femme.

— Ce n'est sans doute pas quelque chose que nous puissions réparer en un tour de main, dit-elle avec une petite grimace de résignation. Merci tout de même d'être revenu sur vos pas, c'est vraiment gentil de votre part.

— A votre service.

Lui prenant le chiffon des mains, il s'essuya à son tour.

— Qu'allez-vous faire, à présent ?

— Appeler un garagiste. C'est une chance que je sois tombée en panne devant mon immeuble.

Elle esquissa un sourire faussement enjoué.

— Merci encore. Inutile de vous attarder. Je vais remonter chez moi pour téléphoner, et cela risque de prendre un certain temps, à une heure pareille.

Son talent de comédienne était si étonnant que son effort pour empêcher ses mains de trembler ou la légère crispation de sa mâchoire auraient pu échapper à Sean — s'il l'avait observée avec moins d'attention.

— Pourquoi cet affolement, Maggie ? lui demanda-t-il. Pourquoi est-il si important pour vous de quitter tout de suite Tampa ?

— J'ai failli être violée ! rappela-t-elle d'un ton sec. Quoi d'étonnant à ce que je veuille partir d'ici ?

— Il n'y a rien d'étonnant. J'ai seulement l'intime conviction que cette agression n'est pas le véritable motif de votre fuite. Elle vous sert plutôt de prétexte.

— Apparemment, vous ne comprenez pas…

— Je comprends beaucoup mieux que vous ne le pensez, l'interrompit-il. Je crois que votre employeur vous a fait du chantage, et que vous vous êtes sentie assez menacée pour accepter de le laisser faire en échange de son silence.

— Je commence à douter de vos talents de détective,

inspecteur. Ce genre de déduction me semble hâtif et fantaisiste.

Ignorant le sarcasme, Sean fit mine de compter sur ses doigts.

— Vous êtes la meilleure serveuse du dancing et n'auriez aucune peine à trouver immédiatement un autre emploi : rien ne vous oblige donc à payer de vos charmes pour garder celui-ci. Ce qui signifie qu'il a d'autres moyens de pression sur vous. Lesquels ? Je doute que vous soyez une étrangère en situation irrégulière et qu'il ait menacé de vous dénoncer. Est-ce que vous vous droguez ? Vous a-t-il surprise en train de vous piquer ?

— La drogue me fait horreur sous toutes ses formes, affirma la jeune femme d'une voix sourde, pleine de véhémence. J'ai vu de trop près les dégâts qu'elle peut causer pour avoir jamais envie d'y goûter. La situation est beaucoup moins compliquée que vous ne l'imaginez. Quand on le contrarie, Schaff est un homme capable de violence. Je ne me suis pas défendue physiquement parce qu'il m'a immobilisée et parce que je craignais qu'il me tue. L'histoire s'arrête là.

— Non, elle ne fait que commencer. Si vous croyez vraiment ce que vous venez de dire, il est encore plus important que vous portiez plainte.

— Ça suffit, Sean ! N'insistez pas. Je ne porterai pas plainte. A présent, si vous voulez bien m'excuser, je vais aller téléphoner pour qu'on m'envoie une…

— Non, ne partez pas ! coupa Sean en lui barrant le passage. Allons prendre le petit déjeuner ensemble. Il est près de 5 heures, trop tard pour aller se coucher. Une fois que nous nous serons restaurés, j'appellerai mon frère, qui vous dépannera plus rapidement que n'importe qui.

La voyant hésiter, il mit son indécision à profit.

— La réparation de ce véhicule risque d'être coûteuse, et aucun garagiste ne vous proposera un prix aussi intéressant que mon frère, vous le savez bien. Cela vaut tout de même la peine d'attendre deux heures de plus.

Maggie ne le contredit pas, ce qui avait valeur de consentement.

— Où allons-nous pouvoir déjeuner à une heure pareille ? demanda-t-elle quand même. Je ne connais aucun restaurant susceptible de nous servir. Et vous, vous n'êtes pas d'ici.

— Vous oubliez que vous avez affaire à un flic, riposta Sean. Envoyez un flic sur Mars, et il saura où les Martiens prennent leurs repas moins d'un quart d'heure après avoir quitté le vaisseau spatial. Sitôt arrivé ici, j'avais déjà repéré les meilleures adresses de Tampa.

La jeune femme esquissa un sourire.

— Vous m'impressionnez.

— Hé ! je n'ai pas été promu pour rien au grade d'inspecteur ! Vous avez devant vous le plus fin limier du Colorado en matière de repérage de briocheries. Je vous emmène ?

— Eh bien, d'accord… et merci.

Elle battit des paupières.

— Vous êtes très gentil.

— Disons plutôt : égoïste. Je déteste prendre mon petit déjeuner seul.

Il lui ouvrit la portière, et elle s'installa à la place du passager, offrant un rapide aperçu de ses longues cuisses fuselées. Quelques minutes plus tard, Sean s'engageait sur l'autoroute dans la direction opposée à celle du centre-ville. Alors qu'il cherchait les panneaux indiquant un self-service ouvert sans interruption, Maggie remarqua son manège, et elle se mit à rire quand il s'arrêta sur une aire équipée d'un Restoroute.

— Voici donc votre adresse de la région pour un petit déjeuner de choix ?

— Exactement ! dit Sean. Vous pensiez que j'avais découvert une buvette sur le port, au milieu des dockers et des montagnes de poissons rapportées par les chalutiers ?

— Ma foi, quelque chose de ce genre, en effet…

— Désolé.

Ouvrant la porte du restaurant, il s'effaça.

— Nous voici dans le meilleur routier de Tampa, recommandé par les policiers, pompiers et autres gourmets, pour changer un peu du sempiternel bord de mer.

Maggie passa devant lui, toujours souriante, et trébucha sur une marche qu'elle n'avait pas vue.

— Aïe ! fit-elle en basculant contre lui. Excusez-moi.

Elle recouvra très vite son équilibre et ajusta une bride de son escarpin. Une mèche de ses cheveux caressa le menton de Sean, douce comme la soie, et délicatement parfumée.

— Rien de cassé ? demanda-t-il. Vous êtes-vous tordu la cheville ?

— Non, ça va. J'aurais dû regarder où je mettais les pieds.

Sans être bondé, le restaurant ne manquait pas de clients matinaux, déjà attablés alors qu'il n'était pas encore 6 heures. L'hôtesse les plaça à une table d'angle et apporta aussitôt du café fumant. Confortablement calé contre la banquette,

Sean consulta le menu et se sentit soudain un appétit féroce. Tandis qu'il commandait une omelette richement garnie, Maggie changea d'avis à plusieurs reprises, pour arrêter son choix sur un muffin aux myrtilles et un grand verre de jus d'orange.

Quand la serveuse se fut éloignée avec leur commande, la jeune femme but une gorgée de café.

— Don m'a dit que vous viviez au Colorado depuis votre départ de l'université. La région doit vous plaire, je suppose.

— Beaucoup, oui — même si Denver s'est tellement développée, ces dernières années, que j'ai parfois la nostalgie de la petite cité provinciale du bon vieux temps. L'afflux de nouveaux habitants s'est accompagné d'une montée en flèche de la criminalité.

Sean remarqua que la croissance urbaine et la criminalité ne semblaient pas intéresser particulièrement sa compagne.

— Vous avez poursuivi vos études à l'université du Colorado, à Boulder ? demanda-t-elle.

— Oui, et j'y ai passé de très bons moments, même après l'année préparatoire, quand je me suis aperçu qu'il me faudrait travailler un peu parallèlement aux fêtes que les étudiants organisaient.

Maggie rit de nouveau.

— Voilà qui confirme la réputation du campus. Comment pourrait-il en être autrement ? Toute la jeunesse dorée des Etats-Unis est attirée par les stations de ski.

Cette remarque éveilla la curiosité de Sean.

— On dirait que vous connaissez l'endroit. Aurions-nous fréquenté la même université ?

— Non, je n'ai jamais mis les pieds au Colorado — à mon grand regret. J'ai effectué toute ma scolarité à Springfield, dans l'Illinois.

— Je croyais que vous étiez née en Californie.

— A Sacramento, plus précisément. Mais, après le divorce de mes parents, ma mère s'est installée à Springfield pour se rapprocher de sa famille.

La jeune femme esquissa une petite grimace.

— J'ai toujours rêvé d'apprendre à skier. Hélas ! mon père s'est remarié ; il a dû alors subvenir aux besoins de trois autres enfants et n'a pu m'envoyer étudier à Boulder, comme je le souhaitais. Il a opté pour une solution beaucoup moins onéreuse, proche de notre domicile.

— Mes parents, qui habitaient Chicago, n'auraient pas eu non plus les moyens de m'offrir des études dans un autre Etat, dit Sean, songeant que l'histoire de Maggie était parfaitement crédible sans pour autant emporter son adhésion. Heureusement, mes performances athlétiques m'ont valu une bourse d'études qui nous a beaucoup aidés.

— Hum ! voyons un peu… Quel était votre sport de prédilection ? Vous ne mesurez pas plus de un mètre quatre-vingts…

Sean s'assit le plus droit possible.

— Un mètre quatre-vingt-un, très exactement.

Une lueur d'amusement brilla dans les yeux de Maggie.

— Vous mesurez donc plus de un mètre quatre-vingts, admit-elle. Ce centimètre supplémentaire ne suffit pas à vous permettre d'atteindre la taille minimale exigée pour les joueurs de basket. Peut-être jouiez-vous au football américain, dans ce cas ?

— Vous avez deviné.

— Impressionnant.

— Il n'y a vraiment pas de quoi. Ma carrière a singulièrement manqué de panache. J'avais été la vedette du stade au lycée, et je suis arrivé à Boulder convaincu de devenir un champion à l'échelon national.

— Que s'est-il passé ? demanda Maggie. Une mauvaise blessure qui a interrompu votre ascension ?

— La vérité n'est pas aussi spectaculaire. J'ai découvert que, en affrontant les meilleurs joueurs de toutes les équipes des lycées américains, je n'atteignais pas les performances escomptées, loin de là. En année préparatoire, j'ai fini quarterback en seconde ligne — et ce fut là mon apothéose. Une fois par mois, quand cela ne comptait pas vraiment, les entraîneurs me laissaient jouer environ cinq minutes dans un vrai match.

Un léger sourire aux lèvres, Sean haussa les épaules.

— Je ne regrette rien. Appartenir à l'équipe de football favorisait les conquêtes féminines ; et puis, j'ai beaucoup voyagé, et mes études étaient gratuites. Si j'étais devenu joueur professionnel, je ne pourrais plus marcher ni dormir sans calmants, et j'aurais subi à ce jour une bonne douzaine d'opérations du genou ou de l'épaule.

— Vous avez pris votre parti de la situation avec bon sens et lucidité, remarqua Maggie. L'un de mes ex-employeurs, qui avait joué quelque temps dans une équipe professionnelle — assez modeste, au demeurant —, n'avait jamais pu oublier cette période glorieuse de son existence. Il ne pouvait aligner trois phrases sans glisser une allusion quelconque à ses prétendus exploits.

— C'est une réaction aussi fréquente que désolante, admit Sean. Maintenant que vous n'ignorez plus rien de ma vie d'étudiant, si nous parlions un peu de la vôtre ?

— J'ai étudié les sciences politiques. J'ai également bénéficié d'une bourse, qui m'a été allouée par le Secours catholique et m'obligeait à me maintenir à un certain niveau de résultats tout en menant une existence de recluse. Avec la menace de perdre tout soutien financier, je ne pouvais pas m'amuser beaucoup ; cela ne m'empêche pas d'éprouver une gratitude particulière envers quelques professeurs dont je n'oublierai jamais le dévouement extraordinaire.

— Vous n'avez jamais essayé de trouver un emploi où vous auriez tiré parti de votre diplôme ? s'enquit Sean.

La jeune femme joua un instant avec sa serviette, puis secoua la tête.

— Je n'ai peut-être pas assez insisté, mais, à part le gouvernement, personne n'a besoin de diplômés en sciences politiques, et les postes à pourvoir ne sont pas nombreux. J'aurais sans doute dû m'inscrire en droit…

— Pourquoi ne pas l'avoir fait ?

Elle haussa les épaules.

— Le mariage, puis un divorce très pénible, m'ont éloignée de mon objectif.

— Avez-vous des enfants ?

— Non, ce qui était préférable quand on voit la manière dont nous nous sommes séparés… Et vous ? Don m'a dit que vous aviez une fille.

— Une petite fille de cinq ans, qui se prénomme Heather. Vous avez bien de la chance que je me sois limité à n'emporter que trois photos d'elle.

Plongeant la main dans sa poche, Sean sortit son portefeuille et l'ouvrit pour montrer les clichés à Maggie. Elle les prit de bonne grâce, mais il eut l'impression qu'elle respirait soudain de manière saccadée, comme si son geste l'avait inexplicablement effrayée.

Cette impression passa très vite tandis qu'elle examinait les photos avec une attention et un intérêt authentiques.

— Elle est adorable, Sean. Vous avez beaucoup de chance.

— Je sais. Et, bien entendu, sa beauté n'a d'égal que son intelligence, sa vivacité, ses dons artistiques, son humour, et j'en passe…

La jeune femme se mit à rire. Sa nervosité — si Sean ne l'avait pas inventée — semblait complètement dissipée.

— Bien sûr, il s'agit là d'un jugement tout à fait impartial, je suppose ?

— Bien sûr, quoique légèrement au-dessous de la vérité, car je n'aime pas me vanter. Pour être sérieux, c'est une enfant pleine de qualités. Mon seul regret est de ne pouvoir la voir plus souvent.

— Le divorce s'accompagne toujours de souffrances, même lorsque c'est la meilleure solution pour tout le monde.

— Notre divorce était peut-être la meilleure option pour Lynn et moi. Pour Heather, j'en suis moins persuadé.

Maggie repoussa le portefeuille sur la table.

— A quoi bon entretenir de tels remords ? Croyez-vous aider ainsi votre fille à surmonter ses difficultés ? Si vous êtes persuadé que Heather est la principale victime de votre échec conjugal, à vous de trouver le meilleur équilibre possible dans vos nouveaux rapports familiaux.

Ses joues s'empourprèrent légèrement.

— Pardonnez-moi de vous faire la morale, mais je rencontre trop d'hommes infiniment plus occupés à gagner des batailles contre leur ex-femme qu'à établir des relations constructives avec leurs enfants.

Devait-il se reprocher ce genre d'attitude ? se demanda Sean. Cherchait-il à punir Lynn en se battant pied à pied au cours du combat juridique qui les avait opposés pour le droit de garde de Heather ? Alors qu'il rangeait son portefeuille dans sa poche, le retour de la serveuse lui fournit un excellent prétexte pour écarter ces questions embarrassantes.

Son estomac devait crier famine, car il attaqua son omelette avec un appétit féroce. Après quelques copieuses bouchées, il se cala contre le dossier de la banquette et sourit à sa compagne, décidé à savourer pour une fois l'instant présent sans s'interroger davantage ; il était heureux de commencer la journée auprès d'une ravissante jeune femme.

— Ce muffin est vraiment délicieux, dit Maggie en léchant du bout de la langue une miette égarée au coin de ses lèvres.

Sean sentit monter en lui une bouffée de désir aigu, presque déchirant. Leurs regards se croisèrent, accrochés presque malgré eux par la conscience fugitive d'un accord profond, magique, inexplicable. Pendant une fraction de seconde, il vit ses émotions se refléter dans les yeux de la jeune femme.

— Comment trouvez-vous votre omelette ? demanda-t-elle précipitamment.

— Excellente. Une fois encore, mon flair légendaire pour découvrir les meilleures tables ne m'a pas trompé.

Maggie avala d'un trait la moitié de son jus d'orange.

— Seigneur, j'avais vraiment besoin de me désaltérer ! avoua-t-elle en posant son verre avec un petit soupir d'aise.

Apparemment déterminée à ignorer les étincelles qui crépitaient entre eux, elle semblait également persuadée que Sean s'abstiendrait d'y faire allusion. Tout en continuant à grignoter son muffin, elle entretint une conversation anodine, rapportant quelques anecdotes amusantes entendues au Perroquet Rose.

— Ces histoires sont-elles authentiques ? demanda Sean en riant.

— Parfaitement, affirma Maggie. Du moins, à cinquante pour cent, ajouta-t-elle, le regard malicieux.

Sean se pencha sur la table et posa la main sur la sienne d'un mouvement si naturel qu'il en prit seulement conscience en suivant la direction du regard de Maggie. Du pouce, il caressa les phalanges délicates et vit le visage de la jeune femme s'empourprer.

— Encore un peu de café ? proposa-t-il.

— Non, merci. Je préférerais un peu d'eau glacée. Mais je vais d'abord aller me rafraîchir, si vous le permettez.

Dégageant sa main, elle consulta sa montre.

— Cela fait près d'une heure que nous bavardons ! Nous pourrons appeler Don pour qu'il me dépanne dès que vous aurez terminé votre repas.

— J'ai terminé, dit Sean.

Il était fasciné par la grâce et la distinction des traits de Maggie, maintenant qu'ils étaient débarrassés du fard qui en dissimulait la perfection. Une flamme brûlait au fond de ses prunelles bleu-gris, qui leur conférait une intensité particulière…

Elle se leva.

— Je reviens tout de suite. Pourriez-vous demander à la serveuse d'ajouter une tranche de citron vert à mon eau minérale, s'il vous plaît ?

— Je le peux, mais je crains que votre exigence ne soit déçue. Vous contenteriez-vous de citron jaune, le cas échéant ?

— Certainement, dit-elle avec un sourire mutin. Merci pour tout, Sean. Vous avez eu une excellente idée de m'entraîner ici ; je me suis beaucoup amusée.

Il la regarda se diriger vers le bar et demander où se trouvaient les toilettes. Elle lui adressa un petit signe discret avant de disparaître dans le couloir qui y conduisait.

En son absence, il commanda un verre d'eau citronnée et une autre tasse de café pour lui. Insensiblement, la caféine commençait à produire son effet sur son organisme éprouvé par une nuit de veille. Il se frotta les yeux et bâilla, presque satisfait de retrouver cette sensation familière de flottement, cet état de vague léthargie qu'il avait éprouvé tant de fois au cours de sa carrière.

La serveuse revint avec l'addition.

— Vous réglerez en partant, dit-elle. Merci, monsieur. Bonne journée.

D'humeur prodigue, il lui laissa un pourboire généreux et cala les billets sous le pichet de crème, tout en surveillant du coin de l'œil l'entrée du couloir. Quelques personnes passèrent, mais Maggie ne revenait toujours pas.

Soudain, il eut l'impression que le sang se figeait dans ses veines. Se redressant d'un bond sur la banquette de Skaï, il attrapa son portefeuille et le glissa dans sa poche avant de se précipiter vers le fond de la salle.

— Excusez-moi, dit-il à une dame qui sortait des toilettes, au bout du couloir. Auriez-vous aperçu une jeune femme d'une trentaine d'années, grande et mince, avec des cheveux châtain clair ?

La dame le dévisagea d'un air soupçonneux.

— Non, dit-elle. Mais je n'ai pas fait attention. Sean alla retrouver la petite blonde qui les avait servis.

— Rendez-moi un grand service, lui demanda-t-il. Jetez un coup d'œil dans les toilettes et dites-moi si ma fiancée s'y trouve encore.

— Votre fiancée ? demanda la serveuse. Est-ce la personne qui a déjeuné avec vous tout à l'heure ?

— Oui, dit Sean en refrénant son impatience. C'est elle.

— Dans ce cas, elle ne peut pas être aux toilettes : je l'ai vue partir il y a cinq minutes.

— Partir ? répéta Sean sans comprendre. Comment cela, partir ?

La serveuse haussa les sourcils comme si elle avait affaire à un simple d'esprit.

— Eh bien, si vous préférez, elle est montée dans sa voiture, puis elle a quitté le parking.

— Sa voiture ?

Sean jeta un regard éperdu vers le parking et faillit pousser un cri de rage. Nom d'un chien ! Maggie avait volé la Pontiac !

— Désolée, bredouilla la serveuse. Je ne me suis pas rendu compte qu'elle vous roulait.

— Ce n'est pas grave. Vous n'y êtes pour rien. Après avoir jeté deux billets de dix dollars au caissier, Sean sortit en courant, lâchant juron sur juron.

Le coupé de son frère n'était nulle part. Fébrilement, il palpa la poche de son blouson et s'aperçut que son trousseau de clés — qui comprenait, outre celles de la voiture, un double des clés de ses parents et de la maison de Don — avait disparu. Bon sang, comment avait-il pu faire preuve d'une telle stupidité ? Il s'était laissé prendre au piège par le plus grossier des voleurs à la tire. En pénétrant dans le restaurant, Maggie avait fait mine de trébucher et l'avait heurté au passage. Profitant de son trouble, elle lui avait subtilisé ses clés, puis avait délibérément engagé une conversation assez intime pour endormir sa méfiance et pouvoir filer à son aise, le moment venu… avec la voiture de Don. Sans doute était-ce là l'unique raison pour laquelle elle avait accepté son invitation : elle projetait de s'offrir un nouveau véhicule. Son affolement, quand il avait glissé la main dans sa poche pour lui montrer les photos, n'avait rien d'étonnant : elle avait dû craindre qu'il ne remarque l'absence de ses clés.

Elle l'avait dupé comme un novice, mais elle ne s'en tirerait pas comme ça ! Il la pourchasserait impitoyablement, même s'il devait y consacrer le reste de ses vacances. Et, quand il l'aurait débusquée, elle pourrait s'estimer heureuse s'il se bornait à l'étrangler de ses propres mains.

En attendant, il devait rentrer au plus vite chez ses parents. Ravalant son amour-propre, il regagna le restaurant pour appeler son frère à la rescousse.

4.

Moins de trente-six heures après avoir filé au nez et à la barbe de Sean MacLeod, Maggie atteignait Columbus, destination finale de son voyage. La capitale de l'Ohio abritait dans son agglomération l'une des principales universités américaines et constituait l'endroit idéal pour se fondre incognito dans la foule des habitants ; grâce à l'abondance de logements provisoires à loyers modérés, une jeune femme pouvait aller et venir à sa guise sans attirer l'attention des voisins. Avantage supplémentaire, Maggie n'avait encore jamais mis les pieds dans l'Etat de l'Ohio, fût-ce pour le traverser. Consulté par d'éventuels intéressés, aucun service informatique ne serait en mesure de fournir quelque lien que ce soit entre Maggie Slade, alias Maggie Stevens — ou un des innombrables noms d'emprunt qu'elle avait utilisés — et l'Etat de l'Ohio.

Mille huit cents kilomètres la séparaient désormais de Tampa, mais une inexplicable angoisse lui serrait toujours le cœur à l'idée de la colère dans laquelle sa disparition avait dû plonger Sean. Tout au long de son périple vers le nord, elle avait eu l'impression de le sentir à ses trousses. Pourtant, à la réflexion, cette inquiétude lui paraissait sans réel fondement ; il ne pouvait pas se douter qu'il avait affaire à une détenue évadée de prison. Rien d'étonnant à cela, du reste : comment aurait-il pu établir un rapprochement entre l'adolescente naïve et terrorisée d'autrefois et la jeune femme insaisissable, dépourvue de toute illusion, rencontrée quinze ans plus tard dans une boîte de nuit ?

Maggie déplorait de lui avoir donné d'elle une image aussi exécrable ; cependant les rêveries nostalgiques à propos d'un homme séduisant, mais dangereux pour sa sécurité, n'étaient pas de mise. Elle avait commis trop d'imprudences au cours de ces derniers jours et devait à tout prix s'appliquer à discipliner une émotivité trop capricieuse à son gré. Sur le point de commencer une nouvelle vie à Columbus, Christine Williamson serait fort avisée de tourner le dos aux préoccupations de Maggie.

Des travaux sur la route l'obligèrent à ralentir pour suivre les méandres délimités par les cônes orange du chantier, accaparant momentanément son attention. Très vite, ses réflexions reprirent de façon insidieuse la direction défendue. Elle avait accepté l'invitation de Sean parce qu'il ne lui restait pas d'autre issue pour se tirer d'affaire, après la panne de sa Chevrolet. Après ce qui était arrivé au Perroquet Rose, la réaction de Bert était on ne peut plus prévisible : son chantage n'ayant pas fonctionné selon ses désirs, il ne manquerait pas de se venger en dénonçant Maggie aux autorités.

Alors qu'elle essayait, vainement, de faire démarrer sa voiture, elle ne cessait de se demander avec angoisse s'il avait déjà contacté ce commissaire qu'il disait connaître. Elle envisageait d'appeler un taxi pour la conduire à la gare routière — au risque de semer des indices derrière elle — quand l'arrivée de Sean avait soudain modifié les données du problème. Sa proposition représentait une aubaine inespérée, qu'elle ne pouvait se permettre de refuser en pareille circonstance. Aussi l'avait-elle suivi avant de le remercier en lui subtilisant ses clés et en le berçant de mensonges pour filer à l'anglaise avec la Pontiac de son frère. Séduisant ou pas, Sean était l'ennemi à combattre ; Maggie ne pouvait s'autoriser le luxe d'éprouver des remords pour le tour qu'elle lui avait joué.

S'éclipsant par l'issue de secours du restaurant, elle était allée s'installer à bord de la Pontiac, avait regagné son immeuble et récupéré ses bagages dans le coffre de la Chevrolet. Après avoir jeté les deux sacs-poubelle dans un conteneur débordant d'ordures, elle était allée entreposer ses valises à la consigne automatique de la gare routière. Puis elle s'était rendue à l'aéroport pour garer la Pontiac sur un parking longue durée, expédiant aussitôt clés et ticket à Don par courrier exprès. Plutôt nonchalant et insouciant de nature, Don s'abstiendrait peut-être de porter plainte si sa voiture lui était rapidement rendue.

Quant à Sean, qui n'avait rien de nonchalant ni d'insouciant, elle espérait qu'il la croirait partie par le premier avion — sans trop se faire d'illusions sur ce point. Du moins comptait-elle sur sa réticence à perdre plusieurs journées de vacances pour suivre sa trace. Avec un peu de chance, son frère et lui se borneraient à ressasser ses méfaits et à la maudire en buvant quelques bières. Après quoi, ils l'oublieraient.

Voilà où la menait cette existence absurde, songea-t-elle en s'apitoyant pour une fois sur son propre sort : à espérer que l'homme le plus séduisant qu'elle ait rencontré depuis bien longtemps ne se souviendrait jamais des circonstances dans lesquelles il l'avait vue pour la première fois.

Secouant sa morosité, elle retraça mentalement les dernières étapes de sa fuite, un peu réconfortée à l'idée qu'elle avait tout de même réussi à quitter Tampa sans semer le moindre indice concernant sa destination. La navette de l'aéroport l'avait déposée devant un hôtel du centre-ville, puis elle avait hélé un taxi cent mètres plus loin pour regagner la gare routière. Sans connaître sa destination, elle avait ensuite pris le premier autocar qui se présentait et s'était retrouvée à Atlanta. Le chauffeur, un homme entre deux âges à la mine maussade, ne prêtait pas la moindre attention à ses passagers, et il n'avait pas même levé les yeux sur elle en lui rendant la monnaie.

Depuis Atlanta, un autre car l'avait emmenée à Washington, où elle avait enfin emprunté celui qui devait la déposer à Columbus, sa destination initiale.

Arrivée une heure plus tôt au sud de la ville, elle avait payé mille dollars comptant la Hundaye qu'elle conduisait à présent. Si le garagiste paraissait presque honnête et les papiers ne semblaient pas falsifiés, il avait accepté sans sourciller le règlement en espèces de Maggie, ce qui n'était pas très bon signe. Néanmoins, la Hundaye étant le véhicule d'occasion au prix le plus bas du marché, on pouvait raisonnablement estimer — avec un peu d'optimisme — qu'il ne s'agissait pas d'une voiture volée… ce qui n'était tout de même pas une certitude. Pour un détenu « en cavale », il est toujours difficile de ne pas accumuler les délits.

Les barrières délimitant le chantier routier s'achevaient à un feu tricolore. Maggie freina et contempla un instant les petits centres commerciaux qui se succédaient à perte de vue, de chaque côté de la rue. Si son souvenir du plan de la ville était fidèle, elle se trouvait tout près de l'université, et ce quartier regorgeant de logements provisoires était l'endroit rêvé pour évoluer incognito. A présent, elle devait dénicher un motel assez important pour que le réceptionniste ne se souvienne pas d'elle, mais trop petit pour que la direction soit équipée d'un registre informatisé.

Elle prononça son nouveau nom à voix haute afin de s'y accoutumer. Williamson lui paraissait un patronyme assez courant et neutre pour passer inaperçu, et beaucoup plus éloigné de son vrai nom que Maggie Stevens. Contrainte de changer d'identité souvent, Maggie avait éprouvé quelque temps un réconfort absurde à garder son véritable prénom et ses initiales, en dépit du danger auquel elle s'exposait ainsi. Un luxe qu'elle ne pouvait plus s'autoriser désormais, la sophistication des logiciels de recherche permettant de combiner une infinité de variables pour retrouver un criminel évadé.

Agée de 31 ans, Christine Williamson était en possession d'une carte d'identité, d'un acte de naissance authentifié par notaire et d'un permis de conduire émis en Pennsylvanie, le tout acquis au prix fort afin d'éviter toute surprise désagréable à l'usage. Heureusement, Maggie avait travaillé quelque temps à Pittsburgh, au cours de ses multiples déplacements, et elle connaissait donc assez la ville et ses environs pour répondre aux questions d'un éventuel curieux originaire du même endroit.

Si le coût élevé de ces documents avait sérieusement entamé ses économies, leur acquisition s'était effectuée sans la moindre difficulté. Déjà bien renseignée sur les réseaux existants par des codétenues récidivistes, Maggie avait obtenu bien d'autres informations en travaillant comme serveuse — emploi idéal pour côtoyer des immigrés en situation irrégulière. L'un des plongeurs d'un restaurant de Manhattan, naguère dentiste dans sa Colombie natale, qu'il avait quittée à cause de problèmes avec le cartel de la drogue, lui avait appris comment échapper à l'attention des contrôleurs du fisc. Un aide serveur de Baltimore, ancien guérillero guatémaltèque, lui avait expliqué comment utiliser une fausse carte d'identité pour se procurer compte en banque, cartes de crédit et permis de conduire, éléments indispensables aux activités courantes de la vie moderne. Son excellente maîtrise de la langue espagnole, apprise durant ses années de prison, avait aussi facilité l'admission de Maggie dans le cercle fermé des étrangers en situation illégale. Une fois introduit dans ce réseau très fermé, on accédait de façon automatique au trafic de documents les mieux falsifiés et de papiers volés.

Maria, une serveuse de night-club scolarisée jusqu'à la classe de quatrième, mais particulièrement dégourdie, avait enseigné à Maggie l'art de demeurer inconnue pour l'administration en évitant d'utiliser trop longtemps les mêmes papiers d'identité. Rétrospectivement, Maggie prenait conscience du bien-fondé de ce conseil : Bert avait mis trois mois à s'apercevoir que son passeport était un faux. En quittant Tampa six mois plus tôt, avant que la curiosité de son employeur ne le pousse à y regarder de plus près, elle aurait évité l'angoisse et l'affolement de ces derniers jours.

Un soir, durant son incarcération, Maggie avait regardé *La Grande Evasion* à la télévision. Le film retraçait l'histoire véritable de prisonniers de guerre qui s'étaient évadés des geôles allemandes pendant la Seconde Guerre mondiale. Presque tous avaient été repris et fusillés, mais quelques leçons essentielles sur la conduite à observer en « cavale » pouvaient être tirées de cette tragédie : même en pleine guerre, même dans un pays gouverné par l'armée, la plupart des évadés n'avaient pas été capturés grâce à l'habileté des autorités, ou à l'efficacité des barricades et des barbelés ; en fait, ils avaient été pris au piège de leurs propres erreurs.

Ayant échappé pendant plus de six ans à la police, Maggie n'ignorait pas que sa capture éventuelle ne serait jamais due, le cas échéant, à un soudain éclair de génie du FBI, ni à quelque progrès subit dans l'efficacité de son réseau informatique — elle serait due à une erreur stupide de sa part. Une erreur stupide, comme de prétendre pouvoir mener une existence normale, sédentaire, avec un foyer où il fait bon se retrouver le soir ; ou encore de succomber au charme d'un policier ayant participé activement à son inculpation.

Voilà qu'elle s'apitoyait de nouveau sur son sort ! Avec un soupir, Maggie essuya d'un geste distrait une paupière humide et concentra de nouveau son attention sur le paysage urbain qui défilait sous ses yeux. Avant même d'avoir consciemment remarqué l'enseigne au néon du motel, elle eut garé sa voiture devant l'entrée du Relais des Voyageurs.

A l'intérieur, elle découvrit que son flair ne l'avait pas trompée. La moquette du petit vestibule était de piètre qualité et le comptoir en Formica de la réception datait sans doute d'une trentaine d'années ; mais les lieux fleuraient bon l'eau de Javel, et l'homme entre deux âges qui se tenait à l'accueil la salua poliment en baissant le son du téléviseur. Plutôt que d'un hôtel accoutumé aux descentes de police, il s'agissait à l'évidence d'un endroit paisible et respectable.

— Bonsoir, mademoiselle. Belle journée, n'est-ce pas ?

— C'est le temps idéal pour voyager, affirma Maggie. Auriez-vous une chambre pour la nuit ?

— Pour une seule personne ?

Maggie opina.

— Oui, je voyage seule.

— Je regrette, nous n'avons plus de chambres à une place. Il ne nous reste que la 106, avec un lit pour deux personnes, au rez-de-chaussée, et les 207 et 208 à l'étage, avec des lits jumeaux. Le prix est le même pour les trois : soixante-dix dollars, taxes comprises. Les animaux ne sont pas admis dans les chambres.

— Je n'ai ni chien ni chat, dit Maggie. Je prendrai la chambre du rez-de-chaussée.

Exténuée, elle n'avait pas la moindre envie de circuler davantage pour tenter d'économiser quelques dollars, même si ses ressources étaient au plus bas.

— Voilà, dit l'employé en posant une clé devant elle. Vous trouverez une place pour vous garer derrière l'hôtel. Il y a un téléphone dans la chambre, mais je dois relever votre numéro de carte de crédit avant de le brancher.

Avec un sourire, Maggie s'empara de la clé et sortit quatre billets de son portefeuille.

— Je suis partie ce matin de Buffalo, dans l'Etat de New York, et je n'ai pas l'intention de passer ma soirée au téléphone. J'ai vraiment hâte de me mettre au lit.

Le mensonge concernant son itinéraire lui était venu aussi naturellement que le fait de respirer.

— Voici trois billets de vingt dollars et un de dix, dit-elle en les recomptant.

— Voudriez-vous signer ici, je vous prie ? demanda l'homme en lui présentant le registre.

Très vite, elle griffonna « C. Williamson » et prit le reçu que le réceptionniste lui tendait, sans un regard pour sa signature.

— Je vous souhaite une bonne nuit, dit-il.

Déjà, il avait tourné la tête vers l'écran de sa télévision, afin de ne pas perdre une minute de plus de son match de basket-ball.

Comme prévu, il ne lui avait demandé aucune pièce d'identité puisqu'elle réglait par avance, et en espèces. Sans doute aurait-il tout oublié d'elle avant même qu'elle ait garé sa voiture derrière l'hôtel. Si d'aventure il se souvenait d'un détail, Maggie souhaitait que ce soit le renseignement concernant son prétendu trajet depuis Buffalo.

Compte tenu de l'état désastreux de ses finances, la recherche d'un emploi figurait en tête du programme de sa journée du lendemain. Auparavant, elle devait toutefois changer d'apparence. Une visite éclair au supermarché le plus proche lui permit de se procurer le matériel nécessaire. Et, dès 9 heures du matin, elle était transformée en une rousse flamboyante, à la coiffure crêpée inspirée des années 1960. En attirant l'attention sur un détail particulièrement voyant, il était toujours plus facile d'escamoter le reste de sa personne : encore une leçon apprise à la dure école de la vie que Maggie menait…

En tenue décontractée — jean et T-shirt —, elle se rendit ensuite à la bibliothèque publique où elle consulta les journaux locaux et parcourut les principaux guides de l'agglomération. Munie de sérieux renseignements sur les caractéristiques des différents quartiers, elle fut en mesure de situer le périmètre à l'intérieur duquel elle allait entreprendre sa recherche d'emploi.

Le Village allemand lui convenait parfaitement, avec son charme un peu suranné, qui attirait les badauds en quête d'une promenade pittoresque. Deux restaurants y proposaient des emplois d'aide-cuisinier tandis qu'un troisième offrait plusieurs places de serveurs ou serveuses. Un petit tour là-bas s'imposait, d'autant que la plupart des bars ou brasseries ne prenaient jamais la peine de passer une annonce, le bouche à oreille se révélant aussi efficace.

Comme prévu, Maggie découvrit sur place beaucoup plus d'opportunités d'emplois que ne le laissait penser la lecture des petites annonces des journaux. Elle avait déjà déposé sa candidature dans deux bars et songeait à s'accorder une pause pour déjeuner lorsqu'elle remarqua un établissement apparemment très fréquenté : la Brasserie Buckeye. L'endroit correspondait tout à fait à ce qu'elle recherchait. Même si Columbus n'était pas une ville touristique comme Tampa, il devait être possible d'y récolter quelques pourboires intéressants.

A l'intérieur, le décor évoquait le tape-à-l'œil du Perroquet Rose, mais adapté au goût des Américains du Midwest. Palmiers artificiels et fresques à dominante turquoise cédaient ici la place aux poutres couleur chêne et aux étagères garnies de chopes à bière. Le concept était toutefois identique : un cadre dans lequel des personnes des deux sexes venaient boire, danser et payer au prix fort quelques coupe-faim ordinaires dans le but évident de trouver un — ou une — partenaire pour passer la nuit.

A l'heure du déjeuner, bon nombre de tables étaient déjà occupées. Maggie attendit que le barman ait rempli deux verres de zinfandel pour s'avancer vers lui.

— Je viens de m'installer à Columbus et je cherche une place de serveuse, dit-elle. Je ne manque pas d'expérience et j'ai déjà travaillé dans ce genre de bar. Savez-vous si la direction recherche du personnel ?

Le jeune homme lui jeta un rapide coup d'œil et, s'activant déjà à préparer une nouvelle commande, il désigna un endroit du menton, par-dessus son épaule.

— Le bureau est par là. Vous pouvez proposer votre candidature.

La porte indiquée par le barman était ouverte, et une femme d'une cinquantaine d'années aux cheveux blond platine parlait au téléphone. Comme Maggie hésitait, elle lui fit signe d'entrer. Son corsage noir rehaussé d'un motif doré agrémenté de strass moulait une opulente poitrine, laquelle brillait ainsi de mille feux.

— Eh bien, remue-toi un peu ! gronda-t-elle d'une voix âpre à l'intention de son interlocuteur. Engage un nouveau chauffeur. Cesse de tergiverser et apporte la marchandise toi-même s'il le faut ! Ecoute, Tommy, si j'avais eu envie d'entendre des jérémiades toute la matinée, je pouvais rester chez moi à écouter mon mari. Alors, arrange-toi pour me livrer à temps, compris ?

Elle raccrocha et se tourna vers Maggie.

— Vous désirez me voir ? reprit-elle d'une voix suave, passant sans transition d'un registre à l'autre.

— Je cherche du travail, répondit Maggie. Le barman m'a conseillé de m'adresser à vous.

La femme contourna le bureau et s'assit au bord, balançant de longues jambes gainées d'un caleçon de jersey noir. Ses sandales dorées à talons aiguilles rappelaient les paillettes du T-shirt, et l'ensemble produisait un effet assez étourdissant.

— Pour quel genre d'emploi êtes-vous qualifiée ? demanda-t-elle.

— J'ai sept ans d'expérience comme serveuse…

— Pourquoi êtes-vous au chômage, dans ce cas ? Vous avez été licenciée récemment ?

— Non. Je viens tout juste d'arriver à Colombus…

— Où habitiez-vous auparavant ?

La voiture de Maggie était immatriculée dans l'Ohio, mais son permis de conduire provenait de Pennsylvanie, ce qui rendait ses explications assez fantaisistes. Elle n'avait cependant pas d'autre solution que d'inventer le récit le plus vraisemblable possible en espérant que personne n'en relèverait les incohérences.

— Je viens de Pittsburgh, dit-elle. La famille de mon ex-mari est originaire de la région.

— Pour quelle raison êtes-vous partie ? Sur ce point, Maggie avait une réponse toute prête.

— Eh bien, c'est une longue histoire…

— Je vous écoute.

Son état civil imaginaire était l'un des rares éléments constants à travers ses changements d'identité successifs. D'une banalité à toute épreuve, il aurait pu être utilisé par une bonne moitié des serveuses qu'elle avait côtoyées, ce qui lui conférait une certaine crédibilité.

— Je suis originaire de Californie. J'ai rencontré Peter,

mon ex-mari, alors qu'il effectuait son service militaire dans la marine, à San Diego.

D'un air faussement désabusé, elle haussa les épaules.

— Je lui ai pardonné une escapade il y a deux ans, mais je me suis aperçue qu'il me mentait depuis le début et j'ai demandé le divorce. A présent, il s'est remarié et j'ai décidé qu'il était temps de déménager.

— Pourquoi ?

Cet entretien d'embauche était l'un des plus singuliers auxquels eût été confrontée Maggie, qui en avait pourtant connu d'étranges au cours de sa carrière. Heureusement, après plusieurs années de pratique, le mensonge était devenu comme une seconde nature.

— Pour ma part, je suis fille unique, mais mon ex-mari appartient à l'un de ces clans familiaux composé de cinq frères et sœurs, sans compter les innombrables cousins, tous groupés dans le même périmètre. Ça a fini par me rendre folle. En poussant la porte de l'épicerie, j'étais toujours à peu près sûre de rencontrer une cousine ou une belle-sœur, ravies de m'informer des derniers potins concernant la nouvelle femme de Peter. Je ne pouvais plus supporter d'entendre prononcer le prénom de Darlène sans…

— Ma question était mal formulée : j'aimerais savoir ce qui vous a fait choisir Columbus, et non pourquoi vous avez quitté Pittsburgh.

Maggie prit un air vaguement penaud, espérant que son embarras factice réussirait à faire illusion.

— Pour tout dire, je n'avais pas vraiment projeté de m'installer ici. J'avais plutôt l'intention de poursuivre vers l'ouest, pour retourner en Californie. La chaleur commence à me manquer.

Elle s'interrompit une fraction de seconde, consciente qu'elle s'engageait sur une voie périlleuse. Il était souvent moins facile d'abuser une femme qu'un homme, et celle-ci paraissait d'une trempe exceptionnelle.

— Nous étions mariés sous le régime de la séparation de biens, reprit-elle, et je me suis retrouvée complètement démunie après le divorce, d'autant que Peter avait un excellent avocat. Mon périple vers l'ouest s'est donc arrêté à Columbus. Je dois me constituer un petit capital avant de poursuivre ma route — il me faut au minimum cinq à six mille dollars pour régler la caution et les deux premiers mois de loyer d'un appartement en Californie.

— Pourquoi ne pas vivre quelque temps chez vos parents ?

Maggie secoua la tête, les traits empreints d'une expression de regret composée avec soin.

— Mon père nous a quittées quand j'avais 15 ans, et je ne m'entends pas du tout avec le nouveau compagnon de ma mère.

La révélation de cette situation pathétique ne parut pas susciter la moindre compassion chez son interlocutrice.

— Voici comment je vois les choses, annonça-t-elle. Si je vous engage aujourd'hui, vous aurez décampé en un rien de temps dès que j'aurai pris la peine de vous former.

— Il me faut plus d'un an pour économiser la somme dont j'ai besoin, répondit précipitamment Maggie. Je ne partirai donc pas avant ce délai. Mettre de côté cinq mille dollars sans trop se priver au quotidien n'a rien de facile. Vous n'aurez pas à regretter de m'avoir engagée, même si je ne compte pas m'installer définitivement par ici. Pour ce qui est de ma formation, elle est inutile : mon expérience me permettra de m'adapter immédiatement.

L'autre femme prit un paquet de cigarettes sur son bureau et en glissa une entre ses lèvres sans l'allumer. Un petit briquet en or à la main, elle s'amusa à ouvrir et fermer le capuchon avec un claquement sec.

— Avez-vous un logement en ville ? finit-elle par demander.

— Pas encore, avoua Maggie.

S'efforçant de regarder son interlocutrice bien en face, elle lui décocha son plus franc sourire.

— Je dois d'abord trouver un emploi, puis me loger en fonction de mon lieu de travail. En effectuant les trajets à pied, j'économiserai encore un peu plus.

Il était toujours reposant de pouvoir dire la vérité, songea-t-elle avec une pointe de cynisme. De temps à autre, cela lui procurait un changement agréable.

Le téléphone se mit à sonner, et la femme jeta sa cigarette intacte dans la corbeille à papier, décrochant le combiné d'un geste presque belliqueux.

— Oui ?

Elle écouta quelques instants son correspondant, puis émit un rire tonitruant.

— J'apprécie beaucoup les histoires drôles, Tommy. Et celle-là est particulièrement désopilante. Mais, si ma commande n'est pas livrée dans les deux heures, ce sera la dernière que j'aurai passée auprès de toi.

L'infortuné Tommy se confondait encore en excuses quand

elle lui raccrocha au nez et se mit à observer Maggie d'un air songeur. Puis elle pivota, ouvrit le tiroir d'un classeur à dossiers et en sortit une fiche cartonnée qu'elle lui tendit.

— Voici un formulaire d'embauche, dit-elle. Voudriez-vous le remplir, je vous prie ? Vous pouvez vous asseoir à ce guéridon, devant la fenêtre. Avez-vous un stylo ?

Maggie opina en désignant son sac.

— J'en ai un sur moi, merci.

Elle alla s'installer à l'endroit indiqué et dévissa le capuchon de son stylo. Une fois le formulaire rempli, allait-on vraiment lui proposer une place ? Dans l'affirmative, elle n'avait aucune intention de travailler ici ; cette femme avait l'art de la dérouter, menaçant de lui faire perdre contenance à chacune de ses questions.

Il ne lui fallut pas longtemps pour achever sa besogne. Au bas de la page, elle apposa ensuite sa signature — Christine Williamson —, attestant ainsi la véracité des renseignements fournis. L'ironie de la chose prêtait à sourire, mais Maggie ne se sentait pas d'humeur assez gaie pour cela.

— J'ai terminé, annonça-t-elle en regagnant le bureau de la responsable — ou propriétaire — de la brasserie. Comme je n'ai pas encore de logement ni de numéro de téléphone, j'ai indiqué mon ancienne adresse à Pittsburgh.

La femme parcourut rapidement le questionnaire.

— Vous avez été très rapide, Christine Williamson, et je n'aperçois pas la moindre faute d'orthographe.

A l'avenir, Maggie se promit d'en insérer au moins une ou deux.

— Vraiment ? dit-elle, feignant de s'estimer flattée. Ma foi, je n'ai jamais eu de difficultés en classe, mais les réponses à fournir ici n'exigent pas un niveau exceptionnel en anglais.

Les longs ongles vermillon de la femme se mirent à tambouriner sur la feuille.

— Vos proches emploient-ils un diminutif ? Chris ?

Tina ? Christy, peut-être ? Cette fois encore, Maggie s'était préparée.

— Les membres de ma belle-famille m'appelaient tous Chrissie, affirma-t-elle. Mais, puisqu'il s'agit pour moi de les oublier, je préférerais qu'on utilise désormais mon prénom complet de Christine.

La blonde fronça les sourcils et Maggie redouta un instant de s'être trahie, sans s'expliquer au juste comment. Sous le regard insistant fixé sur elle, elle sentit la panique l'envahir peu à peu. Seigneur, quelle erreur avait-elle commise ? Aurait-elle négligé un détail révélateur dans son *curriculum vitæ* ? Elle commençait à s'affoler quand la femme posa enfin le formulaire et lui tendit la main par-dessus le bureau.

— Dorothy Respighi, dit-elle en guise de présentation. Cet établissement m'appartient. Mes nouvelles serveuses sont payées 3 dollars de l'heure, et vous gardez la totalité de vos pourboires. A partir de quatre-vingt-dix jours de travail à plein temps, vous bénéficiez de la Sécurité sociale. Si cet emploi vous tente, montrez-moi de quoi vous êtes capable jusqu'à la fin du service de midi. Je vous observerai et, si vous faites l'affaire, la place est à vous.

— Je dois me laver les mains avant de commencer, répondit Maggie, afin de gagner du temps.

Allait-elle saisir cette opportunité, ou s'éclipser sans demander son reste ? L'état actuel de ses finances ne l'autorisait pas à hésiter trop longtemps. En revanche, elle avait appris à éviter les personnes dont l'attitude représente une énigme, et donc une menace — en l'occurrence, le visage soigneusement fardé de Mme Respighi demeurait impénétrable.

— Les lavabos sont en face, indiqua Dorothy. Quand vous aurez fini, j'irai vous présenter à June, la responsable du service du déjeuner.

En définitive, la fierté l'emporta sur la prudence. Pour quelque raison indéfinissable, Maggie éprouva le besoin de démontrer à cette femme qu'elle n'avait pas menti en vantant ses qualités de serveuse. Deux tables lui furent assignées, dont elle s'occupa de son mieux, sans connaître les usages de l'établissement.

A 15 heures, lorsque les clients furent presque tous partis, Dorothy l'appela dans son bureau.

— Vous êtes engagée, Christine. Du lundi au vendredi, vous assurerez le service de jour — soit vingt-cinq heures au total —, plus onze heures le samedi, de 15 heures jusqu'à la fermeture. Cela fait trente-six heures par semaine, à condition que vous soyez capable de travailler onze heures d'affilée. Les pourboires du samedi soir sont généralement appréciables.

— Je suis en mesure de le faire.

— Parfait. Présentez-vous demain à 10 h 30, et je chargerai quelqu'un de vous mettre au courant. La tenue est décontractée : chacun porte son propre jean, à condition qu'il soit impeccable, sans aucune tache ni accroc. Nous fournissons le chemisier rouge et le tablier assorti.

— Merci. Comptez sur moi.

Maggie se dirigeait vers la porte quand Dorothy Respighi la rappela.

— Oui ? dit Maggie en se retournant.

— Autant vous en avertir : je vérifie toujours les références.

— Tant mieux, répondit Maggie avec un sourire. Dans ce cas, vous découvrirez que je suis une excellente serveuse avant même de m'avoir vue à l'œuvre.

Elle esquissa un petit signe d'adieu et se hâta de sortir, incapable de continuer à simuler la désinvolture. Ses mains tremblaient tant qu'elle eut beaucoup de mal à déverrouiller la portière de sa voiture. Une fois au volant, elle roula pendant quelques minutes et tourna au hasard à plusieurs carrefours afin de s'éloigner au maximum de la Brasserie Buckeye. Puis elle se rangea le long d'un trottoir et coupa le moteur avant de se tasser dans le siège, la nuque calée contre l'appuie-tête, dans l'espoir de parvenir à se calmer.

Son mode de vie la mettait fréquemment à rude épreuve. La tension nerveuse accumulée pendant trop longtemps finissait parfois par l'abattre, la laissant alors prostrée, incapable de surmonter sa terreur. Il n'y avait aucun remède, sinon d'attendre que la tempête se calme d'elle-même, puis d'évaluer les dégâts causés par son passage.

Aujourd'hui, comme les fois précédentes, sa frayeur était dépourvue de tout motif rationnel, clairement identifiable. La remarque de Dorothy concernant ses références avait sans doute accéléré l'explosion de la crise, mais Maggie fournissait des références chaque fois qu'elle sollicitait un emploi, et il n'y avait donc là rien de nouveau ou d'inattendu. Sur le questionnaire, comme à son habitude, elle avait indiqué les numéros de téléphone de restaurants existants, prenant soin de choisir des établissements qui avaient récemment changé de propriétaire et dont les dossiers ne pouvaient dater de plus de un ou deux mois. Rien, par conséquent, n'attesterait à coup sûr que Christine Williamson n'y avait jamais travaillé.

En soi, le fait que Mme Respighi vérifie ses références lui était assez indifférent ; en revanche, Dorothy indiquait ainsi de façon claire qu'elle la soupçonnait de camoufler quelque chose. Et, pourtant, elle l'avait engagée. Que fallait-il en déduire ?

Enfin capable de se dominer, Maggie se redressa.

Dorothy possédait peut-être une intuition hors du commun. Dans ces conditions, il fallait donc choisir : décamper d'ici au plus vite et aller s'installer ailleurs, ou bien jouer le jeu jusqu'au bout et se présenter le lendemain au Buckeye.

Dans le supermarché le plus proche, elle acheta une boîte de café instantané, quelques pommes à croquer et un morceau de gruyère, tout en réfléchissant aux options qui s'offraient à elle.

En définitive, la vue d'une annonce affichée sur un panneau d'informations destinées au public lui permit de prendre sa décision. La paroisse de Saint-Antoine invitait ses fidèles à la célébration d'une messe exceptionnelle le dimanche 8 juin, à l'occasion de l'arrivée du nouvel archevêque, Son Excellence Tobias Grunewald, ancien évêque de Phoenix, dans l'Arizona. Le prélat prononcerait un sermon, et une réception serait ensuite donnée en son honneur dans la salle paroissiale. Tout le monde y était convié.

En arrêt devant le panneau éclairé au néon, Maggie ne tarda pas à comprendre qu'elle n'avait pas la moindre intention de quitter cette ville. Elle n'avait pas sélectionné Columbus au hasard, ou parce qu'elle n'avait encore jamais vécu dans l'Ohio. Sa venue ici résultait d'un choix délibéré, correspondant à un objectif bien précis. Alors qu'elle avait échappé pendant près de sept ans aux recherches policières, le viol qu'elle avait failli subir l'obligeait à admettre que cellule, barreaux et gardiens n'étaient pas les seuls moyens de priver quelqu'un de sa liberté. Tant qu'elle n'aurait pas réussi à prouver son innocence, elle serait aussi prisonnière que les autres détenues toujours incarcérées dans les geôles de Cañon City. D'une certaine manière, son sort était encore moins enviable que le leur, si l'on considérait son isolement au sein d'une population menant une existence normale.

La précarité de sa situation lui devenait intolérable. Il n'était plus question de se cacher, décida-t-elle en détachant l'affiche du panneau et en la fourrant dans son sac à provisions. Elle allait se lever et se battre. Elle ne quitterait pas Columbus sans avoir vu Mgr Tobias Grunewald, évêque de Phoenix jusqu'à une époque récente… et jadis, en 1982, curé de la paroisse de Sainte-Jude, à Colorado Springs. Le père Tobias. Une vieille, très vieille connaissance.

5.

— Bon sang, la voilà !

Don arrêta sa Thunderbird millésimée au quatrième sous-sol du parking longue durée de l'aéroport, mais demeura au volant. Il n'était pas question d'abandonner sa bien-aimée n'importe où, fût-ce pour quelques secondes. Prenant les clés de la Pontiac, il les lança à Sean.

— Tu veux l'examiner ? Elle semble en parfait état.

— Je vais aller voir ça de plus près.

Avant de prendre place à l'intérieur du véhicule, Sean jeta un coup d'œil dans le coffre, qui était vide. L'intérieur avait été nettoyé avec un aspirateur, mais la voiture, close depuis deux jours, sentait le renfermé. Pour le reste, rien ne semblait avoir changé en quarante-huit heures.

Il tourna la clé de contact, et le moteur se mit à ronfler. Si sa mémoire était bonne, le compteur kilométrique affichait 1 200 quand il s'était garé devant le Restoroute. A présent, le cadran indiquait 1 245. Maggie Stevens avait donc parcouru quarante-cinq kilomètres avant d'abandonner le véhicule à l'aéroport… Quelle remarquable déduction ! songea-t-il avec une ironie teintée d'amertume. En ajoutant cette miette d'information aux renseignements dont il disposait déjà sur elle, il avait de quoi rédiger un rapport d'au moins trois lignes — à condition que la feuille ne soit pas trop large.

Quand il eut achevé son inspection, il passa la tête par l'entrebâillement de la portière.

— Il n'y a pas de dégâts apparents, dit-il à son frère. Tu veux que je la ramène chez toi ou à ton garage ?

— Conduis-la au garage, répondit Don d'un ton aigre. De toute façon, je ne l'ai jamais vraiment appréciée. Mieux vaut la remettre en vente dès qu'elle aura subi un contrôle complet.

— Entendu. A tout à l'heure.

Sean quitta l'emplacement et se dirigea lentement vers la sortie. L'expression apeurée de la jeune femme du guichet lui fit prendre conscience de la férocité que devait exprimer son visage. Il alluma la radio dans le but de se changer un peu les idées, mais deux jours et deux nuits passés à ruminer sa colère contre Maggie n'avaient guère amélioré son humeur. Pour couronner le tout, son ex-femme l'avait appelé pour lui annoncer qu'elle était enceinte et que la perspective d'avoir un petit frère ou une petite sœur enchantait Heather.

La nouvelle n'aurait pas dû le surprendre, Lynn ne lui ayant jamais caché son désir d'avoir d'autres enfants ; pourtant, il avait accusé le choc. Il sentait sa fille lui échapper peu à peu, s'adapter sans trop de heurts à sa nouvelle famille tandis qu'il devenait progressivement un étranger pour elle. Un sentiment d'impuissance commençait de le ronger ; il ne lui restait pas même la ressource de reporter sa rancœur sur Lynn. Même s'il se révoltait parfois contre l'intransigeance dont elle avait fait preuve au sujet de son droit de garde, il était conscient d'avoir trop souvent donné la priorité à son travail lorsqu'ils vivaient ensemble. Au chagrin de perdre le contact avec sa fille s'ajoutait le dépit de ne pouvoir s'en prendre qu'à lui-même.

Après avoir remis la Pontiac à l'un des employés de Don, il traversa le hangar pour gagner le bureau de son frère. Occupé au téléphone, celui-ci lui fit signe d'entrer. Sean ne tarda pas à comprendre qu'il était en ligne avec le commissariat, informant la police qu'on lui avait rendu sa voiture et qu'il retirait sa plainte contre Maggie Stevens.

Quand il raccrocha, au bout de quelques minutes, Don évita le regard de Sean.

— Ne dis rien, maugréa-t-il. Je sais exactement ce que tu en penses.

— Tout de même ! Cette garce a volé l'une de tes voitures, et elle te préparait sans doute bien d'autres surprises ! Laisse au moins les flics tenter de découvrir quelque chose à son sujet.

D'un geste impatient, Don ramassa une pile de documents et les fourra dans un tiroir du bureau.

— Ecoute-moi bien, Sean. C'est une affaire classée, à présent. Maggie Stevens nous a bien eus tous les deux, mais nous n'y pouvons absolument rien. Alors, fais comme moi : oublie-la et passe à autre chose.

— Cela t'est peut-être égal de te faire rouler par les femmes que tu fréquentes, moi pas !

Le regard de Don se posa sur lui.

— Tu fréquentais Maggie Stevens, Sean ? Si c'est le cas, c'est plutôt moi qui me suis fait rouler, il me semble.

— Je connaissais à peine cette femme, avoua-t-il posément. Je ne m'intéressais à elle que pour t'éviter d'éventuels déboires. C'est encore le cas.

— Elle est partie, mon vieux. Nous ne risquons plus rien, ni l'un ni l'autre.

S'approchant du bar réfrigéré, Don prit deux sodas et en tendit un à son frère.

— Cesse deux minutes de te comporter en flic, veux-tu ? C'est moi qui draguais Maggie Stevens, et non le contraire. Elle n'avait pas la moindre intention de m'abuser d'une manière ou d'une autre.

Dans sa candeur, Don paraissait ignorer que les meilleurs escrocs s'arrangeaient toujours pour que leurs victimes se croient maîtres du jeu. Mais à quoi bon lui tenir un discours qu'il n'avait pas envie d'entendre ?

Comme Sean se taisait, son frère lui donna un léger coup de poing sur le bras.

— Allez, frérot, lâche prise. Tu ne vas pas prendre sur le dos toutes les misères du monde parce que tu n'as pas pu sauver la vie de ton coéquipier.

Las d'entendre régulièrement ce type d'ineptie, Sean parvint néanmoins à refouler la réplique qui lui venait aux lèvres.

— Tu as raison, Don, admit-il sans rien laisser paraître de son agacement. J'accorde beaucoup trop d'importance à cet incident.

Il but une gorgée de soda.

— Que dirais-tu d'oublier les femmes pour un soir ? Pour nous changer les idées, je t'emmène déguster d'excellentes grillades dans un petit restaurant que j'ai découvert. Tout en se régalant, on causera de voitures et de sport toute la soirée.

— Eh bien, j'accepterais volontiers, mais ma première femme m'a déjà convoqué pour dîner chez elle.

Don consulta sa montre.

— 5 h 45 ! Bon sang, si j'avais eu le temps, je serais d'abord allé manger avec toi. Tara doit encore suivre un de ses fichus régimes, et je vais avoir droit à trois feuilles de laitue et deux nouilles à l'eau.

Il esquissa une grimace comique.

— Ce que je déteste la cuisine des bonnes femmes !

— A quelle heure dois-tu la retrouver ?

— 19 heures, dit Don avec un soupir. Décidément, cette journée ne m'aura rien apporté de bon.

— Tu es vraiment tenu d'y aller ?

Don haussa les épaules.

— Je crains que oui, hélas ! Tara a découvert un paquet de tabac à chiquer dans le cartable de Mike, et elle tient absolument à me faire intervenir. Comme si j'y pouvais quelque chose ! Mike ne m'adresse la parole que pour me demander de l'argent. Du reste, qu'est-ce que je vais bien pouvoir raconter à un gamin de 14 ans qui chique du tabac ?

— Explique-lui combien il est absurde de mettre sa santé en péril pour une manie aussi écœurante. Ou encore — considérant que les adolescents se croient tous immortels et se soucient fort peu de leur santé —, fais-lui remarquer que les filles détestent les garçons qui chiquent.

— Cela ne lui fera pas plus d'effet que le reste. Il ne s'intéresse pas aux filles.

— Vraiment ?

Cette nouvelle preuve de candeur avait de quoi faire sourire, songea Sean.

— Ouvre un peu les yeux, Don ! Tu n'as quand même pas perdu la mémoire, n'est-ce pas ? Je ne vois qu'un moment où ton fils ne pense peut-être pas aux filles — celui où il dort. Et, pendant ce temps-là, il en rêve… Tu veux mon avis ? Dispense-lui quelques conseils d'homme à homme sur la manière de s'y prendre avec les femmes, et il se pourrait qu'il accepte de t'écouter à propos du tabac.

Ce discours dérida quelques secondes l'infortuné Don, qui recouvra presque aussitôt sa mine abattue.

— Si mon fils se fie à mon expérience en la matière, il risque de se retrouver en fâcheuse posture…

— Pourquoi mon neveu échapperait-il au sort commun à notre espèce ? demanda Sean. Il est peut-être temps de lui faire part de cette règle universelle selon laquelle nous finissons tous par nous transformer un jour ou l'autre en épaves au contact des femmes.

Sa remarque lui valut un regard où la compassion se mêlait à la lucidité.

— Je te trouve bien cynique, ce soir. Maggie Stevens a vraiment fait mouche, n'est-ce pas ?

Sean écrasa sa boîte de soda entre ses mains et visa la poubelle avec succès.

— Maggie Stevens ? demanda-t-il. Qui est-ce ?

Son verre de bourbon à la main, Sean fit tinter les glaçons et s'appliqua à fixer son attention sur la piste de danse. Il se répéta qu'il était venu boire un verre au Perroquet Rose parce qu'il n'existait pas d'endroit plus propice aux rencontres — rencontres dont il avait grand besoin pour se débarrasser de son étrange obsession concernant Maggie. Sa présence ici n'avait aucun lien avec cette idée farfelue qui lui avait effleuré l'esprit, et il se garderait d'ailleurs bien d'interroger le gérant avant son départ.

Après avoir évincé sans grande courtoisie trois charmantes créatures qui l'invitaient à danser, il dut s'avouer vaincu et se décider à regagner la villa de ses parents, où il pourrait ruminer son amertume en solitaire, sans infliger ses sautes d'humeur au reste de l'humanité. Tôt ou tard, il devrait bien admettre que, s'il conservait une excellente mémoire de la chose écrite, il lui avait toujours été difficile de mettre un nom sur un visage ; par conséquent, il ne découvrirait sans doute jamais pourquoi les traits de Maggie Stevens ne lui étaient pas inconnus. Descendant du tabouret de bar, il se fraya un chemin autour de la piste de danse encombrée en direction de la sortie.

La collision se produisit au pied de l'escalier menant à la mezzanine. Peut-être n'avait-il vraiment pas vu le gérant… à moins que son subconscient ne l'ait délibérément guidé jusqu'à lui. Quoi qu'il en soit, Bert Schaff le reconnut sur-le-champ et fit aussitôt un écart, pressé de passer son chemin.

Sean le rattrapa par la manche.

— Attendez ! Je voudrais vous parler.

— Pas moi ! répliqua Schaff. Sortez, ou je vous fais jeter dehors.

Comme il tentait de s'éloigner, Sean lui barra le chemin.

— J'appartiens à la police, répliqua-t-il. Inspecteur Sean MacLeod.

Il était inutile de préciser qu'il venait de Denver, était en congé de maladie et séjournait chez ses parents, et qu'il n'avait aucun droit d'interroger quiconque à Tampa, en Floride — ni même où que ce soit, d'ailleurs.

— Si vous êtes un minimum malin, monsieur Schaff, j'imagine que vous choisirez de répondre à mes questions ici plutôt qu'au commissariat.

Le bluff fonctionna à merveille. Après une brève hésitation, Bert Schaff le guida de mauvaise grâce vers la zone privée du club.

— Je suis un homme très occupé, dit-il en restant debout derrière son bureau, sans inviter Sean à s'asseoir. Et, si vous comptez exploiter ce dont vous avez été témoin l'autre soir..., croyez-moi, inspecteur, vous faites fausse route. Il ne s'est absolument rien passé entre Maggie et moi qu'elle n'ait provoqué elle-même. Vous êtes intervenu de manière vigoureuse, mais vous ne l'aviez pas vue se débattre, n'est-ce pas ?

— Je sais qu'elle ne voulait pas coucher avec vous, riposta Sean. On peut imaginer mille raisons qui l'auraient dissuadée de se débattre.

Il se pencha sur le bureau, envahissant l'espace de Schaff et modifiant leur rapport de forces.

— Combien pesez-vous, au juste ?

L'homme recula d'un pas et rentra son ventre, comme si Sean abordait là un sujet sensible.

— En quoi cela concerne-t-il notre affaire ?

— A mon avis, vous devez flirter avec le quintal, peut-être même davantage. Pour sa part, Maggie Stevens doit peser cinquante-cinq à soixante kilos, au grand maximum. Je me demande donc si ces quarante kilos de différence ne pourraient expliquer pourquoi, en dépit d'un écœurement plus qu'évident, elle n'essayait pas de se dégager avec plus de vigueur.

Ne l'immobilisiez-vous pas contre le mur, l'empêchant de faire le moindre mouvement ?

— Mon poids n'a aucun rapport avec la raison qu'elle avait de se laisser faire…

Visiblement conscient d'en avoir trop dit, Schaff s'interrompit.

— Ecoutez, inspecteur, tout cela ne nous avance à rien. Vous n'avez pas la moindre chance de m'amener devant un tribunal pour harcèlement sexuel, et encore moins sous un chef d'accusation plus sérieux.

— Comment pouvez-vous en être certain ?

— Parce que Maggie ne témoignera pas, répliqua Bert. Je serais surpris qu'elle soit encore dans les parages.

— Pourquoi s'est-elle enfuie, Bert ? Quel genre de pouvoir aviez-vous sur elle pour qu'elle soit prête à se laisser violer en échange de votre silence ?

— Je ne m'apprêtais pas à la violer ! Elle m'a fait clairement comprendre qu'elle était disposée à m'accorder quelques faveurs.

Une fraction de seconde, Sean caressa l'idée de réduire en bouillie le répugnant visage qu'il avait en face de lui.

— Très bien, reprit-il en se dominant à grand-peine. Pourquoi cette demoiselle était-elle disposée à vous… accorder ses faveurs ?

La mine renfrognée, Schaff parut rechigner à répondre, puis il haussa les épaules.

— Qu'est-ce que cela peut bien me faire, après tout ? Ce n'est pas moi qui suis en infraction, et je n'ai donc aucun motif de me taire. J'ai découvert qu'elle utilisait une carte d'identité volée et je lui ai dit que j'allais devoir la dénoncer aux autorités, car le Perroquet Rose est un établissement respectable.

— Elle utilisait des papiers volés ? s'exclama Sean, stupéfait.

La pratique était courante, chez les délinquants, mais ils s'en servaient d'ordinaire pour se procurer des espèces aux guichets automatiques ou pour effectuer des achats à l'aide de chéquiers volés. En règle générale, seuls les étrangers en situation irrégulière présentaient des papiers volés pour obtenir un emploi. Fallait-il en déduire que l'état civil de Maggie Stevens laissait à désirer ? Cette révélation concernant la jeune femme était à mille lieues de ce qu'il espérait apprendre de Bert Schaff.

— En êtes-vous certain ? insista-t-il.

— Sûr et certain. J'ai commencé à avoir des soupçons à son sujet, et je me suis aperçu que les chiffres de son numéro d'identification nationale ne correspondaient pas à une personne de son âge. L'un de mes amis employé au Service de l'immigration a accepté d'effectuer quelques recherches dans ses fichiers informatiques ; il s'est avéré que Margaret Marie Stevens, une Américaine de 50 ans, avait déclaré le vol de sa carte d'identité lors d'une visite à Disney World, en mars 1996, soit peu de temps avant que Maggie ne se présente ici à la recherche d'un emploi.

S'interrompant, Bert leva le menton d'un air de défi.

— Pour ma part, je n'ai rien à me reprocher. J'ai averti Maggie que j'avais découvert la vérité à propos de ses papiers et, depuis, elle n'est pas revenue travailler. Par conséquent, si vous voulez arrêter quelqu'un, inspecteur, c'est plutôt de son côté qu'il faut chercher.

La suffisance de ce minable était insupportable, songea Sean, écœuré. Du moins comprenait-il à présent comment Bert avait contraint la jeune femme à se laisser faire sans appeler à l'aide. La vie des sans-papiers et autres clandestins était un parcours pénible semé d'embûches, et beaucoup d'individus sans scrupule profitaient de leur situation pour les exploiter de manière scandaleuse.

— Comment avez-vous soupçonné qu'elle n'était peut-être pas en règle ? demanda-t-il.

— Je viens de vous le dire : les chiffres ne correspondaient pas…

— Mais pourquoi avoir vérifié son numéro d'identification ? Un détail a dû piquer votre curiosité, j'imagine ?

Sean se demanda ce qui l'incitait à insister de la sorte, l'empêchait d'oublier le visage troublant de Maggie Stevens, cette expression de détresse intolérable qu'il avait déchiffrée sur ses traits, dans ses yeux… Ces yeux et cette bouche lui rappelaient indiscutablement quelque chose, mais quoi ? Malgré tous ses efforts, sa mémoire refusait d'élucider le mystère de cette impression fugitive, insaisissable, qui l'obsédait depuis leur rencontre.

Avec un soupir, il reporta son attention sur le gérant du Perroquet Rose.

— Elle a tout d'une Américaine et parle sans le moindre accent. D'où vous est donc venue cette idée qu'elle pouvait utiliser de faux papiers ?

— Son comportement au travail trahissait une intelligence et des capacités nettement supérieures à la moyenne, expliqua Bert. Au bout de deux mois de service, je lui ai confié la responsabilité du planning, et elle m'a donné entière satisfaction. Ensuite, je l'ai affectée à temps partiel au service des commandes : elle s'est adaptée en un clin d'œil et, grâce à elle, le contrôle des inventaires a fait de nets progrès. Non seulement elle apprenait tout avec une rapidité étonnante, mais elle semblait en plus avide d'accomplir des tâches plus complexes que celles qu'on exige ordinairement d'une serveuse.

— C'est ça qui vous a mis la puce à l'oreille ?

— Parfaitement.

Pour une fois, les réponses de Bert ne sonnaient pas faux.

— Si elle n'avait rien eu à cacher, poursuivit-il, elle ne serait pas restée aussi longtemps chez nous. Elle aurait certainement changé d'emploi, entamé une véritable carrière. Avec son allure et ses compétences, une célibataire sans enfants aurait dû en toute logique manifester plus d'ambition. J'ai bien vu une douzaine d'hommes d'affaires lui remettre leurs coordonnées en vue d'un entretien d'embauche. Si quelques-uns ne cherchaient sans doute qu'à la séduire, d'autres avaient réellement discerné ses qualités professionnelles.

Bien que capable des pires perfidies, Bert n'était pas complètement stupide, si l'on en prenait pour preuve le grand succès de son établissement ; son appréciation méritait donc le plus grand intérêt, d'autant qu'elle confirmait les propres observations de Sean.

— Peut-être avons-nous affaire à une toxicomane, avança-t-il.

Bert Schaff secoua la tête.

— Impossible, dit-il. Dans cette branche d'activité, on apprend vite à reconnaître les employés dont le salaire se transforme en poudre blanche. Il faut s'en débarrasser aussitôt, sous peine d'affronter les pires ennuis. Les toxicomanes ne peuvent s'empêcher de voler pour se procurer de quoi satisfaire leur vice ; ce genre de complication ne m'intéresse pas. Maggie n'a aucun penchant pour la drogue ou pour l'alcool — ni même pour le tabac, alors que la plupart de ses collègues fument beaucoup. A vrai dire, je regrette énormément la perte d'un aussi bon élément.

C'était sans aucun doute la stricte vérité, songea Sean avec aigreur. Bert avait probablement espéré l'emporter sur tous les tableaux en se livrant à son petit chantage. Décidément, le personnage ne gagnait pas à être connu.

— Si vous avez la moindre idée de l'endroit où elle a pu se réfugier, vous feriez mieux de me le dire, déclara-t-il, sans trop d'espoir, en guise de conclusion. Après tout, cette jeune femme continue d'usurper l'identité d'une autre.

Schaff haussa les épaules.

— Comment est-ce que je pourrais savoir où elle se cache ? Je suis bien la dernière personne à laquelle elle se confierait.

— En effet. Cela ne vous empêche pas d'être allé fouiner de votre côté et d'avoir découvert quelques détails intéressants. Vous avez intérêt à me remettre toutes les informations dont vous disposez parce qu'elles ne vous serviront plus à rien et que ce geste pourrait contribuer à vous assurer ma bienveillance.

— Et pourquoi irais-je m'attirer votre bienveillance, inspecteur ?

— Réfléchissez bien. Avez-vous vraiment intérêt à voir les polyvalents s'intéresser de plus près à votre établissement ?

Contrarié, Bert se mit à danser d'un pied sur l'autre. La

pratique consistant à employer des étrangers en situation irrégulière était courante dans un Etat comme la Floride, mais, la plupart du temps, les autorités choisissaient de fermer les yeux, sachant que les immigrants acceptaient des emplois sous-payés dont aucun Américain ne voulait. Un night-club tel que le Perroquet Rose verrait ses bénéfices descendre en flèche s'il devait remplacer les membres de son personnel sans papiers en règle par des salariés plus exigeants.

Jetant à Sean un coup d'œil haineux, il alla ouvrir un placard et en sortit un mince classeur.

— Voici le dossier personnel de Maggie Stevens, maugréa-t-il. Prenez-le. Tout ce que je sais d'elle se trouve dans cette chemise, et, croyez-moi, il n'y a vraiment pas grand-chose.

Sean prit les documents et les glissa sous son bras.

— Merci, Bert. Je vous souhaite une excellente soirée.

Bert Schaff n'avait pas exagéré, constata Sean en étalant le contenu du classeur sur le lit de la chambre d'amis de ses parents, vingt minutes plus tard. Le dossier comprenait le formulaire de demande d'emploi rempli par Maggie, une photocopie de sa prétendue carte d'identité et une déclaration de changement d'adresse datée du 1er août de l'année précédente. Il y avait en outre une quittance de téléphone et une feuille signée de sa main où elle acceptait un éventuel prélèvement sanguin pour contrôler l'absence de tout stupéfiant dans son organisme.

Sean y trouva encore une attestation de références provenant du directeur d'un restaurant de Dallas — le Sizzling Steer — qui affirmait avoir employé Maggie en qualité de serveuse du 1er mai 1995 au 15 juillet 1996 et regrettait le départ d'un élément aussi exceptionnel. Quelques mots griffonnés dans la marge signalaient que Bert avait téléphoné au directeur en question et appris que le Sizzling Steer, ayant changé de propriétaire, s'appelait maintenant le Piccolo Mondo. Personne ne savait où travaillait actuellement l'ancien directeur.

La conscience professionnelle de Bert impressionna Sean, qui, après deux ans passés au Service des fraudes, avait pu constater que la plupart des employeurs ne prenaient jamais la peine de vérifier l'authenticité des lettres de références. En rédigeant elle-même de faux documents, Maggie pouvait être assurée de ne courir aucun risque dans près de neuf cas sur dix. Tandis qu'il rassemblait les feuilles éparses, Sean dut admettre que rien de ce qu'il avait trouvé là n'éveillait en lui le moindre écho ou ne l'aidait à isoler le trait particulier qui lui semblait si familier dans la personnalité de la jeune femme.

La dernière pièce du dossier était une photo d'identité en couleur agrafée au mince paquet de feuilles de maladie qui accompagnait le reste. La mutuelle du personnel exigeait apparemment la présentation d'un cliché récent pour bénéficier du remboursement des frais de santé.

Sean inclina l'abat-jour de la lampe pour voir de façon plus claire le visage de Maggie. La photo ne la flattait vraiment pas. Le regard vide, inexpressif, elle fixait l'objectif sans un sourire, et la profusion de boucles jaunes qui l'auréolait ressemblait plus que jamais à une perruque sous l'objectif implacable de l'appareil.

Accoutumé à étudier des portraits, Sean connaissait bien l'art d'éliminer les modifications superficielles pour discerner les traits essentiels de délinquants, qu'on découvrait minces et barbus après les avoir connus corpulents et rasés de près quelques années plus tôt. Certains policiers possédaient le don inné de reconnaître un individu sous les déguisements les plus sophistiqués. Ce n'était pas son cas, hélas ! et l'un de ses coéquipiers en avait fait un jour les frais. Mais, en examinant la photo de Maggie, il éprouva pourtant un choc inattendu, le tressaillement intérieur provenant de la certitude incontestable qu'il l'avait déjà vue ailleurs. Il en aurait mis sa main au feu.

La jeune femme qu'il avait côtoyée récemment possédait un regard expressif, des traits mobiles, un corps alerte, débordant de vitalité. Sur le cliché, toute son énergie semblait l'avoir abandonnée, et c'était précisément cette impression d'absence qui le faisait réagir. A présent, il n'en doutait plus : il avait rencontré cette femme auparavant, dans une situation où elle se tenait en retrait, repliée sur elle-même, inerte, les yeux vides.

Pour identifier un suspect, les spécialistes observaient toujours les oreilles, dont la forme était unique et changeait rarement. Sans doute Maggie le savait-elle, car elle avait placé sa perruque de manière à les cacher entièrement. Sean concentra son attention sur son nez, sa bouche, son front, s'efforçant de rassembler ses souvenirs. Aucun déclic ne se produisit. Où diable avait-il pu remarquer ce visage ? Au cours d'une séance d'identification ? Sur un avis de recherche ? Il l'imagina en brune aux cheveux de jais, en rousse, le crâne rasé… Il essaya de deviner à quoi elle pourrait ressembler avec des lentilles de contact modifiant la couleur de ses prunelles…

Peine perdue. Plus il sollicitait sa mémoire, plus elle semblait se rétracter, se refusant à lui fournir la moindre réponse.

Se levant, il se mit à arpenter la pièce et se demanda s'il n'aurait pas inventé là un souvenir sans aucun fondement réel. Après une série de tests, le psychologue de service lui avait prescrit six semaines de congé maladie, le déclarant traumatisé par les circonstances du décès d'Arturo Rodriguez. Incapable de reconnaître le dangereux criminel qui s'approchait d'eux, alors qu'il l'avait aperçu le matin même, Sean aurait désormais tendance à douter de lui-même et à monter en épingle la moindre vétille.

Fallait-il attribuer cette impression concernant Maggie Stevens à une déformation de son jugement — un excès de méfiance destiné à compenser la négligence qu'il se reprochait à l'égard d'Arturo ? Il regarda de nouveau la photo et secoua la tête. Que ce psychologue aille se faire voir, lui et son bla-bla ! Le comportement de la jeune femme avait bel et bien de quoi éveiller ses soupçons.

Exaspéré, il écrasa son poing contre le mur. Les doutes et l'autocritique n'étaient plus de mise, à présent. Il reconnaissait cette femme. Il avait déjà eu sa photo entre les mains. Il ne lui restait plus qu'à découvrir où, et à quelle occasion.

Un bruit de pas dans le couloir — le trottinement de sa mère — interrompit ses réflexions. Légèrement agacé, il grimaça en entendant frapper à sa porte, puis alla ouvrir.

— Bonsoir, maman. Je vous croyais couchés depuis longtemps, tous les deux.

— Je l'étais, dit sa mère en ajustant la ceinture de son peignoir et en jetant un bref coup d'œil vers le mur, derrière

Sean. Je t'ai entendu… tourner en rond. Je craignais que tu ne souffres de migraine…

— Pas du tout. Je me porte comme un charme.

Elle l'examina d'un air inquiet, comme si elle redoutait de le trouver en proie à quelque accès de démence. Cette sollicitude anxieuse ressemblait à s'y méprendre à celle que Sean devinait trop souvent sur le visage de ses amis ou collègues depuis sa sortie de l'hôpital.

— J'avais envie de préparer une petite tisane, reprit-elle, apparemment rassurée. Si cela te tente, tu es le bienvenu.

Elle s'était exprimée d'un ton hésitant, comme quelqu'un qui s'attend à un refus catégorique, et Sean sentit monter en lui une bouffée de tendresse, teintée de remords. Les cheveux argentés de sa mère commençaient à être clairsemés par endroits ; du côté où elle avait dormi, sa coiffure d'ordinaire si soignée était aplatie, laissant apparaître la peau rose du crâne. La gorge soudain nouée, Sean inclina la tête et déposa un baiser sur sa joue ridée.

— Qu'est-ce qui me vaut ce geste ? demanda-t-elle sans chercher à dissimuler son plaisir. Sean Michael, si tu avais vingt ans de moins, je dirais que tu prépares un tour pendable.

Sean esquissa un sourire.

— Je n'ai plus l'âge de faire des sottises. Ce baiser-là venait du fond du cœur.

Les joues de sa mère rosirent, mais, comme toujours, elle s'adressa au petit garçon de naguère.

— Plus l'âge des sottises ? A trente-huit ans ? Dieu me pardonne, mon garçon, quand tu en auras soixante-douze comme moi, tu te rendras compte qu'un homme n'a pas atteint l'âge de raison avant la quarantaine bien sonnée.

— Les femmes, en revanche, naissent raisonnables… si l'on en croit ton opinion, du moins.

Mme MacLeod hocha légèrement la tête.

— Disons que nous atteignons la maturité un peu plus tôt que vous.

Lui prenant la main, Sean la suivit dans le couloir.

— Je boirais volontiers une tisane, dit-il. Papa dort ?

— Il dort et ronfle comme un bienheureux.

— Ne pourrais-tu te procurer ce genre de sparadrap qu'on applique sur le nez ? Ou bien un oreiller spécial ?

— J'ai tout essayé, en vain. Rien ne l'empêchera jamais de ronfler. Je le pousse sur le côté en me mettant au lit, ce qui l'arrête assez longtemps pour me permettre de m'endormir.

Sa voix trahissait un soupçon d'exaspération, mais aussi une telle affection que Sean se prit à espérer fonder un jour un couple uni par un amour assez puissant pour compenser ainsi, des années durant, les inévitables frictions de la vie quotidienne. La satisfaction de ses parents, la routine agréable de leur existence, était un spectacle rassurant, songea-t-il.

— Vous êtes vraiment contents de vivre ici, à Saint Pete, n'est-ce pas ? demanda-t-il. La retraite vous a apporté tout ce que vous souhaitiez, papa et toi.

— Oui. Nous apprécions nos voisins, et cette résidence est parfaitement entretenue. Je crois que nous avons fait le bon choix, affirma la mère de Sean en ôtant la bouilloire de la plaque à induction pour verser l'eau dans la théière. Vois-tu, tous ces petits éléments de confort m'enchantent. A moins d'avoir connu comme nous la grave crise économique de 1929 et les restrictions de la guerre, on ne peut imaginer le plaisir que nous procure cette existence aisée.

Ils emportèrent leur tasse dans le petit patio et s'installèrent dans les chaises longues flambant neuves, savourant le calme de cette nuit d'été parfumée.

— Même si vous avez vécu des temps difficiles, il me semble que la vie était moins compliquée, à l'époque, observa Sean en regardant les étoiles. Le gouvernement faisait l'unanimité, Roosevelt était apprécié de tous, vous respectiez le curé de la paroisse, et, si le maître d'école gardait un élève après une journée de classe, personne ne le soupçonnait de quelque horrible perversion sexuelle. De nos jours, tout cela a bien changé.

— Tu as raison. La vie était beaucoup plus simple, en un sens. Cela s'explique peut-être par le fait que nos choix étaient plus limités, en définitive. En cas de velléité de divorce, par exemple, nous n'aurions pas eu les moyens de payer l'avocat, nos parents nous auraient déshérités, et le prêtre aurait brandi la menace des flammes éternelles. Don et toi, en revanche… vous totalisez à vous deux quatre divorces. Même s'il me semble bon de pouvoir choisir, je me demande parfois si le divorce n'est pas devenu trop facile.

— C'est possible. Peut-être aurions-nous dû insister davantage, Lynn et moi, pour le bien de Heather. Mais nous étions incapables de nous rendre mutuellement heureux, maman. Pas comme papa et toi. Lynn voulait me transformer en…

Sean s'interrompit.

— Chacun attendait de l'autre quelque chose d'impossible à obtenir, reprit-il. Comment donner ce que l'on ne trouve pas en soi ? La partie était perdue d'avance.

— Tu aurais pu entrer chez Inter Tech, rappela sa mère d'une voix douce. Lynn a été très contrariée lorsque tu as refusé ce poste. Elle avait déjà annoncé à ses amies que tu allais devenir responsable de la sécurité d'une grande entreprise.

— Ce qui lui aurait conféré une position sociale plus avantageuse que celle d'épouse d'un flic, n'est-ce pas ?

— D'accord, Lynn est un peu snob, mais il y avait tout de même autre chose en jeu, Sean, tu le sais bien. Elle avait aussi de bonnes raisons de souhaiter te voir accepter ce poste : la perspective de te retrouver chaque soir à une heure décente, afin que Heather et toi puissiez profiter l'un de l'autre, par exemple…

— Et voilà pourquoi elle a exigé le divorce, faisant en sorte que Heather ne me voie plus du tout, ou presque. Maman ! tu sais aussi bien que moi que Lynn avait surtout envie que j'accepte un emploi qui doublerait le montant de nos revenus.

Sean but une gorgée de tisane.

— En fait, reprit-il, elle désirait avoir plus d'argent à dépenser tandis que je voulais…

— … défendre la veuve et l'orphelin ? Faire régner l'ordre et la justice dans les rues de nos villes ?

Embarrassé, Sean haussa les épaules.

— Eh bien… oui, quelque chose de ce genre.

— Tu as toujours eu un faible pour les causes désespérées, mon petit.

Dans la voix de sa mère, Sean décela une pointe de fierté.

— C'est probablement vrai, admit-il. A 40 ans, peut-être finirai-je enfin par m'assagir. A en croire ta théorie, il me reste encore dix-huit mois pour mûrir.

L'obscurité ne leur permettait pas de se voir, mais ils

se sentaient étonnamment proches dans la pénombre du patio.

— Je ne tiens pas à ce que tu mûrisses, affirma Mme MacLeod. J'aimerais seulement que tu recouvres ta joie de vivre. Je me fais du souci pour toi, Sean.

— Tu n'as aucune raison de t'inquiéter ; ou, du moins, tu n'en auras plus dès que mes abrutis de supérieurs m'auront autorisé à réintégrer mes fonctions. Que de complications pour une malheureuse balle extraite depuis longtemps de mon crâne !

— Ce n'est pas la balle qui me cause du souci, mais les reproches que tu ne cesses de t'adresser pour la mort de ton coéquipier.

Sean prit le temps de finir sa tasse avant de répondre :

— Art n'aurait jamais dû s'engager dans cette impasse ; mais j'ai fini par admettre que je n'étais pas responsable de ses décisions ni de ses actes. Sans doute a-t-il mal mesuré le danger auquel il s'exposait. Après vingt ans d'expérience, il savait exactement les risques qu'il prenait en courant se mettre à l'abri. Ce n'est pas ma faute si ma mémoire prétendument infaillible m'a subitement trahi à un moment crucial.

Sa mère n'était pas plus dupe que lui de ce discours, mais elle s'arrangea pour n'en rien laisser paraître.

— Le temps aide à cicatriser les blessures, dit-elle. Tu finiras par te pardonner un jour, mon fils.

— Probablement.

Cette conversation lui avait fait du bien, songea Sean en se levant. Il était content d'avoir passé un moment avec sa mère ; il avait même pu évoquer la mémoire d'Arturo sans déclencher cette explosion de chagrin et de remords à laquelle il n'aurait pu échapper une semaine plus tôt. Il bâilla et s'étira, soudain pris d'une envie de dormir dont il n'avait plus l'habitude.

— Quel est donc le secret de ta tisane, maman ? C'était délicieux, mais j'ai de la peine à garder les yeux ouverts.

— J'ai seulement ajouté une cuillerée de miel à mon mélange de plantes digestives, dit-elle. Tant mieux si tu l'as aimé.

Ils déposèrent leurs tasses dans l'évier et traversèrent le salon en direction des chambres.

— Bonne nuit, murmura Mme MacLeod devant le seuil de la chambre d'amis. Dors bien, mon chéri.

— Toi aussi.

Sean embrassa sa mère sur le front et entra dans sa chambre, envahi par une douce torpeur. Dans le couloir, il entendit la porte de l'autre chambre se fermer ; presque aussitôt, les ronflements de son père s'interrompirent.

Il esquissa un sourire et se hâta de se déshabiller. S'il ne s'endormait pas rapidement, la reprise des ronflements l'en empêcherait. Il rassembla les documents épars qui constituaient le dossier de Maggie Stevens, et qui étaient restés sur le lit, le portrait de la jeune femme se retrouvant par hasard sur le dessus de la pile.

Prêt à poser le tout sur la table de nuit, il s'immobilisa soudain. Une sorte d'éclair illumina son esprit, et il se laissa choir sur le lit.

— Nom de Dieu !

Le relâchement de son attention, à l'approche du sommeil, avait dû libérer quelque mécanisme inconscient, laissant resurgir naturellement des souvenirs qu'il ne pourchassait plus. Il ramassa le cliché qui avait glissé par terre et le retourna entre ses mains jusqu'à ce que l'écran qui lui cachait la vérité depuis plusieurs jours soit totalement tombé.

Il avait déjà vu ce visage, en effet. En 1989 ou 1990, les autorités avaient fait circuler le portrait de Maggie dans tous les commissariats du Colorado, annonçant son évasion de la prison de Cañon City. L'avis de recherche la décrivait comme une dangereuse criminelle ; elle avait fait preuve d'une habileté remarquable en se joignant à un détachement de détenues conduites dans un établissement de soins à la suite d'une épidémie de gastro-entérite provoquée par une eau contaminée. Elle s'était évadée en compagnie de quatre autres femmes, lesquelles avaient été arrêtées quelques heures plus tard. Seule Maggie demeurait encore introuvable quand l'avis avait été placardé, trois mois après l'événement.

Il se remémora aussi son véritable nom : Margaret Juliana Slade.

Ses paumes étaient moites, et il les essuya sur son T-shirt d'un geste machinal. Sans doute aurait-il pu la reconnaître plus tôt. En seize ans de carrière, il avait poursuivi et arrêté d'innombrables criminels. Il avait toutefois bien des raisons de ne pas oublier Maggie Slade : pas seulement parce que son procès avait connu à l'époque un certain retentissement, ni même parce que le meurtre de Rowena Slade était le premier homicide sur lequel il avait travaillé, mais parce que la manière dont l'affaire avait été traitée lui laisserait à jamais un profond sentiment de honte.

A présent, les souvenirs se bousculaient dans sa mémoire. Une fois le lien établi, l'identité entre Maggie Stevens et Margaret Slade ne faisait plus aucun doute. Malgré les quinze années qui s'étaient écoulées, malgré la transformation de l'adolescente en femme, la ressemblance sautait aux yeux de quiconque s'avisait de la chercher.

Sean inspira profondément. En définitive, son intuition ne l'avait pas trompé. Comme il le soupçonnait, Maggie dissimulait bel et bien un lourd secret ; désormais, il savait lequel.

Condamnée à vingt ans de prison pour l'assassinat de sa mère, elle vivait depuis au moins sept ans sous une fausse identité — depuis son évasion de la prison de Cañon City.

6.

Plus d'une décennie s'était écoulée depuis la dernière rencontre de Maggie avec le père Tobias Grunewald, mais celui-ci n'avait rien perdu de son charme et de son dynamisme. Seize ans plus tôt, le père Tobias, simple prêtre de la paroisse de Sainte-Jude, à Colorado Springs, était apparu pour la première fois dans sa vie. Lors de leur dernière entrevue, entre les murs de la prison pour femmes de Cañon City, il était déjà promu au rang d'évêque. Connu pour être sensible au problème de la délinquance juvénile, il avait prêté une attention particulière au cas de Maggie, mettant tout en œuvre pour lui permettre de suivre des études universitaires, en même temps qu'elle purgeait sa peine, grâce à un système d'enseignement à distance.

Agé d'une cinquantaine d'années à l'époque, il se retrouvait donc archevêque à soixante ans à peine. Ses beaux cheveux argentés, loin de le vieillir, mettaient en valeur sa carrure athlétique et sa vigueur presque juvénile. Le temps semblait avoir simplement renforcé une assurance et un charisme désormais indiscutables.

La presse locale raffolait du nouvel archevêque, l'opposant volontiers à son prédécesseur, un personnage terne et fragile qui ne communiquait avec ses ouailles que pour stigmatiser le travail des mères de famille, responsable selon lui de tous les maux du pays. Les journalistes ne sollicitaient des interviews de l'ancien prélat que pour déclencher un conflit avec le planning familial ou les ligues féministes. Ce nouveau titulaire porteur d'un message d'espoir et de tolérance faisait donc évoluer les choses de manière positive.

Bien que la vue de cet homme la fît frémir de dégoût, Maggie le suivit des yeux tandis qu'il montait en chaire pour y prononcer son sermon. Fidèle à sa réputation, il dédaigna la rhétorique ampoulée au profit d'un pragmatisme de bon aloi. Il exprima aux fidèles rassemblés devant lui sa confiance dans les merveilles qu'accompliraient les catholiques du diocèse en unissant leurs efforts, avec l'aide de Dieu. Il les remercia de l'accueil chaleureux que la communauté — toutes confessions confondues — lui avait réservé et leur rappela son attachement à la région, sa famille étant originaire de Cincinnati.

S'étant ainsi assuré la sympathie de son auditoire, l'archevêque en vint au vif du sujet. Durant de longues années, expliqua-t-il, il s'était occupé de jeunes délinquants aux prises avec l'administration judiciaire du pays. Ses expériences dans l'Etat de l'Arizona le conduisaient à penser que la notion de justice ne jouait plus un grand rôle dans le fonctionnement d'un système judiciaire débordé et pourvu de ressources dramatiquement insuffisantes. Des adolescents récupérables étaient exclus de la société. De jeunes criminels endurcis manipulaient les tribunaux sans aucun scrupule. Pour contribuer à modifier la situation, Grunewald se proposait d'entamer un dialogue constructif avec les élus locaux et les paroissiens à propos de l'assistance que les églises du diocèse pourraient apporter à l'enfance en danger.

Un remous parcourut l'auditoire. La plupart des personnes présentes appartenaient à une classe moyenne plutôt conservatrice, et la perspective d'organiser des activités destinées aux délinquants juvéniles dans le cadre du diocèse ne soulevait guère d'enthousiasme, c'était le moins qu'on pût dire. Un murmure de soulagement se fit entendre lorsque l'archevêque ajouta qu'il considérait l'éducation et la vie de famille comme les clés de voûte d'une société fondée sur le civisme plutôt que sur la loi de la jungle ; il emploierait du reste toute son énergie à soutenir la famille et à favoriser le développement de l'enseignement catholique dans la région.

Maggie l'avait souvent entendu prêcher le dimanche, à l'église de Sainte-Jude où l'emmenait sa mère. A l'époque, elle ne prêtait toutefois aucune attention à ses propos et ignorait par conséquent s'il avait toujours été un orateur aussi éloquent. Elle le connaissait beaucoup trop bien pour se laisser abuser par ses envolées mensongères, mais la fascination qu'il exerçait manifestement sur son auditoire l'impressionna. Il ne commit pas l'erreur de parler trop longtemps, même si la nature l'avait doté d'une voix admirable, sans doute en mesure de captiver l'attention d'un public rien qu'en lisant des petites annonces. En promenant son regard dans la nef, Maggie constata sans grande surprise qu'il avait ensorcelé toute l'assistance, y compris quelques journalistes de la région, visiblement sous le charme en dépit du détachement tout professionnel qu'ils s'efforçaient d'afficher.

Une seule fois, l'archevêque parut regarder dans sa direction et, pendant une fraction de seconde, elle eut l'impression que ses yeux plongeaient dans les siens. Un tel contact visuel était dangereux — il existait toujours un risque infime qu'il la reconnût —, mais elle se sentit incapable de s'arracher à son regard. Puis il renversa légèrement la tête vers le ciel, et l'illusion se dissipa aussitôt. Les bras tendus en un geste de communion, Grunewald conclut sa brillante homélie en exhortant ses fidèles à prier avec lui.

A cet instant précis, Maggie éprouva une telle flambée de haine envers lui que l'envie la prit de se lever pour hurler la vérité à la face du monde.

« Menteur ! Libertin ! Assassin ! »

Heureusement, ses années de détention l'avaient habituée à conserver une attitude impénétrable, quand bien même l'intolérable injustice de la vie lui donnait envie de s'arracher les cheveux. Aussi resta-t-elle assise, le front humblement penché vers le sol, jusqu'à la fin de la prière. Puis elle esquissa un sourire accompagné d'un petit signe de tête approbateur, comme tout le monde.

Qui aurait songé à mettre en doute la bienveillance et la sincérité de ce saint homme qui leur accordait à présent sa bénédiction ? Maggie se sentit prise de nausée. Elle avait perdu la foi depuis bien longtemps, mais elle respectait les membres du clergé dont le degré d'élévation morale forçait l'admiration. Certains aumôniers de prison comptaient parmi les personnes qu'elle vénérait le plus au monde. Grunewald, en revanche, exploitait sans scrupule le besoin vital que la plupart des gens avaient de trouver des repères moraux, un guide spirituel pour diriger leur conscience.

Consciente du danger qui la menaçait, Maggie se laissa passivement entraîner par la foule qui refluait en direction de la salle paroissiale, à la sortie de l'église. Boissons aux fruits et petits-fours attendaient les convives sur des tables à tréteaux installées à cette occasion. Elle se surprit à éprouver un plaisir presque masochiste à circuler parmi ces inconnus et à les écouter chanter les louanges de l'archevêque.

La torture qu'elle s'infligeait en observant l'ennemi d'aussi près meublait en quelque sorte l'immense vide qu'avait laissé en elle la mort de sa mère.

— N'est-il pas extraordinaire ? Quelle éloquence, quelle inspiration !

Son hypocrisie frisait le génie, en effet.

— J'ai entendu dire que les adolescents l'adoraient.

« Et les veuves sont folles de lui », songea encore Maggie avec un cynisme désabusé.

— Il a participé bénévolement à l'encadrement d'un camp de loisirs pour jeunes délinquants, et soixante pour cent des participants sont rentrés dans le droit chemin.

Quel homme ! Mais n'était-ce pas lui aussi qui, des années plus tôt, avait laissé accuser une enfant de 15 ans d'un meurtre dont il était l'auteur ?

La rage qui animait à présent Maggie risquait de l'amener à commettre une imprudence. La sagesse exigeait qu'elle quitte très vite la réception. Pourtant, elle s'ingéniait à remuer le couteau dans la plaie, mue par quelque obscur désir de ressentir enfin quelque chose après des années d'engourdissement émotionnel.

Saint-Anthony était situé en plein cœur de Bexley, l'un des faubourgs les plus huppés de la ville, et les paroissiens aisés avaient confectionné un buffet très appétissant. Sérieusement à court d'argent, Maggie tenta de justifier son insistance à s'attarder par le désir de trouver ici son repas du soir. Malheureusement, la vue de Grunewald allant d'un groupe à l'autre dans une salle conquise par son naturel et sa modestie lui coupait l'appétit.

Trop écœurée par la candeur des gens et l'invraisemblable aplomb de cet individu, elle s'apprêtait enfin à poser son assiette pour partir quand une voix rocailleuse familière prononça son prénom.

— Bonsoir, Christine. Voilà donc à quoi vous occupez vos loisirs ! En ce qui vous concerne, je n'ai pas à redouter les mauvaises fréquentations, on dirait.

Maggie s'arma de courage et fit volte-face pour saluer la propriétaire de la Brasserie Buckeye.

— Bonsoir, Dorothy. Comme le monde est petit... Comment allez-vous ?

— Pour tout dire, cette chaleur m'oppresse. Si je connaissais le monstre qui a conçu le collant, je l'étranglerais volontiers avec son invention !

— S'il vous faut une complice, faites appel à moi, répondit Maggie avec un sourire.

— En pantalon, vous devez tout de même vous sentir plus à l'aise — vous semblez fraîche comme une rose.

S'interrompant, Dorothy but une gorgée de soda, grimaça et posa son gobelet sur une table.

— Ce breuvage est beaucoup trop sucré à mon goût. Une bière glacée me conviendrait davantage.

— A moi aussi ! avoua Maggie, qui profita de l'occasion pour se débarrasser de son assiette encore presque intacte.

Sa compagne désigna l'archevêque d'un geste discret.

— Quel personnage remarquable, vous ne trouvez pas ?

— Tout à fait remarquable, en effet.

Craignant de ne pouvoir le regarder sans perdre son sang-froid, Maggie se contenta de hocher la tête avec un sourire contraint.

— Il a un véritable talent d'orateur, ajouta-t-elle pour faire bonne mesure.

— Un don du ciel, sans doute… Et il ne se borne pas à être éloquent, semble-t-il. Selon la rumeur, ce serait en outre un homme d'action, déterminé à tout mettre en œuvre pour rendre le monde plus vivable — surtout pour les jeunes.

Maggie réprima la réplique cinglante qui allait franchir ses lèvres, et elle dit en essayant de paraître sincère :

— A coup sûr, sa présence représentera un atout appréciable pour Columbus.

— Je l'espère de tout cœur.

Dorothy lui adressa un regard qu'elle eut du mal à interpréter.

— Je participe bénévolement à l'association de secours aux femmes battues, expliqua-t-elle, et son président m'a appris que, à Phoenix, Grunewald a pris l'initiative de faire construire un nouveau centre d'hébergement à leur intention. Il a également organisé une collecte destinée à financer un conseiller à plein temps pour venir en aide aux adolescents en difficulté.

— C'est merveilleux !

— Et quel progrès par rapport à l'attitude de notre dernier archevêque. Selon lui, les femmes battues n'avaient qu'à cesser de harceler leurs maris, et le problème se résoudrait de lui-même.

— Décidément, observa Maggie, tout se passe comme si

le fait d'occuper certaines fonctions vous autorisait à dire n'importe quoi.

Quand elle vit l'archevêque et son entourage avancer dans leur direction, elle sentit soudain son estomac se soulever.

— Je vous prie de m'excuser, ajouta-t-elle précipitamment, mais il est vraiment temps que je parte.

— Moi aussi, affirma Dorothy.

Elles entreprirent ensemble de se frayer un chemin vers la sortie, mais la salle était comble et elles durent s'armer de patience.

— La vie à Columbus vous convient-elle ? demanda Dorothy. Avez-vous trouvé un logement correct ?

— Oui, merci. J'ai emménagé hier soir.

L'appartement, vétuste, avait pour unique avantage un loyer modéré. Maggie avait toutefois vécu dans des endroits infiniment plus sordides — notamment une cellule de trois mètres sur deux qu'elle partageait avec une femme condamnée à quinze ans de prison pour avoir tué son bébé.

— Je vous communiquerai mon numéro de téléphone dès que la ligne sera installée. L'employé de la compagnie doit passer dès demain, en principe.

— Rien ne presse, dit Dorothy.

Elle s'éventa en précédant Maggie pour franchir le seuil du local paroissial.

— Quelle chaleur ! soupira-t-elle encore. Je regrette d'avoir autant de paperasserie à terminer cet après-midi. Ces déclarations d'impôts sont vraiment assommantes. J'aimerais tant pouvoir m'installer sur la balancelle de la véranda et regarder couler le temps…

— J'échangerais volontiers vos feuilles d'impôts contre

le balai et la serpillière qui m'attendent à la maison, affirma Maggie.

Elle consulta rapidement sa montre.

— Oh ! là ! là ! Vous avez vu l'heure ? Je vais être obligée de rentrer au pas de course si je veux dormir dans un studio propre. J'ai passé un moment agréable en votre compagnie. Bonsoir, Dorothy. A demain.

Sa patronne l'arrêta en plein élan.

— Avant que nous nous quittions, Christine, j'aurais quelques mots à vous dire. Ce ne sera pas très long. Allons nous abriter du soleil sous l'auvent.

Bon gré, mal gré, Maggie lui emboîta le pas.

— Oui ?

— J'ai appelé les deux employeurs dont vous m'avez fourni les références.

— Bien sûr. Vous m'aviez dit que vous le feriez.

Le cœur battant à se rompre, les jambes prêtes à se dérober, Maggie parvint à accompagner sa réponse d'un sourire confiant.

— J'espère que vous n'avez entendu que des éloges sur mon compte.

— Je n'ai rien entendu du tout. Le Cove a été racheté il y a six mois, et les nouveaux propriétaires ne disposent d'aucun dossier remontant à plus d'un an. Quant au Landmark, il a fait faillite en novembre dernier. Là non plus, personne n'a pu me confirmer vos références.

— Oh ! je suis désolée que vous vous soyez donné tant de peine pour rien. Et quel dommage pour le Landmark… Cette faillite me surprend : le restaurant semblait pourtant très bien marcher au moment où j'y ai travaillé.

— Epargnez-moi vos sornettes, Christine. Vous êtes maligne, mais moi aussi : je sais très bien quand on me raconte des salades.

— Des salades ? Comment ça ?

Dorothy émit un soupir exaspéré.

— Je veux dire que vous m'avez fourni deux adresses où personne ne me donnera le moindre renseignement sur vous car, par une étrange coïncidence, elles ne correspondent plus l'une et l'autre à celles des établissements qui vous employaient. En ce qui me concerne, je ne crois pas aux coïncidences.

— Pourquoi ? Il s'en produit fréquemment.

— Admettons… mais, en l'occurrence, ce n'est pas le cas. Votre *curriculum vitæ* est un tissu de mensonges, et je suis presque sûre d'avoir deviné pourquoi. Vous êtes traquée, vous mourez de peur. Vous ne savez plus à qui accorder votre confiance et, par conséquent, vous ne faites plus confiance à personne.

Maggie se demanda si elle avait soudain blêmi, ou si ce n'était qu'une impression.

— C'est complètement extravagant…

— Je veux simplement vous aider, et non aggraver vos difficultés ! s'exclama Dorothy d'un ton impatient. Je ne compte pas révéler à qui que ce soit ce que je sais.

Prise au dépourvu, Maggie observa un instant de silence. Cette proposition n'avait aucun sens : si Dorothy la soupçonnait d'être recherchée, pourquoi promettrait-elle de se taire ?

— Très bien, reprit l'autre femme avec un soupir. Je peux comprendre que vous hésitiez à vous fier à moi, mais vous devez savoir que je suis de votre côté. Dès que vous avez posé le pied dans mon bureau, j'ai eu l'intuition que vous cherchiez à échapper à quelqu'un — et il ne m'a pas fallu longtemps pour en déduire qu'il s'agissait certainement de votre ex-mari. Voilà pourquoi je vous ai proposé un emploi. Dans une situation aussi critique, c'est bien le moins que je pouvais faire pour vous.

Soulagée, Maggie respira plus librement. Bien sûr ! Comment n'y avait-elle pas songé plus tôt ? Dorothy la prenait pour une épouse martyre, pourchassée par un mari violent.

La main de Dorothy se posa avec douceur sur son bras.

— Vous devez endurer un véritable calvaire. Je n'ai aucun mal à le comprendre, moi qui ai été mariée à un ivrogne, agressif et menteur. Mais il était aussi banquier, et occupait une place importante dans la communauté, tandis qu'avec mon joli minois et ma silhouette aguichante je demeurais une fille issue des bas quartiers de la ville. J'ai cru lui faire plaisir en améliorant mon éducation, afin de me hisser à son niveau. Malheureusement, en dépit de tous mes efforts, il me frappait de plus en plus souvent. Quand j'ai enfin réussi à le quitter, après cinq ans d'un mariage infernal, cet imbécile m'avait cassé trois côtes et n'aurait pas tardé à me mettre en pièces.

La sincérité de cette femme émut Maggie ; rien, toutefois, ne l'autorisait à accepter son amitié sous un prétexte fallacieux. Une fois de plus, elle n'avait pas d'autre choix que de lui mentir.

— Dorothy, lui dit-elle, votre sollicitude me touche beaucoup, mais vous vous trompez sur toute la ligne. Si mon mariage a été un échec, en effet, Tom ne me frappait pas, je vous assure. Je ne vois pas ce qui a pu vous faire croire…

— Je vous l'ai dit : en présence d'une personne qui a peur

et se cache, mon intuition ne me trompe jamais. Ecoutez les conseils d'une femme qui a connu ce que vous endurez. J'ai tenu les mêmes raisonnements que vous : vous préférez garder le silence sur ce que vous a fait cet homme pour éviter les réactions méprisantes. En vous faisant respecter, vous espérez réussir à vous respecter vous-même, et ainsi de suite… Pourtant, croyez-moi, on ne fuit jamais assez loin ni assez rapidement pour échapper aux souvenirs. Au bout du compte, pour pouvoir recommencer sa vie, il faut analyser ce qui s'est passé et admettre que vous n'êtes pas responsable des brutalités dont vous avez été victime. Tant que vous persisterez à nier la réalité, vous resterez en son pouvoir. Lorsque vous regarderez le passé en face, vous serez enfin en mesure d'avancer sans vous retourner constamment pour regarder derrière vous en tremblant, avec la peur qu'il vous rattrape.

Dorothy se fourvoyait totalement ! Malgré tout, Maggie éprouva soudain un vif désir de se confier à elle. Toutes ces années passées à se dérober à ceux qui la cherchaient devenaient un fardeau dont elle aurait aimé se décharger un moment sur une épaule amie. Elle était bel et bien venue à Columbus dans l'intention d'affronter enfin son passé, même si les démons qui la hantaient n'étaient pas ceux qu'imaginait Dorothy. Mais, aux yeux de la loi, Dorothy commettrait un crime en aidant une prisonnière évadée ; Maggie n'avait pas le droit de l'entraîner dans une aventure aussi périlleuse. En aucun cas, elle ne devait céder à la tentation de solliciter son aide.

La lutte intérieure qui l'agitait dut se refléter sur ses traits, car Dorothy lui prit la main en un geste amical.

— Laissez-moi vous mettre en contact avec une équipe

de bénévoles, Christine. Si vous hésitez à me parler, vous trouverez quelques personnes de bonne volonté qui pourront vous aider à franchir un cap difficile.

Au bord des larmes, Maggie parvint à se dominer.

— Vous vous trompez, Dorothy, dit-elle avec un détachement feint. Votre généreuse proposition me touche, mais mon ex-mari ne s'est jamais montré brutal ou agressif envers moi. C'est seulement un incorrigible coureur de jupons. Et, si j'ai beaucoup de griefs envers lui et sa nouvelle épouse, il ne m'effraie pas le moins du monde.

— Si vous le dites…

D'une persévérance à toute épreuve, Dorothy ouvrit son sac à main et en tira une carte.

— En cas de besoin, vous pouvez appeler vingt-quatre heures sur vingt-quatre à ce numéro. En ce qui me concerne, j'ai déjà pu apprécier vos qualités de serveuse, et je ne vous mettrai pas dans l'embarras en vous réclamant d'autres références.

Hochant la tête, Maggie prit la carte et la glissa dans sa poche.

— Merci, Dorothy. Vos conseils et votre sollicitude me vont droit au cœur.

— Je n'en doute pas. A propos, pour me permettre d'organiser les emplois du temps de demain, j'aimerais savoir si vous avez décidé de venir demain, ou de vous enfuir de nouveau ?

Dans d'autres circonstances, Maggie aurait menti sans le moindre complexe. Mais la gentillesse de Dorothy la fit hésiter un instant : aussi démunie fût-elle, pouvait-elle vraiment se permettre de travailler auprès d'une personne aussi perspicace ? La franchise, elle s'en rendait compte, était un luxe qui lui demeurait interdit. Elle ne pouvait répondre que par l'affirmative, même si la question exigeait une bonne nuit de réflexion.

— Je viendrai, affirma-t-elle. Le Buckeye est l'endroit idéal pour gagner beaucoup d'argent dans un délai raisonnable ; et je vous ai déjà dit combien je tenais à me constituer un petit capital.

Son expression devait manquer de sincérité, car le regard de Dorothy perdit de sa bienveillance.

— Bien sûr, dit-elle. Je vous souhaite une bonne nuit, Christine. Juste une ultime recommandation : faites installer un verrou de sécurité sur votre porte.

Elle s'éloigna de quelques pas, mais l'exode de l'assistance qui quittait la réception freina sa progression.

Il était difficile à Maggie de prendre ses jambes à son cou alors que la patronne du Buckeye pouvait encore la voir. Toutefois, l'archevêque se trouvait au centre de la procession qui s'écoulait de la salle, et il ne tarderait pas à passer tout près d'elle en regagnant la voiture qui l'attendait. Bien que fascinée par le charme factice du personnage, Maggie ne se sentait pas encore prête à approcher de nouveau l'assassin de sa mère.

— Pardon, maugréa-t-elle en jouant des coudes pour se glisser entre deux prêtres et une grosse dame. Excusez-moi.

Les prêtres s'effacèrent obligeamment pour lui céder le passage, resserrant aussitôt les rangs derrière elle. Ce qui signifiait, songea Maggie avec soulagement, qu'ils la dérobaient enfin à la vue de Dorothy. Prenant son élan, elle sortit du bâtiment et commença à courir…

Pour aller tomber dans les bras grands ouverts de Sean MacLeod.

7.

Maggie ouvrit la bouche pour crier, mais aucun son ne put franchir sa gorge. Lorsque Sean la saisit par le bras, elle s'affaissa contre lui comme un pantin désarticulé.

Il la repoussa aussitôt et la maintint debout malgré elle, les poignets emprisonnés dans l'étau de ses doigts.

— Pas de ça, ma jolie ! Même un vieux flic aussi stupide que moi ne se laisse pas prendre deux fois au même piège.

Maggie s'efforça de ne pas céder à la panique.

— Ce n'est pas un piège, dit-elle dans un souffle. Je suis à court de pièges, ces temps-ci. Que me voulez-vous, Sean ?

— La réponse semble évidente. Margaret Juliana Slade, vous vous êtes évadée de prison, vous êtes recherchée, et je vous arrête. Cela résume à peu près la situation, je crois, non ?

Il avait parlé sans élever la voix, mais chacune de ses paroles avait explosé comme un obus aux oreilles de Maggie. Tout était donc fini. Terminé. Fichu. Sean MacLeod avait découvert sa véritable identité, et il s'apprêtait à la ramener en prison.

Rien n'autorisait un policier travaillant dans le Colorado à arrêter qui que ce soit à Columbus, dans l'Ohio.

Sans doute Sean le savait-il aussi, qui n'avait pas pris la peine de l'informer de ses droits, préalable indispensable à toute arrestation légale. Il ne s'agissait néanmoins là que d'un détail de procédure ; remédier à cette situation ne serait qu'un jeu d'enfant pour lui. Après l'avoir traînée jusqu'au commissariat le plus proche, il déposerait plainte contre elle sous n'importe quel prétexte, et la police locale s'arrangerait pour la placer en garde à vue. En un temps record, les autorités du Colorado leur expédieraient un fax fournissant tous les détails intéressants de son casier judiciaire, notamment l'existence d'un mandat d'arrêt fédéral à son encontre. A partir de là, personne ne se soucierait plus de savoir qu'elle avait été arrêtée par un inspecteur de police hors de sa juridiction ; personne, et surtout pas le juge chargé de signer sa demande d'extradition vers le Colorado.

Aussi, lorsque Sean lui bloqua les bras dans le dos et l'obligea à avancer vers le parking, Maggie renonça-t-elle à se débattre. A quoi bon essayer de lui échapper ? Elle ne pouvait plus se cacher nulle part, excepté en prison. Du reste, Sean avait pour lui l'avantage de la force physique, et il n'hésiterait plus à l'utiliser contre elle ni à la dénoncer en public au cas où elle s'aviserait d'appeler un passant au secours.

Précisément, un couple entre deux âges passait à leur hauteur, venant de la direction opposée.

— Pas un mot, et continuez d'avancer ! lui souffla Sean à l'oreille, tout en la poussant en avant.

Elle n'aurait pas hésité à désobéir si la moindre idée susceptible de la tirer d'affaire lui était venue à l'esprit. Mais elle ne croyait plus au miracle. Au loin, elle entendit les bruits joyeux accompagnant le départ de l'archevêque dans sa limousine. Etait-il juste et normal que le meurtrier de sa mère file tranquillement dans sa voiture vers une existence aisée, comblé d'honneurs, tandis qu'un policier allait livrer à la justice une victime de son crime ?

A la perspective de trente ou quarante années de détention derrière les murs d'un pénitencier du Colorado, la résignation de Maggie céda brusquement la place à un accès de rage. Elle n'allait quand même pas accepter de regagner docilement la maison d'arrêt de Cañon City ! Elle ne le supporterait pas ! Un peu tardivement, elle se débattit soudain de toutes ses forces, tentant de mordre le bras de Sean MacLeod et décochant un violent coup de pied vers son bas-ventre.

Autant s'attaquer à un robot. D'une feinte adroite, il évita à la fois le coup et la morsure, la maîtrisant de nouveau sans le moindre effort apparent.

— Ne cherchez pas à vous échapper, Maggie. Vous n'allez réussir qu'à vous blesser.

Combien de fois avait-elle entendu répéter cela ? Gardiens de prison, éducateurs, codétenues ou bonnes âmes déterminées à la remettre dans le droit chemin, tous n'avaient qu'une idée : l'exhorter à la passivité. Naguère, leurs recommandations la confortaient plutôt dans sa conviction que le système allait la broyer si elle ne parvenait pas à se faire entendre. Pourquoi aurait-elle essayé de se racheter ? Elle voulait simplement qu'on lui fasse justice. Hélas ! il fallait renoncer un jour à ses idéaux de jeunesse et admettre que la justice ne l'emportait pas toujours sur l'iniquité.

A présent, l'inspecteur MacLeod s'apprêtait à la remettre aux autorités, et elle passerait probablement le reste de ses jours derrière les barreaux d'une cellule.

Son organisme commença à se déconnecter par paliers successifs, la plongeant dans l'état d'inertie qui lui avait permis d'endurer les pires moments de sa captivité. Les couleurs qui l'entouraient se fondirent dans une grisaille uniforme ; rires et éclats de voix joyeux s'évanouirent peu à peu dans le lointain…

Soudain ramenée à la réalité, elle s'aperçut que Sean l'obligeait à se plier en deux, approchant sa tête de ses genoux.

— Ne perdez pas connaissance, dit-il.

— Pourquoi ? Est-il contraire à la loi d'avoir un malaise ?

— Avec un casier judiciaire comme le vôtre, l'avocat général pourrait persuader un jury de l'ajouter à la liste de vos méfaits.

— Dans mon cas, il n'y aura pas de jury, maugréa Maggie. Les peines applicables à un criminel évadé sont laissées à l'appréciation du juge.

— Exact. Il vous remettra dans une cellule dont il jettera la clé, par mesure de sécurité.

Comme Maggie vacillait légèrement, le bras de Sean se resserra autour de sa taille — non pour la soutenir ou la réconforter, mais pour l'incliner davantage vers le sol.

— Inutile d'insister, ma chère. Après le tour que vous m'avez joué à Tampa, même si vous étiez victime d'une crise cardiaque sous mes yeux, je resterais persuadé qu'il s'agit d'une ruse jusqu'à la constatation officielle du décès par un médecin.

— Je suis surprise que vous envisagiez d'appeler un médecin, répliqua Maggie. Vous devriez plutôt raconter que je vous ai opposé une violente résistance ; cela vous permettrait de m'abattre et d'économiser l'argent des contribuables.

— L'idée est fort tentante. Heureusement pour vous, je ne suis pas armé.

Ils atteignirent une voiture garée au fond du parking, une Ford Taurus de location, contre laquelle Sean immobilisa Maggie avant d'ouvrir la portière du côté conducteur.

— Voici ce que je compte faire, annonça-t-il. Comme je ne pensais pas vous rencontrer aujourd'hui, je n'ai pas apporté de menottes ; je vais quand même vous ligoter les poignets afin de pouvoir conduire tranquillement.

— Vous pourriez me faire confiance.

Le reproche fit ricaner Sean.

— Bien sûr. Je pourrais aussi vous laisser aller seule au commissariat. Tout en parlant, il dénoua sa cravate. Il fit ensuite pivoter Maggie et lui croisa les bras dans le dos.

Ayant subi ce genre de traitement durant trop longtemps, Maggie lui opposa une résistance instinctive à laquelle il réagit tout aussi machinalement, mû par ses réflexes de flic. Un genou solidement plaqué au creux de ses reins, il lui tira les bras en arrière d'une violente secousse, bloquant ses mouvements et lui arrachant un petit cri de douleur.

— A vous de choisir, Maggie, reprit-il avec calme. Si vous ne me laissez pas vous attacher les mains dans le dos, je serai dans l'obligation de vous assommer. Personnellement, je vous conseillerais d'opter pour la première solution. Vu mon humeur, il vaudrait mieux pour vous que je ne commence pas la distribution de coups.

Il était impensable pour Maggie qu'elle accorde ainsi à un policier l'autorisation de la ligoter. Mais, en cessant de se débattre, elle admit tacitement sa défaite et Sean entreprit de lui lier les poignets à l'aide de sa cravate. Pendant l'opération,

Maggie fixa son regard sur un vieux bâtiment désaffecté, de l'autre côté de la rue, afin de ne plus penser à rien. Dans de telles situations, le seul moyen de survivre consistait souvent à se transporter ailleurs en imagination.

— A quoi rime cette mascarade ? Que se passe-t-il donc, ici ?

La voix courroucée, dans leur dos, était celle d'une femme.

— Merde !

Pris au dépourvu, Sean attira Maggie contre lui, cachant entre eux ses poignets à demi ligotés.

Maggie, déconcertée, cligna des yeux.

— Dorothy ! s'exclama-t-elle d'une voix un peu étranglée. Que… que faites-vous là ? Je vous croyais partie depuis longtemps.

Moins insensible qu'elle ne l'aurait souhaité, elle éprouva un vif sentiment de honte d'être surprise par Dorothy dans une situation aussi humiliante. Au lieu de se débattre, elle se blottit contre Sean, l'aidant à dissimuler ses mains attachées. En quelques jours à peine, elle s'était prise d'affection pour cette féministe engagée, aussi virulente que compatissante ; comment supporter son mépris lorsqu'elle apprendrait qu'elle avait volé au secours d'une ex-prisonnière, convaincue de meurtre ?

— J'ai vu cet individu vous agresser, expliqua Dorothy, et j'ai décidé de vous suivre à distance.

Tout en parlant, elle planta un regard belliqueux sur Sean.

— Il s'agit de votre ex-mari, n'est-ce pas ?

— Euh, non, non… à dire vrai, ce n'est pas mon mari…

Un grognement impatient interrompit les explications confuses de Maggie.

— Voyons, Christine, ne vous laissez pas maltraiter ainsi ! Si vous ne souhaitez pas partir avec lui, défendez-vous. Quels que soient ses arguments pour vous culpabiliser, il n'a aucun droit de vous contraindre à le suivre même si vous n'êtes pas encore légalement séparés.

Elle tendit la main.

— Dites un mot, mon petit, et je vous emmène chez moi. Vous y serez en sécurité, je vous le promets.

La gorge soudain nouée, Maggie aurait été incapable de lui répondre si elle avait trouvé quelque chose à dire — ce qui n'était pas le cas. La sollicitude était une denrée plutôt rare, dans son existence, et la générosité de Dorothy Respighi la plongeait dans une confusion extrême. Alors que la situation menaçait de s'éterniser, Sean rompit le silence.

— Excusez-moi, madame, dit-il en resserrant son étreinte autour de la taille de Maggie, mais il s'agit d'un malentendu…

— Un malentendu ? Oh ! sans aucun doute !

Les joues écarlates d'indignation, Dorothy se tourna vers lui.

— Et vous en êtes l'unique source, monsieur. Allez, Christine, prenez votre courage à deux mains et tournez-lui le dos. Quand finirez-vous par comprendre que cet homme n'a pas plus de pouvoir sur vous que vous ne lui en accordez ?

Maggie sentit que Sean commençait à perdre pied.

— Madame, croyez-moi, vous n'avez pas la moindre idée de ce qui se passe réellement.

— Alors, expliquez-le-moi. Etes-vous le mari de Christine ?

— Christine ?

Sean jeta à Maggie un regard plus narquois que perplexe. Retenant son souffle, Maggie attendit qu'il révèle leurs identités respectives, puis toute la vérité à son sujet. A sa grande surprise, il parut hésiter.

— La situation est beaucoup trop compliquée, déclara-t-il enfin. Je regrette, madame, mais vous devez absolument lâcher le bras de cette jeune femme. Elle ne partira pas avec vous. Je ne le permettrai pas.

Sur ces mots, il tira avec une telle vigueur l'épaule de Maggie pour la faire lâcher prise que Dorothy vacilla sur ses talons hauts et faillit perdre l'équilibre. Tandis qu'elle se redressait, il posa une main sur la tête de Maggie et la poussa à l'intérieur de la voiture.

— Entrez là-dedans ! gronda-t-il entre ses dents. Entrez, nom de Dieu !

Dorothy n'était à l'évidence pas femme à se laisser désarçonner par un avertissement et une bousculade. Se redressant de toute sa hauteur, elle rajusta sa veste, remonta ses manches et revint à la charge, la mine belliqueuse.

— Espèce de sale macho ! Ça vous fait jouir de malmener les femmes, n'est-ce pas ?

— Pas du tout, madame, assura Sean.

Comme Maggie, il aperçut au même moment une autre silhouette féminine qui traversait le parking dans leur direction. Il dut comprendre que la partie était perdue d'avance, et que sa seule chance de salut résidait dans la fuite.

— Désolé, madame, mais nous devons vous quitter.

Sur une pirouette, il s'engouffra à bord de la voiture et démarra aussitôt.

— J'appelle police secours ! cria Dorothy. C'est un enlèvement, vous m'entendez ?

Pour toute réponse, Sean effectua un demi-tour, faisant hurler les pneus sur l'asphalte du parking. Impuissants, Dorothy et son renfort tardif ne purent que suivre des yeux le véhicule qui s'éloignait.

Tandis que la voiture sortait en trombe du parking, s'engageait dans l'avenue sur les chapeaux de roues, puis brûlait un feu rouge, Maggie, trop occupée à s'apitoyer sur son propre sort, omit d'abord d'analyser ce qui venait de se produire. Mais, comme ils prenaient la bretelle d'accès à l'autoroute, l'attitude de Sean lui parut soudain étrange pour un inspecteur qui s'apprêtait à remettre une prisonnière évadée aux mains des autorités. Pourquoi n'avait-il pas informé Dorothy qu'elle avait affaire à un policier et à une femme recherchée ? Quelle était la signification de ce silence ?

La première réponse qui lui vint à l'esprit n'avait rien de rassurant : Sean MacLeod ne serait-il pas l'un de ces flics qui se prenaient pour des justiciers et préféraient les méthodes expéditives aux procédures normales ?

— Où m'emmenez-vous ? demanda-t-elle.

Il lui jeta un coup d'œil furtif.

— A mon hôtel.

Une angoisse subite étreignit Maggie.

— Si vous n'y voyez pas d'inconvénient, je préférerais que vous m'emmeniez directement au commissariat le plus proche.

— Rien de plus facile. Mais vous aimeriez peut-être retarder de quelques heures cet instant fatidique et m'expliquer pendant ce temps les raisons de l'intérêt que vous portez à l'archevêque Grunewald.

Maggie réprima un mouvement de surprise, puis haussa les épaules. A quoi bon dissimuler davantage ses réactions, à présent ? Quelle ironie ! songea-t-elle. En perdant sa liberté, elle recouvrait le droit d'être elle-même, Maggie Slade, quelle que soit l'image attachée à ce nom. En même temps, elle portait un masque depuis trop longtemps pour manifester une spontanéité naturelle.

— Inutile d'aller à l'hôtel pour parler de ce monsieur, maugréa-t-elle. Grunewald ne m'intéresse pas, et je n'ai absolument rien à dire à son sujet.

Sean esquissa une grimace.

— Vous arrive-t-il de dire la vérité, Maggie ? demanda-t-il d'un ton déçu. Ne craignez-vous pas quelquefois d'oublier ce que ce mot signifie ?

— Non, répondit-elle.

Evidemment, c'était encore un mensonge.

— Essayez donc d'être sincère, de temps en temps, lui conseilla Sean. Ce sera une expérience inédite, pour vous, et vous vous apercevrez peut-être que les autres vous viennent plus volontiers en aide si vous ne leur racontez pas de mensonges.

Maggie n'avait besoin d'aide que pour prouver la culpabilité de Grunewald dans l'assassinat de sa mère, et personne ne lui fournirait ce genre d'assistance. Comme ils s'arrêtaient enfin à un passage pour piétons, elle regarda une jeune femme essuyer le menton dégoulinant de crème glacée de son garçonnet. Ils rirent ensemble, gais et insouciants, et Maggie se détourna vivement. De tous les espoirs que sa situation lui interdisait, c'était celui de fonder un jour une famille qui lui causait le plus vif regret.

Pour éviter de fondre en larmes — jamais elle ne se laisserait aller à pleurer ! —, elle répondit avec brusquerie :

— Voyez-vous, inspecteur, je ne mentirais peut-être pas de façon aussi systématique si j'avais rencontré plus de personnes dignes de confiance. Cela ne vous a sans doute jamais effleuré l'esprit, n'est-ce pas ?

— Je m'appelle Sean, pas « inspecteur », dit-il en ralentissant pour s'engager dans l'allée conduisant à un motel. Détrompez-vous, je suis tout à fait conscient que beaucoup de gens vous ont abandonnée à votre sort, Maggie. Et ce n'est pas mon intention, justement.

Espérait-il qu'elle mordrait à l'hameçon ? Le rôle du flic compatissant lui allait à merveille, mais c'était précisément celui dont elle avait appris à se méfier le plus. Il suffisait de confier un secret à ce genre de personnage, songea-t-elle avec amertume, pour l'entendre à coup sûr répété au cours de son procès.

— Evidemment, vous n'avez aucune raison de me faire confiance, à moi ou à n'importe quel autre flic ou représentant de l'ordre, reprit-il, comme s'il avait lu dans ses pensées. Nous pourrions tout de même établir une sorte de compromis : vous cessez de mentir, et j'essaierai de mériter votre confiance.

— Quel marché ! s'exclama Maggie en dissimulant son embarras sous le sarcasme. Me permettrez-vous de faire remarquer qu'il me semble nettement à votre avantage ?

— Patientez un peu. J'imagine qu'il faudra du temps pour vous convaincre que je ne suis pas votre ennemi.

L'attitude de Sean déconcertait Maggie. Lorsqu'il s'arrêta enfin, elle jeta des coups d'œil furtifs autour d'elle, évaluant ses chances de lui échapper. Elles étaient malheureusement presque nulles, puisqu'elle ne pouvait même pas détacher sa ceinture de sécurité sans son aide. Mais une fois dans sa chambre d'hôtel… il ne pourrait pas se tenir en permanence sur ses gardes. Une opportunité de lui fausser compagnie finirait bien par se présenter. Cette lueur d'espoir, infime, suffit à réconforter Maggie.

Sean gara la voiture à proximité d'une entrée latérale.

— Vous pouvez renoncer à vos projets d'évasion, déclara-t-il. Cette fois, vous ne me filerez pas entre les doigts, soyez-en sûre.

Il avait encore lu en elle avec une précision effarante ! songea Maggie. Il fouilla dans sa poche et en sortit une carte magnétique.

— Je ne vous laisserai pas la moindre occasion de vous enfuir, Maggie. Si vous refusez de me croire pour autre chose, faites-moi au moins confiance sur ce point. Il est temps que vous cessiez de jouer à cache-cache.

Le visage obstinément tourné vers la fenêtre, elle refusa de le regarder, comme si la résistance qu'elle lui opposait pouvait réfuter l'embarrassante pertinence de son propos. N'était-elle pas précisément venue jusqu'ici parce que les barreaux invisibles qui cernent les fugitifs commençaient à lui peser davantage que ceux, bien réels, de la prison ?

— Boudez tant que vous voudrez, dit-il encore. Cela ne changera rien à l'affaire : soit vous venez dans ma chambre pour me parler de Grunewald et des raisons pour lesquelles vous l'avez suivi jusqu'ici, soit je vous remets aux autorités. La décision vous appartient, Maggie.

— Pourquoi voulez-vous que nous parlions de Grunewald ? Qu'espérez-vous apprendre à son sujet ? Et pourquoi m'avez-vous conduite ici plutôt qu'au commissariat ? Qu'avez-vous à y gagner ?

Sean grimaça.

— Des ennuis, je suppose. Mais, vous, qu'avez-vous à perdre en venant avec moi ? Avant de répondre, souvenez-vous que, une fois entre les mains de la justice, il vous sera impossible de revenir en arrière. Quand on est pris dans l'engrenage on ne peut plus y échapper. Le système vous engloutira, et il ne vous rendra la liberté que lorsque vous serez bien, bien vieille.

Il disait vrai. A la réflexion, Maggie n'avait rien d'autre à perdre que sa vie, et il lui semblait difficile de croire que Sean MacLeod représentait pour elle un danger mortel.

Elle détourna les yeux des buissons qui bordaient le parking et les posa sur lui, s'efforçant de détecter sur ses traits un quelconque signe qui trahirait sa violence ou sa perversion. Sean soutint son regard avec fermeté, la mine sévère, mais sans le moindre soupçon de sadisme ou de cruauté.

Curieusement, ces prunelles changeantes la fascinaient malgré elle, et il était bien difficile de s'arracher à leur contemplation ; comme elle continuait de dévisager Sean, elle vit son regard vaciller imperceptiblement avant de se stabiliser de nouveau. Une légère rougeur colora ses joues rasées de près, et Maggie sentit qu'elle s'empourprait à son tour. Inexplicablement, en dépit de tout ce qui les dressait l'un contre l'autre, la forte attirance sexuelle qui avait électrisé leur première rencontre, à Tampa, semblait encore capable d'embraser leurs sens.

Sean rompit le silence qui vibrait presque entre eux.

— Vous n'ignorez pas l'effet que vous produisez sur moi, Maggie, et je préfère donc être tout à fait clair. Je ne vous demande pas de venir dans ma chambre pour y faire l'amour. Je veux seulement que vous me racontiez ce qui s'est passé la nuit où votre mère a été assassinée.

Le rappel de cette nuit sinistre fit à Maggie l'effet d'une douche glacée.

— Vous le savez très bien, dit-elle d'un ton sec. Tout cela est consigné en bonne et due forme dans les rapports d'enquête. J'ai tiré sur ma mère dans un accès de rage provoqué par la drogue ; et n'oublions pas que, si le procureur a prétendu que j'avais agi sous l'influence de la drogue, il a quand même réussi à me faire accuser de meurtre avec préméditation. Comme si quelqu'un de défoncé pouvait être capable de préméditation !

— Cela se produit parfois. Certains criminels, alors qu'ils ont décidé de tuer quelqu'un et qu'ils ont bien préparé leur projet, éprouvent le besoin de se droguer pour trouver le courage de passer à l'acte. Cela dit, je me suis toujours opposé à la décision de vous juger comme une adulte, et j'estime que l'instruction n'a fourni aucune preuve valable de votre préméditation.

— Dois-je applaudir à cette timide suggestion que mon procès n'est sans doute pas un modèle flatteur du fonctionnement de l'appareil judiciaire ?

— Votre procès figure parmi les pires avatars du système.

— Mais, bon sang, c'était vous, le système ! Vous avez découvert l'arme du crime, non ? Vous avez affirmé au juge que j'avais essayé de cacher le revolver derrière la table de nuit…

— Je n'ai jamais dit cela, coupa Sean. Au cours de mon témoignage — et pour répondre à une question de l'avocat général —, j'ai déclaré que, si vous aviez essayé de cacher cette arme, c'était là un geste particulièrement maladroit de votre part.

Maggie haussa les épaules, peu disposée à exhumer les pénibles souvenirs du fiasco qu'avait été son procès.

— Peu importe, maugréa-t-elle.

Sean la considéra un instant avec une gravité déconcertante.

— Il y a manifestement beaucoup de points à éclaircir, et la chaleur est insupportable dans cette voiture. Vous devez prendre une décision, Maggie. Que préférez-vous ? Ma chambre, et les questions que je veux vous poser ; ou le commissariat, où personne ne songera à vous interroger après avoir établi votre identité et parcouru votre casier judiciaire ?

Il ne fallut même pas une seconde à Maggie pour répondre.

— Votre chambre, dit-elle.

Si elle ignorait ce que cette confrontation avec Sean pouvait lui apporter, elle était sûre en revanche de devoir renoncer à tout espoir de liberté, une fois aux mains de la police.

— Sage décision.

Sean détacha sa ceinture de sécurité et prit la clé de contact.

— Allons-y.

— D'accord, mais précisons clairement au préalable nos engagements respectifs. J'accepte que nous parlions, un point, c'est tout. Je ne suis pas d'humeur à supporter les avances d'un homme en ce moment, surtout celles d'un flic ; si vous comptiez vous amuser un peu avant de me remettre aux autorités, oubliez ça tout de suite. Posez ne serait-ce que la main sur moi, et je n'hésiterai pas à vous tuer. Je suis déjà condamnée à perpétuité, ou presque, et je n'ai donc plus grand-chose à perdre.

— C'est exact, admit Sean. En fait, même si je me comporte en parfait gentleman, une fois dans la chambre, vous pourriez me tuer, me dépouiller entièrement, voler cette voiture et parcourir huit cents kilomètres avant que mon cadavre soit découvert. Par conséquent, c'est peut-être moi qui devrais me méfier de vous.

— Vous êtes plus grand, plus lourd et plus fort que moi. Si vous vous tenez sur vos gardes, je n'ai aucune chance d'avoir le dessus.

— J'y compte bien — et tant pis si vous le regrettez.

Après s'être assuré que les poignets de Maggie étaient toujours solidement liés, Sean lui détacha sa ceinture, puis l'aida à sortir. Quelques mètres les séparaient de l'entrée latérale du motel, et il la fit avancer devant lui, la serrant d'assez près pour lui interdire toute tentative de fuite.

Sa chambre ressemblait à n'importe quelle autre chambre de ces établissements de bon confort, avec ses meubles couleur chêne clair, sa moquette bleu marine et ses deux grands lits surmontés d'aquarelles de style japonais dans leur cadre doré. Maggie s'assit à l'extrémité d'un lit tandis que Sean tirait les rideaux, allumait quelques lampes et posait son porte-documents sur la table. Puis il approcha une chaise du lit et s'assit en évitant soigneusement tout contact avec elle, ce que Maggie considéra comme un bon signe. Peut-être avait-il pris ses menaces au sérieux. Quand il se pencha en avant, elle découvrit avec surprise une sorte de sympathie admirative au fond de son regard.

— Maintenant, Maggie, je vais libérer vos mains, et je vous serai très reconnaissant de renoncer à vous emparer de mes clés de voiture à la minute même où ce sera fait. Je vous ai amenée ici dans votre intérêt, parce que j'ai décidé de vous aider.

Maggie avait toutes les peines du monde à concevoir que quelqu'un pût se soucier de son intérêt. Cela ne lui était probablement jamais arrivé depuis le décès de sa mère. Mais, pour avoir les mains libres, elle était prête à lui fournir les réponses qu'il attendait d'elle.

— Vous pouvez me faire confiance. Je n'essaierai pas de vous échapper.

Manifestement, il ne nourrissait aucune illusion sur la valeur de cette promesse ; il l'accepta pourtant sans aucun commentaire.

— Comme je n'ai pas de ciseaux, l'opération exigera un minimum de patience de votre part, dit-il en s'installant auprès d'elle, sur le lit. En vous agitant, vous risquez de vous exposer à un contact fortuit. Si d'aventure cela se produisait, je vous prie d'avoir l'extrême obligeance de ne pas me tuer ni m'arracher les testicules.

Le comportement de Sean mettait Maggie de plus en plus mal à l'aise. Tous les policiers qu'elle avait rencontrés jusque-là

— il y en avait un certain nombre — semblaient tout à fait dépourvus de la moindre parcelle d'humour.

Elle s'éclaircit la gorge.

— Je ne bougerai pas.

Fidèle à sa parole, elle resta parfaitement immobile durant les quatre ou cinq minutes que Sean mit à défaire le nœud. De son côté, il respecta sa promesse et ne la toucha pas, exception faite de ses poignets.

Dès qu'il eut terminé, elle se leva d'un bond, pressée de mettre un terme à leur intimité forcée. Il s'élança aussitôt à sa poursuite, la rattrapa par la ceinture de son pantalon et la tira en arrière. Maggie, qui avait agi sans aucune arrière-pensée, fut surprise par cette réaction. Elle perdit l'équilibre et tomba sur le lit, entraînant MacLeod dans sa chute.

— Bon sang, Maggie, vous ne pourriez pas vous calmer un instant et écouter ce que j'ai à vous dire ? Comment voulez-vous être sûre que je n'ai aucun moyen de vous aider si vous ne me laissez pas le temps de m'expliquer ?

Haletant, Sean s'allongea sur elle et la plaqua sur le matelas, les bras en croix. Dans cette position, il écrasait la poitrine de Maggie sous son torse, et leurs jambes s'emmêlaient dans un simulacre d'acte sexuel.

Maggie se débattit vainement.

— Je n'essayais pas de m'enfuir ! protesta-t-elle. Otez-vous de là et laissez-moi respirer, espèce d'abruti !

Il s'exécuta aussitôt, se relevant encore plus vite qu'il n'avait bondi pour l'intercepter.

— Si vous êtes sincère, je vous prie d'accepter mes excuses.

— Entendu, dit-elle.

Sean jeta sa cravate inutilisable dans la corbeille à papier.

— La circulation du sang ne tardera pas à reprendre, dit-il en désignant les poignets de Maggie. Nous parlerons dès que vous vous sentirez prête.

En attendant, il s'assit devant la table, sortit un dossier et un calepin de son porte-documents et se mit à lire.

Maggie l'observa, déterminée à s'emporter contre lui pour éviter d'analyser ce petit regret insidieux qu'il se soit aussi bien conduit. Soudain consciente qu'elle attendait de le voir se tourner vers elle, elle pivota brusquement et se mit à arpenter la pièce en se massant les poignets. Elle put ressasser alors à loisir sa rancœur contre cette brute qui lui avait attaché les mains de cette manière alors que la précaution était inutile.

— Passez vos poignets sous l'eau, lui conseilla-t-il sans lever les yeux de ses papiers. Faites alterner le chaud et le froid. Cela atténuera les fourmillements.

— Oh, assez ! gronda Maggie. Votre petit jeu ne prend pas, avec moi.

— Quel petit jeu ?

— Celui qui consiste à faire semblant de compatir, à vous comporter en être humain, sensible, plutôt qu'en flic.

— Les flics sont des êtres humains comme les autres, dit Sean. C'est pourquoi il y a de bons et de mauvais flics, et tous les degrés habituels entre ces deux extrêmes.

— Quelle chance, alors ! maugréa Maggie. Me voilà enfermée dans une chambre d'hôtel avec un flic raté qui se prend pour un philosophe. En définitive, je me demande s'il ne serait pas préférable d'être sous les verrous.

Sean posa sur elle un regard presque absent, sans paraître se formaliser du fait qu'elle l'avait traité de flic raté. Réprimant tout sentiment de honte d'avoir ainsi utilisé contre lui une indiscrétion de son frère, Maggie se dirigea vers le cabinet de toilette. Sean lui emboîta le pas et la regarda s'asperger les mains et les bras d'eau chaude, puis d'eau froide.

— Je regrette d'avoir autant serré le nœud, mais je ne pouvais pas prendre le risque de vous laisser filer.

Elle haussa les épaules.

— Quand vous avez eu des menottes aux poignets et les chevilles entravées par des chaînes, une cravate de soie en guise de lien n'a rien de terrible.

— Vous détestez qu'on vous attache, je le sais aussi bien que vous.

N'obtenant pas de réponse, il lui tendit une serviette propre.

— Combien de temps vous faudra-t-il pour me dire quelques mots qui ne soient pas mensongers ?

— Je ne sais pas, murmura-t-elle.

Aussi inattendu qu'une giboulée de neige au cœur de l'été, un sourire éclaira soudain le visage de Sean.

— Ce n'était pas un mensonge, ça ! Je suis peut-être sur la bonne voie.

— Peut-être, en effet, admit Maggie en souriant malgré elle.

Les yeux couleur d'ardoise s'attardèrent sur son visage.

— Je ne vous avais jamais vue sourire pour de bon. Vous devriez le faire plus souvent.

Elle se détourna pour accrocher la serviette.

— Je souris continuellement, inspecteur. C'est l'une de mes particularités.

— Non. Vous retroussez le coin des lèvres pour que les clients vous jugent aimable et vous gratifient de pourboires appréciables. Moi, je n'appelle pas cela sourire. Et mon prénom, je vous le rappelle, est Sean.

Maggie ramassa la serviette, tombée à point nommé pour la tirer d'embarras. Leur isolement dans une petite chambre d'hôtel commençait à tisser entre eux des liens de sympathie tout à fait hors de propos. Elle résolut donc de rompre cette impression d'intimité en lui jetant un regard glacial.

— Ces pourboires m'étaient indispensables, dit-elle d'un ton sec. Echapper aux autorités est une activité très onéreuse.

— Je n'en doute pas. Les trafiquants de faux papiers ne font pas de cadeau.

Il s'effaça devant la porte du cabinet de toilette pour lui céder le passage.

— Vous venez de me dire la vérité pour la seconde fois en quelques secondes, observa-t-il. A mon avis, nos relations sont en net progrès.

Ignorant l'effort de Sean pour rétablir la communication qu'elle venait de rompre, Maggie s'assit sur le lit et fut soulagée de le voir installer sa chaise à distance respectable.

— Et maintenant ? s'enquit-elle. Que se passe-t-il ?

— Rien d'extraordinaire. Nous entamons une petite conversation.

— A quel sujet ?

— Oh ! les sujets ne manquent pas. Nous pouvons parler de votre passé, mais je préférerais commencer par le présent. Savez-vous ce qui me surprend le plus, dans votre comportement ? Vous ne m'avez même pas demandé comment j'ai réussi à vous retrouver.

— Je m'en doute, répondit Maggie. J'ai commis une erreur stupide. Tous les détenus en cavale finissent par en arriver là un jour ou l'autre.

Sean la dévisagea avec attention.

— Dans ce cas, vous vous êtes déjà aperçue que vous aviez oublié vos documents concernant Mgr Tobias Grunewald ?

Elle aurait laissé traîner son dossier sur Grunewald après son départ ? C'était impossible ! Maggie, incrédule, secoua la tête. Elle n'avait pas pu commettre une telle étourderie. Son appartement, lorsqu'elle l'avait inspecté une dernière fois, était parfaitement vide ; il n'y restait pas même une brosse à dents usagée.

— Je suis sûre d'avoir emporté tout ce que je voulais jeter, et j'ai choisi au hasard une poubelle publique, loin de mon domicile, pour m'en débarrasser. Vous n'avez tout de même pas fouillé toutes les poubelles de Tampa ?

— Non. Je suis détective, pas magicien.

— Où avez-vous découvert ces papiers, dans ce cas ?

— Dans le coffre de votre Chevrolet.

— Dans la Chevrolet ? Dans… ma voiture ? bredouilla-t-elle bêtement.

Après le tourbillon d'émotions qui s'était abattu sur elle ces dernières heures, ses facultés de réaction paraissaient pour le moins altérées. Elle aurait dû s'arracher les cheveux en découvrant l'énormité de la bévue qui lui coûtait une liberté habilement préservée pendant plusieurs années. Au lieu de quoi, elle demeurait étrangement insensible, comme frappée d'inertie.

Sean étala les coupures de presse sur le bureau. Bien qu'elle ait déchiré de façon sommaire les documents au moment du départ, il avait pris le temps de rassembler et recoller les éléments du puzzle. Assez conséquent, le dossier semblait néanmoins bien mince aux yeux de Maggie, considérant l'inlassable assiduité de ses recherches ; plus irritant encore, les articles se révélaient tous élogieux, exception faite de quelques restrictions émanant des observateurs frileux d'un bulletin paroissial qui jugeaient les idées de Grunewald un peu trop libérales à leur goût. En définitive, l'examen attentif de ses faits et gestes n'avait fourni à Maggie aucun indice concernant les vices secrets de l'individu qui avait assassiné sa mère.

— Ces papiers étaient vraiment restés dans le coffre ? insista-t-elle, consternée par l'ampleur de sa négligence.

— Oui, dans un sac de supermarché en plastique, gris comme le revêtement intérieur. En outre, il avait glissé derrière le support de la roue de secours, qui le cachait presque entièrement.

Comment avait-elle pu trébucher sur un obstacle pareil, après avoir multiplié les précautions et déjoué tous les pièges susceptibles de la perdre depuis son évasion de Cañon City ?

— Vous étiez si pressée de transférer vos affaires de la Chevrolet à la Pontiac de Don qu'il était difficile de ne rien oublier.

Sean semblait presque soucieux de la rassurer.

— En outre, j'aurais pu juger inutile de fouiller votre voiture avant que la fourrière ne l'embarque. Sur ce point, vous n'avez pas eu de chance.

Bien sûr, on pouvait incriminer le sort, songea Maggie, mais sa légèreté n'en demeurait pas moins inexplicable. A tel point qu'elle ne pouvait s'aveugler davantage sur le rôle de quelque mécanisme inconscient qui aurait oblitéré sa volonté pour mettre un terme à son existence de fugitive. Comment expliquer autrement qu'elle soit partie pour l'Ohio en laissant un dossier sur l'archevêque à un endroit où MacLeod était susceptible de le trouver ? Elle avait même souligné au marqueur jaune les passages d'un article dans lequel était annoncée la nomination de Grunewald dans le diocèse de Columbus.

Elle avait fui, changé de nom, brouillé les pistes et traversé le pays de long en large, et en zigzag, comme pour demeurer à tout prix hors d'atteinte. Pourtant, au milieu de ce remarquable déploiement de précautions, son imprudence se distinguait comme une flèche directement pointée vers Columbus à l'intention de Sean MacLeod.

L'ambiguïté évidente de ses motivations profondes ne signifiait pas pour autant que l'intervention de Sean lui serait profitable. Soudain furieuse qu'il l'ait découverte ce jour-là par un hasard malheureux, elle donna libre cours à sa colère, l'une des rares émotions qui ne risquait pas de la trahir dans l'immédiat.

— Bon sang, vous n'aviez pas la moindre idée de l'endroit où je pouvais me trouver, n'est-ce pas ? Et, si je n'avais pas assisté à cette stupide messe, vous auriez pu me chercher longtemps. Vous ne connaissiez même pas mon nouveau nom d'emprunt !

— C'est chose faite, à présent, Christine… C'est ainsi que vous a appelée votre amie.

— Vous ignorez toujours mon nom de famille.

— C'est sans importance. Comme je n'avais pas prévu de vous rencontrer aussi vite, j'avais déjà sollicité un entretien avec l'archevêque, qui m'aurait certainement informé dès que vous auriez pris rendez-vous avec lui.

— Encore fallait-il que je puisse l'approcher et qu'il me reconnaisse. En tout état de cause, c'est un coup de chance écœurant qui vous a permis de me retrouver cet après-midi.

— Un coup de chance, peut-être, mais pas « écœurant ». Toute enquête policière qui réussit doit en partie son succès à la chance — et cela, plus souvent que nous ne voulons l'admettre.

— Si vous croyez me consoler, vous gaspillez votre salive.

Se penchant en avant, Sean croisa les bras sur ses genoux.

— Il est trop tard pour y changer quelque chose, Maggie. Le fait est là : je vous ai retrouvée, et cela doit nous servir de point de départ.

Un frisson glacé parcourut le dos de Maggie.

— Pour aller où ? Je n'y comprends rien. Où cela peut-il nous mener ? Pourquoi suis-je ici ? Pourquoi ne sommes-nous pas dans un commissariat, vous pourriez pavoiser auprès de vos collègues qui applaudiraient votre exploit ?

— Avant d'analyser mes motivations, revenons-en aux vôtres. Pourquoi l'archevêque vous fascine-t-il au point que vous ayez pris le risque de le suivre jusqu'ici ? Parce que vous espérez qu'il prendra fait et cause pour vous, et qu'il s'arrangera pour vous faire obtenir la révision de votre procès ?

Maggie eut un rire amer.

— Non, je n'ai aucun espoir qu'il puisse faire quoi que ce soit pour m'aider.

— Tant mieux, parce que, à la vérité, Maggie, je ne crois pas que l'archevêque puisse faire autre chose pour vous que prier.

— Merci infiniment, mais je préférerais ne pas figurer sur la liste des prières que Grunewald adresse à son Dieu.

Sean la dévisagea avec intérêt.

— C'est pourtant un homme de bien.

— Vous vous trompez ! riposta Maggie, sans pouvoir empêcher sa voix de trembler. Tout le monde se trompe sur le compte de Mgr Grunewald. Il est foncièrement mauvais, et je ne veux ni de ses prières ni de son assistance. Je veux seulement qu'il dise la vérité.

— A quel propos ? demanda Sean.

— A propos de ma mère.

— Il connaissait votre mère ?

— Il la connaissait intimement.

Sean plongea les yeux dans les siens.

— Très intimement ?

— Oui.

— Maggie, exprimez-vous clairement. Ne vous bornez pas à des allusions. Dites-moi tout ce que vous avez sur le cœur.

Devait-elle vraiment tout lui révéler ? Soudain, elle se rendait compte qu'elle venait d'atteindre un carrefour majeur de sa vie. Il fallait trancher entre deux décisions : accorder toute sa confiance à Sean MacLeod en lui avouant la vérité, ou bien accepter de passer le restant de ses jours en détention.

Il ne pourrait pas la garder éternellement dans une chambre d'hôtel, et, si elle refusait de coopérer, il se trouverait dans l'obligation de la remettre aux autorités.

Défini en ces termes, son choix ne paraissait pas très compliqué ; il l'était, pourtant. Depuis le jour où sa mère était morte, jamais elle n'avait pu s'épancher auprès de quiconque sans que sa confiance ait été trahie. Le seul fait d'envisager de se confier à Sean la terrorisait. Quelle idée insensée ! Ses choix ne se limitaient pas à retourner en prison ou à tout révéler à un flic. Pourquoi ne pas s'en tenir à sa bonne vieille habitude de prendre le large ? En ce moment même, elle serait plus avisée de chercher un objet susceptible de lui servir d'arme et de réfléchir à un plan d'évasion. Sean l'avait lui-même affirmé : elle pouvait très bien l'assommer par surprise, s'emparer de son portefeuille et de ses clés de voiture, et gagner un autre Etat avant que quiconque ait signalé sa disparition.

« Ne fais jamais confiance à un flic. Tu commettrais une grave erreur en lui révélant quoi que ce soit. »

Sean soutenait toujours son regard.

— Je souhaite vous venir en aide, affirma-t-il. Mais cela ne me sera pas possible si vous continuez à vous taire.

L'énormité de ce qu'elle s'apprêtait à faire fit frissonner Maggie.

— Très bien !

Les mots lui avaient échappé, brisant la carapace qui la protégeait depuis une éternité.

— Très bien, je vais vous expliquer pourquoi je suis venue

ici. Je suis ici parce que quinze années de silence, d'efforts pour étouffer l'affaire n'ont pas réussi à me faire perdre courage. Je veux obliger Mgr Grunewald à parler et à avouer à la face du monde que c'est lui qui a assassiné ma mère.

8.

La réputation de l'archevêque était telle que Sean fut d'abord tenté de considérer l'accusation de Maggie comme le fruit d'un esprit malveillant ou simplement dérangé. Seulement, rien dans le comportement de la jeune femme ne suggérait que sa raison fût défaillante ou qu'elle prît, comme certains, un malin plaisir à accuser de tous les vices possibles les personnalités les plus respectables. Il n'en restait pas moins un représentant de l'ordre — ce qui ne sautait pas aux yeux, en l'occurrence, à considérer sa façon d'agir —, et son expérience professionnelle l'inclinait au scepticisme. Si Maggie croyait avec sincérité à ce qu'elle disait, elle n'avait pas forcément raison.

— Votre accusation a de quoi surprendre, admettez-le.

Maggie lui tournait le dos, à présent.

— Peut-être, mais c'est la vérité. Le père Tobias — il n'était alors que le curé de notre paroisse — a tiré sur ma mère et il s'est bien gardé de se dénoncer quand on m'a accusée du meurtre à sa place.

— Vous paraissez très sûre de vous. Avez-vous vu Grunewald tuer votre mère ?

— Pas… à proprement parler.

— Si vous ne l'avez pas vu tirer, pourquoi le soupçonnez-vous ? Soyez plus claire, Maggie. J'aimerais que vous m'aidiez à comprendre sur quel fondement vous vous basez pour étayer une accusation aussi grave.

Cessant d'arpenter la pièce, elle se retourna et lui sourit. Ce n'était plus le sourire lumineux dont il avait eu un aperçu quelques instants plus tôt, mais la grimace ironique, dégoûtée du monde, qui lui était infiniment plus familière.

— Inutile de prendre ce ton posé et faussement compatissant avec moi ! répliqua-t-elle. Je ne vais pas céder tout à coup à une crise de démence et vous arracher les yeux si vous m'annoncez que je ne vous ai pas convaincu.

Son cynisme sonnait faux, et cette indifférence feinte toucha bien davantage Sean que ne l'auraient fait des larmes ou des efforts pour l'apitoyer. Oubliant le minimum de détachement professionnel qu'il aurait dû observer à l'égard de la jeune femme, il s'avança vers elle et la prit par les bras.

— Je ne suis pas votre ennemi, Maggie ! Quand finirez-vous par comprendre que j'ai décidé de vous aider, bon sang ?

Elle posa sur ses mains un regard significatif, sans la moindre aménité.

— Un membre de la police appartient automatiquement au clan ennemi. Ecartez-vous, inspecteur, ou une partie sensible de votre anatomie pourrait en souffrir.

— J'en ai assez de vos menaces ! Je ne vous lâcherai pas tant que vous vous obstinerez à réagir comme un robot sans cervelle au lieu de réfléchir un peu, pour une fois. Dites-moi, si je ne suis rien de plus pour vous que le flic qui a découvert l'arme du crime dans la chambre de votre mère, pourquoi vous êtes-vous confiée à moi, tout à l'heure ? Ne venez-vous pas de me révéler un secret d'importance capitale pour vous ?

— Je n'aurais pas dû. C'était une erreur.

— Une erreur que vous comptez effacer en prétendant qu'il ne se passe rien entre nous ?

— Il ne se passe en effet absolument rien entre nous.

Du bout des doigts, il lui effleura le bras. Maggie fit un bond en arrière comme sous l'effet d'une décharge électrique. Jugeant la démonstration suffisante, Sean la regarda sans rien dire.

La jeune femme rougit.

— Ne soyez pas ridicule ! maugréa-t-elle. Je ne vois rien là que la tension bien naturelle entre le chasseur et sa proie.

— La chasse est terminée, Maggie. Je vous ai attrapée.

— En effet.

Elle se remit à marcher de long en large, dans un état d'agitation extrême.

— Et, maintenant que je suis à votre merci, vous voudriez me faire croire que vous allez ouvrir le piège et m'aider à prendre le large ?

— Nous sommes pris au même piège, vous et moi. Si je me libère, ce ne pourra pas être sans vous.

— Ça suffit. Arrêtons un peu de parler par métaphores !

Une fois de plus, Maggie se réfugia de l'autre côté de la chambre et serra les bras autour d'elle.

— Je ne comprends pas ce que vous attendez de moi, inspecteur. Précisez mieux vos intentions.

— Je vais vous le répéter pour la énième fois : je veux que vous me racontiez mot pour mot ce qui est arrivé la nuit où votre mère a été tuée.

— Rien de plus facile : quelqu'un a tiré sur elle. En rentrant chez moi, je l'ai trouvée étendue sur son lit, blessée de plusieurs balles dans la poitrine. Je n'ai pu arrêter l'hémorragie et elle est morte quelques minutes plus tard. Fin de l'histoire.

— Non, ce n'est que l'entrée en matière.

Sean soupira, épuisé par le jeu inégal auquel ils se livraient. Chaque fois qu'il progressait de quelques millimètres, elle reculait d'un pas de géant.

— J'ai mis ma carrière en péril en vous amenant ici, souligna-t-il. Cela ne me donne-t-il pas droit à quelques réponses franches et sans détour ?

— Cela ne vous donne droit à rien du tout ! Jamais je n'aurais dû vous faire confiance ! Vous me croyez assez stupide pour gober toutes vos sornettes ?

Franchissant la distance qui les séparait, Maggie le saisit brusquement par le col de sa chemise qu'elle ouvrit d'un geste rageur. Les boutons sautèrent à travers toute la pièce.

— Où est le micro, inspecteur ? demanda-t-elle en faisant glisser la chemise sur ses épaules et en lui palpant fébrilement les aisselles. A quel jeu jouez-vous donc avec moi ? Me croyez-vous avide de chaleur humaine au point de confesser ma culpabilité pour un simulacre de sympathie prétendument désintéressée ? Ou bien la police aurait-elle quelques nouveaux meurtres inexpliqués à me faire endosser ?

— Calmez-vous, Maggie ! Il n'y a pas de micro, et je n'essaie pas de vous manipuler.

Les protestations de Sean ne parurent pas atteindre la jeune femme. Ses doigts descendirent vers la ceinture du pantalon, qu'elle entreprit de défaire.

— Bon sang, Maggie, il n'y a pas de micro ! s'exclama-t-il en repoussant sa main d'un geste agacé.

Elle recula jusqu'au mur et s'y adossa, haletante.

— Qu'est-ce que vous manigancez, au juste ? Vous avez raison : si tout cela n'est pas un coup monté, vous n'auriez jamais dû m'amener ici. Pourquoi, dans ce cas, avoir pris un tel risque ?

Sean inspira profondément.

— Parce que j'ai une dette envers vous, avoua-t-il. Le regard soupçonneux de Maggie ne le quittait pas.

— Quel genre de dette ?

— L'instruction de votre procès a été bâclée. Je le savais, et je n'ai rien fait pour y remédier. La semaine dernière, en découvrant votre véritable identité, je me suis dit que c'était peut-être l'occasion ou jamais de me racheter. Il est rare que le destin vous offre une telle opportunité, et je ne voulais pas la laisser passer.

— Qu'entendez-vous par « l'instruction a été bâclée » ?

— Elle l'a été de bien des manières, répondit Sean. Il marqua une brève pause.

— Par exemple, personne n'a voulu vous croire quand vous avez prétendu être sortie en cachette cette nuit-là, donc personne ne s'est vraiment soucié de mettre la main sur le garçon que vous accusiez d'avoir voulu vous violer. Il y a aussi le bar où vous avez affirmé être allée prendre un verre. Le patron a nié vous y avoir vue, bien évidemment. Pourquoi l'aurait-il admis ? La police lui aurait retiré sa licence s'il avait reconnu avoir servi de la bière à des adolescents qui n'avaient pas l'âge requis par la loi — et je ne parle pas de votre allusion à la marijuana qui circulait librement dans son établissement. Mais son démenti correspondait exactement à ce que nous avions envie d'entendre, et personne n'a approfondi ses déclarations pour en vérifier l'exactitude. Enfin, il y a ce couple de voisins qui regagnaient leur domicile en voiture à l'heure où vous assuriez être…

— Maddy et Joe Jackson, l'interrompit Maggie. Mais ils ne m'ont pas vue parce que je me suis cachée derrière des buissons dans le jardin de Tiffany.

— Les Jackson ont prétendu ne pas vous avoir vue, admit Sean. Néanmoins, l'attitude de Mme Jackson m'intriguait un peu ; elle n'avait pas l'air tout à fait sincère. Je lui ai donc rendu une petite visite en l'absence de son mari, et j'ai découvert qu'elle vous avait bien vue vous dissimuler derrière les buissons.

Maggie leva les yeux sur lui.

— Pourquoi donc n'en a-t-elle rien dit au procès ? Elle n'ignorait pas l'importance de son témoignage. J'étais tout de même accusée d'avoir tué ma mère !

Sean haussa les épaules.

— Elle vous a aperçue vers 2 heures du matin. Vous avez appelé police secours à 2 h 25, et votre mère était encore en vie à ce moment-là, vous l'avez dit vous-même. Mme Jackson aura probablement apaisé sa conscience en se disant que, si vous étiez dehors à 2 heures, cela ne vous empêchait pas d'avoir tué votre mère vingt minutes plus tard.

— Son témoignage aurait au moins prouvé que je ne mentais pas en disant que j'étais sortie ! Et il ne lui aurait causé aucun tort, il me semble ?

L'assurance de Maggie semblait soudain s'être envolée, la laissant vulnérable et désemparée. Elle paraissait aussi plus jeune, et une pointe de stupéfaction incrédule perçait dans sa voix, comme si un vieux sentiment d'abandon refaisait surface.

— Mme Jackson avait sa réputation à protéger, expliqua Sean. Si vos voisins se trouvaient dehors à une heure aussi tardive, ce n'était pas par hasard : M. Jackson venait de récupérer sa femme dans une chambre d'hôtel où elle se livrait à des ébats d'un genre un peu particulier avec son patron, marié lui aussi. En apprenant que, en cour d'assises, elle ne pourrait se soustraire à un témoignage public si le procureur l'assignait, elle modifia immédiatement son récit. Subitement, elle n'était plus aussi certaine d'avoir vu quelqu'un, et, même si elle avait aperçu une ombre, il lui était impossible d'assurer que ce fût bien vous. En fait, plus elle y songeait, plus elle se demandait si ce n'était pas un animal — un daim, ou un chien, ou que sais-je encore…

La voix de Sean se mit à vibrer d'une colère qu'il croyait enterrée, mais qui ne demandait visiblement qu'à ressusciter.

— Bon sang, à force de l'entendre se rétracter et dissimuler ses petites turpitudes, j'ai pensé que votre avocat ne pourrait jamais la convaincre de revenir sur sa déposition. Et j'étais encore trop inexpérimenté pour trouver les moyens de pression susceptibles de la contraindre à parler.

Bien que la température fût douce, Maggie se massa les bras comme si elle avait froid.

— Comme personne ne se présentait pour confirmer ma version des faits, j'ai commencé à me demander si je devenais folle, avoua-t-elle. Si j'avais su ce que vous venez de m'apprendre sur Mme Jackson, cela m'aurait rendu service.

— Le meilleur service que nous aurions pu vous rendre aurait été de retrouver Cobra.

— Mon avocat aurait dû engager un détective privé, dit

Maggie. Même si, avec le recul, je me demande si cela aurait vraiment modifié l'opinion des jurés, à qui le procureur ne cessait de repasser l'enregistrement de mon appel à police secours, où on m'entendait sangloter et demander pardon à ma mère de l'avoir blessée. Face à une telle pièce à conviction, le témoignage de Cobra, et l'aveu qu'il avait bien essayé de me violer, n'aurait sans doute pas suffi à faire pencher la balance en ma faveur.

Cet enregistrement et les empreintes de Maggie relevées sur l'arme du crime avaient été les principaux fondements du verdict — un verdict néanmoins faussé et injuste, Sean n'était pas près d'en démordre.

— En fait, votre avocat aurait dû être avisé que Mme Jackson était un témoin potentiel susceptible de confirmer, au moins en partie, votre déposition. Il n'en a rien su. L'inspecteur Garda a mis de côté mon rapport sur les Jackson pour éviter d'apporter de l'eau au moulin de votre défense, pour ainsi dire. Et je l'ai laissé faire.

— Aviez-vous une raison particulière de vouloir à tout prix me faire condamner, vos collègues et vous ?

Le visage soudain blême, Maggie interrogea Sean du regard.

— Ou bien les gens de la police auraient-ils la fâcheuse manie de désigner un coupable par avance et de manipuler ensuite le déroulement de l'instruction à leur convenance ?

— Garda était un de ces vieux flics un peu rigides pour qui les criminels sont toujours trop dorlotés et leurs victimes laissées pour compte. Mais, d'ordinaire, il ne commettait pas d'injustice.

— Il ne lui est jamais venu à l'idée qu'il se trompait peut-être sur mon compte ?

— Votre affaire est arrivée à un mauvais moment, Maggie. Nous étions particulièrement chatouilleux parce que nous n'avions pu obtenir la condamnation de Nathan Brooking, un violeur en série qui avait mutilé plusieurs de ses victimes, dont une femme de soixante-quatre ans éborgnée à la suite d'une attaque d'une violence inouïe. Il y avait deux témoins pour confirmer les dépositions des victimes, et deux psychiatres qui estimaient que ce garçon était un meurtrier en puissance. Mais Brooking s'exprimait et s'habillait correctement, et son père avait les moyens de lui procurer le meilleur avocat de la ville. Ensemble, ils ont réussi à embobiner les jurés. En le regardant sortir du tribunal, acquitté et triomphant, nous avons eu le sentiment de voir une sorte de bombe à retardement. Nous avions raison. Onze mois plus tard, il était de nouveau dans le box des accusés pour l'assassinat d'une jeune femme et le viol aggravé d'une fillette.

— Je suis désolée pour toutes ces femmes, mais je ne vois pas le rapport avec mon affaire.

— Il existe, pourtant. Tom Garda était convaincu que vous aviez tué votre mère, et il vous assimilait à ces adolescents gâtés des milieux aisés qui se moquent des lois et de la justice ; il était prêt à tout pour empêcher un acquittement, comme c'était arrivé avec Brooking.

— Vive l'inspecteur Garda ! lança Maggie avec un ricanement amer. Il a obtenu gain de cause, et, moi, j'ai été condamnée à perpétuité pour un crime que je n'ai pas commis.

— Oui, admit Sean. C'est bien ce qui est arrivé, j'en ai peur.

Maggie mit un moment à mesurer la portée exacte de ce constat. Quand elle réagit, ce fut avec la défiance dont elle ne se départait jamais.

— Je devrais sans doute me confondre en gratitude : vous reconnaissez enfin mon innocence. Malheureusement pour vous, inspecteur, je suis devenue une ingrate, avec le temps.

— Je n'attends de vous ni gratitude ni remerciements d'aucune sorte. Pour ma part, je m'acquitterai de ma dette en m'efforçant de vous faire disculper après révision de votre procès et d'obtenir l'annulation de votre peine. Mais je vais avoir besoin de votre coopération.

Toujours aussi pâle, Maggie recouvrait toutefois rapidement son sang-froid, et elle accueillit les propos de Sean avec un petit rire amusé.

— Quand un flic me propose de coopérer, j'ai tendance à prendre mes jambes à mon cou. Vous voudriez que je me laisse passer les menottes aux poignets et que je réintègre sagement ma cellule sous prétexte que vous me promettez votre aide ? Si c'est le cas, oubliez ça tout de suite.

— Ce serait pourtant le seul moyen légal de nous y prendre.

— En admettant que vous soyez sincère, vous ne réussirez jamais à fouiller dans des dossiers enterrés depuis quinze ans et à extraire assez de preuves des manipulations policières pour obtenir la révision du procès. Merci infiniment, inspecteur, mais je refuse.

— Je m'appelle Sean ! gronda-t-il entre ses dents. Ne pourriez-vous vous résoudre à prononcer cette syllabe, nom d'une pipe ?

— Je ne crois pas. Il me plaît de me rappeler ainsi quels sont nos rôles respectifs, « inspecteur ».

Bien sûr, elle le provoquait délibérément, et il n'avait aucun mal à comprendre pourquoi. Traquée depuis des années, soucieuse de ne pas attirer l'attention, elle éprouvait sans doute une véritable euphorie à la perspective de pouvoir enfin cesser de ramper, et redresser la tête. Il connaissait son identité, ce qui la rendait libre de persifler à sa guise. Quoique parfaitement conscient de la situation, Sean ne parvenait plus à réagir de manière tout à fait rationnelle ; son dépit de ne pas être pris au sérieux conjugué au climat de tension sexuelle qui régnait entre eux eut des conséquences explosives.

Il poussa Maggie contre le mur, prit son visage entre ses mains et l'obligea à le regarder droit dans les yeux.

— Mon nom est Sean. Sean MacLeod. Dites-le enfin, bon sang !

Totalement immobilisée, Maggie darda sur lui un regard implacable.

— Vous voulez que je vous dise, inspecteur ? Vu sous cet angle, je vous trouve soudain une ressemblance frappante avec Bert, Cobra, et tous ces pauvres types prêts à recourir à la force pour soumettre les petites garces qui osent leur résister.

Pris au dépourvu, il se figea. Puis ses bras retombèrent le long de son corps et il battit aussitôt en retraite.

— Je suis désolé, Maggie. Je… j'ai dû perdre la tête.

— En effet.

Se dirigeant vers le bureau, la jeune femme prit la boîte de soda plongée dans un seau à glace en plastique, la décapsula et en but une longue gorgée.

— Ecoutez, dit Sean en redressant les épaules, j'ai l'impression que nous ne sommes plus sur la bonne voie.

— Je ne sais pas vraiment sur quelle voie vous êtes, inspec…

Elle s'interrompit.

— En fait, je ne vois toujours pas très bien ce que vous attendez de moi, Sean.

C'était là une concession majeure de sa part ; ils s'en rendaient compte aussi bien l'un que l'autre.

— C'est simple : j'ai besoin du maximum d'informations que vous pourrez me fournir pour m'aider à faire toute la lumière sur cette affaire.

Maggie se raidit de nouveau.

— Je ne dispose pas des renseignements qui vous seraient utiles, répliqua-t-elle.

— Vous avez forcément de bonnes raisons d'accuser l'archevêque. Dites-moi lesquelles !

Sa requête valut à Sean un regard furtif plein de circonspection.

— Si j'avais la moindre preuve solide, je l'aurais déjà fournie à la police. Rien ne vous oblige à me croire — ni vous ni personne, du reste.

— Essayez quand même.

— D'accord.

Maggie parut aussi bouleversée que lui par sa capitulation subite. Un flot de paroles suivit presque aussitôt, comme si le récit trop longtemps contenu échappait soudain à son contrôle.

— Environ dix-huit mois après le décès de mon père, je me suis aperçue que ma mère avait une liaison ; d'instinct, je pressentais quelque chose d'anormal dans cette relation. J'avais quinze ans et j'étais encore assez naïve, mais beaucoup de mes amis m'avaient déjà parlé de leur rencontre avec les nouveaux compagnons de leurs parents divorcés, et je savais à peu près comment le rituel devait se dérouler. Après avoir fréquenté quelque temps son nouveau prétendant, et si les choses devenaient plus sérieuses, ma mère se déciderait à me le présenter avec toutes sortes de précautions, et nous irions tous les trois au restaurant, ou au cinéma, par exemple. Mes camarades de classe qui avaient vécu cela décrivaient la scène comme un vrai cauchemar. Mais il fallait visiblement en passer par là.

Elle reprit son souffle.

— J'ai donc attendu, attendu, et rien ne se produisait. Maman continuait à fréquenter le même homme, mais elle le faisait en cachette. Leurs conversations téléphoniques s'interrompaient dès que j'entrais dans la pièce. Quelquefois, l'inconnu s'introduisait dans la maison en pleine nuit, et ils s'attardaient un long moment dans le salon avant de monter se coucher. J'étais furieuse à l'idée que cet individu ait une clé qui lui permettait d'entrer chez nous — dans la maison de mon père —, n'importe quand, sans même avoir besoin de frapper.

De nouveau, elle marqua une pause, qui se prolongea plus longtemps que la première. Sean préféra ne pas se hasarder à l'interroger, de crainte d'interrompre le cours de ses souvenirs. Heureusement, elle reprit son récit sans aucun encouragement de sa part.

— Le ski était mon sport favori, expliqua-t-elle, et les parents de Tiffany m'emmenaient souvent passer le week-end à

Breckenridge, où ils possédaient un appartement. Un samedi après-midi, nous avons dû regagner d'urgence Colorado Springs, le grand-père de Tiffany étant hospitalisé. Il était plus de minuit quand je suis rentrée chez moi, à l'improviste, le plus discrètement possible afin de ne pas réveiller ma mère.

Cette fois, Maggie se tut si longtemps que Sean prit le risque de la questionner.

— Mais votre mère n'était pas au lit ?

— Non.

Les joues de Maggie s'empourprèrent, comme si ce souvenir l'embarrassait encore, en dépit des années.

— Elle était étendue sur le canapé du salon en compagnie d'un homme. Je ne pouvais pas très bien le voir parce qu'il me tournait le dos. Du reste, la seule source de lumière — sur laquelle se découpaient leurs silhouettes — provenait du feu qu'ils avaient allumé dans la cheminée. L'homme était en train de la déshabiller tout en la caressant…

S'interrompant, elle s'éclaircit la gorge.

— Bref, vous imaginez le tableau.

— Oui, je vois, dit Sean avec douceur. Qu'avez-vous fait, Maggie ?

— Rien du tout. J'ai pris le chemin de ma chambre. Mais ma mère a dû m'entendre, car elle s'est soulevée sur un coude pour jeter un coup d'œil. Evidemment, elle m'a aperçue tout de suite. Elle m'a regardée, sans rien dire, et l'homme qui était avec elle l'a couverte avec sa chemise et s'est légèrement écarté pour lui permettre de s'asseoir ; il gardait la tête tournée, mais je distinguais tout de même très bien son profil. Cette image est restée gravée dans ma mémoire.

— L'avez-vous reconnu ?

Maggie secoua la tête.

— Non. La lumière du feu était insuffisante, et j'étais terriblement embarrassée. J'osais à peine le regarder. Quand on a 15 ans, il n'est pas facile de se figurer ses parents dans le rôle d'amants passionnés, avec toutes les exigences d'une sexualité normale. Dès que ma mère a posé les pieds par terre pour se lever, je me suis précipitée dans ma chambre et j'ai verrouillé la porte. Le lendemain, j'y suis restée enfermée toute la journée. Je n'en suis sortie que pour partir en classe, le lundi matin.

L'après-midi, sa mère avait attendu son retour du lycée. Il était tard, car Maggie s'était délibérément attardée chez Tiffany avant de rentrer. Elle avait jeté son sac à dos sous le guéridon du vestibule, avant de se diriger vers l'escalier en faisant mine de ne pas remarquer la présence de Mme Slade. Celle-ci s'était avancée pour lui barrer le passage.

— Maggie, il faut que nous parlions, toi et moi. Viens dans la cuisine ; j'ai préparé du chocolat chaud et tes cookies préférés.

Déterminée à faire souffrir sa mère autant qu'elle souffrait, Maggie s'était dégagée sans ménagement.

— Non, merci.

Voyant que sa mère ne la laisserait pas se barricader de nouveau dans sa chambre, elle s'était tournée pour regagner l'entrée.

— A ce soir, maman.

— Tu sais à quoi tu t'es engagée, Maggie : tu n'as pas le droit de sortir sans me dire où tu vas.

— A mon avis, tu devrais plutôt te préoccuper de ce qui concerne mon retour.

— En effet. Où vas-tu et à quelle heure rentreras-tu à la maison ?

— Ne t'inquiète pas, avait répondu Maggie avec un petit ricanement méprisant. Je t'appellerai afin que ton amant puisse filer par la porte de derrière avant que j'arrive. C'est bien ainsi que ça se passe depuis trois mois, n'est-ce pas ? Il s'éclipse discrètement tandis que je rentre en catimini. A propos, j'ai omis de te présenter mes excuses pour samedi. Je suis désolée d'avoir foutu la pagaille en rentrant sans prévenir de Breckenridge. Mais, vois-tu, le grand-père de Tiffany a eu une crise cardiaque…

Sa mère avait accusé le choc. Soudain très pâle, elle avait froncé les sourcils.

— Maggie, tu es bouleversée par ce que tu as vu ce soir-là, et cela te fait mal, je le comprends très bien. Ce n'est pas une raison pour me parler sur ce ton et te montrer grossière. Nous t'avons toujours respectée, ton père et moi, et nous t'avons appris à respecter les aut…

— Comment oses-tu me parler de papa maintenant ! s'était écriée Maggie. C'était un héros, il est mort depuis dix-huit mois à peine, et, toi, tu es déjà en train de… de…

Elle avait éclaté en sanglots, de gros sanglots d'enfant causés par le chagrin d'avoir perdu son père et de découvrir les faiblesses d'une mère, brusquement tombée du piédestal sur lequel elle l'avait placée.

Après une brève hésitation, Mme Slade avait pris sa fille dans ses bras et l'avait étreinte avec douceur. Comme Maggie ne la repoussait pas, elle s'était mise à lui caresser les cheveux, chuchotant de petits mots de réconfort jusqu'à ce que la crise fût passée. Elle n'avait pas essayé de retenir Maggie quand celle-ci s'était agitée pour se dégager.

— Ma chérie, lui avait-elle dit, j'aurais donné n'importe quoi pour t'éviter de voir ce que tu as vu. Mais, à présent, le mal est fait, et je te demande de faire un effort pour comprendre une situation qui risque de t'ébranler. J'aimais ton père plus que tout au monde, et, lorsqu'il est mort, j'ai réellement cru que personne ne pourrait jamais le remplacer. Du reste, c'était vrai : ton père demeure unique à mes yeux. J'ai pourtant découvert récemment qu'il existe plusieurs façons d'aimer ; et que, si ton père reste irremplaçable dans mon cœur, je suis quand même capable d'aimer un autre homme, un homme que j'ai vraiment envie d'épouser…

— Tu vas te remarier ? avait demandé Maggie, consternée. Mais je ne connais même pas cet homme ! Comment peux-tu envisager de m'imposer un beau-père que tu ne m'as même pas présenté ? Est-ce qu'il détesterait les enfants, par hasard ?

— Pas du tout ; il les aime beaucoup et s'en occupe à merveille.

Rowena avait marqué une pause.

— Vois-tu, Maggie, c'est une situation très compliquée. Nous voudrions nous marier, mais il y a des obstacles que tu n'as pas à connaître et…

— Oh, non ! s'était exclamée Maggie, horrifiée. Ne me dis pas qu'il est marié ? Tu fréquentes un homme marié !

Le démenti de sa mère était arrivé une seconde trop tard pour la convaincre de sa sincérité.

— Non, ce n'est pas cela. Mais il y a des difficultés d'un autre ordre…

— Il est marié, avait répété Maggie avec conviction. Est-ce l'un de nos voisins ? C'est ça ? Tu as une liaison avec un voisin ?

— Je ne t'ai jamais menti, Maggie, et je ne te mens toujours pas. L'homme que je veux épouser n'est pas marié, je te le promets. Il ne l'a jamais été, du reste. Nous sommes néanmoins obligés de patienter, de suivre les étapes d'une procédure délicate, afin de ne pas gâcher une partie très importante de sa vie.

Mme Slade s'était de nouveau interrompue.

— Ecoute, je ne veux pas te mentir ou prendre des engagements que je ne pourrais pas forcément tenir. Je te demande seulement de me faire confiance pendant quelque temps et je serai ensuite en mesure de tout t'expliquer. Ce jour-là, j'espère que tu comprendras pourquoi j'ai été contrainte de garder le silence.

Ces propos sibyllins n'étaient pas de nature à rassurer une adolescente anxieuse. Maggie s'était pourtant arrangée pour simuler l'indifférence et ne plus poser de questions. Mais comme les rendez-vous clandestins se multipliaient, et que sa mère se montrait de plus en plus évasive, ses résultats scolaires avaient commencé à s'en ressentir. Pourquoi continuer à se comporter en petite fille modèle si sa mère s'autorisait des galipettes avec un mystérieux individu qu'elle n'osait même pas fréquenter au grand jour ? Exception faite de Tiffany, elle avait tourné le dos à tous les bons élèves qui avaient été ses amis pour fréquenter la bande des Red Raiders, de jeunes voyous amateurs de bière et de marijuana. Le niveau de ses notes avait connu une baisse vertigineuse, et un étrange mélange de honte et de satisfaction vengeresse s'emparait d'elle lorsqu'elle tendait à sa mère un carnet rempli de C et de D.

Mme Dowd, la conseillère d'orientation du lycée, avait d'ailleurs fini par solliciter un entretien avec sa mère. Pendant qu'elles parlaient, Maggie s'était retranchée derrière un silence buté, ignorant les regards suppliants de Rowena. Elle n'avait manifesté ni remords ni aucune inquiétude lorsque la psychologue avait assuré qu'elle était en train de compromettre toutes ses chances d'accès aux grandes écoles.

Son discours terminé, Mme Dowd l'avait dévisagée d'un œil désapprobateur.

— Je te trouve bien silencieuse, Maggie, toi qui es d'ordinaire si expansive. N'as-tu donc rien à nous dire ?

— Si, répondit Maggie. J'ai envie de fumer une cigarette. Puis-je m'en aller, maintenant ?

Alors que Maggie en terminait avec son récit, Sean la regarda un instant en silence, puis demanda :

— Mme Dowd est bien l'éducatrice qui a souligné dans son témoignage votre attitude insolente et hostile, n'est-ce pas ?

— C'est elle.

Maggie haussa les épaules avec un léger rire sans joie.

— Quelle ironie, quand on pense que je n'avais jamais fumé de ma vie lorsque je lui ai fait cette réponse stupide ! J'ai simplement voulu montrer à ma mère que je pouvais être aussi désagréable qu'elle l'était avec moi en me cachant l'homme qu'elle fréquentait. Mais le portrait brossé par Mme Dowd et le procureur me faisait passer pour une irréductible rebelle ; à n'en pas douter, les jurés m'imaginaient en train de fumer un joint en plein cours ou de me livrer à des ébats sexuels dans les jardins d'enfants.

— Votre mère ne vous a jamais présenté son amant ? questionna encore Sean.

— Non, jamais. Elle a été assassinée moins d'une semaine après cette entrevue avec Mme Dowd.

— A présent, vous savez pourtant qui était cet homme, n'est-ce pas ?

— Oui, je le sais.

— Qui était-ce, Maggie ?

— Vous connaissez déjà la réponse, dit-elle. C'était le père Tobias.

9.

Maggie, qui ne s'attendait pas à ce que Sean la croie, se prépara donc à affronter une série de questions hostiles. Une fois de plus, sa réaction la surprit. Au lieu de commenter ce qu'elle venait de lui dire, il changea radicalement de sujet.

— Cette pièce commence à me rendre claustrophobe, dit-il en ouvrant les doubles rideaux sur le spectacle peu engageant du parking. En faisant mon jogging matinal, j'ai découvert un joli parc à trois cents mètres d'ici. Si nous allions y faire un tour ? Nous pourrions nous asseoir sur un banc, regarder les canards et les enfants qui jouent, tout en bavardant encore un peu.

Déconcertée, Maggie l'observa d'un regard méfiant.

— Vous ne craignez pas que j'essaie de m'enfuir ?

— Vous le ferez ?

Malgré tout ce que cela lui coûtait, elle répondit par la négative, scellant ainsi le pacte implicite qu'il lui proposait.

— Alors, en route.

Il prit la clé de la chambre, puis celles de la voiture, et les jeta en travers du lit, à portée de main de Maggie. Le cœur battant à se rompre, elle essaya en vain d'en détourner les yeux. Il serait si facile de s'en emparer et de lui fausser compagnie sans autre forme de procès… Plongeant les mains dans ses poches, elle gagna la porte.

Un sourire fugace éclaira un instant les traits de MacLeod.

— A la bonne heure, dit-il d'une voix pleine de douceur.

Le cœur chaviré par son sourire, Maggie se renfrogna instinctivement.

— N'en faites pas toute une histoire, d'accord ? De toute façon, vous m'auriez rattrapée en moins de dix secondes.

— Exact. Mais vous avez laissé ces clés sur le lit pour une autre raison : parce que vous m'avez promis de ne pas vous enfuir.

Il avait raison, bien sûr, et Maggie en conçut un certain agacement. Il y avait aussi de quoi s'inquiéter : un fugitif s'expose dangereusement s'il se met à tenir ses promesses et à respecter les règles du jeu en face d'un représentant de l'ordre.

Dehors, grâce à une légère brise qui rafraîchissait par intermittence l'air saturé de chaleur, le trajet à pied fut agréable, même sur l'asphalte brûlant du trottoir. Maggie n'avait pas envie de parler, et Sean parut s'accommoder du silence jusqu'à ce qu'ils atteignent le stand d'un marchand de frites et de hot dogs, à l'entrée du parc.

Il tomba aussitôt en arrêt.

— Quelle bonne odeur ! s'exclama-t-il en levant les yeux sur la pancarte détaillant les différents sandwichs. Je crois que je vais me laisser tenter par un cornet géant accompagné d'un hot dog au chili. Et vous ? Vous désirez quelque chose ?

Oubliant soudain tous ses griefs, Maggie ne put s'empêcher de rire.

— Est-ce là une nouvelle démonstration de votre talent à dénicher les hauts lieux gastronomiques, inspecteur ?

Avant même d'avoir fini sa phrase, elle se reprocha sa stupidité. Quel besoin avait-elle de lui rappeler ainsi le désastreux épisode de leur petit déjeuner à Tampa, conclu par le vol de la Pontiac ? A son grand soulagement, Sean haussa les épaules d'un air amusé.

— Je vous l'avais dit, ma chère : si vous cherchez les meilleures tables, fiez-vous à mon flair.

Elle commanda également un hot dog, et Sean noya le sien sous un déluge de ketchup et de moutarde. Munis de serviettes en papier et de boissons gazeuses, ils allèrent s'installer sur un banc, à l'ombre d'un grand marronnier. Cette position stratégique offrait une vue imprenable sur l'aire de jeux prise d'assaut par les tout-petits, et l'étang où deux pères de famille disputaient une régate avec de magnifiques modèles réduits de voiliers. Un peu plus loin, une vieille dame lançait du pain aux canards. Le tableau, qui aurait pu inspirer une photographie pleine de mièvrerie, suscita chez Maggie une impression de douceur, teintée d'amertume ; elle était heureuse d'en faire partie, fût-ce de manière aussi éphémère.

— Ce hot dog est un pur délice ! dit-elle en léchant du bout de la langue un peu de ketchup. D'ailleurs, je ne sais pas si vous l'avez remarqué, mais n'importe quelle nourriture prise au-dehors est toujours deux fois meilleure.

Sean opina avec un sourire.

— C'est juste. Evidemment, ce que l'on achète à ce genre de stand exige un estomac à toute épreuve. Mais, comme tous les flics, je suis blindé, de ce côté-là.

Que dire de la nourriture des prisons, et de son effet sur l'estomac d'un détenu ? L'idée avait de quoi assombrir l'humeur de Maggie, mais, au même instant, un Frisbee vint rebondir sur ses genoux et détourner le cours de ses pensées. Une fillette se précipita pour le récupérer, suivie de près par son père et par un chien aux oreilles pendantes et au pedigree douteux.

— Excusez-nous, dit l'homme. Nous essayons d'apprendre à Rocket à rapporter le Frisbee. Pas vrai, Heather ?

— Le problème, observa la petite fille, c'est qu'il n'a toujours pas compris qu'il devait sauter pour l'attraper au vol.

Malgré son nom, Rocket semblait doté d'un flegme à toute épreuve. Quand Maggie eut rendu le Frisbee à son propriétaire, il le tendit au chien en l'encourageant de la voix et du geste. Rocket considéra son maître et le jouet avec la même indifférence puis s'effondra, pantelant, aux pieds de la fillette. Ses grands yeux roulèrent alors de manière éloquente vers le hot dog de Sean.

— Inutile d'y songer ! gronda l'homme. Allez, debout, paresseux ! Il le poussa gentiment du pied, et l'animal se redressa tant bien que mal sur ses pattes.

Heather se mit à courir sur la pelouse.

— Ici, Rocket ! cria-t-elle. Papa, lance-moi le Frisbee. Envoie-le très haut, d'accord ?

— D'accord, bout de chou.

Le père commença de les rejoindre au petit trot.

— Désolé de vous avoir dérangés, lança-t-il par-dessus son épaule. Tiens, ma chérie !

Afin de ne pas s'exposer à une certaine forme de torture, Maggie évitait généralement de côtoyer les familles avec enfants. Ce jour-là, Heather et son père semblaient toutefois se fondre dans cette fresque naïve, comme des personnages qu'il lui était possible de regarder s'amuser sans s'infliger d'insupportables tourments. Un peu tard, elle s'aperçut que Sean les observait lui aussi, mais sans y prendre aucun plaisir. Il n'était pas difficile de comprendre pourquoi.

— Votre fille s'appelle Heather, n'est-ce pas ? demanda-t-elle.

— En effet. Ce doit être un prénom assez répandu, de nos jours.

Il fit tinter les glaçons dans son gobelet de limonade, sans quitter la fillette du regard. Comme Rocket manquait le Frisbee pour la énième fois, elle roula sur la pelouse avec lui en riant aux éclats.

— C'est dans des moments comme celui-ci que ma fille me manque le plus, murmura Sean.

— Je devine ce que vous pouvez ressentir. Vous l'emmeniez souvent jouer au parc ?

— Non, je ne l'emmenais à peu près nulle part.

Son gobelet vide à la main, il le fit tourner un instant entre ses doigts, puis visa une poubelle, non loin de là, et atteignit son but.

— Pour être franc, j'étais un imbécile dévoré d'ambition, obsédé par le travail et incapable d'apprécier la chance d'avoir une enfant aussi adorable.

— Au moins en êtes-vous conscient, à présent. Certaines personnes ne s'en rendent jamais compte.

— Oui, cela m'a servi de leçon — mais trop tard. Heather ne vit plus avec moi, et je dois obtenir le consentement de mon ex-épouse avant de la voir.

Marquant une pause, il froissa machinalement sa serviette, les yeux baissés.

— Et, croyez-moi, elle n'y consent pas souvent.

Un besoin inexplicable de le réconforter s'empara de Maggie.

— Etes-vous divorcé depuis longtemps ? s'enquit-elle.

— Depuis trois mois à peine. Mais nous étions déjà séparés depuis un certain temps.

— Tout finira probablement par s'arranger quand vous aurez pris un peu plus de distance avec les événements, observa Maggie, presque tentée de caresser les mains de Sean, crispées sur la serviette.

— Peut-être…

— Ne vous découragez pas, Sean. Tôt ou tard, vous retrouverez une place dans la vie de Heather. Cela prendra peut-être du temps, mais vous y parviendrez.

Il posa sur elle un regard perplexe.

— Vous semblez parler en connaissance de cause, Maggie.

— C'est le cas. Dans une prison de femmes, on acquiert inévitablement une grande expérience en matière de déchirement familial.

Un nouveau silence s'installa entre eux, et la serviette froissée de Sean alla bientôt rejoindre le gobelet dans la poubelle.

— Maintenant, dit-il, j'aimerais que vous m'expliquiez comment vous avez découvert que le père Tobias était l'amant de votre mère.

Ils en revenaient donc à leur sujet initial. Maggie essuya consciencieusement ses doigts maculés de ketchup avant de répondre :

— C'est une longue histoire.

— Rien ne presse.

— Vraiment ? N'oubliez pas que vous êtes un flic, et que je suis toujours reconnue coupable d'un meurtre.

— Croyez-moi, j'y pense continuellement. En agissant comme je le fais, je transgresse non seulement la loi, mais encore tous mes principes, mes règles de conduite et mon éthique personnelle.

— Pourquoi faites-vous tout cela pour moi, dans ce cas ?

— Parce que j'ai beaucoup réfléchi entre le moment où vous avez volé la Pontiac et celui où je vous ai retrouvée. Au terme de cet examen de conscience, j'ai dû m'avouer que je ne vous avais jamais cru coupable de ce crime.

— Vous êtes donc convaincu de mon innocence ?

C'était là quelque chose de si inédit pour Maggie qu'elle ne parvenait pas encore à en saisir toutes les incidences. Le policier qui avait découvert l'arme du crime pensait qu'elle n'était pas coupable. L'idée était si étourdissante qu'elle se demanda si elle pourrait jamais s'y habituer.

Sean se mit à lancer des restes de pain vers l'étang.

— Je suis persuadé que vous n'avez pas tiré sur votre mère, et je veux vous aider à recouvrer la liberté. Le problème, c'est que mon opinion n'a aucune valeur pour un tribunal, et vous le savez aussi bien que moi. Il n'existe qu'un moyen d'obtenir l'annulation de votre condamnation, Maggie : c'est de démontrer de manière irréfutable qu'une autre personne a commis ce crime. Nous n'obtiendrons jamais cette preuve sans votre coopération.

Un terrible conflit éclata en elle, sans qu'elle se sente capable de trancher entre ce que lui dictaient d'un côté son instinct et de l'autre son expérience. Les propos les plus séduisants étaient rarement sincères, elle l'avait appris trop souvent à ses dépens. Plus elle brûlait d'accorder sa confiance à Sean, plus elle inclinait à se tenir sur ses gardes.

— Cela fait presque sept ans que vous vous êtes évadée, Maggie, et vous n'avez pas réussi à établir le début d'une preuve susceptible de vous disculper.

Tout en parlant, Sean posa naturellement une main sur la sienne. Elle fit mine de n'avoir rien remarqué afin de profiter un moment du réconfort que lui procurait ce contact.

— Si vous acceptiez mon assistance, peut-être aurions-nous un peu plus de chance, insista-t-il. J'ai accès à beaucoup de documents qui ne sont pas à votre portée. En quelques heures à peine, je pourrais réunir certaines informations concernant l'archevêque dont vous ne soupçonnez même pas l'existence.

— Mon petit jeu de cache-cache avec la police ne me laissait pas beaucoup de temps pour mener mon enquête sur Grunewald, riposta Maggie, sur la défensive.

— Je l'ai bien compris.

Il avait retourné sa main et mêlé ses doigts aux siens de sorte qu'il ne s'agissait plus d'un simple contact, mais d'un véritable lien. Les yeux soudain humides, Maggie battit des paupières à plusieurs reprises et détourna la tête.

— Dites-moi à quel moment vous avez commencé à soupçonner Grunewald, Maggie. J'aimerais vraiment savoir sur quelle base se fonde votre accusation.

Ce fut comme s'il venait d'actionner un interrupteur, l'autorisant enfin à formuler des soupçons trop longtemps enfouis dans le secret de son cœur. Les souvenirs affluèrent alors en masse, telle l'eau vive d'un torrent.

— Au début de mon procès, expliqua-t-elle, je n'avais pas la moindre idée concernant l'identité de l'homme qu'avait fréquenté ma mère. En fait, je n'ai compris de qui il s'agissait que bien longtemps après ma condamnation. J'avais déjà purgé dix-huit mois de ma peine quand j'ai été convoquée pour un test psychologique de routine avec une nouvelle éducatrice. A ma grande surprise, je me suis retrouvée en face de Mme Dowd, la conseillère d'orientation de mon lycée...

Maggie frappa à la porte du centre médical avec un quart d'heure d'avance à son rendez-vous. Elle avait déjà lu et relu les cent vingt-sept volumes de la maigre bibliothèque de la prison, et elle s'ennuyait à mourir ; un entretien avec une psychologue quelconque lui semblait encore préférable à l'inactivité pesante de ces interminables journées, dans l'attente de l'unique activité digne d'intérêt : son heure de gymnastique quotidienne en salle de sport.

En découvrant son ancienne conseillère d'orientation installée derrière le bureau, elle ne put réprimer un tressaillement de surprise, mais s'abstint de tout commentaire.

— Entrez, Margaret.

Mme Dowd leva enfin les yeux sur elle. Maggie se tenait sur le seuil de la pièce, immobile, et, comme toujours à cette époque, elle osait tout juste respirer sans autorisation.

— Vous pouvez vous asseoir, Margaret.

Malgré le ton affable de Mme Dowd, Maggie ne se départit pas un instant de sa vigilance. Elle s'était déjà rendu compte que la gentillesse apparente n'était qu'un leurre. Enseignants, gardiens, médecins et éducateurs étaient tous capables des pires accès de colère, au gré de leur humeur.

Elle s'exécuta donc, les jambes bien serrées devant elle, les mains sagement croisées sur les genoux, image de l'obéissance personnifiée. La plupart des autres pensionnaires de l'établissement se complaisaient dans une oisiveté malsaine, insolentes et rebelles par principe à toute forme d'autorité. Mais la plupart ne seraient pas transférées dans la prison pour adultes le jour de leurs dix-huit ans. Pour sa part, Maggie avait appris à se méfier d'un système judiciaire implacable ; dans sa situation, elle ne voyait vraiment pas l'intérêt d'arriver à la maison d'arrêt avec une étiquette de provocatrice déjà établie.

Mme Dowd se laissa aller contre le dossier de son fauteuil et ôta ses lunettes. Elle dévisagea Maggie sans hostilité.

— J'ai examiné votre dossier, Margaret, et je constate avec plaisir que vous profitez des opportunités qui vous sont offertes ici en matière d'éducation. Vous avez sans doute étudié sérieusement pour obtenir d'aussi bonnes notes à votre examen de fin d'études secondaires, à dix-sept ans seulement — surtout quand on considère l'enseignement limité que vous recevez.

— Merci, madame. Je me suis appliquée de mon mieux.

— De nombreuses années de détention vous attendent encore, souligna Mme Dowd.

S'interrompant, elle tira vers elle le dossier de Maggie et le feuilleta sans paraître trouver l'information recherchée.

— A propos, rappelez-moi donc la durée de la peine à laquelle vous êtes condamnée ?

— Entre quinze ans ferme et la perpétuité, madame. Avec

une possibilité de libération conditionnelle au bout de huit ans.

A présent, elle était capable de le dire sans que sa voix se brisât.

— C'est une bien longue période, Margaret.

— Oui, madame.

L'expression de Mme Dowd s'attendrit imperceptiblement.

— Mon enfant, ce n'est pas à moi de juger ce qui vous a amenée ici, mais je vous connais depuis plusieurs années et j'aimerais vous aider dans la mesure du possible. Vous ne manquez pas de discernement ; sans doute pourriez-vous utiliser votre intelligence à bon escient. Vos parents vous ont élevée dans la foi catholique — et vous continuez à pratiquer assidûment, n'est-ce pas ?

Depuis le décès de sa mère, Maggie avait opté pour l'athéisme, mais elle ne voyait aucune raison de l'ébruiter, la fréquentation de l'église étant fort appréciée du directeur de l'établissement. Du reste, il était moins désagréable de s'attarder à la chapelle que de contempler les murs d'une cellule de six mètres carrés.

Elle gratifia Mme Dowd d'un sourire poli.

— Oui, madame. Je suis catholique.

— Fort bien, approuva Mme Dowd avec un hochement de tête, presque amical cette fois. Je ne vous dis pas cela parce que je le suis moi-même, mais parce que l'Eglise dispense des bourses d'études à l'intention des jeunes détenus.

Elle marqua une pause, comme si ses propos exigeaient une réaction.

— Oui, madame ? s'enquit Maggie.

— Je ne voudrais pas vous donner trop d'espoir, car il faut compter avec les inévitables tracasseries administratives. Toutefois, avec les notes que vous avez obtenues à l'examen final et l'excellente moyenne de vos résultats au lycée, je pense qu'il y a de fortes chances pour que vous soyez admise.

Maggie retint son souffle, résistant de son mieux à un enthousiasme prématuré. Espoir et exaltation étaient des émotions à éviter lorsqu'on risquait une condamnation à perpétuité. Il était tout de même difficile de ne pas manifester un soupçon d'intérêt.

— Pardonnez-moi, madame, mais je ne comprends pas comment il me serait possible de poursuivre des études supérieures, alors que je suis enfermée dans un établissement pénitentiaire.

— Eh bien, naturellement, vous ne vous rendriez pas à l'université pour y suivre des cours. Un système d'enseignement à distance a été mis en place, avec des cassettes vidéo des cours magistraux. Les travaux dirigés s'effectuent par correspondance.

La voix de Mme Dowd prit une intonation compatissante.

— Ce n'est sans doute pas le meilleur moyen de réussir des études supérieures, bien sûr, mais cela vous permettrait tout de même de vous occuper l'esprit et d'exercer une activité qui vous ferait échapper à l'ordinaire de la prison.

En regard de l'ennui mortel qu'elle se préparait à affronter, quatre années d'études représentaient pour Maggie une opportunité inespérée. Cette fois, elle ne parvint pas tout à fait à maîtriser sa joie.

— Si vous pouviez m'obtenir cette bourse, déclara-t-elle

avec ferveur, je vous en serais vraiment très reconnaissante, madame.

— Je ferai tout mon possible, Margaret. Quel que soit le crime commis, je crois que chacun doit avoir une chance de se racheter. Je vais m'occuper de votre affaire.

Le moindre changement de routine, surtout s'il impliquait quelque privilège particulier, exigeait en principe plusieurs mois de délai pour être approuvé. Pourtant, une semaine à peine s'était écoulée quand l'une des gardiennes vint trouver Maggie dans la salle de loisirs où elle effectuait une réussite, seule dans son coin. Les autres détenues la tenaient généralement à l'écart, à cause de son appartenance à un milieu aisé et de son attitude résolument tranquille. Il leur arrivait néanmoins de s'en prendre à elle, et, en pareil cas, elle se retrouvait au cachot pour des bagarres qu'elle n'avait pas provoquées et auxquelles il lui était impossible de se soustraire.

— Une visite pour vous, Slade, annonça la gardienne.

— Une visite ?

Personne ne rendait visite à Maggie. Les parents de Tiffany étaient venus la voir un jour, mais Mme Albers avait pleuré tout au long de l'entrevue et Maggie ne les avait jamais revus depuis lors. Tiffany lui envoyait parfois un colis accompagné d'un petit mot distant, lui en souhaitant bonne réception. Si la fierté de Maggie lui dictait de renvoyer les colis à l'expéditeur, les Albers s'étant manifestement rangés du côté de ceux qui la jugeaient coupable, elle avait compris que la fierté ne servait pas à grand-chose dans un centre de redressement. L'attitude la plus sensée consistait à garder le peu qu'elle recevait. Shampooing, eau de toilette et chocolat étaient des denrées assez précieuses pour éclipser le désagrément causé par les petits mots de son ancienne amie.

— Bon, je ne vais pas attendre toute la nuit que tu te décides ! maugréa Teasdale, l'une des gardiennes les plus revêches de la maison de correction. Dépêche-toi un peu, tu veux ? On ne fait pas attendre un évêque.

Un évêque ? A une autre gardienne, Maggie aurait demandé pour quelle raison un évêque lui rendait visite. Avec Teasdale, elle préféra garder le silence, se laissant docilement attacher les menottes aux poignets. Dans les établissements réservés aux jeunes délinquants, les règles étaient en principe moins sévères que dans une prison pour adultes, mais celui-ci accueillait les plus dangereux d'entre eux — ou considérés comme tels.

Au lieu de la conduire au parloir, Teasdale frappa à la porte d'une petite salle de réunions, au milieu d'un long couloir.

— Voici Margaret Slade, monseigneur.

Un homme de haute taille, debout au fond de la pièce, regardait le soleil couchant à travers la fenêtre. Il se retourna en entendant la gardienne, et Maggie remarqua la grande croix pectorale qui se détachait sur son camail violet. Elle reconnut alors avec plaisir le père Tobias Grunewald, nommé curé de Sainte-Jude un an après le décès de son père. La messe du dimanche avait toujours été une corvée à laquelle elle se pliait pour satisfaire ses parents, notamment sa mère, fervente catholique. Les célébrations de Noël et de Pâques, par exemple, restaient néanmoins comme gravées dans sa mémoire, mêlées à des parfums d'encens et de bougie fondue, ou encore au joyeux carillon des cloches sonnant à toute volée.

Une douce nostalgie l'envahit soudain, et elle ne put s'empêcher de sourire.

— Père Tobias ! Que faites-vous ici ?

— Je suis venu te voir, naturellement, dit-il d'un ton chaleureux. Maggie, mon enfant, comment vas-tu ?

— Très bien, mon père, je vous remercie.

Maggie avait recouvré sa réserve habituelle et répondu d'une voix neutre tout en passant mentalement en revue les diverses éventualités susceptibles d'expliquer la visite d'un ecclésiastique. Les prêtres avaient généralement pour mission d'annoncer aux pensionnaires de mauvaises nouvelles concernant leur famille. Or, la seule famille qui restait à Maggie — ses grands-parents maternels — l'avait reniée et déshéritée, et elle se demanda quel malheur pouvait être survenu dans son entourage.

L'évêque se tourna vers la gardienne.

— Le directeur m'a permis d'avoir un entretien personnel avec Maggie. Je vous serais très reconnaissant de bien vouloir nous laisser seuls quelques instants.

— Bien, Monseigneur.

Teasdale gratifia Maggie d'un regard franchement hostile. De toute évidence, elle désapprouvait l'idée de la laisser en compagnie d'un évêque.

— Je me tiens à votre disposition si vous avez besoin de moi, Monseigneur.

— Ah ! voilà qui est mieux ! dit Grunewald quand elle fut sortie, avec un petit sourire de connivence à l'intention de Maggie. Asseyons-nous, veux-tu ?

Maggie s'assit et ajusta machinalement les lourdes menottes d'acier pour éviter qu'elles ne lui blessent les poignets. L'évêque observa ses bracelets, puis posa les yeux sur elle, une tristesse évidente dans le regard.

Il secoua la tête avec un soupir.

— Maggie, j'ai cherché en vain toute la journée les mots justes pour te parler. C'est une terrible situation, ma chère enfant, et je veux que tu saches combien je prie pour toi, chaque jour.

— Je vous remercie, mon père.

— Je regrette tout particulièrement d'avoir mis si longtemps à venir te voir.

— Il ne faut pas, mon père. Je n'ai jamais imaginé recevoir une visite de votre part.

— Tu aurais dû.

Il avait dit cela d'un ton curieusement lugubre, comme s'il était très mécontent de lui-même.

— Ayant fait partie de ma paroisse, tu étais en droit d'attendre aide et réconfort de ma part. Malheureusement, je me trouvais à Rome au moment du procès, et je ne suis de retour que depuis deux mois.

— Mlle Teasdale m'a appris que vous avez été élevé au rang d'évêque, à présent. Toutes mes félicitations.

— Oui, j'ai été récemment nommé évêque de Pueblo. Il esquissa une grimace embarrassée.

— A vrai dire, je n'ai pas fait grand-chose pour mériter cette promotion. Cela signifie sans doute que je devrai m'en montrer digne en travaillant deux fois plus à l'avenir.

Une petite lueur brilla dans son regard.

— En d'autres termes, j'essaierai de gagner mes galons après coup, pour ainsi dire.

Cette autocritique différait à tel point des propos qui se

tenaient dans son environnement quotidien que Maggie ne sut quelle attitude adopter. Déconcertée, elle se tortilla sur sa chaise, et ses menottes cliquetèrent légèrement. Son visiteur se pencha en avant et lui prit les mains, les serrant avec douceur entre les siennes.

— Nous n'avons guère de temps, Maggie, aussi n'irai-je pas par quatre chemins. Je veux que tu saches que je suis ton ami et que je ferai tout ce qui est en mon pouvoir pour t'aider. Je sais pour ma part combien il est facile de commettre des fautes, des péchés que nous jugerions méprisables chez autrui, et de blesser sans le vouloir ceux que nous aimons. Si tu es en difficulté, fais appel à moi et nous nous efforcerons de trouver des solutions. Si tu as quoi que ce soit à confesser, je serai toujours prêt à t'écouter — et le secret absolu de la confession te met à l'abri de toute indiscrétion, comme tu le sais, n'est-ce pas ?

Voulait-il l'inciter à avouer le meurtre de sa mère ? Ne sachant toujours que répondre, Maggie garda le silence. Un an et demi de captivité lui avait enseigné que, en cas de doute, il était toujours préférable de se taire.

Alors que Grunewald se penchait un peu plus vers elle, son crucifix vint heurter ses menottes. Il lâcha les mains de Maggie et le retint entre ses doigts, le serrant si fort que ses phalanges blanchirent.

— Comme tu le sais, je n'ai été nommé à Sainte-Jude qu'après l'accident qui a coûté la vie à ton père, et je n'ai donc jamais eu le plaisir de le connaître. En revanche, j'ai bien connu ta mère.

Il marqua une brève hésitation.

— Rowena m'a souvent parlé de toi et de ton père,

reprit-il. Elle m'a expliqué combien vous étiez proches l'un de l'autre.

Une boule au fond de la gorge, Maggie lutta contre les larmes qui lui montaient aux yeux.

Grunewald parut deviner ce qui se passait en elle, et sa voix s'emplit de mansuétude.

— Maggie, je sais à quel point la mort de ton père t'a bouleversée et a déstabilisé tes relations avec ta mère. Mais j'aimerais que tu m'aides à comprendre ce qui s'est passé la nuit où elle a trouvé la mort…

Sa voix se brisa, et, lorsqu'il détourna la tête, Maggie constata avec stupéfaction qu'il s'efforçait à grand-peine de contenir une émotion comparable à la sienne.

— J'ai vraiment besoin de savoir comment un drame aussi terrible a pu se produire, mon enfant. Etait-ce un accident ? Avez-vous eu une dispute, au cours de laquelle le coup de feu serait parti malgré toi ? Je ne cesse d'envisager mille explications possibles, sans qu'aucune me paraisse vraisemblable. En tout cas, et c'est là ma seule certitude, rien ne pourra jamais me persuader que tu as décidé, de sang-froid, d'assassiner ta propre mère.

Tout le monde avait semblé si convaincu de sa culpabilité, dès le début du procès, que Maggie avait cessé depuis longtemps de clamer son innocence. Ce qu'elle disait se retournait systématiquement contre elle, comme s'il s'agissait d'excuses inventées pour se disculper, et non de la simple vérité. Même l'avocat chargé de la défendre — un novice qui plaidait là sa première affaire criminelle — doutait à l'évidence lui aussi de sa bonne foi. Ses grands-parents maternels, outrés par ses allusions à l'amant de sa mère, la considéraient désormais comme un monstre dépourvu de toute sensibilité. Seul l'évêque se comportait envers elle avec humanité, et ce soutien inattendu — bien que tardif — suffit à ébranler soudain les barrières qu'elle avait érigées pour se protéger. La boule qui s'était formée dans sa gorge enfla au point de l'étouffer. Et le chagrin accumulé depuis deux ans explosa subitement en un torrent de larmes.

L'évêque sut admirablement contrôler la situation. Il flatta son épaule avec bonté et lui massa les mains d'un geste apaisant, tout en lui murmurant des paroles de réconfort, jusqu'à ce que ses sanglots commencent à se calmer. Puis il tendit à Maggie un paquet de mouchoirs en papier et lui souleva le menton pour essuyer ses joues.

— Je vois combien tu souffres, Maggie, dit-il enfin. Mais, crois-moi, il n'y a pas de douleur trop profonde qui ne puisse être guérie par Dieu, pas de péché — aussi terrible soit-il — qui échappe à Sa miséricorde. Son aide et Son pardon sont acquis à ceux qui l'implorent ; il faut avoir confiance en Son amour infini, inconditionnel. Je te parle par expérience, ayant moi-même éprouvé un chagrin si intense qu'il me semblait impossible à surmonter, et commis des péchés que je croyais impardonnables ; je me trompais dans les deux cas. Dieu est infiniment plus généreux envers nous que nous ne le sommes envers lui.

Malgré tous les efforts de Maggie pour résister à ce message, les paroles de l'évêque atténuèrent son désespoir, et, pour la première fois depuis la mort de sa mère, elle eut l'impression de recouvrer un semblant de courage. Peut-être sa vie n'était-elle pas irrémédiablement détruite, en définitive. Peut-être existait-il un avenir ailleurs que derrière les barreaux d'une prison. Mais, avant qu'elle ait pu dire un mot, Teasdale passa la tête par la porte entrebâillée.

— Tout se passe-t-il bien, Monseigneur ?

L'évêque ne chercha pas à dissimuler sa contrariété.

— Parfaitement bien, dit-il d'un ton cassant. Nous aimerions parler encore un moment en privé.

— L'appel du soir a lieu dans un quart d'heure, Monseigneur.

— Nous aurons terminé dans dix minutes.

Grunewald ferma la porte et se retourna vers Maggie. Comme il regagnait le milieu de la pièce, sa silhouette se découpa un instant sur le rectangle de la fenêtre, éclipsant momentanément la lumière orangée du couchant. Durant une seconde ou deux, sa tête se détacha nettement dans la pénombre, encadrée par un halo rougeoyant, et son profil apparut comme ciselé dans un disque d'or et de feu.

Tétanisée, Maggie contempla ce spectacle tandis que son univers s'écroulait brusquement. Elle retint son souffle de peur d'être anéantie au moindre mouvement. Tous ses sens étaient paralysés, excepté la vue. Elle fixait l'évêque avec une telle intensité que ses yeux lui semblaient capables de le transpercer jusqu'à l'âme — à supposer qu'il en ait une.

Dans d'autres circonstances, elle avait vu ce visage sous le même angle, exposé à une lumière identique, dans une pièce à peine éclairée. La scène lui apparaissait à présent dans tous ses détails, avec une précision remarquable. Cette nuit-là, sa mère était allongée sur le canapé du salon et soupirait de plaisir sous les caresses d'un homme ; un homme qui s'était tourné à demi pour regarder Maggie, un homme dont les traits éclairés par les flammes de la cheminée s'étaient alors gravés dans sa mémoire, soulignés d'un halo orangé, avant qu'il ne jette sa chemise sur les seins nus de sa mère.

Cette image, comprit alors Maggie, était celle du père Tobias Grunewald. Le curé de sa paroisse, en principe voué au célibat et au service de Dieu, avait été l'amant de sa mère.

Si aucun doute ne subsistait dans son esprit sur le fait que Grunewald et l'amant de sa mère étaient un seul et même homme, les implications de cette découverte l'étourdissaient. C'était presque inacceptable ! Plus elle y réfléchissait, pourtant, plus cette révélation lui apparaissait comme la clé à bien des mystères. Elle se souvenait ainsi des propos de sa mère concernant certaines difficultés à vaincre avant de pouvoir présenter l'homme qu'elle fréquentait à sa fille. Il fallait suivre une procédure particulière, surmonter d'importants obstacles, avant de songer au mariage, avait-elle expliqué. A l'époque, Maggie avait seulement envisagé l'hypothèse d'un homme marié ou d'un ami du voisinage. Rétrospectivement, il était clair que Rowena faisait alors allusion aux complications inhérentes à une situation bien particulière, celle d'un prêtre souhaitant quitter les ordres et être relevé de ses vœux. Tout s'expliquait parfaitement. Le dernier mot prononcé par sa mère, sur son lit de mort, n'avait apparemment aucun sens, se souvint encore Maggie. Alors que la malheureuse n'avait plus assez de souffle pour se faire entendre, sa bouche formait deux syllabes inlassablement répétées : « To-by » — comme pour faire passer un message à Maggie.

Atterrée, celle-ci réprima un haut-le-cœur. Son expression devait trahir son trouble intense, car l'évêque la regarda à son tour d'un air inquiet.

— Maggie, que t'arrive-t-il ? Quelque chose ne va pas ? Dis-moi tout, je t'en prie.

Elle aurait encore préféré confier ses malheurs à Teasdale, ce qui n'était pas peu dire.

— Qu'est-ce qui vous fait penser que quelque chose ne va pas, Monseigneur ? riposta-t-elle d'un ton narquois, trop bouleversée pour mesurer les conséquences de son insolence. Tout va très bien, sinon que je suis probablement enfermée dans cette putain de taule pour le restant de mes jours.

Il était si bon de se défouler un peu que cela valait bien n'importe quelle punition. Vibrante de haine contenue, Maggie se détourna afin de ne plus voir Grunewald.

De façon inexplicable, celui-ci s'abstint d'appeler la gardienne, afin de se plaindre d'elle.

— Pour cette fois, je ne te tiendrai pas rigueur de ta grossièreté, dit-il. Mais attention, Maggie, mon indulgence a des limites.

Si Maggie ne le remercia pas pour son indulgence, évidemment, elle parvint à maîtriser son agressivité et le flot d'insultes qui se bousculaient sur ses lèvres. Pourquoi risquer d'être punie à cause d'une pourriture pareille ?

Grunewald soupira.

— Très bien, Maggie. Puisque tu ne souhaites manifestement pas te confier à moi, je ne peux pas t'y contraindre. Venons-en donc à l'affaire qui m'amène avant que Mlle Teasdale ne nous interrompe de nouveau. Ton éducatrice m'a appris que tu serais candidate à l'obtention d'une bourse d'études auprès de l'université de Georgetown, qui m'a justement accueilli en son sein. J'ai feuilleté ton dossier scolaire, qui témoigne sans aucun doute d'un quotient intellectuel largement suffisant. L'université de Georgetown a déjà participé à ce genre d'expérience, et j'accepterai d'appuyer ta candidature — à une condition.

Maggie le détestait d'autant plus qu'il avait le pouvoir de lui accorder ce qu'elle désirait de toutes ses forces : une ouverture sur le monde extérieur. En le couvrant d'insultes comme il le méritait, elle s'aliénerait définitivement tout accès éventuel à l'université. Dans l'immédiat, une telle confusion régnait dans son esprit qu'elle savait à peine quel parti adopter ; toutefois, son intuition lui soufflait que, pour survivre aux années de détention qui l'attendaient encore, elle devrait trouver une autre occupation que la énième relecture des cent vingt-sept ouvrages de la bibliothèque.

— Quelle est cette condition, Monseigneur ? demanda-t-elle, s'efforçant à grand-peine de se montrer polie.

— Que tu fasses preuve de sérieux et de persévérance dans tes études. Il faudra démontrer ta volonté de t'instruire et tes qualités intellectuelles dans les travaux que tu remettras par correspondance à tes professeurs.

Maggie haussa les épaules.

— Il n'y a rien d'autre à faire ici, sinon étudier.

— Je suppose que c'est là ta manière de t'engager à t'appliquer et travailler avec sérieux, dit l'évêque d'un ton sévère.

— Oui.

Sentant qu'elle devait étoffer sa réponse, Maggie trouva la force d'ajouter :

— Je ferai tout mon possible pour mériter la chance qui m'est offerte, Monseigneur.

Grunewald observa un silence qui se prolongea un certain temps. Incapable de le regarder, Maggie n'avait pas la moindre idée de ce qui se passait en lui. Enfin, il se mit à parler, juste derrière elle.

— Maggie… Que s'est-il passé tout à l'heure, quand la gardienne nous a interrompus ? Pourquoi es-tu soudain en colère contre moi, au point de refuser de me regarder ?

« Parce que j'ai découvert ton infâme petit secret, Monseigneur ! »

La vérité lui brûlait la langue, mais Maggie ne put se résoudre à lui avouer ce qu'elle avait découvert. Savoir, c'était détenir un pouvoir, et elle n'avait pas l'intention de se départir du moindre avantage au profit de Grunewald.

Comme il fallait bien lui répondre, elle s'obligea à pivoter sur elle-même pour lui faire face. Il ne manquait pas d'allure pour un individu de son âge, même si Maggie jugeait inconcevable que sa mère ait pu s'éprendre d'un minable curé après avoir eu un époux aussi extraordinaire que le sien. Qu'avait-il pu se passer la première fois qu'ils avaient couché ensemble ? Portait-il une soutane qu'il avait dû ôter ? Avait-elle senti la croix contre sa peau nue ?

Maggie s'en voulait de réagir ainsi, de ne pouvoir chasser les images dégradantes de sa mère qui lui venaient à l'esprit. Craignant d'être de nouveau submergée par une irrépressible rancœur, elle se mit à parler, précipitamment.

— Je ne suis pas en colère contre vous, dit-elle en mentant effrontément. Pourquoi le serais-je ? Mais la vie ici me rend parfois agressive. Je regrette d'avoir été impolie avec vous, Monseigneur. Je suis vraiment désolée.

Inexplicablement, ses excuses parurent achever de déprimer Grunewald. Ses épaules s'affaissèrent et, l'espace d'un instant, il eut l'air abattu. Puis il haussa les épaules, de façon imperceptible, et avança jusqu'au bureau.

— Ainsi soit-il.

Il prit une épaisse chemise cartonnée et la tendit à Maggie.

— Voici le dossier à remplir pour ta demande d'inscription en première année de licence par correspondance, à l'université de Georgetown. Il est un peu long et compliqué, mais l'exercice te permettra de vérifier si tu possèdes les facultés de concentration nécessaires à l'obtention de tes diplômes. Quand tu auras terminé, sollicite un rendez-vous auprès de ton éducatrice spécialisée, qui se chargera d'expédier les documents à qui de droit. Avec un peu de chance, tu devrais obtenir ton inscription pour le semestre de printemps.

— Merci, Monseigneur. Ce serait merveilleux.

— Nous nous connaissons depuis longtemps, Maggie. Je ne vois pas très bien l'utilité de m'appeler Monseigneur chaque fois que tu t'adresses à moi.

— Comme vous voudrez, monsieur.

—« Mon père » fera l'affaire, Maggie.

Il vint se placer devant elle et traça un signe de croix sur son front. Alors qu'elle réprimait un mouvement instinctif de recul, la vérité lui apparut subitement dans toute son horreur : si Grunewald avait été l'amant de sa mère, il s'agissait aussi de l'individu qui possédait une clé de la maison. Par conséquent, c'était forcément lui qu'elle avait entendu sortir furtivement par la porte du fond, la nuit du meurtre.

Mgr Grunewald était donc l'assassin de sa mère.

La pièce se mit à tourner autour d'elle.

— Maggie, es-tu sûre que tout va bien ? demanda l'évêque

en plaçant une main sous son bras pour la soutenir. Tu n'as vraiment pas l'air en forme. Tu m'inquiètes.

Bien sûr qu'elle l'inquiétait ! Le salopard devait transpirer comme un malade à l'idée qu'elle puisse en savoir plus qu'elle ne l'avait dit. Eh bien, qu'il s'inquiète. Un jour, peut-être, elle lui procurerait un véritable frisson en lui révélant que son affreux petit secret n'en était pas un pour elle.

Elle dégagea son bras d'un mouvement brusque et se retint pour ne pas écraser son poing sur le visage de cet hypocrite.

— Tout va très bien, rassurez-vous, monsieur… Monseigneur. Je veux dire, mon père.

Il s'écarta d'un pas, les traits empreints d'une profonde tristesse.

— Bien, si tu es sûre que je ne peux absolument rien faire pour t'aider…

Il leva une main au-dessus de sa tête.

— Dieu vous bénisse et vous protège, mon enfant.

— Merci, mon père, vous aussi, répondit Maggie en évitant tout contact.

Si Dieu existait vraiment, sans doute enverrait-il un éclair pour le foudroyer sur place et débarrasser à jamais l'humanité de cet ignoble imposteur, de cet assassin sans scrupule.

Rien de tel ne se produisit, preuve éclatante de l'indifférence du Créateur pour un monde considéré comme son œuvre. Mais Maggie s'en moquait. Désormais, elle avait un objectif dans la vie. Elle se sentait investie d'une mission, et elle était prête à tout pour atteindre son but.

Un jour ou l'autre, elle allait s'évader afin de prouver son innocence et démontrer la monstrueuse machination ourdie par cet ecclésiastique qui avait abattu sa mère. La tâche serait sans doute ardue, peut-être lui demanderait-elle toute une vie, mais elle l'accomplirait. Un jour, l'évêque Grunewald devrait répondre de ses crimes.

10.

Sans trop y croire, Sean avait espéré que Maggie lui fournirait au moins un élément de preuve utilisable contre l'archevêque. Il n'y avait rien de tel dans son récit ; rien qui puisse servir de base à la révision d'un procès devant un tribunal, pas même le début d'une indication qui permettrait d'entamer d'éventuelles recherches. Les accusations de la jeune femme ne provenaient que de son intime conviction, fondée sur une identification assez arbitraire, une prise de conscience survenue à une époque largement ultérieure aux faits.

Pourtant, aussi étrange que cela puisse paraître, il la croyait. Dans ce contexte, le meurtre de Rowena Slade trouvait enfin une explication à ses yeux — ce qui n'avait jamais été le cas lorsque Maggie en était la coupable présumée. En associant ses propres souvenirs au récit de Maggie, il parvenait à reconstituer les événements jusqu'à leur dénouement tragique avec une précision presque insoutenable.

Mgr Grunewald — alors simple curé de paroisse, aussi séduisant qu'ambitieux — rencontrait un jour Rowena Slade à quelque réunion paroissiale, et une liaison se nouait entre eux dans le plus grand secret. Au bout de plusieurs mois de passion enflammée, le père Tobias apprenait que sa nomination au titre d'évêque de Pueblo était sur le point de lui être accordée. Son ardeur amoureuse, qui commençait justement à tiédir, s'éteignait alors totalement au profit d'une ambition soudain réaffirmée. Il essayait de mettre un terme à leur idylle, mais Rowena Slade n'était, malheureusement pour lui, pas dans les mêmes dispositions d'esprit. Toujours amoureuse, elle ne pouvait se résoudre à renoncer à lui et espérait encore le faire changer d'avis.

En imagination, Sean n'avait aucune peine à retracer les dernières heures du couple, et la scène qui avait abouti au drame. Il se figurait aisément Grunewald en train de repousser Rowena Slade qui plaidait la cause de leur amour. Devant sa détermination inflexible, la malheureuse s'affolait, finissait par le menacer de révéler publiquement leur liaison et ses promesses de mariage.

De nos jours, une affaire aussi banale ne risquait plus de provoquer un grave scandale — à peine ferait-elle l'objet d'un entrefilet dans la gazette locale. En revanche, pour Grunewald, pareille publicité était l'assurance d'anéantir toute chance de promotion dans la hiérarchie ecclésiastique, notamment sa nomination imminente au titre d'évêque. Les prières et les menaces de sa maîtresse faisaient planer une ombre inquiétante sur sa carrière. Son dépit et sa rage avaient fort bien pu le conduire à un accès de violence incontrôlée.

Rowena et Tobias se fréquentaient depuis plusieurs mois, et ils s'étaient retrouvés bien des fois dans la chambre de Mme Slade. Sans doute le prêtre avait-il déjà aperçu le revolver rangé dans le tiroir de la table de nuit. Aveuglé par la colère, sans trop savoir ce qu'il faisait, il s'était emparé de l'arme et avait tiré à bout portant.

Il y avait quelque chose d'écœurant dans l'authenticité

d'un tel scénario. Son dénouement tragique, pratiquement inéluctable, trouvait son ultime accomplissement dans la condamnation inique d'une enfant de quinze ans. En songeant à tout ce que Maggie avait enduré depuis lors, Sean sentit son cœur se serrer. Orpheline, elle n'avait eu personne vers qui se tourner quand cette accusation de meurtre s'était abattue sur ses frêles épaules — et lui n'avait pas fait un geste pour l'aider. A l'image de ses supérieurs, il s'était tenu en retrait, spectateur passif d'une lutte inégale entre l'innocente enfant et les rouages inhumains d'une justice implacable.

Si le destin s'acharnait sur certains individus, Maggie faisait certainement partie de ceux-là. Sean aurait voulu la prendre dans ses bras et lui promettre d'effectuer un miracle pour la tirer de là — en découvrant la preuve qui, du même coup, permettrait de l'innocenter et d'établir la culpabilité de l'archevêque. Hélas ! en admettant qu'une telle preuve eût jamais existé, le temps en avait sans doute désormais effacé toute trace. Maggie le savait aussi bien que lui, du reste ; dans ces conditions, il ne pouvait pas même lui offrir l'illusion d'un réconfort éphémère.

Comme il tardait à répondre, elle tourna vers lui un visage à la fois souriant et résigné, dont l'expression acheva de lui fendre l'âme.

— Inutile de dissimuler vos véritables sentiments, Sean. Je sais depuis bien longtemps que Grunewald ne sera jamais puni pour ce qu'il a fait. J'ai parfaitement conscience de ne posséder aucune preuve contre lui — ce qui m'a obligée à me cacher pendant sept ans pour échapper aux poursuites, au lieu de l'amener devant un tribunal.

— Aujourd'hui, vous possédez quand même un atout qui vous faisait défaut jusqu'ici, remarqua Sean.

— Lequel ?

— La confiance d'un policier qui vous croit.

Un léger tremblement des lèvres de Maggie trahit l'émotion intense que lui causa cette réponse. Se reprenant aussitôt, elle esquissa une grimace chargée d'autodérision.

— Merci, Sean. Votre soutien moral me procure un réconfort inappréciable. Mais vous avez intérêt à garder cette opinion pour vous tant que je ne serai pas en mesure de présenter une preuve irréfutable, sous peine de vous attirer de graves ennuis.

Sean jugea inutile de souligner qu'il s'était déjà gravement compromis, et que, si la rumeur de ses activités arrivait par hasard jusqu'au commissariat de Denver, il ne lui restait plus qu'à espérer — au mieux — qu'on accepte sa démission. Au pire, il risquait la prison.

Mais, puisqu'il n'avait pas l'intention de dénoncer Maggie, à quoi bon se soucier des risques qu'il prenait en aidant une fugitive recherchée par la police ?

— Etait-ce aujourd'hui la première fois que vous revoyiez l'archevêque depuis l'entrevue que vous m'avez décrite ? demanda-t-il.

— Non, il est venu un jour à la prison, après mon départ du centre de redressement, puis m'a écrit régulièrement deux fois par an pour me féliciter de mes résultats. Ses lettres étaient toujours accompagnées d'un cadeau.

Surpris, Sean haussa un sourcil.

— Il vous expédiait des cadeaux ? De quel genre ? Des livres de prières ? Des chapelets ?

— Non, des cadeaux utiles, admit Maggie de mauvaise grâce. Une machine à écrire, des stylos et autres articles de papeterie, un dictionnaire. J'aurais volontiers jeté tout cela à la poubelle mais…

— Mais vous en aviez trop besoin, acheva Sean à sa place.

Elle opina en silence, visiblement soulagée qu'il comprenne combien il lui en avait coûté d'utiliser ces présents.

— Il m'a encore rendu visite lorsque j'ai obtenu mon diplôme, reprit-elle. A l'époque, je purgeais ma peine à la prison pour femmes de Cañon City, et j'ai été convoquée dans le bureau du directeur. Grunewald m'y attendait, avec toute une batterie de sourires et d'encouragements hypocrites. Il m'apportait un relevé de mes notes et une lettre de félicitations du doyen de Georgetown pour la mention obtenue à mes examens. Ce jour-là, j'ai encore eu droit à un cadeau : les œuvres complètes de Shakespeare, dans une luxueuse collection reliée de cuir fauve. Un présent qui devait me fournir matière à nourrir mon esprit jusqu'à ma libération conditionnelle, a-t-il précisé.

— Et c'est la dernière fois que vous avez eu de ses nouvelles ?

— Pas tout à fait. Il m'a promis alors de faire tout ce qui était en son pouvoir pour obtenir ma relaxe. Je me souviens que le directeur s'extasiait sur la chance inouïe que j'avais de bénéficier d'une protection pareille.

La jeune femme se tut. Derrière le masque d'indifférence qu'elle affichait, Sean n'avait aucun mal à imaginer le creuset d'émotions incandescentes qui se dissimulait.

— Je suppose que Grunewald n'a pas tenu ses promesses, avança-t-il.

— Comment savoir ? fit Maggie avec un haussement d'épaules. Un mois plus tard, il m'expédiait une photocopie de la lettre — fort élogieuse pour moi — qu'il affirmait avoir adressée à la commission chargée d'examiner les conditions de ma libération anticipée. Même s'il l'a vraiment envoyée — ce dont je doute —, personne n'en a tenu compte, en définitive.

— Il est difficile d'imaginer qu'une commission ait pu ignorer une lettre d'appui émanant d'un évêque.

— En effet. Mais, dans mon cas, l'évaluation psychologique l'a emporté sur toute autre considération. Lors de mon transfert de la maison de redressement à Cañon City, le directeur m'a appris que Mme Dowd m'avait décrite dans son rapport comme un élément dangereux ; selon elle, mon obstination à refuser toute responsabilité dans le crime dont j'étais accusée indiquait un degré d'immaturité inquiétant en cas de libération conditionnelle.

— Mme Dowd ! s'exclama Sean. N'est-ce pas elle, pourtant, qui s'était proposé au départ de vous faire obtenir une bourse d'études ?

Maggie opina.

— Elle-même. Sans doute l'ai-je déçue en persistant dans mes prétendues « erreurs » à la fin de mes études universitaires.

— Admettons, mais vous ne manquez pas de finesse, Maggie. Vous auriez pu vous tirer adroitement de ce mauvais pas. Mme Dowd ne s'occupait que des jeunes délinquants, et vous n'aviez donc plus affaire à elle une fois à Cañon City. Dans ce cas, pourquoi ne pas avoir menti lors de votre évaluation d'entrée à la prison pour adultes ? S'il fallait vous repentir pour obtenir gain de cause, il suffisait d'affirmer au psychologue de service que vous étiez coupable et regrettiez terriblement votre geste — même si celui-ci avait été involontaire.

La tirade de Sean parut amuser la jeune femme, qui esquissa un sourire sans joie.

— Vous répétez mot pour mot ce que j'ai déclaré au Dr Agnelli, répliqua-t-elle. Hélas ! les psychologues sont des gens perspicaces, et mon stratagème n'a pas fait illusion une minute. Pour comble de malchance, je suis tombée sur une femme particulièrement consciencieuse qui s'est empressée d'appeler Mme Dowd avant de rédiger son compte rendu. A votre avis, combien de praticiens se seraient donné cette peine en pareil cas ?

— Aucun.

— Alors, j'ai dû tomber sur la psychologue en criminologie la plus scrupuleuse des Etats-Unis... En conclusion, Agnelli et Dowd ont remis à la commission un rapport commun affirmant que, après avoir longuement discuté mon cas d'un point de vue professionnel, elles me considéraient toutes deux comme une criminelle inaccessible au remords, capable de récidive et dotée d'un quotient intellectuel qui me rendait dangereuse pour la société. Si vous aviez lu le portrait qu'elles ont fait de moi, Sean, vous auriez jugé que la démocratie était en péril si la commission m'accordait la libération conditionnelle.

Quelques secondes, le regard de Maggie se perdit sur la surface de l'étang.

— J'ai alors décidé que, pour revoir le monde extérieur, il ne me restait plus qu'une solution : l'évasion.

On pouvait aisément comprendre sa certitude qu'elle n'arriverait à rien en continuant à respecter la règle du jeu, songea Sean. Mais la vie qu'elle menait depuis son évasion était-elle vraiment préférable à celle d'un détenu ?

— La commission n'aurait pas éternellement refusé votre relaxe, Maggie.

— Pourquoi pas ? En principe, un innocent n'a aucune raison de se retrouver en prison — c'est pourtant ce qui m'est arrivé. En 1982, un adolescent de 15 ans n'était jamais jugé comme un adulte — exception faite de mon cas, parce que l'inspecteur chargé de l'affaire était scandalisé par l'indulgence des juges dans une affaire comparable à la mienne. D'ordinaire, les pièces à conviction servent à disculper les innocents — dans mon cas, l'arme du crime ne portait que mes empreintes. Du reste, et traitez-moi de paranoïaque si vous voulez, j'étais convaincue que Grunewald ne laisserait jamais une commission m'accorder la libération conditionnelle de son vivant : il avait beaucoup trop de choses à cacher.

— Pourtant, si j'ai bien compris, il n'avait rien à voir dans la décision prise à votre encontre…

— Ce n'est pas tout à fait exact. Si la décision semblait reposer uniquement sur le rapport défavorable des deux psychologues, leur attitude m'intriguait : pourquoi Mme Agnelli s'était-elle montrée aussi soupçonneuse au cours de notre entretien ? Quelqu'un l'aurait-il mise en garde contre moi ? Et pourquoi avait-elle parlé avec Mme Dowd, alors que la communication est d'ordinaire très mauvaise entre le système pénitentiaire réservé aux mineurs et celui des adultes ? Est-ce que Grunewald n'était pas derrière tout cela, en train de tirer les ficelles ?

Toutes les injustices que Maggie avait subies ne relevaient pas du délire de persécution ; toutefois, Sean ne parvenait pas à se figurer pourquoi l'évêque aurait pris la peine de manipuler les psychologues. Cela n'aurait servi qu'à attirer l'attention sur l'intérêt qu'il portait à la jeune fille. Pour sa part, il avait tendance à croire que toutes ces marques d'attention étaient plutôt le signe d'une conscience coupable et d'un effort pour se racheter.

— Grunewald peut avoir tué sans être pour autant un monstre totalement dénué de remords, fit-il remarquer. Sa sollicitude partait peut-être d'une bonne intention.

— Vous voulez dire une pathétique tentative de sa part pour compenser le tort qu'il m'a causé en me laissant condamner à sa place ?

— C'est possible, approuva Sean. Personne n'est jamais totalement bon ou mauvais. Pourquoi cet homme n'aurait-il pas quelques qualités secrètes, enfouies dans les profondeurs de son âme ?

Maggie secoua la tête.

— C'est lui attribuer beaucoup trop de mérite. A mon avis, il cherchait plus vraisemblablement à ne pas me perdre de vue, afin d'être le premier averti au cas où la libération conditionnelle risquait de m'être accordée.

— Si c'était là son seul objectif, pourquoi aurait-il appuyé votre candidature au programme d'enseignement par correspondance et choisi des cadeaux susceptibles de vous être utiles ?

— Pour impressionner le directeur et le personnel du pénitencier, par exemple ? Suivre la progression de mes études lui fournissait une excellente excuse pour avoir accès à mon dossier, tout en dissimulant sa véritable intention. Ces visites lui donnaient aussi l'occasion de vérifier régulièrement si je n'avais toujours aucun soupçon à son sujet.

Bien que plausible, l'hypothèse ne satisfaisait pas vraiment Sean — sans qu'il pût s'expliquer au juste pourquoi.

— Je persiste à penser qu'il essayait peut-être tout simplement d'apaiser sa conscience.

L'idée parut amuser Maggie.

— Il essayait de faire passer le meurtre de ma mère avec les œuvres complètes de Shakespeare et une serviette de cuir ? Même lui ne pouvait quand même pas se croire quitte à si bon compte.

Bien entendu, elle avait raison, et personne n'aurait pu lui reprocher l'amertume dont elle faisait preuve. Dans ce contexte, elle avait même réussi à préserver une vision du monde relativement saine et équilibrée, jugea Sean. En la regardant qui s'apitoyait sur un pigeon évincé par les autres et regrettait de ne plus avoir de pain à lui donner, il éprouva un vif désir de lui restituer le bonheur dont on l'avait dépossédée avec brutalité à 15 ans. Il aurait aimé lui offrir une existence de rêve afin de lui faire oublier ses déboires. Malheureusement, il ne voyait pas d'issue à la situation actuelle de la jeune femme. Dans ces conditions, la seule manière de lui être utile serait de la conduire sans plus tarder au Mexique et de lui enseigner quelques astuces de sa connaissance pour y rester à l'abri des poursuites.

L'idée commençait à le tenter sérieusement, même s'il devait pour la réaliser abandonner sa carrière.

— Le soleil va bientôt se coucher, remarqua-t-il en se levant et en laissant de côté ces réflexions moroses. J'ai une proposition à vous faire : que diriez-vous si nous cessions un moment de songer à Grunewald pour aller noyer notre chagrin quelque part ?

— Dans un bar, je présume ?

— J'envisageais plutôt un endroit réputé pour ses desserts somptueux.

— Si vous me prenez par les sentiments…

Tout en quittant le banc, Maggie lança quelques miettes ramassées près d'elle au pigeon qui n'avait pas perdu espoir.

— Voyons un peu, reprit-elle. Après le Restoroute et le marchand de frites, à quoi dois-je m'attendre ? Je crois deviner : un distributeur d'Esquimau ou de crèmes glacées !

— Vous me sous-estimez, Maggie.

— Vraiment ? Excusez-moi. Allons ! ne faites pas cette tête : nous trouverons bien un vendeur de beignets au coin d'une rue…

— Vous n'y êtes pas du tout.

— Alors, où m'emmenez-vous ?

Sean se posait justement la question.

— Dans un endroit très chic, affirma-t-il avec assurance.

Il songea que la réceptionniste de l'hôtel devrait pouvoir lui indiquer une pâtisserie ou un salon de thé renommés.

Maggie, elle, jeta un coup d'œil aux vêtements qu'elle portait et esquissa une grimace.

— Je ne suis pas habillée pour sortir.

— Vous êtes superbe ! riposta-t-il. C'est la tenue idéale pour l'endroit où je vous invite.

Elle haussa les sourcils, visiblement intriguée, mais ne l'interrogea pas davantage. De retour à la chambre d'hôtel, au grand soulagement de Sean, elle manifesta le désir de se rafraîchir dans la salle de bains. Sean l'encouragea à prendre tout son temps et se hâta d'appeler la réception. La chance lui sourit : l'employée qui lui répondit habitait Columbus depuis toujours et elle lui indiqua un salon de thé qui confectionnait les cheese-cakes les plus exquis de toute la ville.

Le Coffee Mill avait été aménagé dans une demeure bourgeoise des années 1920. La douceur de l'air leur permit de s'installer dans le petit jardin situé sur l'arrière. Comme la plupart des personnes ayant connu la prison, Maggie détestait manifestement se sentir à l'étroit ; sitôt dans une pièce, elle se dirigeait d'instinct vers une issue, porte ou fenêtre. Elle ne chercha pas à dissimuler son plaisir quand l'hôtesse les conduisit jusqu'à une table située près d'une haute jarre débordante de géraniums et de pétunias.

— Une serveuse va venir prendre votre commande, déclara-t-elle en leur tendant la carte.

— Bravo ! dit Maggie à Sean quand elle se fut éloignée. Je trouve cet endroit plein de charme.

Elle étudia brièvement la carte, puis la posa devant elle.

— Vous avez déjà choisi ? s'étonna Sean.

— Rien de plus facile : je me décide toujours pour le dessert le plus riche en chocolat. La tourte chocolatée nappée de sauce au chocolat me semble donc tout indiquée.

— Pour ma part, je prendrai le cheese-cake. Préférez-vous du thé ou du café ?

— Je boirais volontiers un cappuccino.

Tandis que Sean faisait signe à la serveuse, il vit Maggie se caler dans son fauteuil et jeter un coup d'œil autour d'elle. La pénombre estompait légèrement l'expression tendue qui la caractérisait au même titre que le bleu-gris de ses prunelles ou l'éclat de ses cheveux soyeux. Sean, qui commençait à mieux la connaître, devinait cependant qu'elle était sur le qui-vive grâce à mille signes imperceptibles qui la trahissaient — comme l'agitation de ses mains ou l'immobilité totale qu'elle leur imposait, soudain consciente de sa nervosité.

Il ne l'avait jamais vue détendue, songea-t-il. Elle se tenait toujours plus ou moins sur la défensive, prête à esquiver le prochain coup qui risquait de s'abattre sur elle. Se départait-elle jamais de cette défiance — lorsqu'elle faisait l'amour, par exemple ? D'abord étonné par cette pensée, Sean s'avisa qu'il éprouvait un vif désir de découvrir la réponse à cette question.

La serveuse reparut avec une rapidité inattendue et posa une tasse devant chacun d'eux.

— Vos pâtisseries arrivent dans quelques secondes, promit-elle.

Maggie préleva une cuillerée de liquide mousseux et le refroidit légèrement avant d'y goûter.

— Délicieux, jugea-t-elle. Cet endroit est formidable, Sean.

— Vous n'êtes pas trop difficile à satisfaire ! répliqua-t-il en riant.

— C'est possible, en effet.

D'un geste machinal, Maggie promena la cuillère à la

surface de sa tasse, dessinant une arabesque dans l'écume laiteuse.

— Je me réjouis d'autant plus que j'ai justement quelque chose à fêter.

Visiblement hésitante, elle jeta un coup d'œil furtif vers Sean.

— C'est mon anniversaire, lui confia-t-elle avec une pointe d'émotion. J'ai trente ans aujourd'hui.

Son anniversaire ! Sean aurait aimé lui offrir une véritable folie — un bijou de prix, un parfum rare, une robe somptueuse —, un cadeau susceptible de compenser tous les anniversaires où, comme pour celui-ci, elle n'avait rien reçu.

— Joyeux anniversaire ! dit-il en levant sa tasse. Nous aurions dû commander du champagne.

— On n'en sert probablement pas ici.

Elle le gratifia d'un sourire intimidé.

— Cette journée n'a pas très bien commencé, je le crains, mais, en définitive, ce sera une date mémorable. Je vous remercie, Sean.

— Voici vos desserts, annonça la serveuse en posant devant eux deux assiettes généreusement garnies. Désirez-vous un peu plus de café ?

Maggie secoua la tête.

— Pas pour moi, merci. En revanche, pourriez-vous m'apporter un grand verre d'eau glacée, s'il vous plaît ?

— La même chose pour moi, dit Sean.

Quand la serveuse se fut éloignée, il poussa vers Maggie la bougie qui éclairait leur table.

— Imaginons qu'il y en ait trente, murmura-t-il. Faites un vœu et soufflez.

— Je ne voudrais surtout pas me faire remarquer…

Sean posa la main sur la sienne.

— Quand bien même on vous verrait, souffler une bougie dans un restaurant n'est pas un délit, que je sache.

— En êtes-vous certain ? demanda Maggie avec une ironie amère. Avec ma chance, il se pourrait fort bien que l'Ohio vienne de promulguer un décret en ce sens.

Intraitable, Sean maintint le bougeoir devant elle.

— Faites un vœu, Maggie.

— Très bien.

Elle ferma les yeux une fraction de seconde, puis les rouvrit et souffla sur la flamme.

Sean écarta la bougie éteinte.

— Votre souhait va se réaliser, assura-t-il. J'ai vu une étoile filante au moment où la flamme s'éteignait.

— Vraiment ? Quelle coïncidence ! Sous son regard insistant, elle détourna les yeux. Sean n'avait aucun mal à deviner quel vœu elle avait formulé.

Une brusque envie le prit de frapper quelqu'un — l'archevêque Tobias Grunewald, par exemple ; la chose étant impossible, il planta sa fourchette dans la tourte au chocolat et en coupa un petit morceau qu'il approcha de la bouche de Maggie.

— Vous allez me dire si ce gâteau est aussi bon qu'appétissant, ordonna-t-il.

Elle lui obéit.

— C'est délicieux ! affirma-t-elle en léchant une miette au coin de ses lèvres. Vous voulez y goûter ?

Sean s'exécuta, songeant qu'il aurait encore plus volontiers goûté à ses lèvres et à sa langue, dont il suivait le mouvement du regard.

— C'est excellent, en effet, admit-il sans la quitter des yeux.

Une légère rougeur colora les joues de Maggie, qui se mit à parler très vite.

— J'imagine que vous n'êtes pas un drogué du chocolat, comme moi, puisque vous avez préféré le cheese-cake.

— Oh ! mes goûts sont très éclectiques. Je raffole de tous les desserts, qu'ils soient au chocolat ou non : crème glacée, tartes, pâtisseries, entremets de toute nature… Je ne sais pas résister.

Maggie le considéra avec un sourire amusé.

— Comment pouvez-vous rester aussi mince ? A vous voir, on ne vous imaginerait pas en train de vous gaver de cheese-cakes !

— C'est une question de métabolisme. A quinze ou seize ans, ma maigreur me désespérait. J'ai décidé de jouer au football pour essayer de développer ma musculature.

— Et pour impressionner les charmantes élèves qui venaient encourager votre équipe, j'imagine… Vous faites toujours du sport, Sean ?

— Seulement de manière occasionnelle. J'aime la randonnée en montagne l'été et le ski en hiver, mais surtout pour respirer l'air pur.

— J'adorais skier, moi aussi. Quelle est votre station préférée ?

— Vail, répondit Sean sans hésiter, avec ses longues pistes dans les forêts de sapins.

— J'allais souvent y passer le week-end, autrefois. Glisser

dans la neige poudreuse, par une belle matinée ensoleillée, quand la saison commence à peine… quel bonheur !

Sans doute n'avait-elle pas eu l'occasion d'évoquer ces souvenirs depuis de nombreuses années, songea Sean. Un instant, il imagina sa silhouette élancée dévalant les pentes neigeuses, l'air frais et pur rosissant ses pommettes, son rire joyeux résonnant en toute liberté…

— Nous devrions aller skier ensemble un de ces jours, suggéra-t-il d'un ton rêveur.

Le visage de Maggie s'assombrit.

— Ne nous laissons pas entraîner trop loin, Sean. Nous ne pourrons pas nous cacher éternellement la vérité, vous le savez comme moi. Tôt ou tard, vous allez être obligé de me dénoncer ou de fermer les yeux pour me permettre de fuir — il n'y a pas d'autre solution.

Bien sûr, elle avait raison, mais Sean ne souhaitait pas encore refermer cette parenthèse idyllique.

— Nous fêtons votre anniversaire ! protesta-t-il. Pour un soir, imaginons que les rêves les plus fous peuvent se réaliser.

Maggie hocha la tête sans grande conviction. Un destin trop cruel l'avait sans doute rendue inaccessible au rêve, jugea Sean. Devinant qu'elle ne parviendrait à passer une agréable soirée qu'en savourant l'instant présent, il l'interrogea sur ses lectures et ses films favoris et échangea les meilleurs mots d'enfant de sa fille contre quelques anecdotes concernant les personnes qu'elle avait côtoyées dans l'exercice de sa profession de serveuse.

Elle était d'excellente compagnie, et la vivacité de ses reparties maintenait un ton alerte à la conversation. Lors de leur première rencontre au Perroquet Rose, Sean avait déjà remarqué combien les clients semblaient apprécier son humour. Ce soir-là, elle entra si bien dans son jeu qu'il lui fallut près d'une heure pour réussir à la percer à jour.

— Je vous en prie, Maggie, dit-il enfin en posant sa main sur la sienne. Vous n'avez pas votre tablier de serveuse et aucun pourboire ne vous attend. Il est inutile de rire poliment de mes plaisanteries stupides.

— Vos plaisanteries ne sont pas stupides, au contraire.

— Alors, détendez-vous et n'essayez pas à tout prix de m'être agréable. Soyez simplement vous-même, pour une fois.

— Cela m'est interdit, vous le savez bien. Ce serait beaucoup trop risqué.

L'espace d'un instant, Sean distingua dans les yeux de Maggie l'isolement provoqué par des années de mensonges, et la solitude de la jeune femme lui infligea une douleur intolérable.

Une certitude s'imposa alors à lui. Exiler Maggie au Mexique ne servirait à rien ; il n'y avait qu'une façon de lui venir en aide. D'une manière ou d'une autre, l'assassin de sa mère devait être remis aux mains de la justice. Ils devaient à tout prix découvrir le moyen d'obliger Grunewald à avouer son crime. A défaut d'un tel aveu, que Maggie fût incarcérée ou recherchée par la police, elle resterait à jamais prise au piège d'un meurtre commis en toute impunité.

11.

Sur le chemin du retour, Sean proposa de s'arrêter dans un magasin ouvert la nuit afin que Maggie puisse s'acheter une brosse à dents et autres objets indispensables — sa véritable intention étant de lui trouver un cadeau pour son anniversaire. Tandis qu'elle se mettait en quête des articles dont elle avait besoin, il passa rapidement en revue le rayon des produits de beauté et choisit un luxueux assortiment pour le bain composé d'une huile parfumée et d'un lait hydratant. Il s'apprêtait à régler ses achats, accompagnés d'un papier cadeau multicolore et d'un nœud de ruban rose, lorsqu'il s'aperçut que Maggie était restée seule durant plus de dix minutes.

Il jeta un coup d'œil dans le magasin sans l'apercevoir nulle part ; elle n'attendait pas non plus à une autre caisse, puisqu'il se trouvait à la seule qui fût ouverte. Il laissa échapper une série de jurons. Bon sang, elle avait probablement déjà sauté dans le premier car pour Cleveland ! Quelle erreur d'avoir cru pouvoir lui faire confiance ! Saisissant le sac et la monnaie que lui tendait la caissière, il se précipita vers la sortie.

Il évita de justesse Maggie, qui s'écartait d'un présentoir à livres.

— Ah ! vous êtes là, dit-elle.

— Euh, oui…

Embarrassé, Sean espéra que sa respiration haletante passerait inaperçue.

— Je suis désolé de vous avoir fait attendre.

La jeune femme secoua la tête.

— Je n'ai même pas réglé mes achats. Les dernières parutions en livres de poche m'attirent toujours irrésistiblement, avec leurs couvertures pimpantes et cette odeur d'encre fraîche. Ça n'a rien à voir avec les livres usagés de…

Elle s'interrompit brusquement.

— Bref, je vais payer ça et je reviens tout de suite.

— Rien ne presse. Nous avons toute la nuit devant nous. Vous avez de l'argent ?

— Oui, merci, dit-elle en se dirigeant vers le comptoir.

Alors qu'il la suivait des yeux, les battements de son cœur se calmèrent peu à peu. Quand l'employée lui rendit la monnaie, elle fit mine de fouiller dans son sac afin d'éviter son regard. Sean rapprocha ce comportement furtif de l'aisance soigneusement calculée qu'elle affectait au Perroquet Rose. Quel effort elle devait alors fournir pour maintenir pendant des heures cette décontraction factice, aussi artificielle que ses boucles décolorées et son lourd maquillage !

De retour au motel, il profita du moment qu'elle passait dans la salle de bains pour confectionner un paquet cadeau. Le résultat laissait à désirer, car il avait oublié d'acheter du ruban adhésif, mais l'intention demeurait. Et le nœud de satin était du plus bel effet.

Elle sortit de la salle de bains vêtue du T-shirt qu'il lui avait prêté pour la nuit, les cheveux relevés sur la tête par une barrette qui laissait échapper quelques mèches auburn autour du front et sur la nuque. Le soleil de l'après-midi avait rosi ses pommettes et le dessus de son nez, donnant à son teint une jolie nuance d'abricot mûr.

Sean se figea, le souffle coupé. Puis il fit quelques pas et s'arrêta de nouveau, sachant à quel point elle détestait tout contact physique dont elle n'avait pas eu l'initiative. Restant à distance respectueuse, il s'éclaircit la gorge.

— Joyeux anniversaire, Maggie ! lança-t-il en tendant le paquet.

Elle le regarda comme si l'idée de l'ouvrir lui paraissait inconcevable.

— La présentation laisse à désirer, bredouilla-t-il. Je n'ai pas beaucoup de pratique, car c'était Lynn qui se chargeait d'empaqueter les cadeaux.

Aussitôt, il s'en voulut. Quelle idée de mentionner le nom de sa femme tout en offrant un présent à Maggie !

— C'est… charmant, dit-elle. Et vous êtes… très doué.

Il esquissa un sourire.

— Hum ! n'exagérons rien.

Comme elle ne prenait toujours pas le paquet, il le lui mit dans les mains.

— Tenez. Je regrette que ce ne soit pas quelque chose de plus palpitant, mais mon choix était limité.

Après l'avoir regardé encore un instant, Maggie se décida enfin à ouvrir son cadeau, défaisant le nœud avec précaution. Puis elle plia le papier avec soin, le posa sur la commode et ouvrit la boîte. Elle considéra les bouteilles sans la moindre trace d'émotion et en caressa la surface du bout des doigts. Soudain, toujours sans un mot, elle se tourna d'un bloc vers le mur.

Sa nuque raide trahissait une crispation intense. Persuadé de l'avoir offensée sans le vouloir, Sean s'approcha légèrement. Sans doute pouvait-elle comprendre que le drugstore n'offrait pas un éventail d'articles très étendu.

— Maggie ? Je suis désolé si cela ne vous plaît…

— Ne me touchez pas ! dit-elle d'une voix mal assurée.

Au même moment, il comprit. Maggie n'était pas vexée, mais confondue, bouleversée ; craignant de fondre en larmes devant lui, elle préférait le tenir à l'écart. Sean choisit d'ignorer sa mise en garde et enlaça sa taille sans la serrer.

— Maggie, répéta-t-il avec douceur. Je vous en prie, regardez-moi.

— Je… je ne peux pas.

La sentant trembler, il attendit qu'elle ait repris contenance. Ses cheveux soyeux lui chatouillaient le menton, mais il résista à la tentation d'y enfouir son visage. Il devait être très important pour elle de ne pas s'effondrer devant qui que ce soit. Au bout de quelques secondes, elle cessa de trembler et se tourna vers lui. Sean s'aperçut que son assurance était encore précaire.

— J'espère que vous préférez le parfum de la brise marine à celui des fruits tropicaux, dit-il afin de lui laisser le temps de recouvrer son aplomb. Je n'avais pas d'autre choix.

— Vous avez fait le bon choix…

La voix de Maggie se brisa, et elle dut s'éclaircir la gorge avant de poursuivre.

— J'adore passer des heures dans ma baignoire, dans un bain moussant délicatement parfumé. Merci de votre merveilleux cadeau, Sean ; il me touche beaucoup.

Il était superflu d'ajouter qu'en prison il n'était pas question de passer des heures dans un bain parfumé, mais plutôt de prendre de brèves douches, sous surveillance. Encadrant le visage de Maggie de ses mains, Sean la regarda avec émotion, le cœur gonflé d'une immense bouffée de tendresse. Du bout des doigts, il effleura ses paupières, légèrement humides aux commissures.

— Cela fait longtemps que vous n'aviez reçu de cadeau pour votre anniversaire, Maggie ?

— Je… je ne sais plus très bien.

Personne n'avait dû songer à le lui souhaiter depuis la mort de sa mère, devina Sean avec amertume. Quinze ans…

Il l'enlaça plus étroitement, prit la boîte qu'elle serrait toujours contre elle et l'envoya sur le lit, étouffant ses velléités de protestation sous un baiser. Durant quelques secondes, elle demeura sans réaction, presque inerte entre ses bras. Puis ses lèvres s'ouvrirent, et elle lui rendit son baiser avec une ardeur passionnée.

Même si Maggie exerçait sur lui une indiscutable attirance, et ce depuis l'instant où il l'avait vue au Perroquet Rose, le geste de Sean était plutôt animé par un sentiment de tendre compassion que par tout autre chose. Mais, dès que ses lèvres touchèrent les siennes, il ne fut plus question de tendresse ni de compassion, mais d'un désir torride, qui l'enflamma tout entier. Si Sean était resté chaste depuis la nuit où une balle avait tué Arturo, le blessant lui-même à la tête, son abstinence prolongée ne suffisait pas à expliquer l'effet que la jeune femme produisait sur lui. Cette force de caractère associée à une vulnérabilité évidente la rendait irrésistible. Il avait terriblement envie d'elle. L'intensité de son désir balayait les innombrables objections qui pouvaient lui venir à l'esprit.

Il l'embrassa de nouveau tandis que ses mains ne cessaient d'aller et venir sur Maggie, qui lui rendit ses caresses avec une gaucherie curieusement attendrissante. Elle émit une petite exclamation étouffée en le voyant se dévêtir, mais ne lui opposa aucune résistance lorsqu'il lui ôta son T-shirt et attira son corps nu contre le sien.

Sa peau douce et lisse, ses seins au galbe magnifique, sa bouche sensuelle le fascinaient, l'excitaient comme jamais il n'avait été excité, et il savait qu'il ne pourrait plus attendre davantage avant de se perdre en elle. L'entraînant vers le lit, il repoussa draps et couvertures et l'allongea près de lui, se faisant plus possessif dans ses caresses. Maggie ne protesta toujours pas quand il glissa une main entre ses jambes, mais il la sentit se crisper instinctivement durant une fraction de seconde.

Un signal d'alarme se fit entendre quelque part dans son cerveau enfiévré. A l'exception de quelques timides réponses à ses premières approches, Maggie s'était bornée à accepter ce qui se passait entre eux, sans y participer activement. Pour ce qu'il en savait, deux hommes au moins avaient déjà tenté de la violer, et, dans l'intervalle, les expériences sexuelles qu'elle avait connues ne devaient pas constituer des modèles de prévenance et de tendresse. Et voilà qu'il s'apprêtait à lui infliger une nouvelle démonstration d'égoïsme caractérisé, sans se soucier de ce qu'elle voulait et ressentait.

Incapable de supporter l'idée d'ajouter cette soirée à une série de souvenirs pénibles, il s'écarta légèrement, il appuya le front contre celui de Maggie et s'efforça d'apaiser ses ardeurs.

Après un long silence, troublé seulement par sa respiration haletante, Maggie se redressa.

— Quelque chose ne va pas, Sean ? demanda-t-elle d'une voix incertaine.

— En quelque sorte, oui. Je passais un excellent moment, mais pas vous. Je préfère ralentir un peu la cadence afin que vous puissiez me rattraper.

— Je ne me sentais pas si mal…

Elle remonta ses genoux sous son menton et passa les bras autour.

— De toute façon, cela importe peu…

— Comment ça, cela importe peu ? Il n'est pas question que vous simuliez, pas avec moi en tout cas.

Maggie accueillit cette remarque d'un air narquois.

— J'ai offensé votre orgueil masculin ? Désolée si je ne me suis pas immédiatement embrasée au contact de vos mains expertes !

— Mon amour-propre ou ma compétence ne sont pas en cause. Je ne fais pas dans les sacrifices virginaux, voilà tout.

— Je ne suis plus vierge, répliqua Maggie, les yeux fixés sur ses genoux.

— Tiens, moi non plus : quelle coïncidence !

Le rire amusé de Maggie le réjouit bien davantage que ne l'aurait fait un gémissement de plaisir factice. Elle se tourna vers lui et inclina la tête, laissant aller sa joue sur la main ouverte de Sean. Celui-ci se demanda comment un geste aussi anodin pouvait le bouleverser à ce point.

Pour renouer le contact sans se montrer agressif, il défit délicatement la barrette qui retenait les cheveux de Maggie, fit courir ses doigts dans leur masse soyeuse et lissa les longues mèches souples sur ses épaules. Le rire de la jeune femme s'estompa, mais son regard, d'abord limpide, puis de moins en moins net à mesure que les mains de Sean s'approchaient de ses seins, demeura rivé au sien.

Le désir de la posséder surgit de nouveau, plus pressant encore, mais il le repoussa délibérément. Quoi qu'il advienne désormais entre eux, Maggie devait en avoir décidé en toute liberté. Et s'il ne se passait rien… eh bien, il survivrait. Enfin, peut-être.

A la fois amusée et embarrassée, Maggie l'observa du coin de l'œil.

— A moi de jouer, je suppose ?

— C'est ton tour, en effet.

Elle promena une main sur le torse de Sean et l'immobilisa à hauteur du cœur, dont elle sentait sans doute les battements irréguliers.

— Tout à l'heure, au restaurant, en soufflant la flamme de la bougie, tu sais quel vœu j'ai formulé, Sean ?

Un vœu qui concernait sûrement sa liberté, songea-t-il ; à moins qu'elle n'ait souhaité une terrible punition pour le meurtrier.

— Non, je n'en sais rien, dit-il en secouant la tête. Et tu dois garder le secret, ou ton souhait ne se réalisera pas.

— Il se réalisera tout de même. Du moins, je l'espère. Elle esquissa un sourire.

— Mon souhait, c'était que nous fassions l'amour ensemble ce soir.

— Dans ce cas, Maggie Slade, remarqua Sean en riant, tu as gaspillé un vœu. Il suffisait de demander…

— Alors, je te le demande.

Se tournant vers lui, elle lui offrit ses lèvres.

— Fais-moi l'amour, Sean, ajouta-t-elle dans un murmure.

Soudain, il eut toutes les peines du monde à recouvrer son souffle. Cette fois, quand il prit Maggie dans ses bras, aucun obstacle ne subsistait. Lorsqu'ils s'embrassèrent, elle ne manifesta aucune hésitation, aucune ambiguïté ne vint troubler leur plaisir mutuel. Allongeant le bras jusqu'à l'autre lit, Sean prit la bouteille de lait hydratant, la déboucha et versa un peu de lotion au creux de ses mains.

Le frisson qui parcourut le corps de Maggie se propagea en lui tandis qu'il décrivait de larges cercles sur sa peau veloutée, depuis la pointe des seins jusqu'à la naissance des cuisses. Rapidement, la fraîcheur du produit se mua en une lave tiède, puis incandescente. Les paumes moites de Sean glissaient voluptueusement, enveloppant la jeune femme d'un voile immatériel qui semblait palpiter autour d'elle. Chacune de ses caresses lui communiquait son ardeur fiévreuse, l'entraînait vers des cimes vertigineuses. Enfin, il s'insinua en elle. Il la sentit peu à peu s'abandonner entre ses bras ; leurs hanches, étroitement soudées, ondulaient au rythme de leur étreinte.

Alors qu'il commençait à craindre de ne pouvoir se dominer plus longtemps, Maggie se cambra brusquement avec un cri étouffé — un cri d'extase mêlée de stupeur. Son plaisir déferla sur lui en vagues successives, l'entraînant à son tour dans une spirale étourdissante qui culmina dans une explosion de jouissance.

Epuisé, les sens assouvis, Sean demeura un instant sur elle, avant de se laisser aller auprès d'elle, les doigts toujours entrelacés aux siens. L'ivresse et l'enchantement ne se dissipèrent qu'au bout d'un long moment ; et, lorsqu'il recouvra ses esprits, l'euphorie qu'il éprouvait encore se dissipa aussitôt.

Les problèmes ne faisaient que commencer, songea-t-il. La confiance de Maggie, qu'il souhaitait tant conquérir, lui était désormais acquise. Mais comment diable allait-il pouvoir s'y prendre pour ne pas la trahir ?

Maggie redescendait lentement sur terre, alors que son corps flottait encore dans une douce béatitude. Ses jambes étaient emmêlées à celles de Sean et cette intimité, loin de lui sembler redoutable, lui procurait une satisfaction inexplicable. Pour la première fois, l'expression « faire l'amour » signifiait enfin quelque chose. Ses précédentes expériences sexuelles n'avaient rien éveillé en elle, sinon un vague étonnement qu'on fasse tant de cas d'une activité aussi fastidieuse et, somme toute, presque comique.

Sur le point de sombrer dans le sommeil, elle s'étira, savourant un bien-être indescriptible.

— Merci, murmura-t-elle à l'oreille de Sean. Cet anniversaire est le plus beau que j'aie jamais eu. Je t'en suis infiniment reconnaissante.

— Il n'y a pas de quoi.

Il la contempla d'un regard sombre, indéchiffrable.

— Demain, nous devrons...

Brusquement, il s'interrompit.

— Demain, nous devrons quoi ? interrogea Maggie. La bouche de Sean effleura la sienne.

— Nous devrons faire l'amour au moins deux fois avant le petit déjeuner.

Son enjouement paraissait contraint, mais Maggie ne se sentait pas la force d'analyser les moindres subtilités de son expression.

— Cela me paraît un projet fort séduisant, murmura-t-elle d'une voix ensommeillée.

— L'affaire est entendue, dans ce cas.

Comme Sean l'enlaçait de nouveau, Maggie se blottit plus étroitement contre lui en bâillant, une main posée sur sa hanche dans un geste d'abandon si naturel qu'il en devenait presque irréel. Elle eut envie de lui dire qu'elle n'avait éprouvé de sa vie un tel sentiment de plénitude, qu'elle ne s'était jamais sentie aussi proche d'un être humain, mais ses paupières s'alourdissaient de plus en plus, et le sommeil la prit avant qu'elle ait trouvé les mots nécessaires.

Elle n'avait pas la moindre idée du temps qui s'était écoulé quand elle se réveilla en sursaut, brutalement arrachée au repos par un cauchemar terrifiant. Les raisons de sa frayeur lui échappaient maintenant, mais son cœur battait encore à se rompre, et son souffle haletant, saccadé, trahissait un affolement incontrôlable, qu'elle ne parvenait pas à calmer.

De l'autre côté du lit, Sean dormait paisiblement. Tandis qu'elle l'observait, il se tourna sur le côté et tendit la main vers elle jusqu'à ce qu'il touche sa cuisse. Il entrouvrit un œil, émit un petit grognement satisfait et se rendormit aussitôt.

De façon inexplicable, la panique de Maggie redoubla. Les

cauchemars faisaient partie de son quotidien, et elle avait appris à s'en accommoder. D'ordinaire, la peur se dissipait progressivement dès son réveil. Mais cette nuit, au contraire, son appréhension augmentait de minute en minute, et un étau semblait lui broyer le cœur avec toujours plus de force.

Son regard erra dans la pénombre de la pièce, passant d'un objet à l'autre, pour s'arrêter enfin sur la petite table où Sean avait posé le dossier concernant Grunewald. Aussitôt, la lumière se fit dans son esprit. La veille, l'espace de quelques heures, elle avait réussi à oublier la réalité cruelle de sa situation. Depuis leur promenade dans le parc, Sean avait fait miroiter un univers si captivant qu'elle avait succombé à la tentation de l'y suivre. Il ne s'agissait malheureusement là que d'un rêve impossible. En restant en sa compagnie, elle l'exposait à des risques qu'elle ne souhaitait partager avec personne — surtout pas avec lui.

Son cœur se serra un peu plus encore à la perspective de l'abandonner avant son réveil. Bien sûr, le fait que Sean fût un policier capable de mesurer le danger d'une telle aventure pouvait atténuer ses scrupules. Néanmoins, apaiser ainsi sa conscience lui semblait malhonnête. Personne ne pouvait imaginer à quoi ressemblait l'existence d'un fugitif avant de l'avoir vécue. Avait-il seulement songé que, pour une ou deux nuits passées auprès d'elle, il devrait probablement renoncer à revoir un jour sa fille ? Oubliait-il que, en défiant la justice, il mettait en péril non seulement sa carrière, mais aussi ce qu'il avait de plus précieux au monde.

Elle s'était déjà enfuie à de très nombreuses reprises, renonçant à des activités qui lui plaisaient, à des amitiés ou même des idylles naissantes, sans jamais souffrir d'un tel déchirement.

A présent, son dernier espoir de bonheur s'envolait en fumée, et, pire encore, il lui fallait trahir la parole donnée à Sean : ne lui avait-elle pas promis de ne pas chercher à lui fausser compagnie ? Ce dernier bastion d'intégrité qu'elle croyait sincèrement avoir préservé n'était donc qu'une illusion de plus. Submergée de honte et de désespoir, elle se cuirassa avec force contre toute émotion. Le réveil, sur la table de nuit, indiquait 2 h 50. Heureusement, sa voiture était toujours garée à proximité de l'église Saint-Anthony, et Sean ne connaissait pas son adresse ; une fois sortie de l'hôtel, il ne lui serait pas trop difficile de disparaître. Déménagements et départs impromptus étaient devenus pour elle une habitude.

Comme toujours, la difficulté de l'entreprise résidait dans les petits détails. Une main possessive demeurait posée sur sa cuisse, et elle dut la soulever puis la glisser sous le drap avec d'infinies précautions. Sean s'agita légèrement, se tourna de l'autre côté ; au bout de quelques secondes, sa respiration recouvra un rythme paisible, régulier.

S'asseyant au bord du lit, Maggie attendit au moins trois minutes pour s'assurer que Sean s'était complètement rendormi. Comme il ne bougeait pas, elle quitta tout doucement le lit, puis attendit de nouveau. Enfin rassurée, elle rassembla ses vêtements et prit son cadeau avant de gagner la salle de bains d'un pas furtif. Elle évita d'allumer et s'habilla à la hâte dans l'obscurité. Le sac à main où se trouvaient son argent et ses papiers d'identité était accroché au mur. Après s'être appliquée à vérifier que les bouteilles de produits pour le bain étaient bien bouchées, elle les glissa dedans, repoussant toute évocation du moment où Sean lui avait offert ces présents.

Maintenant, elle avait tout ce qu'il lui fallait pour s'enfuir, exception faite des clés de la voiture de location. L'hôtel se trouvait à sept ou huit kilomètres de Saint-Anthony — un trajet d'une dizaine de minutes en voiture, mais trop long à effectuer à pied, pressée comme elle l'était. Elle devait avoir quitté Columbus avant que Sean ne se soit réveillé, puis lancé à sa recherche. Alors qu'elle avait déjà manqué à sa parole, devait-elle hésiter à lui « emprunter » ? Non, décida-t-elle.

Mais où trouver les clés de la Saab ? Elle avait vu Sean les jeter sur le lit avant leur départ pour le parc. A la lueur d'un réverbère, qui filtrait par la fente des rideaux, elle examina le couvre-lit, que Sean avait fait tomber par terre en ouvrant le lit, et y promena les mains pour s'assurer qu'elles n'avaient pas glissé dans quelque repli. Elles n'étaient pas sur le lit ni sur la petite table. Elles n'étaient pas non plus dans le porte-documents de Sean ou sur une table de nuit. Maggie fouilla même dans les poches du pantalon qui gisait sur le sol. En vain. Il ne lui restait plus qu'à vérifier si elles n'étaient pas tombées sur la moquette.

L'opération se prolongeait beaucoup trop à son gré. Tournant la tête, elle jeta un coup d'œil vers Sean, qui dormait toujours à poings fermés. Il s'était encore déplacé dans son sommeil, et le drap avait glissé jusqu'à ses hanches. Le spectacle de son corps superbe, à demi nu, l'ébranla profondément, malgré elle. Se détournant d'un mouvement brusque, elle s'assit sur ses talons et palpa en silence la moquette, entre les deux lits.

Soudain, une main s'abattit sur sa nuque et l'obligea à se

relever. Avant qu'elle ait pu émettre le moindre cri, Sean la jeta sans ménagement sur le lit, l'immobilisa et agita un jeu de clés au-dessus de ses yeux, le regard féroce.

— C'est ça que tu cherches, par hasard ?

12.

Maggie ne chercha pas à dissimuler son désespoir.

— Laisse-moi partir, Sean ! le supplia-t-elle. Sois réaliste : c'est la seule solution à notre situation.

— Tu m'as promis de ne pas essayer de t'enfuir. Je te faisais confiance.

— Vraiment ? demanda-t-elle avec tristesse. Si c'était vrai, pourquoi aurais-tu caché ces clés de voiture ? Et pourquoi faisais-tu semblant de dormir depuis dix minutes, si tu avais confiance en moi ?

D'un mouvement brusque, Sean libéra ses poignets et s'écarta d'elle.

— Tu ne m'as pas donné beaucoup de raisons de t'accorder ma confiance ! maugréa-t-il.

— Je sais. Et je ne la gagnerai pas de sitôt avec l'existence que je mène : voilà la vérité. La loyauté est un luxe que je ne peux pas me permettre.

— Accorde-moi une chance de t'aider à changer de vie.

— C'est un rêve impossible, tu le sais aussi bien que moi.

Maggie s'assit sur le lit et se mit à masser ses poignets endoloris.

— Faire l'amour avec toi a été l'une des plus merveilleuses

expériences de ma vie, reprit-elle. J'aurais aimé que nous n'en restions pas là, mais, hélas, il est impossible d'aller plus loin. Nous devons nous dire adieu tout de suite, avant que ta vie ne soit irrémédiablement gâchée par ma faute.

Prenant ses mains dans les siennes, Sean entreprit de lui masser doucement les poignets.

— Excuse-moi, Maggie, je n'aurais pas dû te serrer aussi fort.

— Ce n'est pas grave.

Elle ferma les yeux, bien décidée à ne pas le regarder et risquer ainsi de faiblir.

— Sean, il faut que je parte…

— Où iras-tu ? As-tu de l'argent ? De nouveaux documents ? As-tu aussi songé à ton employeur ? Cette dame ne m'a pas fait l'effet d'une personne qui te laisserait disparaître sans réagir. Que fera-t-elle en constatant que tu ne viens pas travailler à l'heure prévue ?

La réaction de Dorothy préoccupait Maggie, en effet. Sa patronne était tout à fait capable d'accuser Sean d'enlèvement et de provoquer une enquête qui susciterait l'attention à laquelle Maggie souhaitait précisément échapper. De telles difficultés, hypothétiques, ne devaient toutefois pas l'empêcher d'agir selon sa conscience.

— Il vaut mieux que tu ne saches rien de mes projets. Si tu tiens vraiment à m'aider, reconduis-moi à Saint-Anthony pour que j'y récupère ma voiture. Je te promets de quitter la ville avant midi, aussitôt que j'aurai trouvé un moyen de transport.

— Pour renouer avec ta vie d'errance ?

— Je n'ai pas le choix.

— Et moi, que suis-je censé faire après ton départ ? Prendre le premier vol pour Denver et oublier ton existence ?

Maggie prit une profonde inspiration.

— Oui. C'est exactement ce que tu dois faire.

— Il n'en est pas question, déclara Sean avec douceur.

Et il pencha la tête pour embrasser Maggie.

La flamme du désir se ralluma aussitôt, incendiant leurs sens, et Maggie ne lui opposa aucune résistance. « Une dernière fois », se dit-elle. Pourquoi s'interdire cette ultime joie avant de disparaître à jamais de la vie de Sean ? Elle l'enlaça, et sentit son corps se souder au sien, l'épouser comme s'ils étaient conçus l'un pour l'autre depuis toujours. Le lit les accueillit de nouveau, oasis de confort et de sécurité qui les isolait d'un monde cruel.

Ils n'échangèrent pas un mot qui aurait pu briser cette miraculeuse intimité. Cette fois, toute hésitation, tout processus de séduction étaient inutiles. La façon qu'ils eurent de jouir tous deux, ensemble, répondait à un élan vital, élémentaire, dont la violence stupéfia Maggie et dont le dénouement explosif la bouleversa. Mais quelques instants plus tard, quand ses idées s'ordonnèrent enfin de façon cohérente, elle se rendit compte que rien n'avait changé ; le monde qui les attendait au-dehors était toujours le même.

La conscience de la réalité semblait exercer sur Sean une pression identique. Quittant le lit, il se mit à fouiller un tiroir de la commode à la recherche d'un pantalon de survêtement et d'un T-shirt propres.

— Bon, il est grand temps d'entamer une sérieuse discussion, dit-il en nouant le lien coulissant du pantalon avant de s'asseoir au pied du lit, à distance respectable de Maggie.

Pour abréger, je dirais que tu te caches depuis plus de sept ans, et qu'il devient indispensable de mettre un terme à cette existence.

— Là-dessus, je suis d'accord, admit Maggie. Mais je dois partir une dernière fois avant de poser définitivement mes bagages. Je ne veux pas que ta vie soit gâchée par ma faute. J'ai déjà assez d'insomnies comme ça à cause des remords.

Sean enfila son T-shirt, glissant impatiemment les bras dans les manches.

— Au lieu de te lamenter sur ton sort, pourquoi n'acceptes-tu pas que nous unissions nos efforts pour trouver le moyen d'établir la culpabilité de Grunewald ?

— Il n'y en a aucun, Sean. Il est beaucoup trop tard pour découvrir une preuve quelconque, à présent.

— Je ne te crois pas. Si tu n'avais aucun espoir de démontrer ton innocence, pourquoi serais-tu venue ici ?

Maggie commençait tout juste à comprendre elle-même quel motif l'avait poussée à rejoindre l'archevêque à Columbus.

— D'une certaine manière, j'ai entrepris ce voyage à cause de toi, avoua-t-elle après quelques secondes de réflexion.

— A cause de moi ?

— Pas directement, bien entendu. Seulement… comment dire ? Quand je t'ai vu entrer au Perroquet Rose avec ton frère — toi, le policier qui avait découvert l'arme du crime —, j'ai eu l'impression que la roue du destin me ramenait au point de départ pour m'adresser un message : « Abandonne, Maggie. Jamais tu ne pourras échapper au passé. »

— Si je comprends bien, tu t'es décidée à affronter ton passé — en la personne de l'archevêque — plutôt que de le fuir ?

— C'est ça, oui. Je n'ai jamais espéré un miracle qui me permettrait de découvrir une preuve tardive de mon innocence. Je voulais seulement aller voir Grunewald et lui dire que je savais tout ce qu'il avait fait à ma mère. Peu m'importait ce qui arriverait ensuite.

— Il niera tout en bloc, affirma Sean d'un ton sceptique. S'il s'est accommodé pendant quinze ans du poids d'un crime sur sa conscience, ton accusation ne suffira pas à le faire craquer et passer aux aveux.

— Oui et non. Me mentir froidement ne serait peut-être pas aussi aisé que se borner à garder le silence. Mais, en définitive, la question n'est pas vraiment de savoir quelle sera sa réaction. J'ai regretté pendant longtemps de ne pas l'avoir mis au pied du mur dès le début, le jour même où j'ai découvert qu'il avait été l'amant de ma mère. Il me suffit qu'il sache que je l'ai démasqué. Je veux le faire trembler pendant quelques jours, redouter de se voir accuser de fornication et de meurtre devant tous les médias qui seront prêts à m'écouter.

Sean secoua la tête.

— Le jeu n'en vaut pas la chandelle, à mon avis. Ce serait mettre ta liberté en péril, tout en apprenant à Grunewald qu'il n'est pas le seul devant Dieu à savoir quelle espèce d'ordure il est. Tes menaces de dénonciation n'auront pas grand effet sur lui : en admettant que tu parviennes à alerter la presse avant d'être arrêtée, l'archevêque jouit d'une telle popularité que le public te prendra pour une folle — ou pour une vicieuse de la pire espèce.

— C'est possible, mais cela n'a plus aucune importance puisque je ne vais pas mettre ce projet à exécution.

A son tour, Maggie quitta le lit et gagna la fenêtre. Elle

entrouvrit les doubles rideaux pour regarder le ciel, que les premières lueurs de l'aube ourlaient de mauve à l'horizon. Elle devait quitter Sean avant que quiconque ne les voie ensemble, puis reprendre la route — même si la perspective de rouler jusqu'à une autre ville et de chercher un nouvel emploi et un nouveau logement l'emplissait d'une lassitude incommensurable.

Luttant contre son abattement, elle se retourna d'une pirouette et redressa la tête.

— Je ne suis plus une enfant, reprit-elle. A trente ans, on ne croit plus aux contes de fées, Sean. Aujourd'hui, le fait de me retrouver d'un côté ou de l'autre des murs d'une prison m'indiffère vraiment — je t'ai expliqué pourquoi. En tout état de cause, mon entrevue avec l'archevêque peut attendre quelques mois de plus, le temps de m'assurer que tu seras à l'abri de toute retombée éventuelle.

— Ta sollicitude me va droit au cœur, Maggie, mais, à mon avis, tu aurais intérêt à te soucier davantage de ton sort que du mien. Dans l'immédiat, tu devrais t'appliquer à mettre au point la façon dont tu vas pouvoir démasquer Grunewald sans te faire prendre par la police et renvoyer derrière des barreaux.

— Encore une fois, la prison ne me fait plus peur, à présent.

Au bord des larmes, Maggie se laissa aller contre l'appui de la fenêtre.

— Je me sens si lasse... lasse de fuir, de me cacher, de mentir continuellement. J'ai besoin de dire enfin la vérité, quand bien même on devrait ensuite m'enfermer de nouveau. Et tant pis si personne ne me croit.

— Moi, je te crois.

La pression des larmes s'accentua. Pour les refouler, Maggie eut recours au sarcasme.

— Merci infiniment ! Je me sens déjà beaucoup mieux. Avec ton soutien, j'imagine que la grâce présidentielle est à portée de la main…

Un sourire éclaira le visage de Sean.

— Bien entendu. Je me flatte d'arriver toujours à mes fins quand je veux convaincre quelqu'un, homme ou femme.

S'approchant de Maggie, il lui souleva délicatement le menton pour l'obliger à le regarder. Ses yeux débordaient de tendresse. Des lèvres, il effleura le bout de son nez, puis sa bouche, d'un léger baiser.

— Ce salaud aura la punition qu'il mérite, Maggie. Je te le promets.

Son optimisme inébranlable eut finalement raison d'elle. Les larmes qu'elle contenait depuis si longtemps jaillirent soudain malgré elle et roulèrent le long de ses joues. Leur flot ne fit que gonfler quand Sean entreprit de les essuyer du bout des doigts.

Maggie se réfugia dans ses bras, et il la serra fermement contre lui tandis que ses larmes se muaient en sanglots, et les sanglots en hoquets accompagnés de frissons irrépressibles. Elle pleurait parce qu'elle ne ferait plus jamais l'amour avec Sean. Elle pleurait ses parents, sa jeunesse perdue, le fait que, lors de sa dernière crise de larmes, c'était Grunewald qui avait feint de la réconforter. Elle pleurait pour tous les affronts subis en détention, pour le désespoir et l'angoisse qui marquaient sa vie de fugitive. Par-dessus tout, elle pleurait parce qu'elle ne pouvait accepter l'aide de Sean. Et, quand elle n'eut plus de larmes à verser, elle resta blottie dans ses bras en se demandant comment elle trouverait la force de se soustraire à son étreinte.

Mais elle ne pouvait retarder l'inévitable plus longtemps. Dès qu'elle eut repris un semblant de courage, elle se contraignit à regarder Sean bien en face et à prononcer les mots qui se refusaient à franchir ses lèvres.

— Tu imagines sans doute tout ce que ta proposition représente pour moi, mais je ne peux malheureusement pas l'accepter. A présent, aurais-tu la gentillesse de me conduire à Saint-Anthony avant que l'église n'ouvre ses portes pour la première messe ? On ne nous a déjà que trop vus ensemble, et je dois m'en aller au plus vite.

— Non.

Maggie fronça les sourcils.

— Comment ça, non ?

— J'ai toujours eu l'impression que ce mot était l'un des plus faciles à comprendre, mon ange. Non, c'est non, je n'ai pas l'intention de te déposer à Saint-Anthony et de disparaître à jamais de ton existence. La question étant réglée une fois pour toutes, si nous nous mettions au travail, maintenant ? Il nous faut trouver un plan qui obligerait Grunewald à tout avouer…

Partagée entre l'exaspération et un inexplicable sentiment d'euphorie, Maggie secoua la tête.

— Tu n'as pas écouté ce que je viens de t'expliquer ? Je ne peux pas te laisser gâcher ta vie pour une cause perdue d'avance.

— Tu ne le peux pas, en effet. Heureusement, cette décision ne t'appartient pas. C'est à moi de choisir. Je choisis donc de rester à Columbus et de tenter l'impossible pour t'aider à prouver ton innocence.

— Mais ce combat est le mien...

— Pas uniquement. Ma mère m'a toujours dit que les cas désespérés exerçaient une véritable fascination sur moi. En outre, au-delà de l'injustice dont tu as été victime, je ne supporte pas l'idée que Grunewald puisse impunément faire un pied de nez à la justice après un crime aussi sordide. Inutile de discuter davantage. Je ne te quitterai pas.

Maggie tenta de ranimer ses convictions morales pour lutter encore, mais elle s'en trouva incapable. Comment refuser le soutien inconditionnel que Sean lui offrait quand elle se serait damnée pour un semblant d'amitié ? La gorge nouée par l'émotion, elle capitula enfin.

— Merci, Sean.

— Il n'y a pas de quoi. A présent, si nous commencions à mettre au point notre stratégie ?

— Pour nous attaquer à ce projet, nous devrions nous rendre à mon appartement, déclara Maggie. Nous y serons plus tranquilles.

— Excellente idée, admit Sean.

— D'abord, je dois récupérer ma voiture. Si nous la laissons trop longtemps sur le parking, la fourrière viendra l'enlever, et la police entreprendra des recherches — ce qui ne ferait pas vraiment notre affaire. Je prendrai le volant, et tu n'auras plus qu'à me suivre jusqu'à mon domicile.

Le regard qu'il posa sur elle, durant un long moment, était aisément déchiffrable. Ne se donnait-elle pas là une excellente occasion de lui fausser compagnie, le cas échéant ? Maggie garda le silence, mettant ainsi Sean au défi de la croire sur parole. Après quelques secondes d'hésitation, il ouvrit une petite valise et commença à y ranger ses affaires.

— Tu as raison. Mieux vaut aller chercher ta voiture. Sous quel nom vis-tu ici ? Je dois être attentif à ne pas t'appeler Maggie — sauf dans l'intimité.

La confiance implicite contenue dans la réponse de Sean transporta Maggie de joie. Elle ne s'aperçut qu'elle souriait qu'au moment où il lui rendit son sourire, la mine penaude.

— J'ai failli ne pas me montrer à la hauteur, semble-t-il.

— En effet.

Le sourire de Maggie s'élargit.

— Mais tu t'es rattrapé juste à temps ! Mon nouveau nom est Christine Williamson. Christine vient de Pittsburgh, ville qu'elle a fuie à la suite d'un mariage désastreux et d'un divorce plutôt houleux.

— Voilà qui ressemble passablement aux mésaventures de Maggie Stevens, à Tampa, remarqua Sean.

Maggie haussa les épaules.

— L'histoire est un peu usée, mais encore crédible. Il y a tant de femmes divorcées en train de fuir un mariage désastreux que personne n'essaie vraiment d'approfondir les détails.

— Personne, sauf la patronne du restaurant.

Ce rappel arracha une grimace à Maggie.

— Malheureusement, Dorothy est dotée d'un cœur d'or, et elle s'intéresse tout particulièrement aux épouses maltraitées par des maris violents. Rien ne semble pouvoir la convaincre que je ne cherche pas à échapper au cauchemar de mauvais traitements physiques et psychologiques…

— Parce que c'est le cas, justement ! souligna Sean. Elle se trompe seulement sur la nature du cauchemar et l'origine des mauvais traitements. Tu es une femme étonnante, Maggie. Peu de gens seraient capables de résister aux épreuves que tu as endurées. Il semblerait que cette Dorothy, d'instinct, a eu conscience de tes qualités, voilà tout.

Un peu plus tard, alors qu'ils revenaient de Saint-Anthony au volant de sa vieille voiture et se dirigeaient vers son studio, Maggie réfléchit aux propos de Sean. Elle était flattée qu'il voie en elle une femme « étonnante », même si le mot lui paraissait peu adapté à son cas. Pour sa part, elle se considérait tout juste comme une survivante.

Son nouvel appartement était situé au dernier étage d'un immeuble datant des années 1950, qui, en son temps, avait dû posséder un certain caractère. A présent, ayant servi de résidence d'étudiants pendant plus de dix ans, il présentait de sérieuses marques de décrépitude. Maggie précéda Sean dans l'escalier poussiéreux, regrettant de ne pouvoir l'accueillir dans un endroit plus attrayant. Elle espéra du moins qu'il remarquerait sa propreté méticuleuse, même si l'ameublement manquait pour le moins de charme et de recherche.

— Bienvenue chez moi, dit-elle après avoir déverrouillé la porte. Je vais préparer du café pendant que tu défais tes bagages. Voici la salle de bains ; l'autre porte est celle de la penderie, où tu trouveras des cintres pour suspendre tes vêtements.

Accoutumée à occuper des lieux exigus, elle accrocha machinalement son sac à main à la patère prévue à cet effet, derrière la porte d'entrée. Puis elle se dirigea vers le coin cuisine séparé du séjour par un petit comptoir jaune paille, endommagé par d'innombrables brûlures de cigarettes.

— Désolée, je n'ai pas de percolateur, dit-elle en posant une bouilloire sur le feu. Je ne peux t'offrir que de l'instantané.

— Je te rappelle que tu as devant toi un policier. Si ce breuvage ne dissout pas la tasse, je suis capable de l'avaler.

Sean se mit à flâner dans le petit studio, s'arrêtant près du canapé pour examiner les deux portraits qui se trouvaient exposés là, dans le même cadre.

— Ce sont tes parents ?

— Oui. J'ai collé ces clichés sur mon ventre avec du ruban adhésif lors de mon évasion — sans quoi je n'aurais gardé aucun souvenir d'eux.

Le visage de Sean se durcit un instant, comme sous l'effet d'une colère intense.

— Tu ressembles beaucoup à ta mère, se contenta-t-il de remarquer après un bref silence.

— C'est ce que tout le monde nous disait naguère. Ma mère était pourtant très blonde, avec des yeux pervenche et un teint de porcelaine. Elle ne pouvait s'exposer au soleil sans devenir écarlate. J'ai hérité de la peau mate de mon père.

— Il était pilote dans l'armée de l'air, n'est-ce pas ?

— Oui, il a piloté des avions de combat au Viêt Nam et décidé de s'engager dans l'armée. Quelle ironie de penser qu'il a survécu à trois ans de guerre, qu'il a sauté à deux reprises en parachute d'un appareil en flammes, pour périr ensuite au cours d'un simple vol d'entraînement !

— Quel âge avais-tu, quand il est mort ?

— 13 ans. Cela aurait sans doute été encore plus difficile si je l'avais perdu toute petite, sans aucun souvenir de lui, mais ce malheur nous a vraiment frappées à l'improviste, maman et moi. Quand il a obtenu ce poste d'instructeur dans l'armée de l'air, ma mère se réjouissait à l'idée qu'il serait enfin à l'abri du danger, après avoir risqué sa vie tant de fois...

Sean enlaça sa taille et l'étreignit tendrement.

— Et tu surmontais tout juste le deuil de ton père lorsque ta mère a été assassinée.

— Oui.

Les tasses de faïence cliquetèrent sur les soucoupes quand Maggie les posa sur le comptoir.

— J'ai eu deux années très difficiles, alors.

— C'est le moins qu'on puisse dire.

Sean lui effleura les cheveux d'un baiser et resserra son étreinte, lui procurant un réconfort inappréciable.

La bouilloire se mit à siffler, et Maggie aller verser l'eau chaude sur le café en poudre. Elle s'émerveillait de pouvoir parler aussi naturellement de ses parents après des années d'un silence étouffant.

— Tu veux du sucre ou de la crème dans ton café ? demanda-t-elle.

— Un nuage de lait, si possible. La bouteille est-elle dans le réfrigérateur ?

— Je l'apporte tout de suite. Tu pourrais peut-être commencer à étaler les documents que j'ai rassemblés concernant Grunewald ?

Elle apporta leurs tasses de café sur la table ronde de style années 1960. Sean avait sorti le dossier de Grunewald, mais ne semblait guère pressé de l'ouvrir.

Maggie, elle, avait de la peine à contenir son impatience. Disposer d'un allié lui donnait l'impression qu'elle pouvait envisager la situation sous un autre angle. Elle se sentait pousser des ailes, tout à coup.

— En passant attentivement en revue toutes ces coupures de presse, dit-elle en s'asseyant et en ouvrant immédiatement le classeur, nous devrions découvrir un élément qui servira de base à nos accusations. J'ai ici des photocopies de tout ce qui a été publié à son sujet.

Sean inclina la tête et lui prit la main.

— Ecoute, Maggie, j'ai déjà étudié à deux reprises le contenu de ce dossier, et, pour ta part, tu dois le connaître par cœur. Nous savons l'un et l'autre qu'il n'y a là aucun indice susceptible d'être utilisé contre l'archevêque. Au contraire, s'il venait à rendre l'âme demain, le Vatican pourrait trouver là bon nombre d'arguments en faveur de sa canonisation.

Cette déclaration refroidit l'ardeur de Maggie.

— Comment allons-nous nous y prendre ? Si sa réputation est réellement au-dessus de tout soupçon, notre seul espoir est de pouvoir aller sonder sa conscience.

— Ce qui me paraît difficile. Mais, après avoir éliminé tout ce qui est impossible, il faudra nous contenter du reste. Voyons donc quelles options s'offrent encore à nous. A un stade aussi avancé, nous ne trouverons plus aucune pièce à conviction directement associable au crime et, comme tu l'as souligné, nous n'avons aucun moyen de sonder les pensées de Grunewald. Par conséquent, nous devons l'obliger à les exprimer lui-même — en d'autres termes, à se confesser.

Que s'était-elle imaginé ? songea Maggie, vaguement déçue. Que Sean, tel un magicien, allait faire apparaître d'un coup de baguette magique une solution qui lui aurait échappé jusque-là ?

— Pour obtenir ses aveux, souligna-t-elle, il nous faudrait une arme, une menace quelconque. Nous n'en avons aucune.

— Erreur ! riposta Sean. Nous possédons une arme très convaincante, que tu as suggérée toi-même de manière indirecte : le chantage.

— Le chantage ?

Maggie fronça les sourcils, perplexe. D'un point de vue moral, elle n'avait aucune objection à formuler, considérant la conduite abjecte de Grunewald. Mais elle imaginait mal le personnage cédant à l'intimidation, à moins d'étayer les menaces d'arguments particulièrement convaincants.

— Je ne vois pas très bien comment nous pourrions nous y prendre, avoua-t-elle. Quoi que nous menacions de révéler à son sujet, il se bornera à nous ignorer — ou à nous faire passer pour des désaxés animés par de la rancune.

— A condition de jouer serré et de choisir avec soin notre heure, nous devrions quand même pouvoir l'inciter à commettre une erreur stupide.

— Comment ça, stupide ? Assez stupide pour lui causer de graves ennuis ?

Sean opina.

— Exactement. Il semble évident que Grunewald est un être dévoré par l'ambition, tu es d'accord ? C'est par ambition qu'il en est arrivé à commettre ce crime — par crainte du scandale que ta mère pouvait provoquer et qui l'aurait empêché d'accéder au rang d'évêque.

— D'accord, mais je ne saisis pas...

— Attends, tu vas comprendre. Il a d'abord été nommé évêque de Pueblo, puis d'un diocèse plus important. A présent, il s'est hissé à la dignité d'archevêque. Sans doute vise-t-il plus haut encore : quelques articles récents, dans ton dossier, suggèrent qu'il pourrait prétendre un jour au cardinalat. Je ne suis pas catholique, mais il me semble que les cardinaux sont situés au sommet de la hiérarchie ecclésiastique, juste au-dessous du pape ?

— En effet, confirma Maggie. C'est d'ailleurs le pape qui les choisit dans une liste de candidats pour lui servir de conseillers et former en quelque sorte le gouvernement de l'Eglise catholique. On les appelait autrefois les Princes de l'Eglise, et ils étaient souvent plus riches et plus puissants que certains rois.

— A mon avis, cette nomination représente pour notre homme le couronnement de sa carrière, en quelque sorte. Malheureusement pour lui, et c'est là notre chance, le pape ne choisit sans doute pas ses cardinaux parmi des ecclésiastiques dont la réputation a été éclaboussée par un scandale médiatique…

La perspective de faire échouer les ambitions de Grunewald ne manquait pas d'attrait, même si cela ne suffisait pas vraiment à le punir de son ignominie. Mais pourraient-ils y parvenir ? Trop fébrile pour rester assise, Maggie se leva et se mit à arpenter le studio.

— Si je cherche à faire publier mes accusations par un journal ou une chaîne de télévision classiques, je risque de me retrouver en prison sans même atteindre mon objectif. En revanche, la presse à scandale peut être intéressée par ce genre d'affaire…

— Oui, mais un magazine comme le *National Reporter*, ou n'importe quel autre torchon du même acabit, ne représente pas un support assez crédible pour susciter la colère des autorités religieuses suprêmes. Nous risquons même d'obtenir l'effet inverse en faisant passer l'archevêque pour une victime.

— Que faire, dans ce cas ? S'il est inutile d'alerter la presse à scandale, il n'y a plus rien…

— Si, justement.

A son tour, Sean se leva.

— Tu ne confieras pas cette histoire à la presse ; au contraire, tu vas t'abstenir de l'ébruiter. Dans certains cas, celui qui détient un secret peut obtenir plus d'avantages en le préservant qu'en le dévoilant, et la menace de représailles se révèle alors plus efficace que le passage à l'acte.

Maggie le considéra d'un air sceptique.

— Tu crois que la crainte d'être dénoncé pourrait affoler Grunewald au point de lui faire commettre une imprudence et de se compromettre ?

— J'en suis persuadé. L'appréhension d'un événement est souvent plus éprouvante que l'événement lui-même, lorsqu'il se produit. Nous allons mettre sur pied une campagne de menaces et de chantage de nature à le plonger dans un tel état de panique que ses réactions en seront affectées. L'essentiel est de savoir faire monter la tension. La menace initiale ne doit être en fait qu'une allusion assez vague…

— Pourquoi ne pas lui adresser un message qu'il soit le seul à pouvoir comprendre, dans lequel il saisirait immédiatement l'intimidation qu'il contient ?

— Ce serait la solution idéale.

Sean prit sa tasse au passage et avala d'un trait son café tiédi.

— Il faudrait lui écrire que… je ne sais pas. Donne-moi des idées.

— Pourquoi ne pas lui demander s'il se souvient de Rowena Slade, par exemple ?

— Excellente entrée en matière !

La mine songeuse, Sean se massa le menton. Soudain, son visage s'illumina.

— En lui glissant notre petit mot dans un lieu public, reprit-il, nous l'inciterons à le lire au vu de tous ; nous verrons ainsi sa réaction quand il découvrira de quoi il s'agit. Le lendemain, nous étofferons un peu notre propos.

Maggie sentit l'excitation la gagner.

— Que penses-tu de ceci : « Je sais tout de votre liaison avec Rowena Slade » ?

— Ça me paraît bon. En outre, il faut à tout prix garder l'anonymat. Le doute qu'il engendre achèvera de déstabiliser Grunewald. Il se demandera d'où vient le danger et se sentira d'autant plus désarmé.

A présent, les idées se bousculaient dans l'esprit de Maggie.

— Afin de l'effrayer réellement, nous ne devons pas nous contenter de menaces abstraites, renchérit-elle. Nous savons que nous ne possédons aucune preuve tangible, mais lui l'ignore. Après lui avoir annoncé que quelqu'un est au courant de sa liaison, nous pourrions préciser que le journal intime de Rowena et ses lettres sont entre nos mains.

— Bravo ! s'exclama Sean. Voilà qui devrait causer quelques nuits d'insomnie à notre évêque !

L'euphorie de Maggie ne tarda pas à s'atténuer.

— A plus ou moins brève échéance, il finira tout de même par s'apercevoir que nos menaces restent lettre morte. Imaginons qu'il soit inquiet, voire angoissé, mais qu'il fasse la sourde oreille… Quelle attitude adopter, en pareil cas ?

— Nous passons à l'étape du chantage pur et dur, répliqua

Sean. Nous exigeons une somme importante en échange de notre silence.

Maggie se rembrunit en même temps que s'évanouissaient les derniers vestiges de son enthousiasme.

— C'est un délit grave, dit-elle d'une voix sourde. Si notre plan échoue, tu risques une condamnation à plusieurs années de détention, Sean. Je ne peux pas te laisser t'engager sur une voie aussi dangereuse.

— Nous en avons déjà débattu, il me semble. Je te répète donc que cette décision n'appartient qu'à moi.

Si Maggie avait eu la faiblesse de céder une fois, elle se refusait à étouffer davantage ses scrupules.

— C'est faux ! répliqua-t-elle posément. Il s'agit d'un combat qui m'est personnel, et j'ai le droit de le mener comme je l'entends. Tes conseils et ton soutien m'ont été précieux — sans toi, je n'aurais sans doute pas envisagé toutes les possibilités que nous venons d'évoquer, et je t'en suis infiniment reconnaissante. Mais il n'est pas question de mettre ta vie en jeu pour des manœuvres qui n'ont, avouons-le, pas beaucoup de chances d'aboutir.

— Je ne mets pas ma vie en jeu pour des manœuvres, comme tu dis. En revanche, je n'hésiterai pas une seconde à la risquer pour toi.

Il y eut un silence, durant lequel Maggie eut l'impression que son cœur s'arrêtait brusquement de battre, puis repartait soudain à un rythme insensé.

— Sean, je t'en prie, cesse de chercher à m'influencer ainsi ! lança-t-elle d'un ton suppliant. Je m'efforce d'agir selon ma conscience…

De toute évidence, il ne l'écoutait pas. Les yeux fixés sur ses lèvres, il la dévisageait tranquillement, une lueur mi-tendre mi-amusée dans le regard.

— Sais-tu quel est ton problème, Maggie ? Pour une criminelle en cavale, tu as une conscience beaucoup trop délicate.

— N'essaie pas de détourner la conversation.

— Je suis dans le vif du sujet. Aurais-je oublié de mentionner hier soir que j'étais tombé follement amoureux de toi ?

Maggie ouvrit la bouche, puis la ferma sans avoir réussi à émettre un son.

— Apparemment, oui, conclut Sean.

L'amour était exclu depuis si longtemps de la palette de ses sentiments que Maggie ne disposait d'aucun repère pour l'appréhender. Muette de saisissement, elle se sentit à peu près aussi désorientée que si un extraterrestre l'avait abordée pour lui proposer une promenade à bord de son vaisseau spatial.

Sean esquissa un pâle sourire et lui pinça légèrement le bout du nez.

— Ne fais pas cette tête, Maggie. Es-tu plus disposée à accepter mon aide en sachant ce que j'éprouve pour toi ?

Elle recouvra enfin l'usage de sa voix.

— Non, maugréa-t-elle. Ma seule conclusion est que tu as perdu la raison.

— Dans ces conditions, tu vas être obligée de me prendre en charge, répliqua Sean.

Maggie laissa échapper un soupir éloquent.

— Tu as raison. Puisque tu es incapable de prendre des décisions sensées, je vais le faire à ta place. Rentre chez toi tout de suite, maintenant. C'est un ordre !

Sean se pencha sur elle et effleura sa bouche.

— L'ennui, avec les débiles mentaux comme moi, c'est que nous ne comprenons pas très bien le langage courant, chuchota-t-il en l'embrassant.

— Sean… Aide-moi, s'il te plaît ! Pour une fois dans ma vie, j'aimerais me conduire honnêtement.

Soudain sérieux, il s'écarta d'un pas.

— Accepter mon offre n'a rien de malhonnête, Maggie. Je n'exige aucune contrepartie. Mettons un terme à cette controverse, car je ne capitulerai pas.

Tiraillée entre la gratitude et l'angoisse, Maggie ne savait quel parti adopter. Lorsque Sean échafaudait des projets, il parvenait par moments à lui faire partager sa confiance dans une issue positive pour elle. Mais elle ne pouvait laisser de côté la peur qui la rongeait, tant elle était certaine que cette aventure se solderait presque à coup sûr par de graves peines de prison ferme pour lui comme pour elle ; en pareil cas, jamais elle ne se pardonnerait de l'avoir entraîné dans sa chute.

Déjà, il s'éloignait d'elle comme si la question ne méritait pas d'être débattue plus longtemps.

— Je vais acheter quelques journaux, annonça-t-il. Je prendrai aussi des viennoiseries pour le petit déjeuner. Je serai de retour dans cinq minutes.

Maggie ne lui demanda pas pour quelle raison il allait acheter des journaux. Elle le savait : ils en avaient besoin pour rédiger les lettres anonymes à Mgr Grunewald.

Sans doute penserait-il aussi à acheter deux paires de gants pour éviter de laisser leurs empreintes.

Le sort en était jeté : elle avait accepté l'aide de Sean MacLeod.

13.

Il était presque 14 heures, et Maggie dut fournir un effort pour concentrer son attention sur la commande de la table 5. Elle avait hâte de rentrer chez elle afin de se consacrer à sa préoccupation essentielle : l'ouverture des hostilités à l'encontre de Grunewald, que Sean allait incessamment déclencher en lui remettant leur premier message. La veille, alors qu'ils épluchaient consciencieusement les quotidiens locaux, ils avaient découvert que l'archevêque devait prononcer ce soir un discours en l'honneur du meilleur enseignant de l'année à l'école paroissiale de l'Ohio. Un vertige prenait Maggie — mélange de frayeur et d'excitation — chaque fois qu'elle imaginait Sean en train de glisser leur petit mot dans la main de l'ecclésiastique. Après avoir rongé son frein pendant tant d'années, elle avait l'impression que les événements se précipitaient, trop peut-être.

Les deux couples dont elle attendait la commande avaient mis plus de cinq minutes à choisir leurs apéritifs. A présent, ils s'apprêtaient visiblement à faire durer le plaisir pour sélectionner la suite.

— Et le hamburger au guacamole ? demanda l'un des deux hommes.

Il n'avait cessé de se plaindre depuis son arrivée et examinait le menu d'un œil sombre.

— Le chef sait-il cuisiner correctement ce genre de plat ?

A quoi s'attendait-il, au juste ? A ce que Maggie lui avoue que le cuisinier était incompétent et les hamburgers indigestes ?

Elle se retrancha derrière un sourire de commande.

— Notre hamburger au guacamole a beaucoup de succès auprès des clients, affirma-t-elle. Il est accompagné d'une garniture de pommes sautées et de purée de poivrons rouges. L'ensemble a un goût relevé, sans être trop épicé.

L'homme émit un grognement, comme si ces explications confirmaient ses pires soupçons. Tentée de lui vider le pichet d'eau glacée sur la tête, Maggie se domina et prit les commandes des trois autres convives.

— Peut-être désirez-vous réfléchir encore un peu, proposa-t-elle à son client revêche. En attendant, je vais aller chercher vos boissons.

Dorothy quittait son bureau pour jeter un coup d'œil dans la salle quand Maggie atteignit le distributeur de sodas. Elle adressa un petit signe désinvolte à sa patronne, feignant d'être absorbée par sa tâche. Jusqu'à présent, Dorothy s'était abstenue de toute allusion à ce qui s'était passé sur le parking de Saint-Anthony, mais Maggie avait le sentiment qu'elle y viendrait tôt ou tard. D'ordinaire, confrontée à un employeur un peu trop curieux, Maggie n'aurait pas hésité à s'enfuir sans demander son reste. Avec Dorothy, l'affaire risquait de prendre des proportions inquiétantes. Cette femme était assez perspicace pour flairer un drame dans son existence et trop compatissante pour ne pas chercher à la secourir, au point de signaler à la police la disparition de « Christine », le cas échéant.

Ses craintes semblèrent se justifier quand elle vit Dorothy la rejoindre.

— J'aimerais vous parler avant que vous ne quittiez votre service, dit-elle. Venez me trouver dans mon bureau quand vous en aurez terminé avec la table 5, voulez-vous ?

Maggie ne vit aucun moyen de s'y soustraire. Si elle affirmait devoir impérativement rentrer chez elle à l'heure, elle suggérerait que Sean la tyrannisait. Répéter qu'il ne s'agissait pas de son ex-mari ne résoudrait pas non plus le problème, puisque Dorothy l'avait vu de ses propres yeux maîtriser physiquement Maggie. Impossible de lui expliquer que, en l'occurrence, les apparences étaient tout à fait trompeuses !

Il fallait donc se résoudre à l'inévitable, ce qu'elle fit en dissimulant de son mieux sa contrariété.

— Bien sûr, Dorothy ! lança-t-elle avec un enjouement factice. J'arrive dans un instant, dès que j'en aurai terminé avec mes derniers clients. Oh ! ils me font signe. Je ferais mieux d'y aller. Le type assis près de la fenêtre n'a pas cessé de ronchonner depuis qu'il est là.

Une heure s'était écoulée quand Maggie eut achevé de débarrasser la table, empoché le dollar de pourboire de l'insupportable client, et repris son sac au vestiaire. Avec un soupir, elle frappa à la porte du bureau de Dorothy. En toute autre circonstance, la sollicitude de son employeur lui serait allée droit au cœur, mais, dans sa situation actuelle, elle ne lui causait que de l'embarras.

— Ah ! Christine, j'ai une faveur à vous demander, lança

Dorothy en la voyant. Le foyer d'accueil pour femmes en difficulté organise sa grande réunion annuelle samedi matin à 10 heures, et je me charge de préparer le brunch qui doit précéder la séance de travail. D'ordinaire, Janet m'aide à le servir, mais elle n'est pas disponible ce jour-là. Vous serait-il possible de la remplacer ? Il ne s'agit pas d'un service bénévole : la rémunération est de 12 dollars de l'heure pour des occasions de ce genre, puisqu'il n'y a pas de pourboires.

Maggie voyait sans peine où Dorothy Respighi voulait en venir : elle amorçait là une manœuvre détournée pour la mettre en contact avec un service d'assistance. Attendrie malgré elle, Maggie regretta soudain de ne pouvoir cesser de mentir et avouer simplement la vérité à cette femme. Hélas ! la vérité n'avait rien de simple ; rien ne l'autorisait à impliquer sa patronne dans ses affaires.

Dorothy frappa légèrement sur la table avec son stylo.

— Coucou, Christine ! Auriez-vous la gentillesse de me donner une réponse avant l'année prochaine ?

— Oh ! excusez-moi, dit Maggie, confuse. Naturellement, vous pouvez compter sur moi. Quelle sera la durée du repas, à votre avis ?

— Il faut prévoir trois heures au total, si l'on tient compte du temps nécessaire pour dresser la table et la débarrasser. La journée risque d'être longue pour vous, puisque vous êtes de service ici en soirée.

— Peu importe. Je saurai quoi faire de ces trente-six dollars, et j'aurai la satisfaction de participer à une bonne cause.

— En plus, souligna Dorothy, vous aurez l'occasion de rencontrer quelques personnes intéressantes. Kathleen Younger sera parmi nous. Elle doit se présenter aux prochaines élections sénatoriales, et son intégrité notoire la distingue du commun des politiciens. Il y aura aussi Moira Povitch, qui dirige le Service de protection de l'enfance et participe activement à toutes les initiatives du foyer ; nous espérons enfin que Mgr Grunewald trouvera le temps de passer et d'improviser une brève allocution. L'intervention d'un orateur aussi inspiré est toujours précieuse…

— Bien sûr.

Tant bien que mal, Maggie s'efforça de masquer sa fébrilité. Quelle chance inespérée ! Elle savait désormais où trouver Grunewald samedi matin.

— Quand bien même l'archevêque ne serait pas disponible, sa sœur nous honorera de sa présence, poursuivit Dorothy. Elle a joué un rôle important dans l'implantation d'un nouveau centre d'accueil pour femmes battues dans la région de Phoenix et s'est proposée pour occuper un poste vacant de notre comité. Son *curriculum vitæ* fait d'elle une candidate tout à fait exceptionnelle.

— La sœur de Mgr Grunewald habite Columbus ? dit étourdiment Maggie. Je l'ignorais.

Dorothy lui jeta un coup d'œil intrigué.

— Pourquoi l'auriez-vous su ?

— Il n'y aucune raison, en effet.

Maggie se reprocha sa stupidité. Elle avait pourtant pris l'habitude de bannir toute réaction trop spontanée de son comportement. Son enquête sur l'archevêque lui avait appris qu'il était le plus jeune d'une famille de trois enfants, ses sœurs aînées ayant toutes deux épousé des médecins de leur ville natale, Rapid City. La présence de l'une d'elles à Columbus ne signifiait à vrai dire pas grand-chose, la mobilité professionnelle étant monnaie courante.

Consciente que sa patronne l'observait, Maggie se ressaisit sans délai.

— A présent, si vous voulez bien m'excuser, Dorothy, je dois y aller, dit-elle avec un sourire franc. J'ai un emploi du temps assez chargé, cet après-midi.

— Naturellement.

Prenant son stylo, Dorothy griffonna quelques mots sur son agenda.

— Je vous ai donc inscrite pour samedi. Je vous attends vers 10 heures au foyer pour tout mettre en place. Savez-vous comment vous y rendre ?

Maggie secoua la tête.

— J'avoue que je n'arrête pas de me perdre dans Columbus, bien que la ville ne soit pas gigantesque. Si vous pouviez m'indiquer le chemin sur une feuille de papier…

— Peut-être serait-il préférable de nous retrouver ici à 9 h 15. Je vous conduirai là-bas.

— Excellente idée.

— Merci de votre collaboration, Christine. Je vous en suis très reconnaissante.

— Il n'y a pas de quoi.

Impatiente d'annoncer la bonne nouvelle à Sean, Maggie se sentit pousser des ailes. Ils ne pouvaient pas adresser leurs messages à Grunewald par la poste, sachant qu'un secrétaire — dont l'intervention pouvait faire échouer l'entreprise — ouvrait probablement son courrier avant lui. Ils devaient les lui remettre en main propre, ce qui les avait confrontés à une difficulté supplémentaire : découvrir où se rendait l'archevêque, afin de pouvoir l'approcher. La chance semblait donc les favoriser en lui servant sur un plateau une information aussi intéressante.

— Devine un peu !

Elle fit irruption dans le studio et se figea de saisissement en découvrant Sean installé sur son vieux canapé, les jambes allongées sur la table basse et plongé dans la lecture de *Newsweek*. C'était la première fois qu'un homme l'attendait chez elle à son retour, et cette expérience inédite lui coupa le souffle.

— Je donne tout de suite ma langue au chat, répondit Sean en posant son magazine et en tapotant les coussins à côté de lui. Viens donc me raconter de plus près ce qui provoque ce bel enthousiasme.

Le sourire qu'il lui décocha n'aida pas Maggie à recouvrer son souffle.

Malgré son excitation, qui l'empêchait de tenir en place, elle obéit à Sean parce qu'elle avait envie d'être auprès de lui.

— Je sais où Grunewald doit se rendre samedi matin ! annonça-t-elle.

— Alors, là, chapeau ! s'exclama Sean en applaudissant. Où est-ce ?

— Ce n'est pas encore une certitude absolue, mais il devrait en principe assister à la réunion annuelle du foyer auquel Dorothy s'intéresse tant, tu sais, cet endroit qui accueille les femmes victimes de mauvais traitements. Non seulement c'est elle qui se charge de préparer le brunch, mais je dois en plus l'aider à servir ! Je serai donc aux premières loges pour remettre subrepticement un billet à Grunewald. N'est-ce pas que c'est fantastique ?

Sean la dévisagea.

— Tu plaisantes, n'est-ce pas ?

Vexée, Maggie s'écarta de lui.

— Pas du tout, voyons. Quand elle m'a demandé mon aide, Dorothy a mentionné la présence de quelques invités de marque, dont l'archevêque. Il n'y aura guère plus de cinquante personnes au repas ; si Grunewald est bien présent, il me sera facile de l'approcher et…

— Sans aucun doute, concéda Sean. Et combien de temps crois-tu qu'il lui faudra pour te reconnaître ? Dix secondes ? Quinze ? Vingt ?

Pendant quelques minutes, un silence absolu régna dans la pièce. Puis le moteur du réfrigérateur se mit en marche, sortant Maggie de sa stupeur.

— Oh ! mon Dieu ! murmura-t-elle. Je dois être en train de perdre la tête. Il ne m'est même pas venu à l'esprit qu'il pouvait me reconnaître.

Un vertige soudain la saisit, et Sean l'attira contre son épaule.

— Allons ! il n'y a pas là de quoi fouetter un chat, assura-t-il. Avec tout ce que tu as en tête, il est normal qu'un détail t'échappe de temps à autre.

— Il s'agit d'un détail trop important pour que je me permette ce genre de bêtise.

— Sans doute, mais cela arrive parfois, et c'est pour cela que ma coopération te sera utile. En seize ans d'expérience dans la police, j'ai été confronté bien des fois à des situations analogues ; au cours de certaines opérations d'infiltration, par exemple, un détective qui n'était pas directement impliqué dans l'affaire nous faisait remarquer une énorme bévue susceptible de faire échouer nos plans. Réjouis-toi plutôt que nous ayons découvert celle-ci à temps.

Maggie s'abandonna quelques secondes au réconfort que Sean lui prodiguait avant de buter sur un nouvel obstacle.

— La difficulté n'est pas résolue pour autant, Sean. J'ai affirmé à Dorothy qu'elle pouvait compter sur moi. Il serait vraiment incorrect de ma part de manquer à ma parole sans la prévenir.

— Appelle-la la veille pour lui annoncer une indisposition passagère et lui laisser le temps de te remplacer, suggéra Sean.

— Hum ! mieux vaudrait trouver une meilleure excuse. Dorothy est tout à fait capable de m'apporter du bouillon en apprenant que j'ai pris froid.

Sean consulta sa montre et déposa un baiser sur le nez de Maggie.

— Essaie d'inventer un autre prétexte pendant mon absence, dit-il. Je pars à l'école des Saints-Innocents remettre notre premier message à l'archevêque.

— Tu as obtenu un billet pour la remise des prix ? demanda Maggie, le souffle coupé. Comment as-tu réussi ?

— Le métier de détective ne s'improvise pas…

— Laisse-moi rire ! Voyons un peu… Les billets sont en vente libre à l'entrée, c'est ça ?

Une lueur espiègle dansa dans les prunelles de Sean.

— La tâche est encore moins compliquée que cela. Aucun billet n'est nécessaire, sauf pour la réception qui succède à la cérémonie. J'y vais donc de ce pas. A ce soir, mon cœur.

— Attends !

Maggie lui saisit la main.

— As-tu pensé à prendre un gant, pour les empreintes ?

Sean tira de sa poche le gant jetable prévu à cet effet, plié avec soin.

— C'est le jumeau de celui que nous avons utilisé hier, assura-t-il d'un ton tranquille.

Sans un mot, Maggie le regarda replacer l'accessoire dans sa poche. Son départ imminent pour la remise des prix marquait la soudaine concrétisation de leurs projets, jusque-là virtuels. La veille, en compagnie de Sean, Maggie s'était employée avec une joyeuse insouciance à découper et à coller des lettres d'imprimerie sur des feuilles de papier blanc afin de composer leurs messages. La distance qui les séparait encore de l'objectif visé lui autorisait une certaine inconscience. A présent, le danger se précisait. Dès l'instant où l'une de leurs missives se trouverait entre les mains de l'archevêque, tout retour en arrière devenait impossible.

Elle dut humecter ses lèvres sèches pour pouvoir parler.

— C'est à moi d'aller remettre ce message à Grunewald, Sean. Je ne peux pas te laisser prendre un tel risque !

La question avait déjà été débattue tant de fois qu'il ne prit même pas la peine d'y répondre. Passant les bras autour de sa propre taille pour essayer de réprimer le tremblement qui l'agitait, Maggie abandonna ce sujet pour un autre.

— La cérémonie de remise des prix ne te permettra sans doute pas d'approcher suffisamment Grunewald. Et après, si tu n'as pas accès à la réception, tu n'auras plus aucune chance.

— Ne t'inquiète pas, Maggie, j'improviserai. Je ne suis pas un néophyte, tu sais.

Une violente émotion étreignit soudain Maggie, dont elle n'aurait su préciser la nature — sinon que la peur qu'elle éprouvait pour Sean n'y était pas étrangère.

— Pourquoi précipiter ainsi les choses ? dit-elle d'une voix étranglée. Laissons-nous encore le temps de réfléchir un peu, Sean. Rien ne nous oblige à lui remettre ce billet dès ce soir.

— Si, ma chérie. L'affaire a déjà traîné quinze ans de trop.

Maggie comprit qu'il était beaucoup plus simple de haïr Grunewald de loin — de le haïr sans passer à l'action.

— Promets-moi de ne rien faire s'il y a le moindre risque de te faire prendre.

Sean lui souleva le menton et effleura ses lèvres d'un baiser.

— Je te le promets, dit-il.

En balayant du regard la salle bondée, Sean songea que, s'il ne trouvait pas un moyen d'agir rapidement, sa promesse à Maggie ne serait pas difficile à tenir. Il semblait impossible d'approcher Grunewald. L'archevêque et sa suite étaient entrés par une porte latérale qui conduisait directement à l'estrade, et tout laissait supposer qu'il sortirait par la même issue.

Outre le meilleur professeur de l'année, cinq autres enseignants recevaient des éloges pour différentes preuves de dévouement, et les discours des heureux élus se succédaient interminablement. Seul l'archevêque s'arrangeait pour accompagner chaque récompense d'un commentaire à la fois spirituel et succinct. A plusieurs reprises, Sean se surprit à sourire d'une plaisanterie bien tournée, et, s'il n'avait su à quoi s'en tenir au sujet de Grunewald, il aurait pu jurer que ces louanges adressées à des professeurs méritants témoignaient d'une profonde sensibilité.

Peu à peu, il sentit un étrange et inexplicable embarras le gagner chaque fois que Grunewald prenait la parole. Lorsque l'archevêque eut adressé des éloges particulièrement émouvants à une enseignante âgée qui avait accompli des prodiges auprès d'enfants considérés comme réfractaires à tout enseignement, il comprit la raison de son malaise : la culpabilité de l'ecclésiastique ne lui paraissait soudain plus aussi évidente.

Cet homme semblait si peu imbu de lui-même, si attentif aux autres, si spontané… Maggie aurait-elle commis une erreur en en faisant l'assassin de sa mère ? Les propos de Grunewald étaient ceux d'un homme plein d'abnégation, doté d'une grandeur d'âme peu ordinaire. Sa compassion, son humilité forçaient l'admiration. L'idée que cette bienveillance universelle pût n'être qu'une façade trompeuse révoltait Sean.

Des applaudissements retentissants saluèrent le meilleur professeur de l'année, lorsque celui-ci monta sur l'estrade pour recevoir son prix. Sean imita la foule tout en songeant que son hésitation à appuyer les accusations de Maggie ne mettait pas en cause la certitude qu'il avait de son innocence. Il était également convaincu de sa sincérité lorsqu'elle estimait reconnaître en Grunewald l'individu surpris en compagnie de sa mère.

Un peu tardivement, son expérience de détective, et l'instinct qui allait avec, l'amenait à envisager l'hypothèse que Maggie et l'archevêque fussent tous deux innocents — la première étant victime d'une erreur judiciaire, le second incriminé à tort par Maggie. A la réflexion, le récit de la jeune femme semblait souffrir d'une grave lacune : pourquoi n'avait-elle pas immédiatement reconnu le père Tobias, un homme dont les traits lui étaient familiers, quand elle l'avait aperçu dans le salon, le soir de son retour inopiné de la montagne ? Pourquoi le déclic avait-il mis deux ans à se produire ?

Maggie réfuterait probablement l'objection en soulignant que, l'idée d'une liaison entre sa mère et un prêtre ne pouvant pas même lui effleurer l'esprit à quinze ans, son cerveau s'était sans doute refusé à effectuer le rapprochement immédiat. Quoique valable, l'argument ne démontrait pas pour autant la culpabilité de Grunewald, qu'il avait abusivement liée à l'innocence de Maggie, dans sa hâte à la disculper. En réalité, un autre homme aurait pu être l'amant de Rowena — l'hypothèse d'un voisin marié, déjà envisagée par Maggie, demeurant tout à fait plausible.

En proie à un vif désarroi, Sean se sentit soudain oppressé par la chaleur étouffante qui régnait dans la salle. Assis à l'extrémité d'une rangée du fond, il ne lui fut pas difficile de s'éclipser discrètement dans le couloir, puis de regagner le parking. Le billet préparé la veille à l'intention de l'archevêque lui brûlait presque les doigts à travers l'étoffe de sa veste, et il se mit à arpenter le bitume tout en s'interrogeant sur la conduite à tenir.

Quand un *Ave Maria*, chanté par la chorale de l'école, lui parvint à travers la porte fermée, la beauté poignante du chant le bouleversa. Et soudain, allégé d'un poids, il redressa les épaules. Ces tergiversations étaient inutiles, en définitive. Il pouvait remettre les messages à Grunewald la conscience en paix. Si l'archevêque était innocent, s'il n'avait jamais été l'amant de Rowena Slade, s'il ne l'avait pas assassinée en laissant accuser à sa place une malheureuse orpheline, il ne comprendrait pas ce qu'on lui voulait et ne prêterait aucune attention à ces allégations mensongères.

Du reste, le premier message ne contenait qu'une question anodine : « Vous souvenez-vous de Rowena Slade ? » Si Maggie s'était trompée sur le compte de l'archevêque, et s'il n'était pas le monstre qu'elle imaginait, il n'éprouverait qu'un moment de tristesse à l'évocation d'une paroissienne assassinée, et de sa fille qui s'était montrée bien ingrate envers lui, quelques années plus tôt. Même s'il était coupable, un message aussi vague ne produirait peut-être aucun effet visible. Mais, quand viendrait le moment de lui remettre le troisième billet, qui lui fixait un rendez-vous et négociait leur silence en échange d'une somme importante, ils auraient déjà recueilli assez d'indices pour se faire une idée sur son innocence ou sa culpabilité. Un innocent remettrait sans doute le message à la police tandis que l'assassin accepterait plus vraisemblablement la transaction sans en souffler mot à quiconque.

Alors que la chorale entonnait le dernier couplet de l'*Ave Maria*, Sean décida de passer à l'action sans se donner le temps d'opérer un nouveau revirement. Regagnant les locaux de l'école, il traversa l'auditorium et fit irruption dans le couloir au moment même où Grunewald et les dignitaires qui l'accompagnaient quittaient l'estrade sous une véritable ovation. Là, une bonne douzaine de personnes s'agglutinèrent aussitôt autour de l'archevêque tandis que d'autres s'empressaient d'aller féliciter le professeur le plus méritant. Les membres du premier groupe ne connaissaient à l'évidence pas ceux du second, et inversement. Pour comble de confusion, deux ou trois journalistes posaient des questions aux « vedettes » du jour, et une dame corpulente en robe à fleurs roses s'efforçait en vain d'escorter son groupe de notables dans les dédales de l'établissement.

Les circonstances ne pouvaient lui être plus favorables, décida Sean. Dissimulé dans un coin sombre, il s'affubla de lunettes noires, bourra ses joues de coton hydrophile pour les arrondir et enfila le gant transparent. Puis il franchit rapidement la distance qui le séparait de l'attroupement formé autour de l'archevêque et sortit le billet de sa poche.

A l'occasion de cette cérémonie officielle, Grunewald avait revêtu la soutane violette et sa large ceinture d'étoffe assortie. Comme il tendait la main pour serrer celle d'un admirateur, Sean se faufila derrière lui et inséra la feuille pliée en quatre entre la ceinture et le vêtement de l'archevêque. Penché vers lui, il lui glissa à l'oreille :

— C'est un message personnel, père Tobias.

Puis il s'écarta et se fondit adroitement dans le groupe qui entourait le professeur, sachant par expérience qu'on le remarquerait bien davantage s'il prenait ses jambes à son cou.

L'archevêque fit aussitôt volte-face, mais pas assez vite pour repérer Sean. Tirant la feuille de sa ceinture, il la déplia et en déchiffra le contenu. Un bref instant, il demeura figé. Puis il froissa le papier et fit mine de le jeter. Au dernier moment, il se ravisa et enfouit le billet dans une poche de sa soutane. Son visage, d'ordinaire si expressif, n'avait pas trahi la moindre émotion. Ni surprise ni perplexité… absolument rien. Mais

Sean remarqua qu'il lançait un coup d'œil furtif vers la porte pour surveiller si quelqu'un fuyait précipitamment.

Bien que chacun ait pu le voir lire le billet, personne dans son entourage ne parut y prêter attention. L'attitude de Grunewald trahissait toutefois sans la moindre équivoque possible sa mauvaise conscience, constata Sean, ébranlé par sa découverte. Un homme innocent n'aurait jamais réagi avec un tel sang-froid. Un homme innocent aurait montré le billet au prêtre qui l'accompagnait en lui demandant s'il avait aperçu le porteur du message. Seul quelqu'un qui avait beaucoup de choses à cacher pouvait choisir d'escamoter le message sans en souffler mot.

La grosse dame en robe fleurie redoublait à présent d'efforts pour entraîner tout son monde vers le hall d'honneur où, assura-t-elle, une délicieuse collation les attendait. L'archevêque exprima son ravissement, et, dès qu'il eut esquissé un mouvement, tout le monde lui emboîta le pas.

Sean reflua avec quelques personnes dans l'auditorium qui se vidait rapidement. Partagé entre des émotions contradictoires, il oscillait entre l'euphorie et l'abattement. La quasi-certitude d'être sur la bonne voie lui procurait un soulagement indiscutable. En revanche, il était plutôt déprimant de découvrir l'abominable individu qui se dissimulait sous le masque infiniment séduisant de l'irréprochable archevêque.

S'il était exact que le silence équivalait à un aveu, il fallait bien admettre que Mgr Grunewald venait ce soir de confesser son crime.

14.

Pleine d'énergie en dépit d'une journée de travail surchargée, Maggie gravit comme une flèche les trois étages de l'immeuble où se trouvait son appartement. Pour la seconde fois en deux jours, elle ouvrit la porte en coup de vent.

— Nous sommes sauvés ! lança-t-elle avec un sourire ravi. Dorothy fait grise mine et, moi, je suis aux anges. Grunewald a fait savoir qu'il ne pourrait se rendre samedi à la réunion annuelle du foyer. C'est une certitude. Sa sœur le représentera, et je peux donc aider à servir le brunch sans aucun souci. Quel soulagement !

— Voilà une excellente nouvelle, mon ange.

Sean ferma le réfrigérateur d'un coup de coude et brandit deux boîtes de soda bien glacé.

— Cela fait donc deux réussites à fêter, car, pendant que tu travaillais, j'ai remis à l'archevêque notre second billet.

— Bravo !

Nouant les bras autour du cou de Sean, Maggie l'embrassa avec fougue.

— Quel homme ! plaisanta-t-elle. Et comment t'y es-tu pris, cette fois ?

Sean lui tendit un soda.

— En fait, l'opération s'est révélée d'une facilité déconcertante.

Maggie se dirigea vers le canapé, passant la canette fraîche sur son visage avant de l'ouvrir. Une vague de chaleur précoce s'était abattue sur la ville, et le système de climatisation vétuste de l'appartement laissait beaucoup à désirer.

— Cette « facilité » n'est pas faite pour me rassurer. Quand je t'ai quitté ce matin, nous n'avions pas la moindre idée de l'endroit où trouver Grunewald aujourd'hui.

Sean hésita, et Maggie, qui commençait à savoir interpréter ses silences, devina ses réticences à lui avouer la vérité. Posant son soda sur la table, elle le fixa d'un regard intraitable.

— Ne t'avise pas de me mentir ! lança-t-elle. Qu'as-tu donc fait de si dangereux pour que tu n'oses pas m'en parler ?

— J'ai eu un entretien avec l'archevêque, confessa Sean. Dans son petit bureau contigu à la sacristie de la cathédrale Saint-Peter.

— Un entretien ? s'exclama Maggie en se levant d'un bond. Tu veux dire en tête à tête, avec politesses à la clé du genre : « Je suis Sean MacLeod, ravi de faire votre connaissance » ?

— C'est à peu près ça, si ce n'est que j'ai évité de me présenter sous mon vrai nom. Je me suis fait passer pour un détective privé.

— Tu es fou, ou quoi ? Serais-tu devenu complètement débile ?

Maggie s'émerveilla de ne pas piquer une véritable crise de nerfs, vu les circonstances.

— Maggie, ce rendez-vous était déjà fixé avant mon départ de Floride.

— Ah bon ! excuse-moi. J'imagine que cela change tout, bien entendu…

Elle se mit à arpenter la pièce comme un ouragan.

— Mais explique-moi cette histoire de rendez-vous. Pourquoi te serais-tu donné la peine d'organiser une entrevue avec Grunewald sous un nom d'emprunt avant de quitter la Floride ?

— Parce que j'avais décidé de ne pas te livrer à la police sans connaître ta version des faits, expliqua posément Sean. Dans ces conditions, je ne pouvais révéler mon nom et ma profession à l'archevêque sans compromettre ma liberté d'action.

Maggie fit brusquement volte-face.

— Tu avais donc déjà envisagé l'éventualité de mon innocence avant de partir à ma recherche ?

— Cela te surprend ? Si j'avais été convaincu de ta culpabilité, je serais arrivé en compagnie de quelques collègues. Tu le sais parfaitement.

Il emprisonna ses mains dans les siennes pour l'obliger à se tenir tranquille et à le regarder en face.

— Rappelle-toi ce que j'ai dit lorsque je t'ai rattrapée, à Saint-Anthony, quand tu m'as demandé comment je m'étais arrangé pour te retrouver aussi rapidement.

— Je m'en souviens très bien.

Maggie se laissa entraîner sur le canapé, désarmée d'apprendre que Sean la jugeait déjà innocente un mois plus tôt ; en même temps, elle avait conscience du danger qu'il y avait à être aussi sensible à l'opinion de quelqu'un d'autre. Elle ne pouvait se permettre de telles faiblesses.

— Tu m'as répondu que tu avais découvert mon dossier

sur Grunewald et en avais déduit que j'étais venue ici pour le trouver, murmura-t-elle.

— Dans ce cas, tu dois te souvenir aussi de ce que j'ai dit ensuite — à savoir que l'archevêque avait accepté de me rencontrer.

— Mais je croyais que tu avais abandonné ce projet ! protesta Maggie. Comment imaginer que tu allais faire une chose pareille, alors que nous nous employons à lui extorquer des aveux, pour l'amour du ciel ?

Elle s'effondra au milieu des coussins avachis puis se redressa comme un ressort.

— Que lui as-tu dit, Sean ? Quel prétexte as-tu trouvé pour qu'il t'accorde ce rendez-vous ?

— A l'origine, j'avais l'intention de solliciter son aide pour retrouver ta trace. Naturellement, j'ai dû modifier mon récit pour l'adapter à la nouvelle situation. Cela n'était pas très difficile.

— Un jeu d'enfant, j'imagine ! riposta Maggie d'un ton sarcastique.

— Exactement.

Sean eut l'audace d'esquisser un sourire.

— Après avoir bavardé quelques instants avec lui sur la plongée sous-marine dans les îles de Floride, je lui ai expliqué que j'avais été engagé il y a deux ou trois mois par une jeune femme du nom de Mary Karakas, qui me demandait de rassembler le maximum d'informations sur lui. J'avais feint d'accepter — rien n'interdit de recueillir des renseignements officiels sur les gens —, mais, ai-je confié à Grunewald, la santé mentale de ma cliente a commencé à me causer quelques inquiétudes…

— Il y a quelqu'un d'autre ici qui devrait s'inquiéter pour sa santé mentale, bougonna Maggie.

— Allons, ma chérie, ne te mets pas dans cet état ! Cette histoire me fournissait une couverture idéale. J'ai ensuite expliqué que ma cliente s'était éclipsée, et que j'avais quelques raisons de croire qu'elle voulait gagner l'Ohio pour suivre sa trace. Je lui ai recommandé de ne pas prendre cette menace à la légère et je lui ai fourni une description détaillée de ta personne…

— Mais tu es vraiment devenu cinglé, ma parole ! hurla Maggie. Non seulement l'archevêque sait de quoi tu as l'air, maintenant, mais il est au courant qu'une femme ressemblant trait pour trait à Maggie Slade est à ses trousses.

— Et alors ? Tant mieux s'il te soupçonne de le traquer — surtout s'il te croit un peu dérangée… Quant à moi, il n'a pas la moindre idée de mon véritable aspect physique.

Se levant, Sean disparut un instant dans la salle de bains et en sortit affublé d'une perruque blonde posée légèrement de travers et d'une moustache collée à la va-vite sous le nez.

— Je m'étais déguisé.

Il avait l'air si ridicule que la colère de Maggie fondit en un éclat de rire. Son anxiété persista, toutefois.

— Sean, tout cela semble beaucoup t'amuser, mais je ne vois pas l'intérêt d'une démarche qui nous complique la tâche plus qu'autre chose. Pourquoi a-t-il fallu le prévenir que je suis à sa recherche et lui suggérer que j'ai l'esprit dérangé ?

— Pour augmenter sa panique à la lecture des billets qu'il reçoit, répondit Sean en posant perruque et moustache sur la table basse. Nous ne dévoilons pas grand-chose de plus en disant que tu te trouves probablement dans la région, puisque tu es déjà l'auteur évident des messages. Mais désormais, en plus de se faire du souci à cause de toi, Grunewald va aussi s'interroger sur mon rôle dans cette affaire. Qui suis-je ? Qu'est-ce que je sais ? Quel est mon véritable objectif ? Suis-je réellement ton complice, ou m'as-tu piégé d'une manière ou d'une autre ?

Sean avait raison, dut reconnaître Maggie malgré elle. Cette intervention aggraverait le désarroi de Grunewald et son sentiment d'insécurité en éparpillant son attention sur plusieurs sources de danger. Parallèlement, hélas, Sean se trouvait dans une position de plus en plus périlleuse. Si leur plan échouait et s'ils ne parvenaient pas à démontrer la culpabilité de l'archevêque, de graves ennuis l'attendaient. De très graves ennuis.

Il était cependant inutile de le lui rappeler une fois encore. Leurs situations respectives ne leur laissaient rien ignorer des dangers auxquels ils s'exposaient vis-à-vis de la justice. Maggie admit donc tacitement la validité de ses arguments en changeant de sujet.

— Comment lui as-tu transmis le second message ? Sean avala une gorgée de soda.

— J'ai profité d'un instant de distraction de sa part pour le glisser dans le tiroir de son bureau. Je l'ai laissé légèrement dépasser afin qu'il soit obligé de le remarquer.

Consternée, Maggie resta un instant interdite.

— Comment pourrait-il éviter de faire le rapprochement entre ta visite et ce message, et déduire que tu en étais le porteur ?

— De toute évidence, il ne peut pas, avoua Sean, momentanément désarçonné.

Maggie éprouva une frayeur rétrospective si vive qu'elle l'exprima de manière agressive.

— Suppose un instant qu'il t'ait vu cacher ce billet ? Il aurait appelé la police sur-le-champ ! Tu n'avais pas le droit de prendre un tel risque.

— Je ne suis pas de cet avis. Au demeurant, puisqu'il n'a rien remarqué, pourquoi se soucier de ce qui aurait pu se produire ? L'archevêque sait uniquement qu'un détective privé venant de Floride lui a rendu visite ce matin pour lui parler d'une cliente déséquilibrée qui ressemble à Maggie Slade. Et après ? Son visiteur, un grand blond à moustache, s'appelait Scott Schmidt. Même si Grunewald essaie de me retrouver, il risque de tomber dans une impasse.

— Et les empreintes digitales ? Tu ne pouvais pas porter de gants…

— J'avais enveloppé le billet dans un mouchoir de papier. Je n'ai laissé aucune empreinte.

S'interrompant, Sean prit Maggie par les épaules et la fit pivoter vers lui.

— L'archevêque n'est pas un plouc, Maggie, mais quelqu'un d'habitué à l'exercice des fonctions publiques et aux projecteurs des médias. Deux lettres anonymes vaguement inquiétantes ne vont pas suffire à lui faire perdre son sang-froid. Il faut qu'une menace particulièrement redoutable pèse sur lui afin que, en recevant notre dernier message, il vienne à notre rendez-vous prêt à payer tout ce qu'il faut en échange de notre silence. Le seul moyen de convaincre les autorités de sa culpabilité est de le confondre en enregistrant une conversation compromettante pour lui.

— Je reconnais qu'il ne sera pas une proie facile et…

— A mon avis, coupa Sean, le risque que j'ai pris ce matin valait la peine — pour lui prouver qu'il est vulnérable, et que nous pouvons l'atteindre jusque dans son propre bureau.

La pression de ses doigts sur les épaules de Maggie s'atténua, et il laissa retomber ses mains.

— J'aurais dû te faire part de mon projet, mais tu aurais tenté de m'en dissuader et nous aurions perdu des minutes précieuses à en discuter. Le temps presse, Maggie. Tu n'as pas oublié que je reprends mon travail à Denver dans quinze jours ?

— Non, je n'ai pas oublié.

Maggie ramassa les boîtes de soda vides sur la table basse et les porta à la poubelle, trouvant là une excuse pour s'éloigner.

Sean ne fut pas dupe, toutefois, qui la suivit dans la cuisine et refusa de la laisser s'affairer devant les plaques électriques afin d'échapper à son attention.

— Maggie, je voudrais que tu m'accompagnes, quand je regagnerai Denver. Tu le sais, n'est-ce pas ?

L'idée de recouvrer la liberté et de retourner au Colorado avec Sean ne parvenait pas à se frayer un chemin dans le cerveau de Maggie. Depuis quinze ans, elle vivait au jour le jour, puisant ses rares moments de plaisir dans le présent immédiat. Même si Sean lui avait fait découvrir un bonheur incommensurable, même si la perspective de leur séparation la plongeait dans une détresse indescriptible, elle avait perdu la faculté d'envisager un avenir où elle ne se réveillerait pas chaque matin avec l'estomac noué à l'idée qu'elle vivait peut-être ses dernières heures de liberté. L'ombre que jetait son passé sur sa vie plongeait son avenir dans les ténèbres.

— Je ne réussis pas à me figurer ce qui pourrait se passer si nous parvenions à prouver la culpabilité de Grunewald, avoua-t-elle enfin. J'ai beau déployer des trésors d'imagination, rien n'y fait.

— Il va falloir nous attaquer à ce problème, dit Sean en lui caressant la joue d'un geste tendre. En attendant, pourquoi ne pas oublier l'archevêque jusqu'à demain et aller au cinéma ? Je crois que Bruce Willis est en train de sauver Dallas dans quelques salles du centre-ville. Cela te tente-t-il ?

— Pourquoi pas ? J'adore Bruce Willis.

Cette déclaration fit grimacer son compagnon.

— En voilà un qui a de la chance ! maugréa-t-il.

Malgré son appréhension d'un désastre consécutif à la rencontre entre Sean et Grunewald, le phénomène qui perturba le plus Maggie les jours suivants fut la découverte de sa dépendance grandissante à l'égard de Sean. Lors des premières nuits au cours desquelles ils avaient dormi ensemble, elle s'était réveillée agrippée au bord du lit, comme si quelque barrière inconsciente s'érigeait autour d'elle pendant son sommeil. Mais, depuis deux jours, leurs jambes restaient étroitement mêlées jusqu'au matin, et elle retrouvait au réveil sa main posée sur la cuisse de Sean dans un geste d'abandon éloquent. A l'évidence, son subconscient avait déjà accepté l'inévitable et attendait patiemment que la lucidité l'emporte sur l'aveuglement, l'obligeant à reconnaître qu'elle ne pouvait plus se passer de lui.

Elle n'était toutefois pas encore prête à admettre la vérité. Tout au plus pouvait-elle concéder qu'elle s'habituait à retrouver Sean en face d'elle aux repas et qu'elle était impatiente de rentrer chaque après-midi pour commenter avec lui les événements du jour en partageant un thé glacé ou un jus de fruits.

Quant aux nuits, elle ne disposait d'aucune référence lui permettant d'évaluer ce qui lui arrivait chaque fois qu'ils faisaient l'amour. Sean lui avait fait découvrir un univers de plaisir sensuel totalement inédit pour elle, un plaisir si intense qu'il lui suffisait de regarder son amant pour parfois chavirer à l'évocation de quelque souvenir érotique. Si cet embrasement des sens ne répondait qu'à l'épanouissement de sa sexualité, toute inquiétude était superflue. En cas de nécessité, on pouvait vivre sans sexualité. Mais elle essaya d'envisager la possibilité que ce qu'elle avait découvert avec Sean ne se bornait pas à cela, et révélait peut-être une émotion plus profonde, comme l'amour…

— Je vous trouve une mine bien rêveuse, ce matin, observa Dorothy en manœuvrant son minivan pour quitter le parking du restaurant. Dois-je en conclure que votre compagnon se comporte correctement avec vous — du moins, pour le moment ?

— C'est le moins qu'on puisse dire, affirma Maggie. C'est un homme merveilleux, Dorothy, un véritable ami.

— Ne tolérez aucun geste agressif de sa part, Christine, insista Dorothy. C'est là le secret pour dompter un individu enclin à la violence et le rendre aussi vivable que possible. Au moindre écart, frappez vite et fort pour le rappeler à l'ordre.

Maggie se mit à rire.

— Je m'appliquerai à ne pas oublier ce conseil. Il me semble plein de bon sens.

— Croyez-en mon expérience durement acquise. J'ai dû m'y reprendre à trois fois pour obtenir le résultat souhaité. Si vous m'écoutez, vous gagnerez peut-être une étape.

— Je vous écoute, Dorothy, je vous assure.

— Ne vous contentez pas d'écouter, mon petit : agissez ! Mais venons-en au brunch qui nous attend, dit Dorothy en changeant soudain de sujet. J'ai choisi l'option de la simplicité. Les fruits frais sont déjà épluchés et coupés en morceaux ; il ne nous reste plus qu'à les déposer sur des plats. J'ai aussi apporté des muffins et des viennoiseries, qui accompagneront le fromage blanc servi en petits pots individuels. Il faudra placer les boissons au frais dès notre arrivée et commencer à préparer le café. Le centre dispose de deux percolateurs qui fournissent quarante tasses chacun.

— Quatre-vingts tasses devraient nous suffire, même si les gens ont tendance à boire beaucoup de café le matin. Quel est le nombre exact de convives ? Nous en étions à quarante-cinq, hier…

— Cela n'a pas changé : nous serons quarante-cinq, sans compter l'archevêque.

Maggie eut l'impression que son cœur s'arrêtait de battre.

— Pourquoi le compter ? s'étonna-t-elle. J'avais cru comprendre qu'il ne viendrait pas.

— Nous avons de la chance, puisqu'il s'est finalement ravisé. Il a appelé notre présidente hier soir pour lui annoncer qu'il s'intéressait vivement aux activités du foyer et s'arrangerait pour faire une visite éclair ; il craint seulement de ne pas arriver à temps pour la collation. Personne n'a songé à lui demander si sa sœur comptait toujours venir à 10 heures ou si elle manquerait également le brunch. Cela dit, une ou deux personnes de plus ou de moins, voilà qui ne fait pas de grande différence.

Pétrifiée, Maggie regardait fixement devant elle.

— A-t-il indiqué l'heure à laquelle il devrait arriver ?

— Aux alentours de 10 h 30, soit un quart d'heure avant le début de la séance de travail. Nous sommes tous enchantés. S'il décide que notre action est efficace, il interviendra en notre faveur auprès des organismes catholiques de bienfaisance, ce qui donnerait un sérieux coup de pouce à notre budget. Qui sait, peut-être pourrions-nous enfin repeindre la salle de loisirs ou acheter de nouveaux livres d'images pour les enfants. Ce serait formidable, n'est-ce pas ?

Maggie s'efforça d'endiguer le flot de panique qui menaçait de la submerger. Décidément, sa liaison amoureuse avec Sean avait sérieusement émoussé — et en quelques jours à peine — la vigueur de ses instincts de défense. Au lieu de réagir avec sa vivacité coutumière, elle se sentait curieusement privée d'énergie, presque apathique.

Grunewald allait les rejoindre au foyer. Comment allait-elle se tirer de ce mauvais pas ? Faute de pouvoir sauter du véhicule, elle devrait de toute évidence accompagner Dorothy jusqu'au bout. Elle consulta sa montre, qui indiquait 8 h 55. Serait-il prudent de s'attarder jusqu'au dernier moment ? Non, certainement pas. Le risque était trop important. Elle devait envisager le pire — qu'il arrive en avance, par exemple à 10 heures. Une telle hypothèse lui laissait au maximum quarante minutes pour aider Dorothy avant de trouver une excuse pour s'éclipser, en prétextant un accident imprévu.

Oui, mais quel genre d'accident ? En s'infligeant une

brûlure, elle risquait une hospitalisation qui ne l'arrangerait pas le moins du monde. De même pour une cheville ou un poignet brisés ou foulés. En admettant qu'elle parvienne à simuler ce genre de blessure, il serait bien difficile d'abuser des personnes habituées à secourir des victimes de violences physiques. Restait l'évanouissement… En prison, elle avait vu certaines femmes le provoquer en se recroquevillant sur elles-mêmes, accroupies, pendant un long moment, puis en se redressant brusquement. Mais comment trouver le temps nécessaire et l'endroit propice à l'opération ?

Elle cherchait toujours une solution à son problème quand elles atteignirent les grilles du foyer d'accueil. D'ordinaire, Maggie aurait volontiers visité les locaux, mais, en l'occurrence, elle avait toutes les peines du monde à entretenir une conversation cohérente et à suivre les instructions de Dorothy. Tout en vidant avec elle le contenu du minivan et en l'aidant à tout emporter dans la cuisine, Maggie la supplia en silence de lui accorder une pause qui lui laisserait le loisir d'inventer un moyen de se dérober.

Dans cette attente, elle s'affairait fébrilement autour des tables, disposant le sucre dans des coupelles, versant l'eau dans les percolateurs pour préparer le café et remplissant les pichets de lait. Obligée malgré elle de partir plus tôt que prévu, du moins s'emploierait-elle à ne pas laisser Dorothy dans une situation difficile.

A 9 h 40, elle vit deux ou trois membres du comité arriver et examiner le programme apposé sur un panneau de l'autre côté de la salle. Le temps filait à une allure terrifiante. Que faire si l'archevêque arrivait avant 10 heures ? L'hypothèse n'était pas si fantaisiste, après tout ; n'avait-il pas déjà changé d'avis à deux reprises en quelques jours ?

Bien que la climatisation de la salle fonctionnât correctement, Maggie dut s'essuyer le front à l'aide d'une serviette en papier. Le four se mit à sonner, indiquant que la température désirée avait été atteinte ; Dorothy enfourna aussitôt une grande plaque de viennoiseries assorties et de minicroissants garnis. Occupée à manipuler cet encombrant fardeau, elle cessa un instant de bavarder, accordant enfin à Maggie un précieux moment de tranquillité.

Il était 9 h 45. Cette brève pause, conjuguée à la pression croissante du compte à rebours, fournit enfin à Maggie l'inspiration dont elle avait besoin — même si le prétexte invoqué lui donnait mauvaise conscience.

— Dorothy ? lança-t-elle en se penchant par-dessus le comptoir qui délimitait le coin cuisine. Pourriez-vous m'indiquer la direction des toilettes, je vous prie ?

Mme Respighi ferma la porte du four et pointa le menton vers la gauche.

— Tout au fond de ce couloir. Il n'y a qu'une porte.

— Merci. Je reviens tout de suite.

Alertée par l'anxiété qu'elle avait probablement perçue dans sa voix, Dorothy se redressa pour la suivre des yeux.

— Tout va bien, Christine ?

— Oui… ça va. Du moins, je l'espère, répondit Maggie.

Elle se précipita dans la direction indiquée avant que Dorothy ne lui ait posé d'autres questions, pressée de se soustraire à sa sollicitude en un moment aussi important. Enfermée dans les lavabos, elle fixa aveuglément le miroir pendant cinq interminables minutes avant de ressortir. Une absence prolongée risquait d'inciter Dorothy à venir aux nouvelles.

9 h 50. Maggie inspira profondément et prit son élan. L'heure tournait et son plan devait réussir à tout prix. Elle s'approcha de sa patronne, occupée à envelopper chaque couvert dans une serviette en papier.

— Dorothy…

Son manège écœurait assez Maggie pour que sa voix fût naturellement altérée.

— Que se passe-t-il ? demanda Dorothy, interrompant aussitôt son activité. Mon Dieu, Christine, vous n'avez pas l'air en forme !

— Je ne me sens pas très bien en effet, dit Maggie avec un sourire crispé. J'ai perdu un peu de sang… Voyez-vous, je n'en parlais encore à personne, mais je suis enceinte et je crois qu'il s'agit d'une fausse couche.

Portant la main à sa bouche, elle se surprit à réprimer un véritable sanglot.

— Oh ! Dorothy, je voudrais tellement me tromper.

Son stratagème porta aussitôt ses fruits. Inquiète, Dorothy la prit sous son aile et insista pour l'installer dans un fauteuil, surélevant ses pieds sur une caisse vide. Elle lui fit boire de l'eau glacée et proposa d'appeler une ambulance pour l'emmener à l'hôpital, mais Maggie refusa de se rendre aux urgences, affirmant qu'elle préférait consulter au préalable son médecin traitant. Terriblement honteuse d'avoir recours à une telle supercherie, elle déclina les propositions de service des nouveaux arrivants qui s'offraient à la raccompagner. Du moins son désarroi était-il sincère lorsqu'elle demanda à appeler Sean afin qu'il vienne la chercher pour la conduire au plus vite chez son médecin.

Dorothy l'aida à marcher jusqu'au téléphone et resta auprès d'elle tandis qu'elle composait le numéro. Maggie pria pour que Sean soit à l'appartement et décroche rapidement. Au cours de la matinée, il avait l'intention de se rendre dans un magasin spécialisé pour se procurer un magnétophone de poche. Heureusement, il n'était pas encore parti, puisqu'il répondit à la seconde sonnerie.

— Sean ? dit-elle d'une voix haletante. C'est Christine. Il faudrait venir me chercher tout de suite. Je suis en difficulté et j'ai besoin de toi.

— Bien sûr, ma chérie, j'arrive. Que se passe-t-il ? Rien de grave, j'espère ?

— Je perds du sang, expliqua-t-elle. Je… j'ai peur que ce soit une fausse couche. Sean, il faut me conduire sans attendre chez le médecin. Je ne peux pas rester ici.

— Je comprends, mon ange. Je pars immédiatement. Tiens bon jusqu'à mon arrivée. Peux-tu m'indiquer comment je dois faire pour me rendre au foyer ?

— Non. Je vais te passer Dorothy. Mais il faut faire vite. C'est très urgent.

Sa voix se perdit dans un murmure.

— Il faut que je parte tout de suite. Il n'y a pas une minute à perdre.

— Ne t'inquiète pas, mon cœur, j'ai compris. Passe-moi vite Dorothy, d'accord ?

— Oui.

Maggie se tourna vers Dorothy et lui tendit le combiné.

— Il a besoin d'indications, dit-elle avant de s'effondrer de nouveau dans le fauteuil avec soulagement.

Il était 9 h 53. Son scénario fonctionnait à merveille, mais les difficultés ne faisaient que commencer. Encore devait-elle être partie avant l'arrivée de Grunewald.

Dans les minutes qui suivirent, Dorothy dut s'acquitter seule de tout le travail et elle n'eut plus une minute à elle. Maggie savourait sa tranquillité lorsqu'une dame entre deux âges s'approcha d'elle.

— Bonjour, dit-elle, je m'appelle Nathalie Carpenter et je suis l'un des membres dirigeants de ce foyer. Dorothy m'a demandé de veiller sur vous et de m'assurer que vous ne bougiez pas en attendant l'arrivée de votre ami.

— C'est très gentil, mais je me sens beaucoup mieux à présent.

— Croyez-vous que vous perdez encore du sang ? s'enquit Mme Carpenter avec sollicitude.

Maggie se trouva obligée de répondre par l'affirmative.

— Perdre ainsi son bébé est une épreuve très pénible, dit Mme Carpenter, soucieuse de la réconforter. J'en ai fait moi-même l'expérience lors de ma première grossesse, ce qui ne m'a pas empêchée par la suite d'accoucher à deux reprises de superbes jumeaux.

— Vraiment ? fit Maggie en s'efforçant de sourire et en feignant de s'intéresser à la conversation. Quel âge ont-ils, aujourd'hui ?

— Les aînés auront bientôt vingt ans, et ils poursuivent des études universitaires. Mes cadettes viennent d'en avoir dix-sept ; l'une travaille très bien au lycée, mais sa sœur me donne plus de soucis.

Maggie hocha la tête. La gentillesse de Nathalie Carpenter la touchait, et ne faisait qu'accentuer l'ignominie de ses propres mensonges.

— Avec quatre enfants, les soucis ne doivent pas manquer, remarqua-t-elle.

Il était à présent 10 h 10, et une bonne trentaine de personnes étaient déjà là, des femmes pour la plupart. L'arrivée d'un nouveau participant provoqua un remous dans l'assistance. Maggie tressaillit en apercevant les cheveux argentés d'un homme de haute taille.

— Oh ! voyez un peu qui s'est décidé à nous honorer de sa présence ! lança Mme Carpenter.

— Je ne le connais pas, répondit Maggie, infiniment soulagée.

— C'est notre très estimé maire…

Le ton sarcastique de la réplique ne laissait planer aucun doute sur l'opinion de Mme Carpenter à son égard.

— On peut parier qu'il n'aurait jamais mis les pieds à cette réunion sans la pression de Mgr Grunewald.

Encore un point marqué par l'archevêque en matière de relations publiques, songea Maggie avec dépit.

10 h 13. Encore six ou sept minutes avant qu'elle puisse espérer voir arriver Sean. Terriblement tendue, Maggie supportait de plus en plus mal son immobilité forcée.

— Excusez-moi un instant, dit-elle à Nathalie. Je reviens tout de suite.

Se levant, elle s'éloigna en direction des lavabos.

— Voulez-vous que je vous accompagne ? proposa Mme Carpenter, toujours serviable.

« Laissez-moi plutôt tranquille ! » songea Maggie, qui parvint à grimacer un sourire.

— Merci infiniment, mais c'est inutile. Je préfère y aller seule.

— Eh bien, si vous êtes sûre de ne pas avoir besoin d'aide…

— Absolument sûre.

Mais il était encore préférable d'attendre dans la grande salle que d'être enfermée dans les toilettes, découvrit-elle sur place ; là-bas, au moins, pouvait-elle surveiller l'entrée au lieu de se trouver à l'écart, ignorante de ce qui se passait. L'archevêque pouvait arriver sans qu'elle le sût. Maggie s'aperçut qu'elle s'était elle-même enfermée dans un piège et risquait ainsi de se retrouver nez à nez avec Grunewald en sortant.

Elle entrouvrit la porte et jeta un coup d'œil dans le couloir. Il était désert, et elle se hâta de regagner la salle principale. Apparemment, l'archevêque n'était pas encore là, constata-t-elle avec soulagement.

Nathalie la prit par la main et l'installa presque de force dans le fauteuil.

— Je vous trouve bien pâle, lui dit-elle. Ce n'est pas une hémorragie, tout de même ?

— Non, mais j'ai hâte d'être chez le médecin.

Comme elle se tournait vers la porte, Maggie aperçut enfin Sean et se leva d'un bond en agitant la main.

— Sean !

Elle tomba pratiquement dans ses bras.

— Dieu merci, tu as pu venir.

— Tout va bien, ma chérie, je suis là.

D'un geste tendre, il lui caressa la joue.

— Allons, partons vite d'ici. La voiture est garée juste en face.

— Surtout, emmenez-la directement chez le médecin, recommanda Nathalie Carpenter. Il ne faut pas prendre ce genre d'incident à la légère.

— Je l'ai déjà appelé, assura Sean. Heureusement, il reçoit en consultation jusqu'à midi et demi le samedi.

S'inclinant vers Maggie, il la souleva dans ses bras.

— Accroche-toi à mon cou, nous partons.

— Sean, pose-moi par terre ! Je peux marcher !

— Taisez-vous donc ! lança Mme Carpenter en adressant à Sean un petit sourire approbateur. Laissez-vous plutôt dorloter pendant quelques jours.

— Dites à Dorothy que je suis désolée de l'abandonner avec tout ce travail, reprit Maggie. Je l'appellerai ce soir au restaurant.

— Je le lui dirai, promit Nathalie. Prenez bien soin de vous, Christine.

— J'y veillerai, affirma Sean avant de franchir le seuil du foyer.

Sitôt dehors, Maggie essaya de se dégager.

— Plus personne ne peut nous voir, Sean. Laisse-moi marcher. Il faut nous dépêcher.

Au lieu d'obéir, il l'examina d'un œil scrutateur.

— Ce n'est pas une fausse couche, n'est-ce pas ? Je n'étais pas absolument sûr que tu aies menti…

— Non, il fallait à tout prix que je parte, et je n'ai pas trouvé de meilleur prétexte : avec ce stratagème, j'étais à peu près certaine que personne n'insisterait pour vérifier mon état.

— C'est bien pensé, approuva Sean. Mais ne prenons aucun

risque. On ne sait jamais si quelqu'un n'est pas en train de nous observer.

Il suivit le trottoir jusqu'au feu tricolore, attendant que celui-ci passe au rouge pour traverser.

— Ma voiture est garée de l'autre côté, expliqua-t-il. Eh bien, que s'est-il passé ? Pourquoi ce départ précipité ?

— Grunewald a de nouveau changé d'avis, et il doit passer au foyer à 10 h 30.

Sean siffla entre ses dents.

— Bon sang ! Tu as dû vivre un sale moment en apprenant la nouvelle.

— Un sale moment ? Tu veux dire que j'ai vraiment frôlé la crise cardiaque, oui !

Arrivé à la voiture, Sean déposa enfin Maggie sur le trottoir pour chercher ses clés.

— Mais, comme d'habitude, dit-il en lui adressant un clin d'œil, tu t'es superbement tirée de ce mauvais pas et nous avons réussi à filer avec… six minutes de marge, conclut-il après avoir consulté sa montre.

— Une marge beaucoup trop mince à mon gré, répliqua Maggie en s'installant à l'avant.

— Tu as raison. Quittons les parages au plus vite. Sean attacha sa ceinture et fit démarrer le moteur.

— Si nous fêtions cette « échappée belle » en faisant une halte au centre commercial sur le chemin du retour ? Je me suis renseigné par téléphone, et on y trouve les dernières nouveautés en matière d'appareils électroniques.

— Excellente idée. Allons y faire un tour.

Tandis qu'ils tournaient au premier croisement, Maggie

cala sa nuque contre l'appuie-tête, enfin détendue. Une fois de plus, elle avait évité le désastre de justesse.

Mgr Tobias Grunewald fit ralentir sa Chrysler grise et se gara sur l'emplacement que venait de libérer une Toyota blanche.

— As-tu remarqué le couple qui s'éloignait en voiture ? demanda-t-il à sa sœur.

Bernadette leva les yeux de la brochure qu'elle était en train de lire, un document consacré à la violence domestique.

— Non, je ne faisais pas attention, Toby. J'aurais dû remarquer quelque chose de spécial à leur sujet ?

Tobias hésita, ne sachant jusqu'où se confier.

— Je ne suis pas très sûr… Il me semble avoir reconnu cette femme, c'est tout.

— Et de qui s'agissait-il ?

— C'est sans importance.

Bernadette n'était pas une personne qu'on dupait aisément, et elle dévisagea Tobias avec attention.

— Toby, as-tu des raisons d'être inquiet ? Je te trouve beaucoup plus distrait et préoccupé que d'habitude, depuis quelque temps.

Rien n'autorisait Tobias à lui infliger le fardeau de ses péchés passés, mais la tentation de se décharger un tant soit peu de ce poids écrasant l'emporta sur ses scrupules. Devait-il lui parler de ces lettres anonymes ? Si oui, comment lui expliquer à quel point elles l'affectaient sans situer l'incident dans son contexte ? Comme toujours lorsqu'il essayait de parler de Rowena, il se retrancha derrière une semi-vérité.

— Te souviens-tu de Maggie Slade ? demanda-t-il en coupant le contact.

— Naturellement !

Bernadette détacha sa ceinture et lissa un pli de sa robe à la coupe irréprochable.

— Comment aurais-je pu oublier une fille coupable d'un crime aussi horrible, et commis à un âge aussi jeune ? Je me souviens que tu avais essayé de l'aider durant sa détention, n'est-ce pas ?

— Tu l'as encouragée, toi aussi. Du reste, une étudiante aussi brillante et travailleuse semblait bien mériter qu'on s'intéressât à son cas.

Cette remarque valut à Tobias un petit ricanement persifleur.

— Et, en guise de remerciement, elle s'est évadée de prison, réduisant tous tes efforts à néant. Mais sans doute aurions-nous dû nous y attendre, puisqu'elle avait assassiné sa propre mère…

— Tu penses vraiment cela ? J'ai toujours eu le sentiment que cette jeune femme débordait de qualités qui ne demandaient qu'à s'épanouir.

Alors qu'ils traversaient la rue pour rejoindre le foyer, Bernadette secoua la tête avec un sourire désabusé.

— Mon cher Toby, tu trouves des qualités cachées à toutes les personnes que tu rencontres. Cela ne veut pas dire que tu as toujours raison. Cela prouve seulement que l'excellente nature qui est la tienne t'empêche de discerner le mal chez autrui, même lorsqu'il saute aux yeux de n'importe qui d'autre.

Tobias réprima une grimace, douloureusement conscient de ne pas mériter cet éloge injustifié — surtout pour ce qui concernait Maggie Slade. Ses torts à son égard étaient immenses, et le temps qui passait accentuait ses remords au lieu de les atténuer. Il lui arrivait même de penser que Dieu n'aurait pu choisir meilleur châtiment que de l'élever sans cesse à des fonctions de plus en plus importantes au sein de l'Eglise. Plus on lui décernait d'honneurs et de marques de respect, plus il souffrait de s'en sentir aussi peu digne.

— Tu as une trop haute opinion de mes vertus, dit-il en s'effaçant pour céder le passage à sa sœur. Tu m'as toujours surestimé, Bernie. Je ne suis pas aussi candide que tu l'imagines. En réalité, je crois profondément, même si c'est assez démodé, en la fragilité de l'être humain et en l'extrême puissance du Malin.

Bernadette s'immobilisa brusquement alors qu'elle allait franchir la porte.

— Pardonne-moi, mais j'ai l'impression d'être un peu lente à comprendre, ce matin. Que vient faire cette allusion à Maggie Slade dans la conversation ? Voulais-tu dire que cette femme, dans la voiture, aurait pu être Maggie ? Voyons, Toby, ce serait une coïncidence invraisemblable !

— Je suis certain d'avoir reconnu les traits de cette femme — même si ses cheveux étaient d'un roux flamboyant.

Tobias s'abstint d'ajouter que la présence de Maggie à Columbus n'avait rien d'une coïncidence — si c'était bien elle.

— Mais pourquoi Maggie Slade serait-elle ici ? lui demanda Bernadette.

— Il faut bien qu'elle soit quelque part, répondit Tobias, sans mentir réellement.

— Tu la reconnaîtrais, si tu la voyais ? demanda sa sœur

d'un ton sceptique. Il y a bien cinq ou six ans qu'elle s'est évadée de prison, et elle a sans doute beaucoup changé.

— Cela fera sept ans en octobre, corrigea Tobias. Oui, je crois que je la reconnaîtrais sans peine. Le FBI a fait publier un portrait d'elle telle qu'elle doit être aujourd'hui. Tu ne t'en souviens pas ?

— Si, vaguement. Mais cela remonte quand même à deux ou trois ans.

— Exact.

Tobias se demanda quelle serait la réaction de sa sœur s'il lui expliquait qu'il avait les meilleures raisons au monde de ne pas oublier Maggie Slade. Bien au-delà du cliché réactualisé, chaque détail du procès et de ses suites restait gravé à jamais dans sa mémoire, notamment les traits de Maggie lors de leur dernière entrevue, telle une marque au fer rouge.

— Ce n'est probablement ni le moment ni l'endroit de te fournir des explications détaillées, reprit-il, mais j'ai de bonnes raisons de penser que Maggie Slade pourrait se trouver à Columbus en ce moment même.

Bernadette s'abstint heureusement de lui demander quelles étaient ces bonnes raisons. Pourquoi l'aurait-elle fait, du reste ? Si Maggie Slade était pour lui une véritable obsession, elle ne l'était pas pour sa sœur.

— Dans ce cas, il faut avertir la police que tu crois l'avoir vue, dit-elle. Maggie Slade est une dangereuse fugitive. Tu ne feras que ton devoir, Toby.

— Oui, tu as probablement raison. J'appellerai quelqu'un dès lundi.

« Du moins, peut-être », songea Tobias.

Le brouhaha des conversations augmentait à mesure qu'ils s'approchaient de la salle où la réception avait lieu.

— Une simple suggestion, Toby : puisque tu as aperçu cette jeune femme près d'ici, pourquoi ne pas poser quelques questions à la ronde pour vérifier si quelqu'un la connaît ? Peut-être travaille-t-elle pour le foyer ? A moins qu'elle ne bénéficie de son aide ? Sans doute serait-il très utile de fournir quelques indications à la police sur ses activités actuelles.

— Rien ne prouve que cette personne soit bien Maggie Slade, répliqua Tobias, qui cherchait un prétexte pour se dérober. Il peut très bien s'agir d'une méprise.

— Certes. Pour ma part, je juge sa présence ici assez improbable. Mais, si cette jeune femme n'était pas Maggie, il n'y a aucun risque à mener une petite enquête, n'est-ce pas ?

Tobias regretta que les choix de conscience ne lui semblent pas toujours aussi simples qu'ils l'étaient pour sa sœur. Il aurait souhaité être plus convaincu de vouloir que Maggie retourne en prison ; souhaité aussi qu'il y ait un moyen de régler la question de ces lettres anonymes sans la dénoncer à la police. Du reste, alerter la police n'était pas une décision aussi facile pour lui, comme Bernadette le croyait naïvement. Comment expliquer l'intérêt que lui inspirait la jeune femme et sa certitude qu'elle le traquait dans cette ville, sans dévoiler l'existence des messages, ni mentionner l'étrange visite de Scott Schmidt, ce détective privé dont le nom ne figurait sur aucun registre professionnel de Floride ?

Quelle que soit sa décision finale, il lui fallait un complément d'information, décida Tobias. Il n'y avait aucun mal à se renseigner discrètement pour découvrir si, par hasard, quelqu'un saurait qui était cette jeune femme qui venait de s'éloigner d'ici en voiture. Ensuite, il rentrerait chez lui et prierait longuement. Peut-être Dieu lui indiquait-il que l'heure était venue d'expier sa faute en public. Un jour prochain, très bientôt il en avait le pressentiment, il recevrait un billet exigeant un rendez-vous. Peut-être alors s'y rendrait-il. D'une certaine manière, il serait soulagé de regarder Maggie Slade en face et de reconnaître enfin la vérité.

Depuis quinze ans, il vivait dans l'ombre glaciale d'un péché mortel. Cela ne pouvait plus durer ainsi.

15.

Les nombreux articles proposés par le magasin spécialisé dans la sécurité semblaient pour la plupart tout droit sortis d'un film de James Bond. De nouveaux appareils pour déformer le son promettaient de transformer la voix d'un homme en une voix de femme — et inversement — lors d'un appel téléphonique. A la demande, la voix ainsi déformée pouvait parler anglais avec trois accents étrangers. Pour cinq mille dollars, il était possible d'acheter un attaché-case muni d'une caméra de surveillance, d'un magnétophone miniature, d'un capteur capable de détecter la présence d'un autre appareil électronique dans un rayon de presque cent mètres et d'un système de fermeture qui aspergeait de peinture toute personne qui tentait d'ouvrir la mallette sans connaître le code des deux verrous. Pour la modique somme de huit mille dollars, le client pouvait se procurer tout ce qui précède plus un système de vision nocturne qui permettait à la caméra de filmer dans une obscurité presque totale.

Dans ce genre de magasin, le fait de rechercher un magnétophone facilement dissimulable n'éveillait aucune curiosité de la part d'un personnel habitué à des exigences autrement complexes. Lorsque Maggie exprima sa stupéfaction devant la taille du magasin et l'importance de la clientèle, un vendeur lui fit remarquer que Columbus était la capitale de l'Ohio, ainsi qu'une ville universitaire et un centre de recherche scientifique renommé, et qu'il y avait par conséquent beaucoup de secrets à voler et à protéger, pour des raisons politiques ou commerciales. Le magasin semblait prospère, et Maggie eut le sentiment très net que l'employé ne se souciait guère de vendre sa marchandise à un client désireux de voler un secret plutôt que de le protéger.

Sean et elle se virent proposer un nombre effarant de magnétophones, et le vendeur décrivit patiemment les avantages et les inconvénients de chaque système — l'un offrant une plus longue durée d'enregistrement ; l'autre étant muni d'un dispositif de protection qui le rendait indétectable tant qu'il n'était pas en fonctionnement ; un troisième, miniature, étant le plus petit appareil existant sur le marché. Si Maggie ne tarda pas à se sentir dépassée, Sean ne manquait pas d'expérience en la matière, et la pertinence de ses questions parut impressionner le vendeur, qui le félicita finalement de son choix — un magnétophone de poche de la taille d'un billet de banque. Celui-ci pouvait être programmé pour enregistrer sans arrêt pendant une heure, et il se déclenchait au son de la voix.

— Un outil de haute précision technologique à un prix abordable, commenta l'employé avec un hochement de tête approbateur. Vous ne regretterez pas votre achat, monsieur. Vous réglez en espèces ou par carte bancaire ?

Ils payèrent en espèces et quittèrent le magasin sans que personne leur ait demandé leur nom ou les motivations de leur achat. Songeant qu'elle avait frôlé la catastrophe le matin en se livrant à une activité aussi anodine que d'aider à servir un brunch, Maggie apprécia l'ironie de la situation.

— Quand on voit ce genre de magasin, on ne s'étonne plus que les criminels aient toujours une longueur d'avance sur la police, remarqua Sean tandis qu'ils s'éloignaient en voiture. Le budget annuel d'un commissariat couvrirait à peine l'achat d'une ou deux de ces caméras ultraperfectionnées, alors qu'un gangster peut utiliser les profits de son dernier hold-up pour acheter de quoi s'approprier un secret industriel, qui lui rapportera des millions de dollars sur le marché international. Et il réussira sans doute en plus à nous échapper. Une fois sur deux, le vol passe inaperçu ; et, le reste du temps, il est impossible d'apporter la preuve qu'il a eu lieu.

— En prison, j'ai compris que les criminels de grande envergure ne sont presque jamais pris, renchérit Maggie. Les rares exceptions à cette règle font la une de tous les journaux, naturellement, et, avec ce tapage, on a tendance à croire que le phénomène est plus répandu qu'il ne l'est. En fait, quatre-vingts pour cent des femmes incarcérées en même temps que moi avaient été condamnées pour des délits liés à la drogue.

Après un déjeuner sur le pouce, ils se rendirent à la cathédrale Saint-Joseph, située sur Broad Street, en plein cœur de la ville. Bâtie dans le style néogothique des édifices américains du XIXe siècle, elle comportait d'innombrables coins et recoins de chaque côté de l'immense nef aux ogives vertigineuses. Il leur fallut trois heures pour se familiariser avec les lieux et se sentir prêts à mettre au point tous les détails de la rencontre entre Maggie et Grunewald, ainsi que sa retraite éclair, sitôt qu'elle aurait accompli sa mission.

Ils venaient de regagner le studio quand la vague de chaleur se mua en orage ; ils peaufinèrent leur plan accompagnés par les roulements de tonnerre et les éclairs aveuglants qui les ponctuaient.

— Quand pourrons-nous remettre le troisième message à Grunewald, à ton avis ? demanda Maggie. Nous n'avons pas la moindre indication concernant son emploi du temps de la semaine prochaine, et les brochures que nous avons trouvées à la cathédrale ne nous sont d'aucun secours.

— Je ne vais plus lui remettre de message écrit, annonça Sean. Je vais lui téléphoner.

Un coup de tonnerre assourdissant suivit sa déclaration, et Maggie leva vers le ciel un regard éloquent.

— Voilà exactement ce que j'en pense, dit-elle.

Sean plongea les mains dans ses poches.

— A ce stade, un appel téléphonique est moins périlleux qu'un contact direct.

— C'est possible, mais comment le joindre personnellement ? Ses appels doivent être filtrés par des secrétaires ou des assistants. Il te faudra donner ton nom et l'objet de ton appel avant de pouvoir lui parler — si tu n'es pas tout de suite dirigé vers un de ses subalternes.

— En effet, admit Sean. Mais, si je me présente sous le nom de Scott Schmidt en demandant qu'on me passe l'archevêque pour une affaire personnelle urgente, il y a de fortes chances pour que Grunewald accepte de me répondre. Et j'ai de bonnes raisons de penser qu'il s'attendra déjà au pire en entendant prononcer ce nom.

Maggie jeta un coup d'œil sur leur petit magnétophone flambant neuf et se demanda si les appels téléphoniques adressés à l'archevêché étaient systématiquement enregistrés, comme c'était le cas dans de nombreuses entreprises privées ou publiques. A la réflexion, cela semblait peu probable. La dépense occasionnée paraîtrait injustifiée.

— Tu l'appelleras depuis une cabine téléphonique ? interrogea-t-elle.

— Bien sûr, et je devrai faire très court. Que penses-tu de ceci ?

Tout en parlant, Sean se mit à arpenter la pièce.

— Ici Scott Schmidt, Monseigneur. Je voudrais vous demander une entrevue pour ma cliente, la jeune femme dont je vous ai parlé jeudi. Elle m'a chargé de vous informer qu'elle dispose de documents prouvant de manière évidente votre liaison avec Rowena Slade, documents qu'elle se propose de monnayer contre… vingt mille dollars.

— C'est trop ! intervint Maggie. Il ne faut pas l'effrayer par une exigence qui dépasse ses liquidités.

— Tu as raison. Que dirais-tu de dix mille dollars ? La jeune femme réfléchit un instant.

— C'est plus raisonnable. Suffisant pour qu'il nous prenne au sérieux, mais pas trop élevé, pour qu'il puisse rassembler la somme dans des délais brefs.

— A vrai dire, le fait qu'il paie ou pas ne nous intéresse pas vraiment. Il sera même plus aisément amené à se trahir s'il ne peut pas payer et se voit obligé de négocier avec toi.

— Bien vu, approuva Maggie. L'essentiel, dans ce cas, est de faire en sorte qu'il se sente plus menacé en restant chez lui qu'en venant à ce rendez-vous. Quand vas-tu lui téléphoner ? Tout de suite ?

Sean secoua la tête.

— J'aimerais, mais les bureaux de l'archevêché sont fermés pendant le week-end, et je ne vois aucun moyen d'obtenir le numéro de son domicile.

Déçue, Maggie s'efforça de surmonter sa contrariété. L'incident de la matinée, au foyer, l'avait profondément ébranlée, et la perspective d'attendre encore quarante-huit heures pour savoir si leur piège allait fonctionner ne la réjouissait guère.

— Si tu réussis à joindre Grunewald lundi matin, quelle date lui fixeras-tu pour notre entrevue ?

— Il faut battre le fer tant qu'il est chaud. Rien ne nous garantit que Grunewald sera à son bureau lundi matin, mais, si je parviens à lui parler, nous pourrions convenir d'un rendez-vous à 17 heures le jour même, par exemple.

— Le jour même ? Le délai est un peu bref, tu ne penses pas ?

— On ne le convie pas à venir faire un discours à l'occasion d'une fête patronale, Maggie. Nous devons lui donner l'impression qu'il est acculé, poussé dans ses derniers retranchements. Au demeurant, de deux choses l'une : ou bien nos deux précédents messages ont atteint leur but, ou bien ils ont échoué. Si notre plan a fonctionné comme prévu, il devrait être trop inquiet pour ne pas venir. Par conséquent, nous n'avons aucun intérêt à faire traîner la situation, d'autant que notre but n'est pas de lui soutirer cet argent.

Lundi après-midi à 17 heures, donc, songea Maggie. Depuis combien d'années rêvait-elle d'affronter Grunewald ? A présent, une heure et un lieu précis rattachaient ce rêve à la réalité, et une terreur subite l'habitait. Elle ne disposait d'aucun atout caché susceptible de l'aider à triompher d'un homme certainement très difficile à bluffer. Jusqu'ici, Sean lui avait procuré un appui inappréciable, mais lundi, pour affronter l'archevêque, elle serait seule. Tout se jouerait en quelques minutes, sur son habileté à lui soutirer des aveux.

S'approchant de la fenêtre, elle regarda sans le voir vraiment le ciel qui déversait des torrents de pluie. L'eau s'infiltrait autour de l'appareil de climatisation et laissait une trace brune dans son sillage, le long du mur. Machinalement, Maggie prit un torchon afin d'éponger la fuite, surprise d'être encore en mesure de se soucier d'un détail aussi prosaïque lorsque son avenir était en jeu. Elle se retourna vers Sean et essaya de sourire, dissimulant ses mains dans le torchon humide pour qu'il ne les voie pas trembler.

— Si je disais à quelqu'un que je m'apprête à exercer un chantage sur un personnage tel que l'archevêque Grunewald pour lui extorquer l'aveu d'un crime, on me croirait folle à lier.

Sean jeta le torchon par terre et lui prit les mains.

— Alors, ne le dis à personne, répliqua-t-il. En tout cas, pas avant que nous puissions révéler que tu as été innocentée grâce au concours d'un policier également responsable de ton inculpation — du moins, en partie.

— Dis-moi la vérité, Sean. Ce plan va-t-il réussir ? Il hésita une fraction de seconde.

— Je ne sais pas, mon cœur. Ce que je sais, c'est que nous allons y employer toute notre énergie.

En même temps qu'il parlait, une série d'éclairs illumina la pièce, suivie d'un coup de tonnerre si violent qu'il fit trembler les vitres. Aussitôt, la lumière vacilla, puis s'éteignit.

Réprimant un frisson, Maggie se prit à espérer qu'il ne s'agissait pas là d'un funeste présage.

Bernadette frappa légèrement à la porte de la bibliothèque, où son frère préparait ses allocutions pour la semaine à venir.

— Aurais-tu oublié que le dimanche est le jour du Seigneur, jour de repos obligatoire pour un bon catholique ? demanda-t-elle d'un ton mi-sérieux, mi-taquin. J'ai dressé une table pour le thé dans le petit salon. Veux-tu te joindre à moi ? J'aurais grand plaisir à le prendre en ta compagnie.

Toby leva les yeux, posa ses lunettes de lecture et la gratifia d'un sourire affectueux, quoiqu'un peu las.

— Ta proposition me tente, répondit-il en étouffant un bâillement. Je n'arrive même plus à relire mon charabia. C'est sans doute un signe qu'il est temps pour moi d'arrêter.

Il s'épuisait littéralement, songea Bernadette avec inquiétude. Un homme de trente ans aurait eu peine à suivre la cadence qu'il s'imposait ; et lui approchait des soixante et un ans !

— Tu ne devrais pas travailler autant, Toby, insista-t-elle. J'aimerais beaucoup aller à Rome dans un proche avenir et t'y voir accéder au rang de cardinal.

A son tour, elle lui sourit et ajouta :

— Tous mes espoirs s'effondreraient si tu succombais avant l'heure en te tuant à la tâche avant que je n'aie pu me rendre là-bas.

Son frère la considéra avec une certaine gravité.

— Tu rêves d'un pèlerinage à Rome depuis que tu as pris ta retraite, dit-il. Tu devrais y aller, Bernie, sans attendre que je sois nommé cardinal. Cela ne se produira probablement jamais.

— Ne dis pas de sottises ! Tu es le candidat idéal, et je ne suis pas la seule à le penser. Tiens, pas plus tard qu'avant-hier, Mgr Burnham me disait qu'il te considérait comme le plus admirable jeune homme au service de l'Eglise dans ce pays.

Toby rit de bon cœur.

— Le fait que Burnham me qualifie de « jeune homme » en dit long sur sa clairvoyance. A quatre-vingt-sept ans, il est officiellement à la retraite depuis quinze ans. C'est un homme de cœur, que j'apprécie beaucoup, mais il est totalement « hors circuit » en ce qui concerne les affaires politiques de l'Eglise.

— Etre nommé cardinal n'est pas seulement affaire de politique. C'est aussi la volonté de Dieu qui se manifeste sur cette Terre.

— Je ne voudrais pas me montrer irrévérencieux, mais ta remarque aurait tendance à me confirmer dans ma volonté de t'offrir rapidement un billet pour Rome ! Si ma nomination dépend d'une décision politique, il me reste peut-être une chance ; en revanche, Dieu ne commettrait pas l'erreur de me choisir.

— Permets-moi d'en douter, dit simplement Bernadette en se tournant pour rejoindre le petit salon. Viens, maintenant.

Elle servit le thé dans les tasses de porcelaine délicate qui avaient appartenu à feu sa belle-mère. Elle aimait leur fragile beauté et appréciait de pouvoir les utiliser dans un cadre digne de cette beauté. Ses parents, gérants d'une station-service dans le Dakota du Sud, n'avaient jamais roulé sur l'or du temps de son enfance, celle de Tobias et de leur sœur Loretta. La beauté n'était pas une denrée très répandue dans la maison des Grunewald.

Toby, toujours perspicace, dut remarquer le geste attendri avec lequel elle prit le sucrier.

— Tu penses à Tom et au bon vieux temps de Rapid City, n'est-ce pas ? lui dit-il avec un regard plein de compassion. Il te manque toujours autant, Bernie ?

Elle ajouta un quartier de citron dans la tasse de son frère et la lui tendit avant de répondre.

— Non, avoua-t-elle enfin. Je pense souvent à lui, bien sûr, mais je peux évoquer son souvenir sans chagrin, à présent. Voilà bientôt trente ans qu'il est décédé, tout de même.

Son mari, l'un des médecins les plus respectés de Rapid City, appartenait à une famille d'un rang social très différent de celui des Grunewald, issus de plusieurs générations de simples paysans allemands. Cette union avait été considérée comme une chance exceptionnelle pour elle, et le conte de fées s'était poursuivi jusqu'à la mort de Tom, victime d'un tragique accident. La vie de Bernadette avait alors basculé : jeune veuve de trente-trois ans, sans enfants, elle avait découvert que son mari avait été meilleur médecin que gestionnaire, et qu'il ne lui avait pas laissé beaucoup d'argent pour vivre.

Dans une situation où nombre de femmes de sa génération auraient été désemparées, Bernadette pouvait s'enorgueillir de ne pas avoir perdu de temps en lamentations inutiles. La maigre somme léguée par son époux lui avait permis de reprendre une formation universitaire ; et à 40 ans, son diplôme en poche, elle avait décroché un emploi dans la région où habitait Toby, alors simple vicaire auprès d'un prêtre de

Chicago. Un an plus tard, une paroisse lui avait été attribuée à Denver, et elle l'avait suivi dans le Colorado.

Lorsqu'il avait été nommé curé de Sainte-Jude, une paroisse en plein essor de Colorado Springs, il était allé de soi que Bernadette l'accompagnerait et prendrait en charge les questions domestiques, comme elle le faisait depuis cinq ans. Le bruit circulait déjà que la carrière du père Tobias suivait une ascension vertigineuse, et certains murmuraient même le mot magique d'« évêque ». Bernadette, qui n'avait ni mari ni enfants, éprouvait le sentiment que la réussite de son frère rejaillissait en quelque sorte sur elle, lui procurant une fierté incomparable. Elle avait toujours su que Toby irait loin dans la voie qu'il s'était choisie, et elle se plaisait à croire qu'elle lui apportait sa modeste contribution en tenant sa maison de manière irréprochable.

— Quel est ton emploi du temps pour la semaine prochaine ? demanda-t-elle en remplissant sa tasse une seconde fois. Le rythme de travail que tu t'imposais à Phoenix me semblait déjà exténuant, mais ce n'était rien en comparaison de ce que tu accomplis à Columbus. Ta réputation t'a manifestement précédé, Toby. C'est à croire que toutes les associations de la ville s'arrachent ta présence.

Il esquissa une grimace.

— Je vais essayer d'éviter les feux de la rampe pendant quelque temps. La presse est un ogre aussi inconstant qu'insatiable. Après avoir inondé pendant quelques mois ses victimes sous un déluge d'éloges immérités, elle opère un revirement complet et se met à déverser des torrents de critiques, aussi injustifiées que ses louanges. Je leur couperai l'herbe sous le pied en quittant la scène avant qu'ils ne se lassent de déverser leurs flatteries ineptes pour commencer à me dénigrer.

— Sage décision, je suppose, concéda Bernadette. Mais tu es un homme plein de sagesse, Toby. Inutile de me foudroyer du regard : puisque tu n'acceptes de compliment de personne, j'invoque le privilège familial.

Tobias posa sa tasse sur le plateau et se cala dans son fauteuil.

— Merci de m'avoir fourni l'occasion d'une pause, Bernie. Je ne m'étais pas rendu compte à quel point j'étais fatigué.

— J'imagine qu'il est inutile de te suggérer d'annuler quelques-uns de tes rendez-vous de demain pour t'installer simplement dans une chaise longue du jardin avec un bon livre ?

— En effet. Ce serait peine perdue. Je dois assister à une réunion particulièrement délicate, demain matin. Le principal de l'école de la Sainte-Trinité est accusé d'entretenir une liaison avec l'un des professeurs. Celle-ci nie farouchement, mais un groupe de parents qui a eu vent du scandale…

— … exige sa démission, conclut Bernadette.

— Non. Ils l'apprécient beaucoup et souhaitent qu'elle reste. L'un des membres de ce groupe de soutien se trouve être une journaliste, qui travaille sur une chaîne de télévision locale ; elle menace de dénoncer publiquement au journal télévisé ce qu'elle appelle — je cite — « la tyrannie des procédures disciplinaires dans l'enseignement privé ».

— Quelle absurdité ! De toute évidence, elle ne sait pas de quoi elle parle.

— C'est possible. Hélas ! l'ignorance empêche rarement un journaliste de développer abondamment un sujet qu'il ne maîtrise pas, que ce soit à la télévision ou dans un journal. Je suis chargé de régler cette petite difficulté avant midi si nous voulons éviter d'être la vedette des informations de 19 heures. Et, l'après-midi, mes fonctions m'obligent à diriger les débats sur la révision du budget semestriel.

Toby accompagna ses propos d'un haussement d'épaules désabusé.

— A moins de réussir à me transformer en roi Salomon pendant la nuit, je peux déjà t'annoncer qu'il y aura du grabuge.

— Il y a une tâche dont je peux te soulager, annonça alors Bernadette. Je vais avertir la police que Maggie Slade se trouve probablement en ce moment à Columbus et s'y cache sous le nom d'emprunt de Christine Williamson.

Son frère se leva et gagna les portes vitrées qui ouvraient sur un petit patio entièrement dallé de pierre.

— Ce serait peut-être agir de façon prématurée. Je ne suis pas vraiment certain d'avoir aperçu Maggie Slade, et rien ne prouve qu'elle vit ici sous une fausse identité.

— Elle n'y vivrait quand même pas sous son vrai nom, n'est-ce pas ? La petite enquête que nous avons menée hier nous a appris que cette fameuse Christine s'est installée récemment à Columbus et que personne ne sait grand-chose de son passé. Ne serait-ce pas une coïncidence extraordinaire que cette Christine Williamson, qui ressemble à s'y méprendre à Maggie Slade, soit arrivée ici moins de trois semaines après toi ?

— La vie est pleine de coïncidences, souligna Toby.

— Tu ne m'aurais jamais dit avoir vu Maggie Slade si tu n'avais pas été à peu près sûr de l'avoir reconnue.

Rejoignant son frère, Bernadette posa une main sur son

bras en déplorant une fois de plus cette tendance fâcheuse qui le conduisait parfois à apprécier tout le monde — y compris les meurtriers.

— Toby, sois raisonnable, reprit-elle. Tu n'as jamais pu t'empêcher de vouloir protéger cette jeune fille, mais, cette fois, ton attitude n'est pas raisonnable.

— Je connaissais sa mère. C'était l'une de mes paroissiennes.

La voix de Toby était presque inaudible.

— Il est donc bien naturel que sa fille ne me soit pas indifférente.

Bernadette réprima à grand-peine un ricanement méprisant.

— En pareille circonstance, les sentiments de compassion personnelle doivent s'effacer au profit de l'intérêt général. Il s'agit d'une jeune fille qui a abattu froidement sa propre mère, s'est évadée de prison et nargue la police depuis maintenant sept ans. Pourquoi s'est-elle installée à Columbus ? Combien de victimes fera-t-elle encore si jamais elle s'approche de toi avec une arme et des intentions criminelles ?

Toby pinça le point où se rejoignaient ses sourcils, comme pour chasser une migraine.

— Tu as raison, concéda-t-il enfin avec une voix pleine de lassitude. Il faut faire part de nos soupçons à la police. Naturellement, si l'enquête faisait apparaître que Christine Williamson n'est qu'un sosie de Maggie Slade, nous n'aurions causé de tort à personne.

— Exactement.

Soulagée, Bernadette laissa échapper un soupir. Enfin, elle avait fini par lui faire entendre raison. Tobias était le genre d'homme à juger les gens bien intentionnés tant qu'ils ne lui avaient pas enfoncé un couteau en plein cœur.

— Ne t'inquiète pas, Toby, je n'irai pas faire une montagne d'un rien. J'appellerai simplement le commissaire MacNally pour lui suggérer que Maggie Slade pourrait rôder dans les parages. Je suis persuadée qu'il réagira comme il convient. Après tout, il pourrait prendre du galon en mettant la main sur un assassin en cavale depuis si longtemps.

— Oui, tu as raison. Il est de notre devoir d'alerter la police — même si, à mon avis, la société s'attribue là un rôle qui n'est pas le sien. Elle devrait mettre l'accent sur la prévention et la réhabilitation, et laisser la punition à Dieu, notre Juge Suprême.

— Cher, cher Toby, dit Bernadette en étreignant affectueusement son frère. Tes propos évoquent parfois ceux d'un soixante-huitard idéaliste et totalement irrécupérable.

Tobias lui rendit enfin son sourire.

— Ne l'ébruite surtout pas, Bernie, mais, à mon avis, c'est exactement ce que je suis.

16.

Sean appela les bureaux de l'archevêché le lundi matin à 9 h 5 depuis une cabine publique. On lui répondit que Mgr Grunewald était en réunion toute la matinée et qu'on ne pouvait pas le déranger. Il rappela à midi en utilisant le téléphone situé à l'entrée d'une pizzeria très fréquentée et se heurta une nouvelle fois à un rempart infranchissable d'assistants zélés. Finalement, il eut la chance de réussir à enjôler un véritable dragon en jupons qui s'imaginait à l'évidence monter la garde aux portes du paradis. Après avoir affronté tant de difficultés pour joindre Grunewald, Sean fut déconcerté par la facilité avec laquelle l'archevêque capitula, lorsqu'il lui eut enfin présenté sa requête. Quelques protestations de pure forme furent les seules armes — aisément combattues — que Grunewald lui opposa, avant de convenir d'un rendez-vous avec la « cliente » de Scott Schmidt à 17 heures.

— Ma cliente attendra que vous pénétriez dans le confessionnal situé dans la chapelle dédiée à saint Joseph, expliqua Sean en s'en tenant à son scénario, même si Grunewald ne jouait pas son rôle comme prévu. Dès que la lumière du confessionnal s'allumera, elle ira vous rejoindre. Elle vous donnera alors toutes les instructions nécessaires pour effectuer l'échange dont nous sommes convenus.

— Je comprends. Dites à votre cliente de ne pas s'inquiéter, monsieur Schmidt. Elle me trouvera à 17 heures à l'endroit indiqué. Je crois que cette entrevue est une nécessité de longue date, pour elle comme pour moi.

L'archevêque parlait d'un ton net et décidé, qui ne trahissait pas la moindre agitation.

Malgré l'appréhension qui le gagnait, Sean s'efforça de laisser planer une menace suffisamment appuyée en prenant congé.

— Ne croyez pas que vous allez pouvoir nous doubler, Grunewald. Ce serait un très mauvais calcul de votre part.

Il raccrocha sans laisser le temps à son correspondant de répondre, bien résolu à exploiter le moindre avantage psychologique sur son adversaire — fût-ce simplement en ayant le dernier mot.

Persuadé que son expérience des infiltrations policières l'avait rendu maître dans l'art de dissimuler ses sentiments, il s'étonna de la rapidité avec laquelle Maggie comprit que quelque chose le contrariait lorsqu'il regagna leur table.

— Qu'y a-t-il ? demanda-t-elle à mi-voix. Tu n'as pas réussi à le joindre ?

— Je lui ai parlé, je lui ai dit ce que nous attendons de lui et j'ai fixé le rendez-vous au lieu et à l'heure convenus.

— Alors, pourquoi fais-tu cette tête ? insista-t-elle. Que s'est-il passé d'autre ?

— Rien, répondit Sean en s'asseyant en face d'elle. Absolument rien. Et c'est bien là ce qui m'inquiète, Maggie. C'était trop facile. Grunewald a tout accepté sans protester, ou presque. Je lui ai à peine forcé la main.

Maggie repoussa sa pizza à peine entamée et le dévisagea d'un air sombre.

— Qu'est-ce que tu en déduis ? Qu'il va essayer de nous doubler ?

— C'est une possibilité, admit Sean.

Le regard fixé droit devant elle, Maggie se tut, évaluant en silence l'importance de la faille qui venait d'apparaître dans leur plan. Sean s'en voulait pour sa légèreté. Une fois de plus, apparemment, sa réputation de flic infaillible, doté d'un sixième sens, venait d'en prendre un coup — comme le jour où il s'était avisé trop tard qu'un truand de la pègre s'apprêtait à descendre son coéquipier. Aujourd'hui, parce qu'il s'était trompé sur le compte de l'archevêque, Maggie risquait sa liberté, jouant son avenir sur un coup de dés hasardeux.

— Je suis désolé, reprit-il. Tout est ma faute, Maggie. J'ai cru que Grunewald préférerait un arrangement financier au scandale, mais, apparemment, j'avais tort. Son crime étant resté impuni pendant quinze ans, il a sans doute jugé qu'il suffisait de te faire arrêter et que personne ne prêterait la moindre attention aux accusations dont tu le menaces.

Le front plissé, la jeune femme réfléchissait.

— Peut-être tirons-nous des conclusions hâtives de la manière dont il t'a répondu au téléphone.

— Voyons, Maggie ! Il m'a dit en substance : « Merci, j'ai hâte de me rendre à votre rendez-vous » !

— Mais nous n'avons pas la moindre idée de la raison pour laquelle il a capitulé aussi vite.

Tout en parlant, Maggie froissa entre ses mains la serviette en papier qu'elle venait de déplier et elle en fit une boule compacte.

— Peut-être n'était-il pas seul au moment où il a décroché, ce qui l'aurait empêché de protester. Peut-être s'attendait-il déjà à ce que nous réclamions de l'argent et a-t-il été rassuré à l'annonce du montant exigé. Après tout, il me croit en possession de documents apportant la preuve de sa liaison avec ma mère. Pourquoi risquerait-il de compromettre sa carrière en alertant la police ? Nous comptions là-dessus en imaginant notre plan, et je ne vois pas ce qui a changé.

En effet, Grunewald était un homme d'une ambition démesurée, songea Sean, pour qui sa carrière passait avant tout. Ne s'était-il pas débarrassé de sa maîtresse afin de préserver ses chances d'accéder à la dignité d'évêque ? Un peu réconforté, il grignota un morceau de pizza refroidie et passa en revue les moyens de protéger Maggie dans l'éventualité où ils maintiendraient son rendez-vous avec l'archevêque. Il fallait trouver le meilleur compromis entre vigilance nécessaire et panique incontrôlable. Peut-être Grunewald s'était-il montré exceptionnellement coopératif parce que leurs menaces l'avaient terrifié ; ou peut-être parce qu'il avait déjà prévenu les flics. Comment savoir ?

— Je dois me déguiser, dit Maggie, interrompant brusquement ses réflexions. Tu m'as décrite à Grunewald comme une jeune femme rousse, à la silhouette élancée. S'il est impossible de modifier ma taille, je peux tout de même me teindre en blonde et rembourrer mes vêtements de manière à paraître enceinte. Cela suffirait peut-être à tromper les flics dans un premier temps.

Cette combativité à toute épreuve impressionna Sean. Une

femme de sa trempe, qui vivait dans la clandestinité depuis sept ans, ne se laisserait jamais abattre. Mais, cette fois, son courage suffirait-il à la tirer d'une situation aussi délicate ?

— Un déguisement pourrait en effet t'aider à pénétrer dans la cathédrale, concéda-t-il. Mais, au moment où tu te dirigeras vers le confessionnal, le coussin et la teinture ne te seront plus d'aucun secours. Crois-moi, Maggie, je sais comment les flics se comportent en pareil cas. Si l'archevêque leur a signalé qu'une criminelle en cavale le fait chanter, ils fondront comme des loups sur quiconque approchera l'endroit du rendez-vous à l'heure indiquée — et sans distinction de poids, de taille, d'âge, ou même de sexe.

Maggie se mit à déchirer une seconde serviette, trahissant ainsi son agitation intérieure.

— Combien de policiers pourraient-ils être envoyés sur les lieux, selon toi ?

— Le délai étant bref, tout dépend des effectifs disponibles au moment voulu. Néanmoins, l'archevêque est une personnalité publique en vue, et il sera pris très au sérieux s'il se prétend menacé. Les autorités feront appel à des policiers de réserve, si nécessaire. A mon avis, il faut compter sur un détachement d'une douzaine d'hommes environ.

La serviette se transforma en confettis, mais, quand Maggie leva enfin la tête, elle regarda Sean bien en face.

— En somme, dit-elle d'une voix égale, il n'y a aucun moyen de découvrir si Grunewald a alerté la police. Nous pouvons seulement espérer qu'il ne l'a pas fait. Je dois donc maintenant décider si je vais à ce rendez-vous ou si je renonce.

— C'est une décision que nous devons prendre ensemble, Maggie.

— Non, répliqua-t-elle avec calme. Cette décision m'appartient, et je l'ai déjà prise. J'irai rencontrer l'archevêque, mais tu ne m'accompagneras pas.

Sean lui retourna un regard aussi implacable que le sien.

— Désolé, Maggie. Si tu vas à ce rendez-vous, j'y vais aussi.

— Cesse donc de jouer les héros ! riposta-t-elle d'un ton cassant. Pour toi, la situation est sans issue, et il est temps que nous arrêtions de faire comme si nous l'ignorions. Si tu veux me rendre un dernier service, reconduis-moi au studio et aide-moi à m'équiper du matériel d'enregistrement ; ensuite, tu feras tes bagages et tu quitteras la région. A 17 heures, tu dois te trouver le plus loin possible de Columbus, de préférence à bord d'un avion, afin de détenir un alibi à toute épreuve.

— Tu veux que je cesse de jouer les héros ? Eh bien, dans ce cas, arrête de jouer les martyres ! s'exclama Sean. Je n'ai pas la moindre envie de t'abandonner en agitant mon mouchoir, puis de te voir au journal de 20 heures les menottes aux poignets entre deux flics. Je veux que tu sois libre, chez moi, dans mon lit, à mes côtés du matin au soir. Ce qui signifie que je dois t'aider à démasquer cet archevêque.

— Si la police décide de cerner la cathédrale, ce n'est pas l'archevêque qui sera démasqué…

— Si les flics sont là, nous n'entrerons pas, répliqua Sean.

Il puisa une certaine énergie dans le fait qu'ils avaient la chance de ne pas être condamnés à avancer à l'aveuglette tandis que le piège se refermait sur eux à leur insu.

— En arrivant suffisamment tôt, reprit-il, nous serons en mesure de surveiller les abords de l'édifice. J'ai fixé notre rendez-vous à 17 heures ; et, tu peux me croire, la police de Columbus n'a certainement pas des effectifs suffisants pour entamer une opération de contrôle plus d'une heure à l'avance.

Pour la première fois depuis que Sean avait appelé Grunewald, une lueur fugitive d'espoir éclaira les traits de Maggie.

— En d'autres termes, dit-elle, si nous sommes sur place dès 15 heures, nous ne pourrons pas manquer l'arrivée éventuelle des policiers.

— Exactement. Une fois là-bas, il faudra d'abord nous assurer que personne ne t'attend à l'intérieur. Ensuite, nous monterons discrètement la garde dehors. Si tout semble tranquille, tu pourras suivre Grunewald au confessionnal dès son arrivée. Dans le cas contraire, nous nous éclipserons sans prendre contact avec lui.

— Alors, il faudra tout recommencer et nous devrons inventer un nouveau stratagème.

— Tu as tout compris.

Afin de couper court à des regrets intempestifs, Sean tira Maggie de sa chaise et l'entraîna immédiatement vers la porte.

— Mon cœur, je sais bien que c'est difficile à admettre après avoir été si près de le piéger, mais, s'il nous a dénoncés, mieux vaut battre en retraite pour le moment. Nous repartirons à l'attaque une autre fois.

— Sans doute, mais j'ai attendu si longtemps avant de m'autoriser enfin à espérer un peu…

— Je comprends, dit Sean en lui effleurant le front d'un baiser. A présent, nous devons nous dépêcher de rentrer chez toi ; pendant que tu te teindras les cheveux, j'irai me procurer un autre gadget — un talkie-walkie miniature qui nous permettra de communiquer. Si nous voulons être sur place à 15 heures, il n'y a plus une minute à perdre.

Maggie séchait ses cheveux fraîchement décolorés quand la sonnerie du téléphone lui parvint à travers le bourdonnement du séchoir. Très peu de gens connaissaient son numéro, et elle songea que ce ne pouvait être que Sean ; elle quitta la salle de bains en coup de vent et alla décrocher.

— Allô…

— Christine ? Ou, plutôt, Maggie Slade ? Dorothy, à l'appareil. Où en est cette fausse couche — si je puis dire ?

Le combiné serait tombé des mains de Maggie si elle n'avait eu les doigts tétanisés dessus.

— Do… Dorothy…, bredouilla-t-elle lamentablement.

— Ne dites rien. Vous ne réussiriez qu'à me mettre hors de moi. Je ne sais pas pourquoi j'agis ainsi, peut-être à cause de cette petite voix intérieure qui s'obstine en dépit du bon sens à vous accorder le bénéfice du doute… Je vous appelais pour vous prévenir que des policiers sont venus nous interroger à votre sujet. Ils ont montré des photos d'une certaine Maggie Slade à tout le personnel du restaurant, en précisant qu'elle avait assassiné sa mère et s'était évadée d'une prison du Colorado. Deux employés vous ont reconnue, affirmant que vous travailliez ici sous le nom de Christine Williamson. Les policiers m'ont alors demandé votre adresse. Et je la leur ai donnée.

Maggie dut fournir un effort surhumain pour pouvoir parler.

— Je n'ai pas tué ma mère, Dorothy, je vous le jure.

— Je l'espère bien, jeune fille, dans votre intérêt comme dans le mien. Il est difficile de vivre avec un fardeau aussi terrible sur la conscience.

Sur ces mots, Dorothy raccrocha.

Prostrée, Maggie écouta la tonalité durant près de dix secondes avant de mesurer pleinement le sens de ce que Dorothy lui avait dit. Les policiers étaient venus enquêter sur son compte, et ils connaissaient à présent l'adresse de son domicile. Ils risquaient donc de frapper à sa porte d'un moment à l'autre.

A l'agonie, elle ne céda pas pour autant à la tentation de s'apitoyer sur son sort et passa aussitôt à l'action. Elle décrocha son grand sac suspendu derrière la porte, et y jeta pêle-mêle l'appareil acheté la veille avec Sean et un petit nécessaire de toilette toujours prêt pour un départ inopiné. Pour échapper aux recherches, il était important de conserver une apparence impeccable, car un individu attirait plus facilement l'attention de la police s'il avait l'allure d'un vagabond. Une poche intérieure contenait déjà tout l'argent que Maggie possédait. D'un geste machinal, elle ôta les portraits de ses parents du cadre posé sur la commode, tout en évaluant mentalement les avantages et les inconvénients de glisser un coussin sous son T-shirt pour simuler une grossesse. En définitive, elle préféra y renoncer, craignant d'être gênée dans ses mouvements au cas où elle aurait besoin de courir.

Que penserait Sean lorsqu'il rentrerait et découvrirait qu'elle était partie ? L'idée lui causait une souffrance intolérable, et elle l'écarta afin de préserver l'énergie qui lui était indispensable. A son retour, il remarquerait certainement la disparition des photos, mais c'était là le seul message qu'elle pouvait lui laisser. Elle espéra de tout cœur qu'il reviendrait après le passage des policiers, ou qu'il apercevrait leur véhicule, en bas de l'immeuble, s'ils se trouvaient toujours dans l'appartement. S'il était pris sur place, de graves ennuis l'attendaient. Jamais il ne pourrait prétendre ignorer la véritable identité de Christine Williamson, alors qu'il avait participé à l'instruction du procès de Maggie Slade.

Hélas ! elle ne pouvait pas se permettre de s'inquiéter pour Sean. Trois minutes après avoir raccroché le téléphone, Maggie dévalait l'escalier, sortait de l'immeuble et se précipitait vers le drugstore du coin de la rue pour appeler un taxi depuis la cabine située à l'entrée. Une voiture de patrouille apparut au moment précis où elle allait y entrer, et le hurlement d'une sirène l'avertit qu'un second véhicule n'allait pas tarder à arriver.

Au lieu de s'engouffrer dans le magasin, où elle risquait de se trouver prise au piège, elle continua à marcher d'un pas égal jusqu'au croisement. Puis elle tourna à gauche et parcourut encore quelques mètres avant de se mettre à courir. Un autobus qui la dépassait alla s'arrêter un peu plus loin, lui fournissant une excuse idéale pour sa course. Elle atteignit le marchepied juste avant qu'il ne reparte et monta précipitamment, sans se soucier de sa destination. Une seule chose lui importait : qu'il l'emmène loin de là.

Elle se laissa choir sur une banquette, près de la vitre, haletante, le cœur battant à se rompre. Elle l'avait échappé belle ! Sa montre indiquait 14 h 30. Le « mouchard » était dans son sac, et elle n'avait vraiment plus rien à perdre, décida-t-elle. Elle descendit du bus sur une place circulaire du vaste campus universitaire et héla un taxi pour se rendre à la cathédrale.

— Qu'en pensez-vous, Monseigneur ? L'augmentation de nos dépenses de santé dépasse de quinze pour cent le montant du budget prévu à cet effet, et les prévisions pour les six mois à venir sont encore plus alarmantes.

Tobias tressaillit et découvrit une douzaine de têtes tournées dans sa direction. On attendait sa réponse, comprit-il. Il s'aperçut aussi qu'il n'avait pas la moindre idée du sujet sur lequel on lui demandait son avis.

— Mon opinion est que je suis exténué, avoua-t-il avec un faible sourire. Je suggère que nous observions une pause d'une vingtaine de minutes : nous reprendrons ce débat après quelques rafraîchissements. Ginny nous servira son fameux thé glacé et sa limonade maison dans la salle à manger. Si nous suspendions la séance, messieurs ?

Tandis que l'assistance se rassemblait autour du buffet proposé dans la pièce voisine, il parvint à éviter tour à tour le recteur et le comptable du diocèse, s'esquiva discrètement des bureaux de l'archevêché et gagna ses appartements. Quelques instants de solitude lui étaient indispensables s'il entendait venir à bout de cette réunion sans se mettre dans l'embarras. Il se dirigea instinctivement vers la bibliothèque, dans laquelle il se sentait déjà chez lui bien qu'il ne fût installé que depuis quatre semaines à Columbus. Les yeux clos, il se reposa un moment devant la cheminée, dans le fauteuil à bascule, humant l'agréable odeur d'encaustique et de livres reliés de cuir.

Le silence le rasséréna sans lui apporter pour autant la

moindre réponse. Quelques minutes de méditation ne lui fournirent pas la solution du dilemme que lui posait son rendez-vous avec Maggie Slade. Devait-il ou non en informer la police ? Logiquement, il n'aurait pas dû hésiter un instant, mais il nourrissait depuis quinze ans un terrible sentiment de culpabilité à l'égard de cette jeune femme — la fille de Rowena. Aujourd'hui, l'écho d'un ancien péché se répercutait dans les couloirs du temps, assez puissant encore pour assourdir la voix de la justice.

Cette métaphore pour le moins grandiloquente lui arracha une grimace d'autodérision. Toute l'affaire se ramenait tout simplement à son souci de s'épargner une humiliation publique. La lâcheté n'était à l'évidence pas un défaut qui s'atténuait avec l'âge, songea-t-il amèrement.

Il jeta un coup d'œil à sa montre. Dans cinq minutes, il devrait regagner la salle de réunions et consacrer toute son attention à la discussion budgétaire. Se levant, il s'approcha du bureau et décrocha le téléphone. Le combiné à la main, il réfléchit un instant avant de le replacer sur son support. Qui croyait-il berner ainsi ? Il n'appellerait pas la police, et il le savait depuis l'instant où il avait accepté de rencontrer Maggie. Après tant d'années, son hypocrisie demeurait intacte.

Il s'apprêtait à retourner d'où il venait quand sa sœur sortit du salon.

— Toby, je ne savais pas que tu étais là. Quelle agréable surprise ! Viens-tu prendre le thé avec moi ?

— Je crains que non. Je me suis seulement octroyé quelques minutes de récréation avant de me remettre au travail avec les membres de la commission budgétaire.

— C'est vrai, tu m'en as parlé hier soir. A quelle heure la réunion doit-elle s'achever ?

Tobias haussa les épaules avec une lassitude désabusée.

— Pour le moment, elle semble devoir s'éterniser, mais je lèverai la séance dans une heure ou deux, que nous en ayons terminé ou pas. J'ai un rendez-vous à 17 heures.

— Oh ! Toby, tu es décourageant ! Tu es debout depuis l'aube. Tu ne t'arrêtes donc jamais ?

Il hésita un court instant.

— Il s'agit d'un rendez-vous important, Bernie, mais il ne devrait pas me retenir très longtemps. J'essaierai d'être de retour à 18 heures.

Bernadette le dévisagea d'un air inquiet.

— Ce rendez-vous… j'espère que tu ne vas pas être obligé de traverser toute la ville pour t'y rendre ?

— Non, il aura lieu ici même, dans la cathédrale. A présent, je dois absolument retourner à la réunion si je ne veux pas faire attendre tout le monde. Pour une raison que je ne m'explique pas, ces messieurs manifestent une confiance totale en mon aptitude à résoudre leurs difficultés financières — alors que je suis totalement incapable de déchiffrer un bilan, et encore bien moins de découvrir quelque recette magique susceptible de décupler le pouvoir d'achat d'un dollar.

— Ils se tournent vers toi, car ils savent que toutes tes décisions sont guidées par le Seigneur, Toby.

Avec une grimace, Tobias songea que sa sœur avait peut-être une opinion un peu trop haute de sa valeur spirituelle.

— Dieu est bien trop avisé pour me choisir comme intermédiaire pour des décisions d'ordre financier ou comptable, répliqua-t-il en déposant un rapide baiser sur la joue de Bernadette. A ce soir, ma chère Bernie.

Il n'y avait pas de policiers à l'intérieur de la cathédrale, décida Maggie après avoir inspecté les lieux avec une extrême minutie, allant jusqu'à ouvrir les portes protégées par un panneau « Interdit au public ». En fait, elle avait aperçu tout au plus une demi-douzaine de personnes, dont aucune ne lui avait semblé pouvoir appartenir à la police.

Les deux grand-mères agenouillées dans la chapelle dédiée à la Vierge étaient vraiment des personnes âgées, et non des jeunes femmes déguisées : Maggie l'avait vérifié en s'approchant et en faisant mine d'admirer un tableau. Un vieux monsieur en veste de velours côtelé avait placé un cierge allumé aux pieds d'un saint Joseph souriant avant de retourner s'asseoir. Depuis vingt minutes, Maggie ne l'avait pas vu bouger ni détourner le regard du cierge qui se consumait. A coup sûr, un policier aurait tourné discrètement la tête, fait quelques pas pour redresser son cierge, trouvé mille excuses pour jeter un coup d'œil à la ronde.

16 heures venaient tout juste de sonner, ce qui laissait encore à Maggie près d'une heure à attendre. Au cours de ses années de détention, elle avait appris à peupler ses longues nuits d'insomnie de rêves éveillés, déconnectant son esprit de la réalité environnante. Cette technique ne lui était toutefois d'aucun secours dans la situation présente, car elle avait besoin de rester à l'affût et de ne rien perdre de ce qui se passait autour d'elle.

Les minutes s'écoulaient avec une lenteur exaspérante. Les deux grand-mères partirent. Une famille, un couple d'une quarantaine d'années et ses deux filles, entra et visita rapidement les lieux. Les adolescentes s'ennuyaient ferme, les parents semblaient épuisés, et ils ne s'attardèrent pas plus de dix minutes. Le cierge du vieux monsieur acheva de se consumer, et il s'en alla à son tour. Maggie vit que des larmes roulaient le long de ses joues. Elle se demanda quel chagrin il avait tenté d'apaiser, et si le cierge y avait contribué. Une autre vieille dame arriva et alluma un cierge à la Vierge Marie. Le soleil descendait peu à peu dans le ciel, ses rayons obliques traversant les vitraux et projetant sur le sol et les murs de longues flèches de lumière multicolores. A 16 h 45, Maggie effectua une dernière inspection des lieux, en partie pour détendre ses muscles ankylosés, mais surtout pour s'assurer qu'aucun détail ne lui avait échappé. Deux autres fidèles apparurent, qui s'entretenaient à mi-voix d'un certain père Patrick au moment où ils passèrent devant elle.

A 16 h 55, Maggie trouva une chaise dissimulée derrière un pilier, qui lui permettait de voir clairement le confessionnal situé à l'angle du croisillon ouest. Son cœur se mit à battre de plus en plus fort, sa respiration devint irrégulière et elle essuya ses paumes moites sur son pantalon en même temps qu'elle entamait le compte à rebours des secondes qui la séparaient du moment crucial.

17 heures. Maggie s'efforça de calmer sa respiration. En vain.

17 h 2.

Que ferait-elle si Grunewald ne venait pas ?

17 h 3.

Elle entendit un bruit de pas derrière elle et sut que c'était l'archevêque un bon moment avant même qu'il apparaisse dans son champ de vision. Il était venu seul et il se dirigea rapidement vers le lieu du rendez-vous, observant une pause pour déverrouiller la porte du confessionnal. Il pénétra à l'intérieur sans prendre la peine de regarder autour de lui.

La porte se ferma sur lui, et la lampe s'alluma. Maggie se leva lentement. Un regret l'effleura d'avoir oublié comment on priait. N'était-ce pas l'endroit idéal pour demander à Dieu de lui venir en aide — s'il y avait eu la moindre chance qu'il l'entendît ? Elle approcha du confessionnal, mais, au lieu de s'agenouiller à la place attribuée aux pénitents, elle gagna la porte utilisée par l'archevêque et l'ouvrit en grand.

Grunewald leva les yeux sur elle.

— Bonsoir, Maggie, dit-il à mi-voix. Je suis très content de vous revoir.

17.

A cause d'encombrements provoqués par des travaux sur l'autoroute, Sean fut retardé pour se rendre au magasin d'accessoires de sécurité et en revenir. Satisfait de l'appareil qu'il venait de se procurer, il ne regrettait pas vraiment ce contretemps. Si la circulation n'était pas trop dense en direction du centre-ville, ils arriveraient tout de même à la cathédrale peu après 15 heures. Il aurait préféré s'y trouver encore plus tôt, mais cela leur laisserait quand même une avance suffisante sur les policiers.

Il survola les marches de l'escalier pour rejoindre le dernier étage de l'immeuble et entra en coup de vent dans l'appartement.

— Chérie, me voilà !

Alors qu'il allait pénétrer dans le salon, son sourire se figea. Maggie n'était pas là, et un certain parfum d'abandon flottait dans l'air. Il frappa à la porte de la salle de bains, seul autre endroit où elle pouvait se trouver dans le petit studio. A peine poussée, la porte s'ouvrit largement. Maggie n'y était pas. Sean fronça les sourcils en apercevant le séchoir posé sur la tablette, en position « arrêt », mais toujours branché. Réprimant un frisson, il regagna le séjour et jeta un coup d'œil derrière la porte. Le sac à main de Maggie avait disparu.

En proie à de sombres pressentiments, il entreprit une inspection méthodique de la penderie et de la commode. Ce bref examen lui apprit que la jeune femme avait quitté les lieux sans autre bagage que son sac à main, emportant néanmoins l'appareil enregistreur qu'ils avaient acheté ensemble. Alors qu'il en arrivait à cette conclusion, son regard se posa machinalement sur la console où se trouvaient les photos des parents de Maggie. Le cadre était vide.

Sean repoussa l'idée naissante qu'elle lui avait faussé compagnie de façon délibérée. Bien des occasions de le faire s'étaient présentées au cours des derniers jours, et elle était pourtant restée auprès de lui. En définitive, il ne pouvait envisager qu'une explication au fait qu'elle avait pu déguerpir ainsi moins de trois heures avant son rendez-vous avec Grunewald : une nouvelle inattendue, qui l'avait effrayée au point de l'inciter à lever le camp séance tenante — par exemple un avertissement que la police s'apprêtait à venir l'arrêter. Mais l'absence du magnétophone miniaturisé suggérait qu'elle avait toujours l'intention de suivre leur plan et de rencontrer l'archevêque. Dans ce cas, jugea Sean, il ne lui restait plus qu'à se rendre à la cathédrale en espérant l'y retrouver.

Il retourna dans la salle de bains et s'y livra à une rapide inspection pour s'assurer que rien ne lui avait échappé. Il ne voulait pas se précipiter là-bas sans avoir passé en revue toutes les autres possibilités. Le petit nécessaire de toilette avait disparu, ce qui confirmait l'hypothèse d'un départ précipité. En revanche, il s'étonna que les flacons de teinture achetés le matin même au drugstore ne soient plus là. Mais le séchoir posé sur la tablette et la serviette tachée dans la corbeille à linge suggéraient qu'elle avait terminé sa décoloration et se séchait les cheveux quand elle avait été effrayée et avait pris la fuite. Où était donc passé le produit de teinture ? Après des recherches infructueuses dans la corbeille de la salle de bains, il entreprit de fouiller la poubelle du studio, sans plus de résultat. Deux déductions possibles s'offraient à lui : soit Maggie avait pris le temps de ramasser le tout et de l'emporter, soit quelqu'un avait visité les lieux après son départ.

La porte d'entrée étant intacte, il ne pouvait s'agir d'un cambriolage. L'idée que Maggie ait ouvert à des inconnus qui l'auraient kidnappée, raflant au passage les photos de ses parents et un flacon de teinture, ne tenait pas debout. Il ne restait donc qu'une explication possible. Sean sentit une sueur glacée perler à son front. Des flics — probablement munis d'un mandat de perquisition — avaient dû se présenter. Avertie *in extremis* de leur venue, Dieu seul sait comment et par qui, Maggie avait filé sans demander son reste.

Comme personne ne répondait dans l'appartement, les policiers avaient dû montrer leur mandat à la concierge, qui leur avait ouvert la porte. Qui d'autre que des policiers aurait pu s'intéresser à un flacon de teinture vide et s'en emparer ? Couvert d'empreintes, l'objet avait pour eux une valeur indéniable. Si Sean avait vu juste, et si la police était en possession de cette pièce à conviction, les spécialistes auraient tôt fait de comparer les empreintes laissées par Maggie avec celles qui figuraient dans son casier judiciaire. Et, d'un moment à l'autre, la police de Columbus saurait que Maggie Slade vivait en ville sous la fausse identité de Christine Williamson ; son portrait réactualisé — jusqu'à la couleur actuelle de ses cheveux — ne tarderait pas à circuler dans tous les commissariats de quartier. Sean ne parvenait pas à comprendre comment la police en était venue à établir un rapprochement entre Christine Williamson et Maggie Slade, mais, décida-t-il, il s'interrogerait plus tard sur l'origine de cette information. Dans l'immédiat, il avait un autre souci en tête : le fait que Maggie ait probablement filé à destination de la cathédrale, alors qu'il y avait de grands risques pour que Grunewald ait résolu pour sa part de la dénoncer aux autorités.

Avec un juron rageur, il se dirigea vers la porte. Il se doutait depuis son entretien téléphonique avec l'archevêque que Grunewald mijotait un mauvais coup. Pourquoi n'avait-il pas refusé catégoriquement de la laisser aller à ce rendez-vous ? Plutôt que de tenir compte de ses protestations véhémentes, il aurait été mieux inspiré de la prendre sous le bras pour l'emmener de force le plus loin possible de cet endroit.

Il atteignait le palier du second étage — sans aucune possibilité de fuir ou de se cacher — quand il se trouva nez à nez avec deux flics en uniforme, l'arme à la main. Evaluant la situation en une fraction de seconde, il s'aperçut que l'un d'eux était très jeune et semblait très nerveux. Cela sentait plutôt mauvais.

— Police ! Mettez vos mains sur la tête et ne bougez plus ! aboya l'autre flic en pointant son revolver sur lui.

Voilà donc ce qu'on éprouvait dans l'autre camp, songea Sean en laissant tomber le sac de plastique qui contenait le talkie-walkie. Prudent, il leva les mains le plus haut possible pour montrer au plus jeune qu'il n'avait pas d'arme.

— Retournez-vous très lentement et remontez jusqu'à votre appartement.

Sage précaution de la part du plus âgé, jugea Sean ; il

éviterait ainsi tout accident éventuel si son collègue était aussi inexpérimenté et nerveux qu'il en avait l'air.

D'abord, il fallait évacuer le suspect de cette cage d'escalier exiguë avant de l'interroger ; puis s'assurer d'avoir des motifs suffisants pour procéder à l'arrestation et lui passer les menottes, dans un endroit assez spacieux et éclairé pour voir nettement ce que l'on faisait. Ainsi, personne ne blesserait quelqu'un par erreur. Aucun doigt ne presserait accidentellement la détente.

Sean se demanda par quel prodige il parvenait à se dédoubler ainsi, et à analyser la situation avec une rigueur et une objectivité professionnelles, alors qu'il était torturé à l'idée de ce qui pourrait arriver de fâcheux à Maggie ? Etait-elle déjà entre les mains de la police ? Avait-elle au contraire réussi à semer ses poursuivants, et s'apprêtait-elle à retrouver l'archevêque, au risque de tomber dans une embuscade qui pouvait mal tourner ?

L'éventualité d'une fusillade qui coûterait la vie à Maggie était désormais la principale crainte de Sean. Obsédé par la menace que représentaient les policiers, il avait totalement oblitéré la perspective d'un autre danger, pourtant évident : la mort de Maggie mettrait en effet Grunewald à l'abri de tout chantage, garantissant de surcroît l'impunité de son crime. Non seulement il avertirait la police que la jeune femme le traquait impitoyablement, mais il s'arrangerait aussi pour qu'elle soit tuée avant d'avoir pu formuler une accusation quelconque contre lui. Il n'était pas facile de cerner la cathédrale, raison pour laquelle Sean et Maggie avaient choisi ce lieu de rendez-vous. Mais cela ne ferait qu'ajouter à la détermination des forces de police, qui n'hésiteraient pas à tirer si elle se montrait menaçante ou faisait mine de vouloir s'enfuir. Grunewald pourrait ensuite jouer la comédie des remords en affirmant qu'il la croyait armée — alors qu'elle ne l'était évidemment pas.

Sean imaginait tous les détails de la tragédie avec une précision effrayante. Seigneur, il devait exister un moyen d'empêcher que les choses se passent ainsi. Comme ils atteignaient le palier du studio, le plus âgé des deux policiers s'approcha de la porte avec circonspection.

— Il y a quelqu'un à l'intérieur ? demanda-t-il.

— Non, répondit Sean, qui s'adressait à eux pour la première fois.

Peu confiant, le policier martela le battant du poing.

— Police, ouvrez !

Après trois secondes d'attente, il renouvela l'opération, puis se tourna vers Sean.

— Vous avez la clé ?

— Oui, dit Sean. Dans la poche arrière de mon jean.

— Fouille-le et prends-la, dit le policier à son coéquipier.

Le jeune homme palpa les vêtements de Sean de haut en bas.

— Rien à signaler, dit-il en exhibant le portefeuille de Sean ainsi que la clé du studio. Son permis de conduire a été délivré dans le Colorado, annonça-t-il. Il est au nom de Sean MacLeod, domicilié à Alameda.

L'autre flic émit un grognement, comme si ces informations confirmaient ses pires soupçons.

— Ecartez-vous ! ordonna-t-il à Sean. Mike, ouvre cette

porte. Je voudrais jeter encore un coup d'œil dans l'appartement.

Il fit passer les deux autres devant lui et s'immobilisa au milieu du séjour, son arme toujours pointée sur Sean tandis que Mike visitait les lieux. A cette distance, Sean put déchiffrer le nom inscrit sur son insigne : agent Richard Russo.

Mike émergea de la salle de bains.

— Il n'y a personne, confirma-t-il.

Russo désigna la pièce du bout de son arme.

— J'aimerais que vous me disiez ce que vous savez au sujet de la femme qui habite ici, déclara-t-il. A commencer par son nom, par exemple.

— Christine Williamson, répondit Sean. A quoi rime tout ça, agent Russo ? Je m'absente un peu moins de deux heures, et, à mon retour, non seulement ma petite amie s'est envolée, mais la police menace de m'abattre au moindre geste.

— Nous avons des raisons de croire que votre petite amie est une criminelle en cavale, dit Russo.

— Christine ? C'est une plaisanterie, n'est-ce pas ?

— Pas du tout, monsieur MacLeod. Nous pensons que Christine Williamson est le nom d'emprunt utilisé en ce moment par une jeune femme recherchée depuis longtemps par la police. Il s'agit d'une certaine Maggie Slade, condamnée à quinze ans de prison pour le meurtre de sa mère en 1982. Si vous savez quoi que ce soit à son sujet, je vous conseille de nous le dire. Aider un criminel est passible de prison, vous savez...

Rapidement, Sean évalua les différentes options qui s'offraient à lui. Il pouvait continuer à mentir, mettant ainsi la police dans une impasse. Toutefois, si Russo n'était pas en mesure de l'arrêter, il pouvait le placer en garde à vue et le soumettre à un interrogatoire en règle ; et, tandis qu'il serait bloqué au commissariat, éludant les questions des policiers, Maggie serait peut-être toujours à la merci d'un homme qui n'avait sans doute pas la moindre intention de la laisser quitter la cathédrale vivante.

— Très bien, Russo, je vous propose un marché, déclara-t-il. Je vous dirai tout ce que je sais à propos de Mlle Williamson, à condition que vous me disiez, vous, si l'archevêque Grunewald a informé la police d'une éventuelle rencontre qu'il aurait acceptée avec elle.

Les policiers échangèrent un coup d'œil.

— Vous n'êtes pas en position de négocier, répondit Russo après une brève hésitation. Si vous savez quelque chose, MacLeod, vous parlez. Point final.

— Arrêtez vos salades ! répliqua Sean. Je suis flic, et je sais très bien que je suis en position de négocier.

— Vous êtes de la maison ?

Quoique visiblement étonné, Russo n'eut pas la candeur de baisser son arme.

— Montrez-moi votre insigne.

Sean jugea superflu d'expliquer qu'il était en arrêt maladie, et qu'il attendait un certificat attestant que sa dépression ne l'avait pas rendu inapte au service.

— Je suis en congé, dit-il simplement. Je n'ai pas mon insigne sur moi. Mais je suis inspecteur de police, et j'exerce la fonction de détective au commissariat central de Denver. Il se trouve aussi que j'ai participé à l'enquête sur le meurtre de Rowena Slade, en 1982. C'est moi qui ai découvert l'arme du crime — crime dont sa fille Maggie a été accusée.

Ses explications parurent ébranler Russo, qui finit par abaisser son revolver, sans toutefois le ranger dans son holster.

— Bien, inspecteur MacLeod, je vous écoute. Vous souhaitez revenir sur votre déclaration, à savoir que vous ignoriez la véritable identité de Christine Williamson ?

— En fait, je sais de source sûre que Maggie Slade doit rencontrer l'archevêque Grunewald. Je ne vous préciserai ni le lieu ni l'heure du rendez-vous, du moins pas encore. Pour le moment, je voudrais seulement savoir si vos services ont été informés de cette rencontre et, dans l'affirmative, s'il est prévu d'organiser une embuscade sur place.

— Pas à ma connaissance, dit Russo. Si nous avions su que Maggie Slade projetait de rencontrer l'archevêque, nous n'aurions pas reçu l'ordre de retourner une seconde fois à son appartement pour vérifier si elle y était revenue.

La réponse semblait logique, estima Sean. Pourquoi les deux hommes seraient-ils revenus traîner ici si leur commissaire avait eu vent du rendez-vous dans la cathédrale ? Il consulta sa montre et constata qu'il était 15 heures. Une éternité semblait s'être écoulée depuis son entretien téléphonique avec Grunewald, le matin même.

— A quelle heure remonte votre dernier contact avec le commissariat ? s'enquit-il.

— Nous avons communiqué par radio il y a une heure environ.

Dans ce cas, jugea Sean, il était encore possible que l'archevêque ait alerté la police entre-temps. Il décrocha le téléphone, conscient que les rapports de force entre ces hommes et lui s'étaient inversés depuis qu'il avait décliné ses fonctions. A présent, c'était lui qui menait la danse.

— Rendez-moi un service, reprit-il. Appelez le sergent de garde au commissariat, et renseignez-vous sur les derniers développements de cette affaire, voulez-vous ?

Le revolver dans la main droite, Russo prit le combiné dans l'autre.

— Si vous agissez sous une couverture quelconque, MacLeod, vous outrepassez largement les limites de votre juridiction. Et n'espérez surtout pas avoir notre commissaire en vous prétendant en congé.

— Je n'ai pas de couverture. Et je ne revendique aucun statut officiel dans cette affaire.

— Alors, à quel titre vous y intéressez-vous ?

« Par amour pour Maggie… »

Naturellement, il n'était pas question de se livrer à un tel aveu ; encore moins de suggérer que la jeune femme était victime d'une erreur judiciaire et de désigner Grunewald comme le véritable assassin de Rowena Slade. Pareille accusation lui vaudrait sans doute de se retrouver entre les murs d'un asile sans autre forme de procès. Sean opta donc pour un compromis, évitant de mentir sans vraiment dire la vérité.

— Si un de vos services est en train de préparer une opération destinée à capturer Maggie Slade, expliqua-t-il, je veux vous aider à l'avoir vivante, en évitant tout dérapage d'un côté ou de l'autre. Croyez-moi, Russo, vos supérieurs ont intérêt à me parler avant d'envoyer leurs gars sur place, ou la situation risque de très mal tourner. Le genre de fusillade que je redoute est le cauchemar de tous les policiers de la planète.

Russo le dévisagea un moment en silence. Puis il rengaina son revolver et composa le numéro du commissariat.

18.

« Content de vous revoir », avait-il dit ? Quelle impudence ! Maggie regarda l'archevêque bien en face, frémissante d'une colère qui lui brouillait la vue et estompait les traits de son ennemi juré.

— Vous savez parfaitement pourquoi je suis ici, répondit-elle quand elle eut réussi à se dominer assez pour prendre la parole.

— Oui, je crois, en effet. Vous voulez monnayer votre silence — pour dix mille dollars, si ma mémoire est bonne.

Grunewald lui rendit son regard, le visage empreint d'une douceur surprenante.

— Le chantage est un délit grave, mon enfant.

— Un délit qui passera inaperçu parmi tous les crimes dont je suis accusée. Du reste, l'argent ne m'intéresse pas, Monseigneur.

Elle avait prononcé le titre avec une emphase railleuse.

— Ce que j'attends de vous, c'est une confession. Le cadre s'y prête à merveille, ne trouvez-vous pas ?

— Peut-être, bien que le sacrement de la confession promette l'absolution en échange du repentir — absolution dont nous ne sommes probablement dignes ni l'un ni l'autre.

— Je ne vous pardonnerai jamais. Jamais !

— Et je ne mériterais sans doute pas votre pardon, même si vous parveniez à me l'accorder.

L'archevêque multipliait les marques de contrition, et son attitude arracha des frissons de dégoût à Maggie. Cet individu incarnait l'hypocrisie dans ce qu'elle pouvait avoir de plus répugnant.

— Que voulez-vous m'entendre dire, Maggie ? demanda-t-il d'une voix sourde, comme altérée par le remords. Que j'aimais votre mère comme jamais je n'ai aimé personne, de toute mon existence ? Que je souhaitais l'épouser, et que, à ce jour, je n'ai encore pu me résoudre à regretter d'avoir transgressé mes vœux en devenant son amant ? Voulez-vous me faire avouer que si, par miracle, Rowena ressuscitait et pénétrait à l'instant même dans cette église, je la prendrais aussitôt dans mes bras en la suppliant de m'épouser ? Voulez-vous savoir quel doux supplice j'endure à vous regarder, et à retrouver en vous les traits d'une femme que j'adorais ? Si c'est là ce que vous désiriez entendre, alors je vous livre tout de bonne grâce. J'ai été l'amant de Rowena pendant les six mois les plus prodigieux, les plus radieux de ma vie. Si cet aveu vous offense, vous m'en voyez désolé, mais je n'exprimerai jamais le moindre regret de l'avoir aimée. Rowena était un être exceptionnel, et l'amour que nous avons partagé est mon plus précieux souvenir.

Maggie faillit s'étrangler de fureur.

— Comment osez-vous prétendre avoir aimé ma mère ! Vous n'avez pas la moindre idée de ce que signifie le verbe « aimer ».

L'archevêque ébaucha un geste, comme s'il voulait la

consoler, et Maggie recula d'un bond. La seule idée qu'il pût la toucher la rendait malade.

— Votre colère est sans doute légitime, dit-il en laissant retomber sa main. J'aurais dû trouver depuis longtemps le courage d'admettre la vérité. Vous méritiez mieux de la part du prêtre de votre paroisse, et de l'homme qui aimait votre mère.

La respiration saccadée, Maggie lutta pour conserver son sang-froid.

— Si vous l'aimiez autant que vous l'affirmez, pourquoi aviez-vous honte de cette liaison au point de la garder secrète ?

— La décision ne dépendait pas entièrement de moi. Votre mère ne tenait pas non plus à divulguer notre secret.

Grunewald ripostait maintenant avec une certaine véhémence ; pour la première fois depuis le début de leur entretien, il était légèrement sur la défensive.

— Si nous avions choisi la discrétion, c'était surtout dans votre intérêt, du reste. Un idéalisme exigeant couvait sous votre attitude rebelle, nous le savions tous deux, et nous hésitions à vous plonger plus tôt que nécessaire dans les ambiguïtés du monde adulte...

— Et c'est pourquoi vous avez encouragé ma mère à vivre dans le mensonge ! Afin de protéger mon idéalisme, déclara Maggie d'un ton sarcastique.

— Avec le recul du temps, il est plus facile de voir les erreurs qu'on a pu faire... Mais la procédure à suivre pour libérer un prêtre de ses vœux est longue et délicate ; Rowena ne souhaitait pas vous exposer aux commérages et à la médisance inévitables en pareil cas. Vous étiez sa fille, pas la mienne, et je ne pouvais pas me permettre de la contrarier sur ce point.

— Et après sa mort, Monseigneur ? Lorsque la police m'a arrêtée, avez-vous encore gardé le silence dans mon propre intérêt ou pour respecter la volonté de ma mère ?

L'archevêque rougit.

— Non. Je me suis tu, car je me trouvais à Chicago, et je n'ai appris votre arrestation qu'à quelques jours de votre procès. Ensuite, je n'ai rien dit parce que j'étais en colère contre vous. La femme que j'aimais était morte. Je me suis convaincu que je ne gagnerais rien en me mettant en avant, sinon de discréditer mon Eglise et le sacerdoce auquel je me consacrais de nouveau.

Maggie n'en croyait pas ses oreilles. Elle observa un silence incrédule, les yeux fixés sur Grunewald tandis qu'il poursuivait :

— Finalement, je me suis rendu compte que je n'avais aucun droit de porter un jugement sur vous. Dieu m'a aidé à comprendre que, si j'avais vraiment aimé Rowena, le meilleur moyen d'honorer sa mémoire était de secourir sa fille. Voilà ce qui m'a conduit à vous rendre visite en prison et à vous proposer mon aide pour accéder à une éducation qui favoriserait votre réhabilitation ultérieure dans la vie sociale.

Dieu l'avait aidé à comprendre ! N'était-il pas conscient de blasphémer en associant ses méfaits à la volonté de Dieu ? Profondément choquée, Maggie eut la sensation de vaciller sous l'intensité de sa rage.

— Vous êtes vraiment méprisable ! s'exclama-t-elle. Vous avez laissé la justice m'envoyer en prison pour le meurtre de ma mère, avant d'étouffer les maigres soubresauts de votre conscience coupable en m'aidant à obtenir un diplôme. Votre suffisance et votre mauvaise foi me rendent malade !

— Vous ne sauriez me blâmer autant que je le fais moi-même. Je suis prêt à me considérer comme responsable en grande partie de la tragédie qui a coûté la vie à votre mère. Croyez-vous que je ne me suis pas torturé pendant des années à l'idée que la découverte de notre liaison avait pu susciter chez vous un accès de violence…

« Ça suffit ! »

Maggie dut fournir un effort surhumain pour ne pas hurler.

— Ecoutez, dit-elle d'un ton glacial, je ne veux pas savoir quel genre de sentiments pervers vous éprouviez pour ma mère ni vous entendre vous lamenter sur mon sort. Seul compte pour moi le fait que vous l'avez assassinée.

— Que je l'ai assassinée ?

— Exactement ! Je veux vous entendre l'avouer, juste une fois. Cessez de tourner autour du pot et dites la vérité, bon sang ! Expliquez-moi comment vous avez tiré sur ma mère, l'abandonnant blessée à mort, se vidant de son sang, essayant vainement de faire entrer un peu d'air dans ses poumons transpercés par vos balles ! Racontez-moi comment vous avez pu ensuite vous éclipser et regagner un véhicule garé Dieu sait où. Décrivez-moi le retour jusqu'à votre confortable presbytère, où vous avez sans doute adressé une ou deux prières à Dieu pour le salut de son âme tandis qu'elle agonisait entre mes bras…

— Maggie, non ! Attendez…

— Je n'ai déjà que trop attendu, répliqua-t-elle d'une voix coupante. Maintenant, il est temps de tout dévoiler. Je veux savoir comment vous avez pu vous taire pendant quinze ans et me laisser payer pour un crime que vous aviez commis ! Au lieu de vous dénoncer à la justice, vous avez lâchement profité d'une erreur judiciaire qui condamnait à la prison une adolescente orpheline, abandonnée de tous. Pour supporter de vivre aussi longtemps avec ce poids sur la conscience, il faut que vous soyez un monstre, un démon qui se pare du masque de la vertu !

L'air interdit, Grunewald la dévisageait comme si Maggie venait de lui parler dans une langue qu'il ne comprenait pas. Elle laissa échapper un sanglot, puis fondit en larmes, terrassée par l'émotion. Les poings serrés, elle se mit à marteler le torse de l'archevêque avec une rage impuissante, qu'elle avait accumulée depuis trop longtemps.

Combien de temps Grunewald se laissa-t-il frapper ainsi sans la moindre réaction ? Maggie n'aurait su le dire, mais cette inertie prolongée ne suffit pas à la calmer. Enfin, il se leva, sortit du confessionnal et saisit ses poignets avec une force inattendue. L'entraînant jusqu'à la fenêtre, il la maintint à bout de bras et la contempla comme s'il la voyait pour la première fois. Puis il encadra délicatement son visage de ses mains et, curieusement, elle n'essaya même pas de l'en empêcher.

— Doux Jésus ! murmura-t-il. Vous n'avez pas tué votre mère…

La rage qui portait Maggie s'était évanouie, cédant la place au chagrin. Un chagrin aussi écrasant, aussi absolu que l'avait été sa douleur la nuit où elle avait découvert sa mère agonisante. Son corps s'affaissa brusquement, et, si l'archevêque ne l'avait soutenue, elle se serait effondrée sur le sol.

— Bien sûr que non ! dit-elle, sans même se soucier du fait qu'il la tenait dans ses bras. Quelle réflexion ridicule ! C'est vous qui l'avez tuée, pas moi. Nous le savons aussi bien l'un que l'autre.

Grunewald blêmit, le visage soudain aussi pâle que les cierges qui brûlaient aux pieds de saint Joseph. Détachant bien chaque syllabe, il répéta avec une lenteur délibérée :

— Dieu m'en est témoin, Maggie, je n'ai pas tué votre mère.

— C'est faux, complètement faux ! Vous l'avez tuée, je le sais.

— Et moi, Maggie, j'ai toujours cru jusqu'à cet instant que c'était vous qui aviez assassiné Rowena.

— C'est impossible…

L'archevêque secoua la tête, la dévisageant comme s'il ne parvenait toujours pas à croire à ce qu'il voyait.

— Je me suis souvent demandé si vous vous doutiez que j'étais l'amant de votre mère. Il ne m'est jamais venu à l'esprit que vous pouviez avoir un motif de me croire aussi son assassin. Je m'en suis toujours tenu à la version des faits fournie par la police : vous aviez tué votre mère et cherché à détourner les soupçons en prétendant avoir entendu quelqu'un se sauver en pleine nuit. Pour la première fois, il m'apparaît que vous avez vraiment entendu quelqu'un quitter la maison.

Maggie ne trouva rien à répondre, car ces propos n'avaient aucun sens pour elle. Pourtant, dans les profondeurs de sa conscience, elle saisit la teneur de ce qu'il lui avait révélé : il n'avait pas tué sa mère, il l'avait toujours crue coupable de ce crime.

Et plus intimement encore, au cœur d'elle-même, elle eut soudain la certitude inexplicable qu'il lui disait la vérité.

Mais cette révélation se heurtait à une trop longue habitude. Dans un brusque sursaut d'énergie, elle se dégagea farouchement de Grunewald.

— Ne me mentez pas ! lança-t-elle d'un ton menaçant. Il y a eu trop de mensonges et je ne saurais en tolérer davantage.

— Vous avez tout à fait raison, répondit-il posément. Je ne mens pas. Je ne vous ai jamais menti, sinon par omission. Mais vous n'aurez pas à me croire sur parole, Maggie. Je suis en mesure de prouver ce que j'avance : la nuit où Rowena est morte, je me trouvais à Chicago, à deux mille kilomètres de chez vous.

Cette fois, ses paroles commencèrent à se frayer un chemin jusqu'au cerveau de Maggie, franchissant la carapace de haine qu'elle avait édifiée au fil des années.

— Vous étiez à Chicago quand ma mère est morte ? répéta-t-elle, encore incapable d'assimiler vraiment ce qu'elle entendait.

— Oui. Par une coïncidence cruellement ironique, je m'étais rendu auprès d'un ami de longue date pour le prier de m'aider à quitter les ordres. Mgr Burnham, qui venait de prendre sa retraite, était mon mentor depuis toujours — et je le considère comme le meilleur et le plus sage des hommes. Une semaine avant le drame, Rowena et moi avions décidé de nous marier au plus vite, mais nous tenions à sceller notre union par la bénédiction de l'Eglise. Je venais donc demander à Mgr Burnham de m'indiquer le meilleur moyen d'obtenir une dispense officielle du Vatican. Notre conversation s'est prolongée bien au-delà de minuit, et nous l'avons reprise dès le matin, au réveil. Puis nous avons entrepris une longue promenade pour nous remettre les idées en place. Nous rentrions à peine lorsque ma sœur a téléphoné pour m'annoncer la terrible nouvelle…

Un alibi reposant uniquement sur le témoignage d'un vieil évêque sans doute décédé depuis lors présentait beaucoup trop d'avantages pour ne pas ranimer aussitôt les soupçons encore presque intacts de Maggie.

— Ce Mgr Burnham est-il encore vivant ? demanda-t-elle.

— Tout à fait vivant, et très actif au sein de la communauté. A quatre-vingt-sept ans, il jouit encore d'une excellente mémoire. Demandez-lui si le récit que je viens de vous faire est exact, et vous en aurez confirmation immédiate.

Complètement désorientée, Maggie sentit le vertige la gagner. L'individu qu'elle considérait comme son pire ennemi était tout simplement un homme qui avait aimé sa mère. En lui rendant visite en prison, il ne s'était pas réjoui de la voir purger sa peine à sa place. Tout au contraire, par fidélité à son amour perdu, il lui avait tendu une main secourable — alors même qu'il la croyait coupable.

— Vous n'avez pas tué ma mère.

Maggie énonça le constat à voix haute, essayant ainsi d'habiller cette idée inconcevable avec la réalité des mots.

— Non, certes. Et vous non plus, semble-t-il.

Les traits défaits de l'archevêque trahissaient son accablement.

— Comment expliquer que mon péché ait été récompensé par une succession de promotions imméritées tandis qu'une innocente est morte et que sa fille a subi une flagrante injustice ?

Il n'y avait rien à répondre à cela, et sans doute n'attendait-il pas de réponse, jugea Maggie. Le cours de ses pensées ressemblait à présent aux eaux tumultueuses d'un rapide incontrôlable qui l'entraînait au hasard, malgré elle. Mille questions surgissaient et disparaissaient sans avoir été formulées, pareilles à des fragments d'épaves chahutés par un trop fort courant. L'une d'elles émergeait toutefois du chaos, monopolisant son attention.

— Mais alors, qui a tué ma mère ? demanda-t-elle soudain. Ce n'est ni vous ni moi. Vous vous rendez compte que nous ignorons totalement qui est l'auteur de ce crime ?

L'archevêque lui passa un bras sur les épaules et la serra doucement contre lui.

— Oui, je viens d'en prendre conscience à l'instant.

— Mais comment allons-nous retrouver l'assassin ?

— Je crains que nous ne puissions jamais découvrir ce qui s'est vraiment passé cette nuit-là...

Maggie secoua la tête.

— Ça, je ne l'accepterai pas ! Comment pouvez-vous supporter l'idée que quelqu'un a ôté la vie à la femme de votre cœur en toute impunité, échappant à tout châtiment ? Vous ne souhaitez pas savoir pourquoi on l'a tuée ? Et comment ?

— Nous pouvons avancer quelques réponses à ces questions, ma chère enfant. Un cambrioleur a dû la réveiller au milieu de la nuit ; surpris, il aura perdu son sang-froid, sorti son revolver, et tiré sans réfléchir.

Comme Maggie frissonnait, l'archevêque réchauffa sa main dans la sienne.

— A quoi bon insister ? dit-il. S'il suffisait de connaître le coupable pour rendre la vie à Rowena, je n'aurais de cesse que je l'aie trouvé. Mais j'ai appris au fil des ans que toute vengeance exige un lourd tribut et conduit souvent à des conséquences inattendues. Il est beaucoup plus sage de s'en remettre à la justice divine. Ce n'est sans doute pas ce que vous auriez voulu entendre, mais, considérant l'ancienneté des faits, nous n'avons aucun espoir de découvrir le moindre indice… S'il existait à l'époque une pièce à conviction susceptible de confondre le coupable, elle a depuis longtemps disparu…

— Je ne crois pas que ma mère ait été victime d'un cambrioleur. Il n'y avait aucune trace d'effraction, et un voleur se serait enfui aussitôt après lui avoir tiré dessus. Au contraire, l'assassin s'est attardé sur les lieux pour effacer toute trace de son passage…

— Comment le savez-vous ?

— Je n'ai pas entendu courir, et l'inconnu qui se trouvait là ne donnait aucun signe d'affolement, expliqua Maggie. Je suis entrée dans la maison deux ou trois minutes avant d'entendre la porte du jardin s'ouvrir et se refermer. Où un cambrioleur se serait-il procuré la clé ? En plus, rien n'a été volé. Pourquoi aurait-on tué ma mère sans dérober quoi que ce soit ?

— Peut-être cette personne agissait-elle sous l'empire d'une drogue ? suggéra Grunewald. Quoi qu'il en soit, cela ne change rien à la constatation que je viens d'émettre : nous n'avons plus la moindre piste pour entamer une enquête, Maggie. Il faut admettre cette évidence et puiser quelque consolation dans l'idée que Dieu finit toujours par faire triompher le Bien.

— Vous négligez un détail qui a son importance, Monseigneur. Je ne peux pas m'en remettre à la justice divine : à moins de découvrir le coupable, je passerai le reste de ma vie en prison, ou en cavale.

Une consternation sincère apparut sur les traits de l'archevêque.

— Quel idiot je fais ! murmura-t-il. J'avais complètement oublié que vous êtes une fugitive recherchée par la police.

— Dans ce cas, vous avez aussi omis de considérer une difficulté qui vous concerne directement. Quelle conduite allez-vous adopter vis-à-vis de moi, maintenant ? Vous me croyez peut-être innocente, mais je suis coupable aux yeux de la justice ; et vous serez complice si vous n'allez pas immédiatement me dénoncer aux autorités. La loi vous oblige à fournir à la police la moindre information susceptible de l'aider à me retrouver.

— Ce problème me semble plutôt bénin en regard de ceux auxquels nous avons été confrontés aujourd'hui. Je suggère de le résoudre en vous conduisant à mon domicile, d'où j'appellerai l'avocat du diocèse…

— N'importe quel avocat digne de ce nom vous recommandera de me remettre sur-le-champ aux mains de la justice. Il ne peut agir autrement sous peine d'être rayé du barreau.

— Hum ! Dans ce cas, oublions cette idée. Que dites-vous du plan B : vous m'accompagnez à l'archevêché et nous déciderons de ce qu'il convient de faire en savourant un bon dîner arrosé d'un bon vin français. Ma sœur est un fin cordon-bleu et…

— Je ne dois pas rencontrer votre sœur, objecta Maggie. Je ne peux voir personne. Réfléchissez un peu, Monseigneur.

Il est déjà fâcheux que vous vous rendiez coupable d'une grave infraction en me cachant à la police. Nous n'allons pas l'amener à violer elle aussi la loi.

L'archevêque soupira.

— Vous avez sans doute raison sur ce point. Bernadette a une conception si rigide de son devoir de citoyenne qu'elle vous conseillerait certainement de vous rendre en vous fiant à la justice pour vous disculper.

Il esquissa une grimace.

— Je dois bien reconnaître qu'en ce qui vous concerne sa confiance aveugle dans notre système judiciaire semble presque déplacée.

Maggie n'avait jamais eu aussi peu envie de prendre la fuite, mais elle ne voyait pas d'autre solution.

— Si vous acceptiez de vous retourner, Monseigneur — ou d'aller vous agenouiller au pied de l'autel pour prier Dieu de nous inspirer, par exemple —, votre dilemme se résoudrait en moins d'une minute.

— Auriez-vous l'intention de vous en aller pendant que j'aurai le dos tourné ?

— C'est ce qu'il y a de mieux à faire, affirma Maggie dans un soupir.

La perspective de renouer avec son existence d'errance la plongeait dans un abîme de découragement. Une fois de plus, elle allait se retrouver à la gare routière, choisir une destination quelconque et se fabriquer une nouvelle identité. Elle était si lasse de devoir se rappeler son nom chaque matin au réveil.

Quant à Sean… L'idée de le quitter transperça son cœur d'une douleur si vive qu'elle dut l'écarter pour ne pas s'effondrer sur les dalles de l'église en hurlant comme une bête blessée. Elle se détourna, serrant les bras autour d'elle, s'efforçant vainement de puiser en elle des forces dans une réserve qui semblait désormais tarie.

— Je ne peux pas vous laisser partir, dit l'archevêque. Maggie, je n'ai pas l'intention de vous abandonner une seconde fois. Je l'ai déjà fait après la mort de Rowena et je ne recommencerai pas ce soir. Il est impossible de s'attarder ici, car l'heure de la fermeture des portes approche, et, de toute façon, ma sœur m'attend pour dîner. Mais je devrais être en mesure de vous faire pénétrer dans les locaux résidentiels sans que personne nous voie. Le personnel a déjà quitté les bureaux de l'archevêché, ma sœur doit s'affairer dans la cuisine, et la femme de ménage n'arrive pas avant 9 heures du matin. Cela vous assure au moins quelques heures de répit.

— En admettant que vous réussissiez à m'introduire chez vous en cachette, comment éviter que je n'y croise votre sœur ?

— Eh bien, j'envisageais en fait de vous cacher dans ma chambre — l'unique pièce où elle n'entre pratiquement jamais. Ce n'est là qu'un dépannage temporaire, j'en conviens, mais il nous permettra d'y poursuivre cette conversation à l'abri des oreilles et des regards indiscrets. En réfléchissant ensemble, nous finirons certainement par trouver un moyen de vous sortir de cette impasse.

Après quelques secondes d'hésitation, Maggie finit par se ranger aux arguments de son interlocuteur. Elle ne partageait pas sa confiance en une issue positive à ses difficultés, mais elle ne se sentait pas le cœur de résister à l'attrait de la lueur d'espoir qu'elle voyait briller, aussi ténue soit-elle.

En suivant Grunewald chez lui, du moins pourrait-elle lui demander de joindre Sean et de l'informer des nouveaux développements de l'affaire. Ce n'était pas grand-chose, sans doute, mais la perspective de ne pas disparaître de sa vie comme une voleuse lui procurait un infime soupçon de réconfort.

Durant le bref trajet entre le parvis de la cathédrale et le seuil de la résidence privée de l'archevêque, ils croisèrent une demi-douzaine de personnes qui les saluèrent toutes avec le plus grand respect. Grunewald réussit ensuite à faire pénétrer subrepticement Maggie dans l'entrée avant de la guider à pas feutrés dans le couloir, puis l'escalier, jusqu'à l'étage où se trouvait sa chambre.

— Ma sœur et moi dînons d'ordinaire à 19 heures quand nous sommes seuls, indiqua-t-il en l'invitant à s'installer dans l'unique fauteuil de la pièce avec une pile de journaux et de magazines. Hélas ! je ne peux rien vous offrir à grignoter pour le moment. Heureusement, ma sœur se couche toujours de bonne heure. Dès que la voie sera libre, j'irai dévaliser le réfrigérateur.

Maggie secoua la tête.

— Merci infiniment, mais je n'ai pas faim. Si j'ai besoin de me désaltérer, je boirai l'eau du robinet dans la salle de bains.

— Je devrais pouvoir vous rejoindre vers 20 h 30. Après dîner, nous passons généralement un quart d'heure dans le salon pour commenter les événements du jour en prenant le café. C'est une sorte de rituel auquel je ne pourrais me soustraire sans éveiller la curiosité de Bernadette.

— Je comprends.

Maggie n'éprouvait aucune espèce de hâte à poursuivre sa conversation avec l'archevêque. Il manifestait encore l'optimisme inconsidéré d'une personne confrontée à une difficulté toute neuve. Depuis quinze ans, Maggie cherchait vainement la formule magique qui lui permettrait de se disculper, mettant un terme à cette situation absurde. Désormais, elle ne croyait plus au miracle. Tôt ou tard, l'archevêque devrait se résoudre à admettre son impuissance et reconnaître qu'il ne pouvait rien faire, sinon fermer les yeux pour la laisser prendre la fuite.

Comme s'il avait deviné ce qui lui passait dans la tête, il s'approcha d'elle pour lui effleurer les cheveux d'une main apaisante.

— Allons, ma chère enfant, ne vous découragez pas. Avec l'aide de Dieu, nous découvrirons un moyen de vous rendre la liberté.

Maggie aurait aimé pouvoir le croire.

19.

Un souci — un grave souci — contrariait son frère, devina Bernadette. De longues années d'observation aussi attentive que pétrie d'amour fraternel avaient aiguisé sa sensibilité aux moindres variations d'humeur de Toby. Elle n'était pas dupe de l'enjouement factice qu'il avait affiché tout au long du dîner.

— Tu as l'air préoccupé, dit-elle en lui tendant une tasse de café, noir et sans sucre, comme il l'aimait. As-tu des ennuis dont tu voudrais me faire part ?

— Et moi qui croyais donner le change avec une virtuosité remarquable !

Tobias esquissa un sourire penaud.

— Tu me connais trop, Bernie. Je suis désolé. J'étais sinistre ?

— Pas du tout. Ta compagnie était très agréable — si ce n'est que je te trouve un peu distrait, voilà tout.

— Excuse-moi. Je cherche à résoudre une question particulièrement épineuse.

— Laisse-moi deviner. Le principal du lycée refuse de démissionner à la suite de sa liaison avec une professeur.

— Non, Dieu merci, celle-ci fait preuve d'une bonne volonté exemplaire et nous avons pu établir un compromis qui semble satisfaire tout le monde. Il s'agit d'un sujet un peu plus personnel.

— Puis-je faire quelque chose pour toi ?

— Merci, tu es gentille, mais c'est une difficulté que je dois résoudre moi-même.

— Comme tu voudras. N'oublie pas que je suis là si tu as besoin d'un soutien, ou simplement d'une confidente.

— Je sais, Bernie. Tu es un vrai roc.

Tobias considéra Bernadette avec une gratitude affectueuse.

— Du reste, je me demande souvent ce que j'aurais fait sans toi durant toutes ces années où tu m'as déchargé de mille soucis domestiques. Tu me gâtes beaucoup, et je t'en suis infiniment reconnaissant.

— C'est le moins que je puisse faire, dit Bernadette d'un ton léger, le cœur gonflé de fierté et d'allégresse. J'ai toujours su que tu étais destiné aux plus hautes fonctions au sein de l'Eglise, Toby, et je suis heureuse d'avoir pu apporter ma modeste contribution à ta réussite.

Son frère lui avait répondu poliment, mais déjà son attention s'était reportée vers le sujet qui l'obsédait manifestement. S'il s'était agi d'une question liée à ses fonctions cléricales, Bernadette ne s'en serait pas autrement inquiétée. Sur le plan professionnel, le jugement de Toby — subtil dosage d'efficacité, de compassion et d'autorité — ne laissait en rien à désirer. Mais il avait parlé d'une affaire personnelle, et cela inquiétait Bernadette. Devait-elle s'efforcer d'obtenir plus de détails ? Après en avoir débattu un bref instant, elle choisit de ne pas insister et de laisser les événements suivre leur cours. Tôt ou tard, elle découvrirait ce qui le chagrinait. Elle finissait toujours par savoir.

— A propos, il ne faut pas que j'oublie, reprit-elle comme s'il était possible qu'elle oublie, alors qu'elle avait cherché toute la soirée le meilleur moment pour glisser cette information d'un ton faussement détaché dans la conversation. L'inspecteur MacNally a téléphoné tout à l'heure, en début de soirée. Ses hommes ont effectué une visite au domicile de Christine Williamson, cet après-midi. Elle avait malheureusement déjà déserté l'endroit, mais ils ont pu relever toute une série d'empreintes digitales, qui se sont révélées parfaitement identiques à celles de Maggie Slade, communiquées par le FBI. Christine Williamson et Maggie Slade sont bien une seule et même personne.

Tobias leva aussitôt les yeux et la dévisagea avec une intensité soudaine. Comment s'en étonner ? songea Bernadette avec amertume. En dépit des années, la moindre allusion concernant de près ou de loin une certaine Rowena Slade avait toujours le pouvoir de mobiliser instantanément toute l'attention de son frère.

— Son appartement est-il placé sous surveillance permanente ? s'enquit-il.

— Non, car il semble évident qu'elle n'y reviendra plus. MacNally estime que tu devrais prendre des précautions pour assurer ta sécurité. Il m'a demandé de te rappeler que cette femme peut être armée, et qu'elle est indiscutablement dangereuse.

Toby opina.

— Merci, je n'oublierai pas. Quelles mesures a-t-il décidé de prendre en vue de son arrestation ?

— Il ne m'a confié aucun détail, comme tu t'en doutes, mais je crois qu'il a l'intention de tenir une conférence de presse demain matin, avant de faire circuler son portrait à la télévision et dans les journaux. Si elle se trouve toujours dans la région, il lui sera difficile de continuer à se cacher.

— Tu crois vraiment ? S'ils n'ont qu'une vieille photo d'identité…

— La police ne travaille pas à partir de vieilles photos d'identité. Il ont une photo créée par un ordinateur qui leur permet d'avoir une idée de ce à quoi Maggie Slade ressemble sans doute aujourd'hui.

— Oui, je me souviens, en effet. L'un de ces clichés a déjà circulé dans la presse, il y a deux ou trois ans. J'avais été très impressionné.

Bernadette secoua la tête.

— Le capitaine MacNally dispose d'un portrait plus récent encore. Il a été mis au point par le FBI, pour montrer comment la physionomie de cette femme a pu évoluer ces dernières années, et à quoi elle ressemblerait avec différentes coiffures ou teintes de cheveux.

— A croire que le FBI est capable de tout…

S'interrompant, Tobias s'éclaircit la gorge.

— On peut quand même supposer que, à cet instant, Maggie Slade a déjà traversé la moitié des Etats-Unis. Elle n'a pas échappé à la police pendant toutes ces années pour s'attarder dans un endroit où elle se sent menacée.

Bernadette eut un rire qui sonnait faux.

— On jurerait presque que tu lui souhaites d'y échapper encore, Toby.

Tobias parut hésiter.

— J'ai toujours eu de la peine à voir en elle une dangereuse criminelle, Bernie. Il ne t'est jamais venu à l'esprit qu'elle avait pu dire la vérité, depuis le début ? Qu'elle était peut-être innocente ?

— Non, cela ne m'est jamais venu à l'esprit.

Bernadette ne voulut pas s'alarmer. Se levant, elle s'approcha de son frère, enlaça ses épaules et l'embrassa sur la joue. Fermant les yeux, elle savoura le plaisir de ce contact intime. Elle adorait la combinaison de cette barbe virile qui lui râpait la peau et du subtil parfum d'encens dont il était imprégné. Auprès de lui, elle éprouvait une étrange sensation d'extase spirituelle.

Comme il cherchait à se dégager de son étreinte, elle le libéra de mauvaise grâce, le considérant d'un air taquin.

— Cher Toby ! Ce doute soudain sur la culpabilité de Maggie Slade est une parfaite illustration de ta mansuétude universelle. Maggie était une adolescente perturbée. Elle était violente, révoltée, sexuellement précoce, et elle fumait de la marijuana, à défaut de drogues plus dangereuses. Comment s'étonner qu'une fille comme elle ait pu perdre son sang-froid et abattre sa mère ?

— Fort heureusement, il y a une grande différence entre un adolescent révolté et un criminel, souligna Tobias. Sans quoi, le monde entier connaîtrait une véritable épidémie d'homicides.

— J'ai une longue pratique du métier de psychologue, rappela Bernadette. A mon avis, le comportement de Maggie Slade débordait largement les limites d'une révolte naturelle à l'adolescence.

— Je sais, admit Tobias.

Un nuage assombrit soudain son regard.

— Pourtant, reprit-il, Rowena n'a jamais éprouvé de sérieuses inquiétudes au sujet de sa fille ; elle ne lui reprochait qu'une certaine insolence et des fréquentations douteuses. En lisant la lettre dans laquelle tu m'annonçais l'arrestation de Maggie pour le meurtre de sa mère, ma première réaction a été de rejeter une accusation aussi ridicule.

Il secoua la tête.

— J'aurais dû m'en tenir à cette idée et ne pas te laisser me convaincre que la police avait des preuves concluantes de sa culpabilité.

Saisie d'un pressentiment, Bernadette frissonna. Tobias n'avait pas prononcé le nom de Rowena Slade depuis bien longtemps, et elle avait tout fait pour se persuader qu'il était guéri d'elle. A en juger par la manière dont il se comportait depuis deux ou trois jours, elle s'était bel et bien fourvoyée. Il avait aperçu Maggie aux abords du foyer d'accueil pour femmes maltraitées, et il n'était plus le même depuis lors. Il paraissait maintenant évident que Maggie Slade était au cœur des soucis personnels évoqués par son frère, et qui l'avaient empêché de maintenir une conversation cohérente tout au long du repas. En fait, Bernadette n'aurait pas été surprise d'apprendre que son rendez-vous de fin d'après-midi avait un rapport quelconque avec la présence de la jeune femme à Columbus.

Bernadette pinça les lèvres, se gardant bien de tout éclat intempestif. On pouvait faire confiance à Maggie Slade pour se manifester maintenant, alors que le nom de Tobias commençait à être sérieusement évoqué pour le titre de cardinal ! Sa mère et elle semblaient douées d'un certain talent pour faire irruption au moment précis où leur présence pouvait causer les pires nuisances dans les desseins divins à l'égard de Tobias. Pour Bernadette, il ne faisait aucun doute que Rowena et Maggie Slade n'étaient rien d'autre que des suppôts de Satan.

Elle connaissait bien son frère et comprit qu'elle ne servirait pas ses projets en énumérant tous les motifs qui avaient contribué à la condamnation de Maggie. Elle résista à la tentation de lui rappeler que le revolver était couvert des empreintes de l'adolescente, qui avait plus ou moins avoué son forfait en sanglotant au téléphone et en s'excusant auprès de sa mère de l'avoir blessée — selon le témoignage de la standardiste de police secours. Elle avait ensuite essayé de faire disparaître toute trace de son forfait en se précipitant dans la salle de bains pour laver ses bras et son T-shirt maculés de sang, empêchant ainsi les experts d'apporter une preuve déterminante de sa culpabilité. En définitive, ce concours de circonstances était tout bonnement stupéfiant.

Elle prit la tasse vide de son frère et la posa sur le plateau. Surtout, elle devait éviter de trahir la moindre agitation en faisant tinter les cuillères dans les soucoupes. Son sang-froid exceptionnel, son aptitude à réfléchir avant de parler jusque dans les situations les plus éprouvantes étaient les armes redoutables qui lui avaient permis de sauver les apparences d'un mariage heureux, alors qu'elle supportait à peine le moindre contact avec Tom. Libérée de ce lien honni, elle avait perfectionné ses talents de dissimulatrice dans l'exercice d'une tâche d'une importance capitale, à savoir la préparation de Tobias au glorieux destin qui lui était échu.

D'un geste précautionneux, elle posa le pichet de crème à côté du sucrier.

— Si tu veux mon avis, déclara-t-elle, cette jeune femme a plutôt tendance à aggraver sa situation en se sauvant de la sorte. Si elle est innocente, elle devrait aller se rendre à la police et aider la justice à découvrir des preuves susceptibles de confondre le vrai coupable.

Son frère accueillit sa remarque avec une expression où se mêlaient ironie et indulgence.

— J'étais à peu près sûr que tu réagirais de la sorte, Bernie.

Dieu tout-puissant, cela signifiait qu'il avait déjà envisagé sa réaction au cas où il suggérerait l'innocence de Maggie ! Bernadette reprit sa place dans son fauteuil, de l'autre côté de la cheminée, et chercha fébrilement un nouveau sujet de conversation. Elle avait besoin d'être seule afin de faire le point. Devait-elle s'alarmer de ces révélations au point de prendre des mesures d'urgence ? Dans l'affirmative, elle ferait tout ce qui était en son pouvoir afin d'aider la police à arrêter au plus tôt cette redoutable intrigante qu'était Maggie Slade.

— Notre conversation me rappelle soudain que j'ai eu des nouvelles de Norma Paglino, aujourd'hui.

Toby haussa un sourcil.

— Excuse-moi, je n'ai pas bien entendu ce que tu m'as dit.

Evidemment ! songea Bernadette. Elle avait perdu son attention dès l'instant où il n'avait plus été question de Maggie Slade. Bernadette répéta sa phrase avec une placidité factice.

— J'ai eu des nouvelles de Mme Paglino, aujourd'hui. C'est

la directrice du foyer d'accueil pour les femmes maltraitées. Nous l'avons rencontrée samedi matin, tu t'en souviens ?

— Oui, naturellement. Elle m'a fait une excellente impression. A quel sujet appelait-elle ?

— Elle voulait te remercier pour ton intervention. Il semble que tu aies provoqué un revirement dans l'attitude du maire, puisqu'il a promis de mener une campagne en faveur d'un durcissement des lois contre la violence domestique. Apparemment, on l'aurait même entendu murmurer quelques propos indistincts sur l'allocation d'une petite part du budget municipal à leur programme d'assistance aux plus jeunes.

— Excellente nouvelle !

Enfin, Tobias semblait s'animer ! La prévention de la violence domestique et la réunification des familles éclatées figuraient parmi ses priorités.

— Si nous pouvions recueillir assez d'argent pour employer une infirmière spécialisée au sein du foyer, ces enfants se remettraient beaucoup plus rapidement.

Tirant un petit agenda de sa poche, il griffonna rapidement quelques mots.

— J'appellerai le maire dès demain afin de l'encourager dans cette voie. Son appui inconditionnel peut nous aider à franchir une étape décisive.

— Sans aucun doute. Il faut tout de même reconnaître que, ici, beaucoup d'efforts ont déjà été accomplis pour sensibiliser la population au problème de la violence domestique. Voilà qui nous change, après ce que nous avons connu.

Sur ces mots, Bernadette se leva, étouffant un léger bâillement.

— Eh bien, je crois que je vais aller me coucher, à présent.

Je dois me lever tôt, demain matin, et, sans que je sache pourquoi, j'étais très fatiguée, aujourd'hui.

— Tu as raison.

Le soulagement de son frère à la voir regagner sa chambre ne put échapper à Bernadette. Se levant à son tour, il prit le plateau du café.

— Je vais rapporter ça dans la cuisine. Et je crois que je ne vais pas tarder non plus à monter.

Sa hâte à se débarrasser d'elle la peina et l'intrigua à la fois. Pourquoi souhaitait-il être seul ? Simplement pour continuer à ruminer son dilemme ? Ou bien pour quelque raison d'ordre plus pratique — un coup de téléphone à passer depuis sa chambre, par exemple ?

— Laisse-moi plutôt emporter le plateau, dit-elle. Tu n'as probablement pas la moindre idée de l'endroit où déposer ces tasses.

— Tu me sous-estimes, ma chère sœur.

Il lui adressa un petit sourire amusé.

— Je rangerai le lait dans le réfrigérateur et laisserai le reste près de l'évier pour la femme de ménage, demain matin. Tu vois, tu peux dormir sur tes deux oreilles, Bernie.

Bernadette préféra s'abstenir de tout commentaire.

— Bonne nuit, Toby. A demain.

Tandis que Tobias disparaissait dans la cuisine, elle gagna rapidement sa chambre et s'assit au bord de son lit, saisie d'un tremblement incontrôlable. Son frère aurait bientôt 61 ans, elle partageait sa vie depuis plus d'un quart de siècle, et elle le sentait pourtant hors d'atteinte, comme s'il avait toujours gardé ses distances vis-à-vis d'elle. Dieu la mettait certainement à l'épreuve, jugea-t-elle. Elle devait être forte pour mériter le destin qui la placerait au côté de son frère, lorsque le monde acclamerait le premier pape de nationalité américaine. Mais il était parfois difficile d'éviter tout ressentiment, de ne pas contester la volonté divine de laisser les femmes dans l'ombre des hommes, leur interdisant l'accès direct aux fonctions les plus prestigieuses.

Les hommes étaient des créatures si faibles ! Jusqu'aux meilleurs d'entre eux — comme Toby. Rowena Slade n'avait aucune réussite personnelle à son actif, rien d'autre à offrir que sa beauté, et, pourtant, elle l'avait possédé corps et âme, au-delà même de sa mort. Pour dormir auprès de cette veuve sournoise, Toby avait été tout près de réduire à néant les années d'efforts de Bernadette.

Le souvenir de ce cauchemar avait encore le pouvoir de lui arracher des larmes.

Quinze ans plus tôt, Toby avait été informé de sa nomination imminente au poste d'évêque de Pueblo, et Bernadette, cinq jours durant, avait nagé en pleine euphorie. Ses ambitions semblaient en bonne voie de réalisation. Un jour ou l'autre, un homme deviendrait le premier pape américain de l'histoire pontificale, et elle avait décidé que Toby — son brillant, son incomparable cadet — serait cet homme.

Sur ces entrefaites, Toby avait sonné le glas de tous ses espoirs. Un soir, il était rentré rayonnant d'allégresse, mais pas pour les mêmes motifs qu'elle. La prenant à part, il lui avait confié son secret. Amoureux d'une certaine Rowena Slade — une simple paroissienne —, il s'apprêtait à l'épouser.

Ce soir-là, dans le coquet salon du presbytère de Colorado Springs, Bernadette avait soudain senti son univers basculer.

*
* *

— Comment peux-tu songer à te marier ? demanda-t-elle, pétrifiée par l'horreur.

C'était impossible ! songea Bernadette. Son pur et chaste petit frère ne pouvait envisager de se livrer au jeu sordide et dégradant de la fornication.

— Voyons, Toby, réfléchis un peu ! Tu as fait vœu de chasteté pour le reste de tes jours. Sans doute as-tu omis de considérer les conséquences d'une telle décision. Tu t'apprêtes à gâcher irrémédiablement le fruit de tous tes efforts.

— Je ne gâche pas ma vie, répliqua-t-il. Je lui choisis simplement une orientation différente. Bernie, tu as été mariée, tu as aimé Tom ; tu comprends certainement ce qui m'arrive aujourd'hui. J'aime Rowena. Il ne s'agit pas d'un sentiment platonique, mais d'une fusion totale des corps et des âmes. Nous voulons vivre ensemble.

— Tu as probablement déjà connu la tentation de la chair…, commença Bernadette.

Etre obligée d'aborder avec son frère ce sujet écœurant lui faisait horreur. Profondément horreur.

— … sans pour autant succomber à cette tentation, poursuivit-elle. Tu résisteras également à celle-ci.

— Mais Rowena n'est pas une simple tentation, affirma Toby. C'est la femme que j'aime.

Il prit les mains de Bernadette dans les siennes.

— Bernie, ne te fais pas autant de souci. Nous réfléchissons depuis cinq mois à ce qu'il convient de faire, et nous sommes absolument certains tous les deux de ce que nous voulons. Je t'en prie, sois heureuse pour nous.

Il fréquentait donc une autre femme à son insu depuis au moins cinq mois ? Bernadette ne pouvait se résoudre à l'évidence. Elle dut fournir un effort surhumain pour ne pas hurler.

— Et ta vocation ? dit-elle encore. Dès l'adolescence, tu avais déjà décidé d'entrer dans les ordres...

— Il y a d'autres vocations que celle de prêtre, riposta-t-il, son regard étincelant tourné vers un avenir où elle n'aurait qu'un rôle de troisième ordre. J'ai déjà une formation de conseiller familial, et je trouverai sans doute un emploi quelque part.

— Mais un emploi t'attend déjà ! insista Bernadette d'un ton plaintif. Songe un peu à ce que tu vas perdre, Toby. Tu es sur le point d'être nommé évêque de Pueblo, et tu es l'homme idéal pour remplir cette fonction.

Tobias rougit.

— Tu te trompes. Je suis bien loin de posséder les qualités nécessaires. Pour être franc, Bernie, j'ai déjà transgressé mon vœu de chasteté. En épousant Rowena, j'accomplirai non seulement ce que j'ai décidé de faire, mais aussi mon devoir d'honnête homme. Et c'est là mon plus cher désir.

A quoi bon remuer ces souvenirs effroyables ? Bernadette avait prié avec ferveur, demandant à Dieu d'absoudre son frère pour un écart de conduite qui ne se reproduirait pas, elle s'en portait garante, à condition qu'il soit élu pape. Et en effet, une fois Rowena écartée de leur chemin, Toby n'avait jamais plus manifesté aucune faiblesse à l'égard du péché de chair. Mais Bernadette se refusait à prendre le moindre risque. Maggie Slade ressemblait beaucoup à sa mère et maniait sans doute les mêmes artifices avec une habileté identique. Satan, la chose était notoire, se présentait volontiers sous les traits d'une femme séduisante.

Entrouvrant la porte de sa chambre, elle écouta attentivement. Des craquements dans l'escalier lui indiquèrent que Toby regagnait sa propre chambre. Elle attendit quelques minutes pour s'assurer qu'il n'allait pas ressortir, puis longea d'un pas furtif le couloir, pieds nus, et alla coller l'oreille à sa porte.

Le son de sa voix lui parvint, bien qu'il fût impossible de distinguer ce qu'il disait. Elle ne s'était donc pas trompée en supposant qu'il souhaitait se débarrasser d'elle pour téléphoner. Et il appelait une femme, puisque Bernadette pouvait l'entendre.

Elle se figea, soudain, horrifiée. Il était absurde d'imaginer qu'elle pouvait entendre la personne à qui son frère téléphonait, et, pourtant, elle entendait bel et bien une voix de femme. L'unique explication à cette aberration était aussi simple que terrifiante : il y avait une femme dans la chambre de Toby.

Elle porta une main à son cœur, qui palpitait avec une telle violence qu'elle craignit de succomber à une crise cardiaque. Une fois de plus, elle pria le Seigneur de la garder en vie et de lui conserver la vigueur nécessaire pour empêcher le désastre qui se préparait de l'autre côté de la porte. Comme toujours, Dieu lui répondit, lui ordonnant d'arracher son frère à ses propres démons. Aussitôt, le cœur de Bernadette s'apaisa, le brouillard qui troublait sa vue se dissipa et elle recouvra ses esprits. Les implications de sa découverte — son frère avec une femme, dans sa chambre — étaient si monstrueuses qu'elle n'en saisissait pas toute l'étendue. Elle écrasa la joue contre le battant de bois dans l'espoir d'intercepter quelques mots susceptibles de lui fournir une indication sur l'identité de cette visiteuse clandestine.

— Inspecteur MacNally... photos... conférence de presse.

C'était la voix de son frère. Il parlait bas, et Bernadette distinguait mal ses paroles ; néanmoins, il semblait répéter les informations qu'elle venait de lui fournir quelques instants plus tôt dans le salon.

— Sean MacLeod... studio... Commissariat de Denver... grâce à son aide... carrière en danger...

Le timbre clair de la voix féminine permettait de mieux discerner les propos de l'inconnue. La gorge nouée, Bernadette devait lutter pour faire passer un peu d'air jusqu'à ses poumons et respirer. Chaque détail du procès Slade était comme gravé au fer rouge dans sa mémoire, et elle reconnut immédiatement le nom de MacLeod, celui du jeune policier qui avait trouvé l'arme du crime, la nuit fatale...

L'inconnue reprit la parole d'une voix soudain moins distincte, comme altérée par l'émotion.

— Christine... police... fuir... Sean... amour... prison. Je ne peux pas retourner en prison.

C'était Maggie Slade qui se trouvait avec Toby.

Bernadette en accepta la confirmation avec une certaine résignation, comme si la chose était inévitable, en définitive. En apprenant que la jeune femme s'était évadée de prison, elle avait espéré sans trop y croire qu'un policier trop zélé finirait bien un jour par l'abattre en essayant de remettre la main sur elle. Les années s'étaient succédé et Maggie restait libre, ce que Bernadette interprétait comme un avertissement divin :

Dieu lui demandait ainsi de demeurer vigilante, toujours prête à protéger son frère. Aujourd'hui, elle comprenait que la boucle ne serait enfin bouclée qu'avec la mort de Maggie. Quinze ans plus tôt, Rowena Slade avait failli anéantir les projets que Dieu nourrissait pour Toby. Manifestement, la fille de Rowena avait hérité de ses pouvoirs démoniaques.

La mise en scène de cette mort serait un jeu d'enfant pour elle, estima Bernadette en regagnant rapidement sa chambre. Quelques secondes lui suffirent pour inventer le récit qu'elle ferait à la police. Maggie Slade, une dangereuse criminelle, une désaxée, avait fait irruption dans la chambre de l'archevêque pendant qu'il priait, agenouillé sur son prie-Dieu. En descendant chercher un verre de lait dans la cuisine, Bernadette avait entendu les cris de son frère et des bruits de lutte. Elle avait alors regagné sa chambre en courant, pris son revolver dans sa table de nuit et volé au secours de Toby. Déchaînée, Maggie Slade avait refusé de battre en retraite, continuant à menacer l'archevêque de son couteau — il faudrait se rappeler d'en rapporter un de l'office. Finalement, elle s'était précipitée sur Bernadette pour l'attaquer. Le coup était parti. Fauchée par la balle, la jeune femme s'était effondrée, mortellement blessée.

Le plus difficile, songea Bernadette, resterait d'amener Toby à corroborer sa version des faits. Mais elle réfléchirait plus tard à cette question. Il fallait d'abord parer au plus urgent. Dans l'immédiat, elle devait s'occuper de Maggie Slade.

Ouvrant le tiroir de sa table de nuit, elle prit le revolver qui avait appartenu à Tom, naguère, et qui symbolisait à ses yeux l'heureux dénouement d'une union exécrée. Cette fois, elle n'avait pas à craindre d'y laisser ses empreintes : la présence d'une criminelle évadée à leur domicile suffirait largement à justifier la légitime défense. De retour à la porte de son frère, elle écouta de nouveau. Aucun bruit de voix ne lui parvint, et une vague de panique la submergea aussitôt. Pourquoi avaient-ils cessé de parler ? Que pouvaient-ils bien faire ? Si Maggie Slade avait déjà entraîné son frère dans les affres de la luxure, jamais Dieu ne le laisserait devenir cardinal.

Elle pénétra en coup de vent dans la chambre sans prendre la peine de frapper. La scène qu'elle redoutait s'imposa à elle dans toute son horreur. Maggie Slade était assise dans un fauteuil près de la fenêtre et son frère, penché sur elle, tenait ses mains dans les siennes. Il se tourna vers la porte, et la consternation se peignit sur ses traits.

— Bernadette !

Simultanément, Maggie se leva d'un bond, mêlant sa voix à la sienne.

— Madame Dowd ! Madame Dowd ? Mais que faites-vous là ?

Ce fut la goutte d'eau qui fit déborder le vase. Le sang-froid légendaire de Bernadette vola soudain en éclats.

— Ce que je fais là ? cria-t-elle en entrant plus avant dans la pièce et en agitant le revolver. J'habite ici, figurez-vous. Je suis ici chez moi. C'est à vous que la question s'adresse : que faites-*vous* ici ? La fille d'une putain n'a pas sa place dans le sanctuaire qu'est la chambre de mon frère.

— Voyons, Bernadette, tu ne sais plus ce que tu dis.

Tout en parlant, Toby se dirigea vers elle avec une évidente circonspection, et Bernadette se souvint soudain qu'elle tenait un revolver à la main. Elle le pointa vers le cœur de Maggie.

— Ecarte-toi, Toby. Satan l'a envoyée pour te soumettre à la tentation, et c'est mon devoir de te protéger.

Bernadette les vit échanger un regard. Le langage muet des amants — n'était-ce pas ainsi que disaient les poètes ? Puis Maggie murmura quelques mots à l'adresse de Tobias, si bas que Bernadette l'entendit à peine.

— Cette femme est votre sœur ?

— Oui.

— Elle a été ma conseillère d'orientation au lycée, puis mon éducatrice au centre de redressement. Le saviez-vous ?

— Pas le moins du monde. Je sais qu'elle intervenait parfois à titre bénévole auprès d'instances éducatives ou juridictionnelles, mais j'ignorais qu'elle avait joué le moindre rôle en ce qui vous concerne.

— Je ne t'en ai rien dit, car tu t'y serais opposé, intervint Bernadette. Mais il fallait bien que quelqu'un la surveille en prison. Qui sait les ennuis qu'elle aurait pu nous causer si je ne m'étais pas arrangée pour faire obstacle à sa libération conditionnelle !

— Oh ! mon Dieu ! dit Maggie dans un souffle. Vous avez menti aux membres de la commission pour les convaincre qu'il fallait me garder en détention.

— Ce n'est pas *votre* Dieu ! hurla Bernadette. Satan veut empêcher mon frère de devenir souverain pontife, et vous êtes l'instrument qu'il a choisi pour parvenir à ses fins.

Toby était blême, remarqua soudain Bernadette, qui redouta tout à coup de le voir succomber à une attaque. Tous ses glorieux projets, alors, s'envoleraient en fumée.

— Ne t'inquiète pas, Toby, lui dit-elle plus doucement. J'écarterai tous les obstacles qui pourront se dresser sur ta route — comme toujours depuis ton enfance. Tu étais un bambin adorable, tu sais, et le plus beau garçon du lycée. Toutes les filles étaient folles de toi, mais moi je savais déjà que tu entrerais dans les ordres ; ainsi, tu n'appartiendrais jamais à une autre.

— Tu as été une sœur merveilleuse, dit Toby en s'avançant vers elle, les mains tendues. Bernie, ma chère, tu n'es pas dans ton état normal. Donne-moi ce revolver, je te prie.

— Je dois d'abord tuer Maggie Slade. Elle représente une terrible menace pour nous, Toby. Tu ne peux imaginer la peine que je me suis donnée pour convaincre tout le monde qu'elle avait tué sa mère.

A en juger par son expression, son frère ne parut pas du tout satisfait d'apprendre combien d'efforts elle avait déployés dans son intérêt. Mais n'en allait-il pas toujours ainsi ? Les femmes se chargeaient du labeur ingrat, et tout le mérite en revenait aux hommes… Toutefois, quand Toby deviendrait le premier pape américain, elle vivrait au Vatican et serait l'une des femmes les plus influentes de la planète. La sœur du pape. Quel titre magnifique ! Elle prendrait alors part à des décisions affectant l'existence de millions de personnes à travers le monde. Pas mal pour une fille dont les parents étaient trop pauvres pour acheter la robe qui lui aurait permis d'assister au grand bal du lycée…

— Vous avez tué ma mère !

Plongée dans ses rêves de grandeur, Bernadette en avait presque oublié Maggie Slade. Sa voix pleine de rage la ramena brusquement à une réalité moins agréable.

— Votre frère était en voyage à Chicago, et vous lui avez emprunté la clé de notre maison ; puis vous avez traversé la ville en pleine nuit pour venir la tuer. C'est un meurtre prémédité !

— Ne dites pas de sottises. Je n'avais pas l'intention de tuer votre mère. Je venais simplement lui dire de renoncer à mon frère, car un destin beaucoup plus glorieux l'attendait que le mariage avec une moins-que-rien et une petite maison avec sa pelouse à tondre tous les samedis matin. J'ai expliqué à Rowena que Dieu avait désigné Toby pour être le premier pape d'origine américaine, et elle m'a ri au nez. Elle m'a traitée de folle.

Bernadette observa son frère du coin de l'œil, espérant le voir enfin approuver ses propos.

— Alors, je l'ai abattue, conclut-elle.

Toby ne lui apporta pas le soutien dont elle avait tant besoin. Une étrange exclamation s'échappa de sa gorge et il pivota brusquement vers elle, le regard noir de colère, les traits ravagés par un mélange d'horreur et de répulsion.

— Tu as tué Rowena ! répéta-t-il. Tu as tué la femme que j'aimais et délibérément fait endosser la culpabilité de ton crime à une enfant de 15 ans ! Juste ciel ! Bernadette, je crains de ne jamais pouvoir te pardonner une chose pareille.

— Mais tu le dois ! Je n'ai fait cela que pour toi, Toby. Ignores-tu donc combien je t'aime ?

En larmes, elle voulut se jeter dans ses bras, mais il recula avec dégoût, et le chagrin de Bernadette se mua en colère. Pointant le revolver sur lui, elle pressa la détente sans se donner le temps de réfléchir. Le sang jaillit aussitôt de sa poitrine, un sang aussi écarlate que la robe de cardinal qu'il ne porterait jamais.

— J'ai sacrifié toute ma vie pour toi, Toby, et tu n'en as

pas tenu compte. Tu étais l'élu de Dieu, et moi son instrument...

Elle s'interrompit en poussant un petit cri étranglé. Un bras plaqué autour de son cou lui coupait le souffle, et l'étreinte se resserra au point qu'elle perdit le contrôle de ses membres. Le revolver lui glissa des mains et tomba sur le sol. Occupée à faire entendre raison à son frère, elle avait négligé de surveiller Maggie Slade.

Désespérée, elle éclata en sanglots. Satan avait gagné ! Sans elle, Toby ne deviendrait jamais pape. Maggie Slade triomphait. Rowena Slade, la Tentation faite femme, était morte, mais sa fille avait pris la relève.

Maggie jeta Bernadette par terre, avant de lui décocher un vigoureux coup de poing au menton pour faire bonne mesure. Puis elle se précipita auprès de l'archevêque, envoyant valser le revolver au passage. Une tache brune maculait la chemise de Grunewald, au niveau de l'épaule, et une terrible appréhension serra le cœur de Maggie. Alors qu'elle s'agenouillait près de lui et lui soulevait légèrement la tête, les souvenirs d'une nuit d'horreur semblable à celle-ci se mêlèrent à la terreur qu'elle éprouvait en cet instant. Les paupières de l'archevêque étaient closes, mais il respirait. Sous ses doigts, elle sentit les pulsations de son sang. Dieu merci, son cœur battait encore. Après avoir placé un oreiller sur la blessure, d'où s'écoulait le sang, elle appuya un bref instant pour tenter d'endiguer l'hémorragie, puis alla décrocher le téléphone et composa le 911... une fois de plus. Le parallèle avec la nuit au cours de laquelle sa mère avait été abattue s'arrêterait-il là ?

se demanda-t-elle. Si l'archevêque succombait à sa blessure, l'accuserait-on également de l'avoir tué ?

— Police secours, bonsoir.

— J'ai besoin d'aide, tout de suite ! Je vous appelle depuis la résidence de Mgr Grunewald, au 7, Broad Street, à côté de la cathédrale Saint-Joseph. On a tiré sur l'archevêque. Il a perdu conscience et saigne beaucoup. Envoyez vite une ambulance, avec une voiture de police.

— Quel est votre nom, madame ? Etes-vous aussi blessée ?

— Non, je suis indemne.

Maggie se tut un instant, légèrement étourdie.

— Je suis indemne, répéta-t-elle, stupéfaite de le constater. Et je m'appelle Maggie Slade.

Épilogue

Denver, Colorado
Septembre 1997

Il ne l'avait pas vue depuis près de dix semaines — à l'exclusion des innombrables comptes rendus télévisés et autres images parues dans la presse —, mais elle lui rendait enfin visite aujourd'hui. « Vers 15 heures », avait-elle précisé. Or, il était déjà 15 h 20. Sean arpentait la pelouse, devant sa porte, en feignant de tailler les massifs, avec heureusement assez de lucidité pour épargner les malheureux bourgeons qu'il risquait de sacrifier s'il se servait vraiment de son sécateur.

Le temps qui s'était écoulé depuis l'arrestation de Bernadette Dowd n'avait fait que renforcer sa certitude qu'il voulait vivre le reste de ses jours auprès de Maggie. Hélas ! le silence de la jeune femme semblait suggérer qu'elle n'était pas aussi sûre de ses propres sentiments. Sean ne pouvait ignorer le fait qu'il resterait à jamais lié dans sa mémoire à la mort de sa mère, et à l'erreur judiciaire dont elle avait été la victime. Parviendrait-elle jamais à surmonter cet obstacle ?

Une Ford Escort verte s'arrêta au bout de l'allée, et Maggie en descendit. Il vit seulement qu'elle avait recouvré ses cheveux châtain clair et qu'elle était belle. Tout le reste se noya dans la masse confuse du désir qui le submergeait.

— Bonjour. Excuse-moi de ne pas être à l'heure. L'avion a décollé de Columbus avec une demi-heure de retard.

Elle se tenait sur le trottoir, les yeux plissés face au soleil éblouissant du Colorado. Elle souriait.

— Tu as l'air… menaçant.

— Pardon ?

Il suivit la direction de son regard, et vit le sécateur qu'il pointait droit sur elle.

— C'est pour éloigner les journalistes un peu trop curieux, expliqua-t-il en lui rendant son sourire.

Maggie jeta un coup d'œil derrière elle.

— L'astuce a réussi. Personne ne nous surveille.

— Tant mieux.

D'un geste désinvolte, Sean lança le sécateur dans la brouette vide.

— Si nous rentrions ? Il fait plus frais à l'intérieur.

— Ce climat est vraiment merveilleux, dit-elle avec un soupir. Je ne m'étais pas rendu compte que cette région me manquait tant. Mais comme les choses ont changé, en quinze ans !

Ils entrèrent dans la maison et la traversèrent, dépassant la salle de séjour pour s'installer dans la cuisine, ouverte sur un jardin verdoyant.

— Ta maison me plaît, observa Maggie. J'aime ces volumes spacieux, ces couleurs claires. En somme, voilà l'endroit idéal pour tout recommencer…

Sa remarque éveilla en lui un soupçon d'espoir.

— C'est aussi mon avis. La rue entière est bordée de

maisons neuves — ce qui oblige pratiquement les voisins à faire connaissance dès le premier jour.

Il avança la main sur la table et la ferma sur celle de Maggie, incapable de résister plus longtemps à l'envie de la toucher.

— Comment vas-tu, Maggie ?

— Bien. Je suis indescriptiblement heureuse — et débordée. Entre les négociations de mes avocats avec le bureau du procureur, les interviews pour la télévision et les agents d'Hollywood impatients d'acquérir les droits exclusifs d'un film retraçant ma vie, c'est à peine si j'ai eu le temps de me rendre compte que tout est vraiment fini et que je suis libre. Libre d'un point de vue moral aussi bien que légal.

— Comment s'est passée ton entrevue avec tes grands-parents ?

Un voile de tristesse assombrit un moment le regard bleu-gris de Maggie.

— Elle a été aussi pénible pour eux que pour moi, je suppose. Ils se sentaient coupables et moi… distante. Je ne suis pas une sainte, comme l'archevêque. Comment ne pas leur garder rancune de m'avoir cru capable de tuer ma mère, et abandonnée quand j'avais tant besoin d'eux ?

— Il te faudra sans doute très longtemps pour faire le point sur toutes tes relations…

— Sans doute, mais je n'ai pas de patience. Ma vie est restée pendant quinze ans au point mort et j'éprouve une sorte de frénésie à rattraper le temps perdu et à profiter de toute expérience inédite.

Sean se leva, sortit deux boîtes de soda du réfrigérateur et en tendit une à Maggie.

— Tu as pourtant manifesté une attitude bien différente

en ce qui nous concerne. Pourquoi avoir refusé de me voir et limité nos rapports à une conversation téléphonique par semaine ?

— Crois-moi, j'ai dû me raisonner pour admettre qu'un lien aussi important ne devait pas se traiter à la légère, et exigeait un minimum de réflexion.

Quittant sa chaise, elle alla s'accouder à la fenêtre.

— J'ai plus de trente ans, Sean, et je meurs d'envie de me marier, d'avoir des enfants… Je sais que tu m'aimes, et la tentation était grande de tomber dans tes bras et de m'en remettre à toi pour régler tous les détails de ma vie. Au commissariat de Columbus, quand on m'a annoncé que j'étais libre, j'ai rêvé un moment de prendre l'avion avec toi, de venir m'installer dans ta maison et de t'abandonner toutes les corvées administratives qui m'attendaient après l'arrestation de Mme Dowd. J'aurais même voulu que tu me fasses un enfant sur-le-champ.

— Pourquoi pas ? Le projet me convenait tout à fait.

Maggie secoua la tête.

— Nous aurions couru tout droit au désastre. Ce qu'il y a entre nous me semble trop précieux pour risquer de le gâcher en me servant de toi, en te réduisant au rôle de marchepied pour l'avenir dont je rêve. Et si, à travers toi, je n'avais cherché qu'à me procurer un foyer et une famille ? Nous devions prendre assez de recul pour connaître la réponse.

— L'as-tu obtenue, Maggie ? Es-tu sûre de toi, maintenant ?

Sean retint son souffle en attendant son verdict.

— Oui.

Il ne put s'empêcher de sourire.

— Est-ce tout ? Simplement : « oui » ? N'aurai-je pas droit à quelques déclarations passionnées d'amour éternel ?

— Je les réserve pour plus tard.

Il la prit dans ses bras.

— Plus tard… c'est-à-dire dans combien de temps, au juste ?

Maggie renversa la tête en riant, le regard chaviré.

— Je ne sais pas. Quand tu me feras l'amour et me rendras folle de désir, par exemple. Qu'en penses-tu ?

— Je crois que c'est une excellente idée, mon cœur.

Plaquant une main au creux de ses reins, il la guida vers l'escalier.

— Dans ce cas, ne perdons pas une minute. La chambre est de ce côté.

Maggie se laissa entraîner, puis s'arrêta sur la première marche et fit volte-face. Nouant les doigts sur la nuque de Sean, elle l'attira contre elle.

— Je t'aime pour de bon, Sean, et pas seulement parce que tu m'as sauvé la vie.

— Mon cœur, tu t'es sauvé la vie toi-même, et celle de l'archevêque en même temps. Je n'étais même pas sur place quand cette cinglée s'est mise à tirer. Je me trouvais dans un commissariat, à des kilomètres de là.

— Je ne parlais pas de cela ! Tu m'as sauvé la vie en me donnant le courage de cesser de fuir et le courage de me battre. Pour cela, je te remercie.

— Il est généreux de ta part de m'en attribuer le mérite, mais c'est de *ton* courage qu'il s'agit, pas du mien.

Il se pencha sur elle pour effleurer ses lèvres d'un baiser, mais elle le lui rendit avec une telle fougue qu'il s'embrasa aussitôt. Il la serra éperdument contre son cœur, qui ne battait plus que pour elle, et pour toujours. La chaleur de leur étreinte dissipait tous les nuages du passé, révélant un avenir plein de promesses.

Main dans la main, ils s'élancèrent dans l'escalier, qui résonna de leurs rires insouciants.

DANS LA MÊME COLLECTION

Par ordre alphabétique d'auteur

BEVERLY BARTON	*Dans l'ombre de l'assassin*
OLGA BICOS	*Nuit d'orage*
OLGA BICOS	*La mort dans le miroir*
LAURIE BRETON	*Ne vois-tu pas la mort venir ?*
BARBARA BRETTON	*Le lien brisé*
JAN COFFEY	*La dernière victime*
JAN COFFEY	*L'accusé*
JASMINE CRESSWELL	*La Manipulatrice*
JASMINE CRESSWELL	*Le secret brisé*
JASMINE CRESSWELL	*La mort pour héritage*
JASMINE CRESSWELL	*Soupçons mortels*
JASMINE CRESSWELL	*Je saurai te retrouver*
CAMERON CRUISE	*La perle de sang*
MARGOT DALTON	*Amnésie*
MARGOT DALTON	*Kidnapping*
MARGOT DALTON	*Le sceau du mal*
MARGOT DALTON	*Crimes inavoués*
WINSLOW ELIOT	*L'innocence du mal*
LYNN ERICKSON	*Le Prédateur*
SUZANNE FORSTER	*Le cercle secret*
SUZANNE FORSTER	*Secrets*
TESS GERRITSEN	*Présumée coupable*
TESS GERRITSEN	*Crimes masqués*
TESS GERRITSEN	*Ne m'oublie pas*
HEATHER GRAHAM	*L'invitation*
HEATHER GRAHAM	*L'ennemi sans visage*
HEATHER GRAHAM	*Le complot*
HEATHER GRAHAM	*Soupçons*
HEATHER GRAHAM	*La griffe de l'assassin*
HEATHER GRAHAM	*Prémonition*
HEATHER GRAHAM	*L'ombre de la mort*
HEATHER GRAHAM	*Danse avec la mort*
HEATHER GRAHAM	*Noires visions*
HEATHER GRAHAM	*Nuits blanches*
HEATHER GRAHAM	*Apparences*
HEATHER GRAHAM	*La crypte mystérieuse*
HEATHER GRAHAM	*Sombre présage*
HEATHER GRAHAM	*Hantise*
GINNA GRAY	*Le voile du secret*
GINNA GRAY	*La cavale*
GINNA GRAY	*Les bois meurtriers*

... / ...

DANS LA MÊME COLLECTION

Par ordre alphabétique d'auteur

CAROLYN HAINES	*Les fiancées du Mississippi*
KAREN HARPER	*Testament mortel*
KAREN HARPER	*Le saut du diable*
KAREN HARPER	*L'œuvre du mal*
KAREN HARPER	*Les portes du mal*
KAREN HARPER	*Une femme dans la nuit*
KAREN HARPER	*Mortel mensonge*
KATHRYN HARVEY	*La clé du passé*
BONNIE HEARN HILL	*La disparue de Sacramento*
BONNIE HEARN HILL	*Mortelle perfection*
CHRISTIANE HEGGAN	*Miami Confidential*
CHRISTIANE HEGGAN	*L'Alibi*
CHRISTIANE HEGGAN	*Intime conviction*
CHRISTIANE HEGGAN	*Labyrinthe meurtrier*
CHRISTIANE HEGGAN	*Par une nuit d'hiver*
CHRISTIANE HEGGAN	*Troublantes révélations*
CHRISTIANE HEGGAN	*Intention de tuer*
CHRISTIANE HEGGAN	*Meurtre à New York*
METSY HINGLE	*Le masque de la mort*
METSY HINGLE	*La fille de l'assassin*
METSY HINGLE	*Noces noires*
GWEN HUNTER	*Faux diagnostic*
GWEN HUNTER	*Virus*
GWEN HUNTER	*Les mains du diable*
GWEN HUNTER	*Le triangle du mal*
GWEN HUNTER	*La piste du mal*
LISA JACKSON	*Noire était la nuit*
LISA JACKSON	*Dans l'ombre du bayou*
LISA JACKSON	*Les disparues de la nuit*
CHRIS JORDAN	*L'étau*
PENNY JORDAN	*De mémoire de femme*
PENNY JORDAN	*La femme bafouée*
R.J. KAISER	*Qui a tué Jane Doe ?*
ALEX KAVA	*Sang Froid*
ALEX KAVA	*Le collectionneur*
ALEX KAVA	*Les âmes piégées*
ALEX KAVA	*Obsession meurtrière*
ALEX KAVA	*Le Pacte*
RACHEL LEE	*Neige de sang*
RACHEL LEE	*Le lien du mal*
RACHEL LEE	*Secret meurtrier*
DINAH McCALL	*Le silence des anges*

.../...

DANS LA MÊME COLLECTION

Par ordre alphabétique d'auteur

HELEN R. MYERS	*Mortelle impasse*
HELEN R. MYERS	*Les ombres du doute*
HELEN R. MYERS	*Mort suspecte*
HELEN R. MYERS	*Suspicion*
HELEN R. MYERS	*La marque du diable*
CARLA NEGGERS	*L'énigme de Cold Spring*
CARLA NEGGERS	*Piège invisible*
CARLA NEGGERS	*La dernière preuve*
CARLA NEGGERS	*Le voile noir*
CARLA NEGGERS	*La nuit du solstice*
CARLA NEGGERS	*Noirs desseins*
BRENDA NOVAK	*L'étrangleur de Sandpoint*
BRENDA NOVAK	*Noir secret*
MEG O'BRIEN	*Le piège*
MEG O'BRIEN	*En lettres de sang*
MEG O'BRIEN	*Pluie de sang*
MEG O'BRIEN	*La déchirure*
MEG O'BRIEN	*Spirale meurtrière*
SHIRLEY PALMER	*Zone d'ombre*
SHIRLEY PALMER	*Le bûcher des innocents*
EMILIE RICHARDS	*Le refuge irlandais*
EMILIE RICHARDS	*Mémoires de Louisiane*
EMILIE RICHARDS	*Le testament des Gerritsen*
EMILIE RICHARDS	*L'héritage des Robeson*
EMILIE RICHARDS	*L'écho de la rivière*
EMILIE RICHARDS	*Promesse d'Irlande*
EMILIE RICHARDS	*Du côté de Georgetown*
NORA ROBERTS	*Possession*
NORA ROBERTS	*Le cercle brisé*
NORA ROBERTS	*Et vos péchés seront pardonnés*
NORA ROBERTS	*Tabous*
NORA ROBERTS	*Coupable innocence*
NORA ROBERTS	*Maléfice*
NORA ROBERTS	*Enquêtes à Denver*
NORA ROBERTS	*Crimes à Denver*
NORA ROBERTS	*L'ultime refuge*
NORA ROBERTS	*Une femme dans la tourmente*
NORA ROBERTS	*Clair-obscur*
NORA ROBERTS	*Le secret du bayou*
FRANCIS ROE	*L'engrenage*
FRANCIS ROE	*Soins intensifs*
KAREN ROSE	*Le lys rouge*
KAREN ROSE	*Et tu périras par le feu*
KAREN ROSE	*Je te volerai ta mort*
KAREN ROSE	*Le cercle du mal*

.../...

DANS LA MÊME COLLECTION

Par ordre alphabétique d'auteur

M. J. ROSE	*Le cercle écarlate*
M. J. ROSE	*La cinquième victime*
M. J. ROSE	*Rédemption*
JOANN ROSS	*La femme de l'ombre*
SHARON SALA	*Sang de glace*
SHARON SALA	*Le soupir des roses*
SHARON SALA	*Meurtre en eaux troubles*
SHARON SALA	*L'œil du témoin*
SHARON SALA	*Expiation*
SHARON SALA	*Si tu te souviens*
SHARON SALA	*Dans les pas du tueur*
MAGGIE SHAYNE	*Noir paradis*
MAGGIE SHAYNE	*Un parfait coupable*
TAYLOR SMITH	*Le carnet noir*
TAYLOR SMITH	*La mémoire assassinée*
TAYLOR SMITH	*Morts en série*
ERICA SPINDLER	*Rapt*
ERICA SPINDLER	*Black Rose*
ERICA SPINDLER	*Le venin*
ERICA SPINDLER	*La griffe du mal*
ERICA SPINDLER	*Trahison*
ERICA SPINDLER	*Cauchemar*
ERICA SPINDLER	*Pulsion meurtrière*
ERICA SPINDLER	*Le silence du mal*
ERICA SPINDLER	*Jeux macabres*
ERICA SPINDLER	*Le tueur d'anges*
ERICA SPINDLER	*Collection macabre*
ERICA SPINDLER	*Et vous serez châtiés*
AMANDA STEVENS	*N'oublie pas que je t'attends*
AMANDA STEVENS	*La poupée brisée*
AMANDA STEVENS	*Juste après minuit*
TARA TAYLOR QUINN	*Enlèvement*
ELISE TITLE	*Obsession*
CHARLOTTE VALE ALLEN	*L'enfance volée*
LAURA VAN WORMER	*La proie du tueur*
GAYLE WILSON	*Les disparus du Mississippi*
GAYLE WILSON	*Rumeurs*
KAREN YOUNG	*Passé meurtrier*

6 TITRES À PARAÎTRE EN NOVEMBRE 2009

MIRA

Composé et édité par les
éditions Harlequin

Achevé d'imprimer en Allemagne
par GGP Media GmbH, Pößneck
en août 2009

Dépôt légal en septembre 2009
N° d'éditeur : 14551